D0588543

Von Alistair MacLean
sind als Heyne-Taschenbücher erschienen:

Nacht ohne Ende · Band 01/433
Die Überlebenden der Kerry Dancer · Band 01/504
Jenseits der Grenze · Band 01/576
Angst ist der Schlüssel · Band 01/642
Eisstation Zebra · Band 01/685
Agenten sterben einsam · Band 01/956
Der Satanskäfer · Band 01/5034
Der Traum vom Südland · Band 19/52
Souvenirs · Band 01/5148
Tödliche Fiesta · 01/5192
Dem Sieger eine Handvoll Erde · Band 01/5245
Die Insel · 01/5280
Nevada Pass · Band 01/5330
Golden Gate · Band 01/5454
Circus · Band 01/5535
Meerhexe · Band 01/5657
Goodbye Kalifornien · Band 01/5921
Die Hölle von Athabasca · Band 01/6144
Höllenflug der Airforce 1 · Band 01/6332
Fluß des Grauens · Band 01/6515
Partisanen · Band 01/6592
Die Erpressung · Band 01/6731
Einsame See · Band 01/6772
Das Geheimnis der San Andreas · Band 01/6916
Die Männer der »Ulysses« · Band 01/6931
Tobendes Meer · Band 01/7690
Der Santorin-Schock · Band 01/7754
Die Kanonen von Navarone · Band 01/7983
Geheimkommanda Zenica · Band 01/8404

ALISTAIR MACLEAN'S
Der Rembrandt-Deal

Roman

Deutsche Erstausgabe

WILHELM HEYNE VERLAG
MÜNCHEN

HEYNE ALLGEMEINE REIHE
Nr. 01/8655

Titel der Originalausgabe
NIGHT WATCH
Aus dem Englischen übersetzt
von Michael Wingassen

Copyright © Devoran Trustees Ltd. 1989
Copyright © der deutschen Ausgabe 1991
by Wilhelm Heyne Verlag GmbH & Co. KG, München
Printed in Germany 1993
Umschlagillustration: Kevin Twedell
Umschlaggestaltung: Atelier Ingrid Schütz, München
Gesamtherstellung: Elsnerdruck, Berlin

ISBN: 3-453-06162-4

PROLOG

An einem Tag im September 1979 berief der Generalsekretär
der Vereinten Nationen eine geheime außerordentliche Sit-
zung ein, zu der sechsundvierzig Gesandte erschienen, die
zusammengenommen fast alle Länder der Erde repräsentier-
ten. Auf der Tagesordnung stand nur ein einziger Punkt: die
Eskalation der internationalen Kriminalität. Verbrecher und
Terroristen waren in der Lage, in einem Land zuzuschlagen
und dann in ein anderes zu fliehen. Die nationalen Polizei-
kräfte aber konnten keine Staatsgrenze überschreiten, ohne
mit dem diplomatischen Protokoll und den Hoheitsrechten
der anderen Staaten in Konflikt zu geraten. Überdies war der
Papierkrieg bei der Bearbeitung von Auslieferungsanträgen –
soweit diese zwischen den einzelnen Ländern überhaupt
möglich waren – sowohl kostspielig als auch zeitraubend.
Außerdem hatten Anwälte in den entsprechenden Gesetzen
Lücken entdeckt, was zur vorbehaltlosen Entlassung ihrer
Mandanten führte. Es mußte also eine Lösung gefunden werden. Man einigte sich auf die Einrichtung einer internationalen Sondereinheit unter der Schutzherrschaft des Sicherheits-
rates der Vereinten Nationen. Dieser Einheit wurde der
Name UNACO gegeben (United Nations Anti-Crime Organi-
zation). Ihre Aufgabe sollte es sein, ›Personen oder Gruppen,
die auf internationaler Ebene in kriminelle Handlungen verwickelt sind, abzuwehren, zu neutralisieren und/oder zu ergreifen‹.[*] Jeder der sechsundvierzig Gesandten wurde zum
Schluß gebeten, ein detailliertes *Curriculum vitae* des von der
jeweiligen Regierung benannten Kandidaten für die Position
des UNACO-Direktors einzureichen. Die endgültige Entscheidung darüber behielt sich der Generalsekretär vor.

   Am 1. März 1980 begann die geheime Existenz der
UNACO.

---

[*] UNACO-Charta, Artikel 1, Paragraph 1c.

EINS

Messler & Goldstein, die Agentur für Wirtschaftsprüfung im dritten Stock eines umgebauten Warenlagers an der West 27th Street nahe dem Hudson River, war in Wirklichkeit eine Scheinfirma, hinter der sich die Sektion II der CIA verbarg, jene Fachgruppe, die für Rekrutierung, Einstellung und Einsatz von Doppelagenten im Ausland zuständig war.

Brad Holden leitete seit sieben Jahren die Computer-Abteilung und war außerdem seit achtzehn Monaten Agent für den KGB. Sein Verrat war weder ideologisch motiviert noch resultierte er aus einer Enttäuschung über den ›Großen amerikanischen Traum‹; er hatte einzig und allein mit Geld zu tun. Geld hatte Holden bitter nötig gehabt, um seine Spielschulden zu begleichen. Innerhalb von sechs Monaten war er mit seinen Gläubigern ins reine gekommen. Aber trotz größter Anstrengungen, nach jedem Schritt und Tritt seine Spuren zu verwischen, hatte die CIA Wind von seiner Doppelrolle bekommen und beschlossen, ihn zur Lancierung von Fehlinformationen an seine KGB-Chefs in Rußland zu benutzen, notfalls auch gegen seinen Willen. Über ein Jahr lief alles wie am Schnürchen, bis ein brauner Umschlag auf seinem Schreibtisch landete, in dem ein halbes Dutzend Fotos steckte, die ihn bei einem Treffen mit seinem KGB-Kontaktmann im Tompkins Square-Park zeigten. In einem beiliegenden Brief wurde ihm mitgeteilt, daß er genau einen Monat Zeit hatte, um das streng geheimgehaltene Alpha-Programm zu knacken und die Namen der an ›Operation Vierergruppe‹ beteiligten Agenten festzustellen, anderenfalls würden die Negative der *New York Times* zur Veröffentlichung überlassen. Als Anreiz wurde die Herausgabe dieser Negative für fünfundzwanzigtausend Dollar in bar versprochen. Der nicht unterschriebene Brief endete mit dem Hinweis, daß weitere Instruktionen folgen würden. Holden beschloß mitzuspielen, des Geldes wegen. Er wußte um die

Komplexität des Alpha-Programms im Langley-Hauptquartier der CIA in Virginia, nahm sofort Urlaub und verbrachte die nächsten sechzehn Tage an seinen leistungsstarken Heimcomputern. Länger brauchte er nicht, um das Programm zu knacken und die Informationen über eine der geheimsten CIA-Operationen abzufragen, die jemals inszeniert worden waren. Exakt drei Wochen nach Erhalt des braunen Umschlags trafen die angekündigten Instruktionen ein, zusammen mit einer Geldsumme für den Kauf eines Hin- und Rückflug-Tickets zum Schiphol Airport sowie einem Schlüssel zu einem Schließfach im Hauptbahnhof von Amsterdam. Darin sollte das versprochene Geld liegen; und laut Fahrplan gab es alle fünfzehn Minuten eine Zugverbindung vom Schiphol Airport zum Hauptbahnhof ...

»Dames en heren, Centraal Station.«

Die Lautsprecherstimme weckte Holden aus seiner Träumerei, und spontan berührte er den Umschlag in der Innentasche seines karierten Jacketts. Er richtete sich auf, rieb verschlafen die Augen und wurde vom Schwung des Zuges zur Seite gekippt, als er in das neugotische Bauwerk des vorigen Jahrhunderts einbog und am Bahnsteig zum Stehen kam. Die Türen zischten, öffneten sich dann und entließen die ersten Fahrgäste. Holden nahm seinen Strohhut vom freigebliebenen Nachbarplatz und setzte ihn auf den dichten blonden Haarschopf, bevor er aufstand und sich mit dem Tuchkoffer in der Hand einreihte in die Schlange auf dem Mittelgang. Mißtöne vor sich hin pfeifend, stieg er aus dem Zug, reichte dem Kontrolleur an der Schranke die Fahrkarte und betrat die Bahnhofshalle, wo er auf die Schließfächer zusteuerte und dasjenige öffnete, in das sein Schlüssel paßte. Behutsam holte er das schwarze Diplomatenköfferchen heraus, legte statt dessen einen unbeschrifteten, weißen Briefumschlag ins Fach, verschloß die Tür und steckte den Schlüssel wieder ein. Er nahm das Köfferchen und ging auf den Ausgang zu.

»He, Augenblick mal.«

Die Stimme ließ ihn wie angewurzelt stehenbleiben. Er war drauf und dran, die Dummheit zu begehen und wegzulaufen, wußte aber, daß er bei seinem Körpergewicht nicht weit käme, bevor man ihn einholte. Falls er nicht sofort erschossen würde. Er kannte die Methoden der CIA nur allzugut. Langsam und zaghaft drehte er sich um.

Der Mann war Mitte Zwanzig, hatte schwarze Locken und ein freundliches, schiefes Grinsen. Er musterte Holden aufmerksam. »Sie sind ja weiß wie ein Gespenst.«

»Wer sind Sie?« stammelte Holden.

»Ich bin Chauffeur und dachte, vielleicht brauchen Sie ein Taxi.« Der Mann kicherte. »Für wen haben Sie mich denn sonst gehalten?«

»Ich weiß nicht.« Holden wischte sich mit dem Handrükken den Schweiß von der Stirn. »Sie haben mich erschreckt, mehr nicht.«

»Tut mir leid. Na, brauchen Sie ein Taxi oder nicht?«

»Allerdings.«

Der Mann nahm Holden den Koffer ab und führte ihn zum Taxistand. »Wohin soll's gehen, Mister?«

»Gibt's in der Stadt ein Holyday Inn?«

»Klar«, antwortete der Taxifahrer und legte das Gepäck in den Kofferraum. »Kommt der Aktenkoffer auch hinten rein?«

»Nein, den behalte ich bei mir«, entgegnete Holden brüsk, stieg in den Fond des Taxis, legte das Köfferchen auf die Knie und schloß die Tür.

Als das Taxi vom Hauptbahnhof wegfuhr, nahm Holden eine Ausgabe der Times in die Hand, die auf dem Sitz neben ihm liegengelassen worden war. Im Blickfang der Titelseite war ein Schwarzweißfoto von Rembrandts ›Nachtwache‹. Die Überschrift dazu lautete: KUNSTSCHATZ GEHT AUF REISEN. Obwohl er sich nicht für Kunst interessierte, überflog er die ersten paar Absätze, um das Wesentliche des Artikels zu erfahren. Am Morgen des kommenden Tages war eine totale Absperrung des Rijksmuseums geplant. Zu dieser Zeit nämlich sollte das unbezahlbare Gemälde ›Nachtwache‹ unter den strengsten Sicherheitsvorkehrungen, die jemals in der Stadt getroffen worden waren, aus dem Gebäude geschafft werden, um die erste Etappe einer durch fünf Länder führenden Ausstellungstour antreten zu können. Holden registrierte, daß das New Yorker Metropolitan Museum of Art als eine Station dieser Reise vorgesehen war; er würde sich jedoch gewiß nicht anstellen, um ein altes Bild zu begaffen. Er legte die Zeitung beiseite und lenkte sein Interesse auf den Aktenkoffer. Wer immer ihm das Geld hatte zukommen lassen, schien Sinn für Humor zu besitzen. Die Zahlenkombination entsprach den Ziffern von Holdens Geburtsdatum. Grinsend stellte er die Zahl ein. Es war in der Tat wie ein Geburtstag für ihn. Und zum Geschenk bekam er fünfundzwanzigtausend Dollar in bar. Steuerfrei. Er genoß den Augenblick und lüftete langsam den Deckel. Ihm blieb nur der Bruchteil einer Sekunde, um den im Innern sorgsam verteilten Plastiksprengstoff zu sehen, bevor das Zeug in die Luft ging.

Das Taxi, das kurz zuvor den königlichen Palast passiert hatte, wurde von der Explosion zerfetzt. Glühend heiße Metallteile wurden im weiten Umkreis verstreut, tödliche Projektile, die alles im Weg Stehende durchbohrten.

Es war die Hölle.

Die Bombe tötete fünf Menschen, darunter ein sieben Monate altes Kind.

Die meisten Zeitungen des Landes stellten Spekulationen über eine mögliche Verbindung zur terroristischen Szene an, und einstimmig riefen sie die Regierung auf, bei der Suche nach den Verantwortlichen dieses Anschlags alle Hebel in Bewegung zu setzen.

Rund ums Rijksmuseum gab es an diesem Morgen ein großes Aufgebot an Sicherheitskräften, obwohl unerwartet wenig Schaulustige zusammengekommen waren, um beim Verladen des Gemäldes in den gepanzerten Lieferwagen für die kurze Fahrt zum Schiphol Airport zuzusehen. Von dort aus sollte es nach Wien geflogen werden, dem Ausgangspunkt der bedeutenden Tour, die vier Monate später ihren Höhepunkt erreichen sollte, den letzten von insgesamt fünf Schauplätzen: das New Yorker Metropolitan Museum of Art.

ZWEI

Louis Armand war ein kleiner, adretter Mann Anfang Fünfzig mit gewelltem schwarzen Haar und einem dünnen Schnauzbart, der von einem Augenbrauenstift gezogen zu sein schien. Er arbeitete für das Metropolitan Museum als Sachverständiger für holländische Malerei des siebzehnten Jahrhunderts und war vor sieben Jahren vom Louvre abgeworben worden.

Er ordnete die Nelke im Revers seines Nadelstreifenjacketts, strich eine imaginäre Staubflocke vom Ärmel, durchquerte das große Foyer und ging hinaus auf die Eingangsstufen des Museums. Der schwere Regen der vergangenen Nacht war zu einem beständigen, irritierenden Nieseln abgeflaut, und die Menge der Schaulustigen, die auf der 5th Avenue Schlange standen, hatte unter einem Meer aus bunten Schirmen Schutz gesucht. Was hofften sie, zu Gesicht zu bekommen? Armand würde das Gemälde, wenn es vom Flughafen hier einträfe, wohl kaum in die Höhe halten wie eine x-beliebige Sporttrophäe.

»Bei dem Menschenauflauf könnte man meinen, der Präsident würde gleich kommen«, sagte ein Museumsangestellter zum anderen in Hörweite Armands.

Der Franzose drehte den Kopf und warf den beiden einen grimmigen Blick zu.

»Der Vergleich hinkt. Präsidenten können jederzeit ersetzt werden.«

»Ah, Louis. Guten Morgen. Wie freu ich mich, daß ich es rechtzeitig geschafft habe.«

Du müßtest eigentlich als erster hier sein, dachte Armand verärgert. Dann wandte er sich Dr. Gerald Stanholme zu, dem leutseligen Museumsdirektor, schenkte ihm ein flüchtiges Lächeln und schaute auf die Uhr. »Das Gemälde müßte jeden Augenblick eintreffen.«

»Sie sind bestimmt schrecklich aufgeregt.«

»Ja, Sir, das bin ich. Heute ist ein großer Tag für das Met.«

»Hoffentlich schließt sich eine große Woche an. Finanziell dürfte die jetzige Ausstellung in diesem Jahr nicht mehr zu schlagen sein.«

Finanziell? Daß Stanholme ein Krämer und Banause war, hatte Armand schon immer geargwöhnt. Jetzt war er sich dessen sicher. Wie konnte man nur die Gegenwart der ›Nachtwache‹ mit den Einnahmen an der Kasse auf gleiche Stufe stellen? Wenn es nach Armand gegangen wäre, bräuchte niemand zu zahlen, um das Gemälde zu sehen. Jeder Eintrittspreis wäre angesichts der Schönheit und Grandeur eines solch unbezahlbaren Kunstwerkes der reine Hohn.

Vom Rand der Menge am Südflügel des Museums war Jubel zu hören, der sich rasch auf die übrigen Zuschauer übertrug, als ein Streifenwagen auftauchte, dicht gefolgt von einem gepanzerten Lieferwagen. Das Polizeiauto blieb nicht stehen. Der Fahrer winkte den Männern im Lieferwagen freundlich zu und bog in die 83rd Street nach Osten ab. Fotografen wühlten sich in eine günstige Position vor, als der gepanzerte Lieferwagen vor dem Museum zum Halten kam. Der Sicherheitsbegleiter, der auf dem Beifahrersitz gesessen hatte, kletterte aus dem Wagen und sah sich sorgfältig um. Er war ganz in Schwarz gekleidet und trug einen Schlagstock und eine kleinkalibrige Smith & Wesson, die in einem Halfter am Gürtel steckte. Er wartete, bis die Sicherheitskräfte des Museums zu beiden Seiten der Eingangstreppe eine Kette gebildet hatten, um die Menge zurückzuhalten, bevor er das Visier hochklappte, einen Schlüsselbund aus der Tasche nahm und um den Wagen herumging, wo er die Hecktür aufschloß. Zwei weitere Uniformierte sprangen nach draußen und bezogen Stellung rechts und links von der Tür, wobei jeder von ihnen ein M16, ein Schnellfeuergewehr, vor der Brust in Bereitschaft hielt.

Stanholme stieg die Stufen hinunter und sonnte sich in der Aufmerksamkeit der Fotografen. Er schaute zurück und gab Armand ein Zeichen, ihm zu folgen. Armand konnte seine Abneigung kaum verbergen und schloß widerwillig zu Stanholme auf, der vor dem Lieferwagen stand, um den sich rasch ein Kreis gebildet hatte. Stanholme gab sich wie ein Zirkusdirektor in der Manege.

»Louis, lächeln Sie doch mal in die Kamera«, meinte Stanholme jovial.

Armand gehorchte und bemühte sich redlich, nicht mit einer Grimasse auf dem Bild zu erscheinen.

Ein Mann, Anfang Vierzig, mit rötlichem Teint und dünnen blonden Haaren kletterte aus dem Innenraum des Wagens, klopfte seinen blaßblauen, dreiteiligen Anzug aus und kam den beiden Männern entgegen. Seine Augen wanderten von einem zum anderen. »Dr. Stanholme?« fragte er unsicher mit unverkennbar holländischem Akzent.

»Ich bin Gerald Stanholme. Sie müssen van Dehn sein.«

»Van Dehn. Mils van Dehn. Stellvertretender Direktor des Rijksmuseums«, entgegnete der Mann und schüttelte Stanholmes Hand.

Stanholme machte ihn mit Armand bekannt, und auch die beiden gaben sich kurz die Hand.

»Tinus de Jongh hat mich gebeten, Ihnen seine besten Wünsche zu übermitteln.«

»Tinus? *Mon dieu.* Ich habe seit Jahren nichts von ihm gehört. Ist er immer noch Experte fürs siebzehnte Jahrhundert im Rijksmuseum?«

»Er geht nächstes Jahr in Pension«, antwortete van Dehn.

»Später wird's noch viel Zeit für Gespräche geben. Wir sollten aber zuerst das Gemälde nach drinnen schaffen lassen.« Stanholme ging ans Ende des Wagens.

Van Dehn sah sich verwundert um. »Ich hätte nie gedacht, daß ein Gemälde so viel Aufsehen erregen kann. Die Stimmung ist ja wie beim Karneval.«

»Das ist Amerika. Was haben Sie anderes erwartet?« entgegnete Armand mit deutlichem Unbehagen.

Armand und van Dehn stellten sich neben Stanholme und sahen zu, wie vier ausgesuchte Bedienstete des Museums die Gurte lösten, mit denen das Gemälde an die Innenwand des Lieferwagens geschnallt worden war. Dann wurde es in eine wasserdichte Hülle gesteckt, zusätzlich mit zwei Plastikschichten umwickelt und mit Klebeband gegen den Regen abgedichtet, bevor man es schließlich aus dem Wagen trug. Die Fotografen brüllten den vier Packern Anweisungen zu, um sie und das verhüllte Gemälde in günstiger Position vor die Objektive zu bringen. Dann brach ein Sperrfeuer von Blitzlichtern über sie herein. Die vier gafften einander an, verwirrt von all den laut rufenden Stimmen.

»Schafft das Gemälde nach drinnen«, zischte Stanholme nervös, wandte sich dann den Fotografen zu, die zum Teil auf dem Boden knieten, und sagte lächelnd und mit Nachsicht: »Meine Herren. Gönnen Sie uns eine kleine Pause. Wenn das Bild hängt, gebe ich Ihnen zehn Minuten Zeit zum Fotografieren. Außerdem bekommen Sie von mir ein exklusives Statement, bevor die Türen für das Publikum geöffnet werden. Fairer geht's nicht mehr.« Manche murrten, aber insgesamt gab es Zustimmung. Die Reporter von CBS und NBC, die mit großem Aufwand angerückt waren, um die Ankunft des Gemäldes für die Abendnachrichten aufzuzeichnen, wandten sich den Schaulustigen zu in der Hoffnung, ein paar interessante Äußerungen aufzuschnappen.

Mit sorgenvoller Miene musterte van Dehn die vier Pakker, als sie die Stufen hinaufstiegen. Er zappelte nervös mit den Händen und eilte ihnen nach, um zur Stelle sein zu können, falls einer der gummibesohlten Männer auf dem nassen Stein ausrutschen würde.

Armand legte die Hand auf van Dehns Arm. »Das sind unsere besten Männer. Solange ich hier bin, haben sie noch nie etwas fallen lassen, und das heißt was; immerhin hat das Met das größte Magazin in der westlichen Welt. Hier liegen zu jeder Zeit rund eine Million Kunstgegenstände auf Lager.«

Van Dehn grinste verlegen. »Entschuldigen Sie. Nicht, daß ich Ihrem Personal mißtrauen würde; aber ich bin verantwortlich für das Gemälde, und wenn irgend etwas passiert ...«

»In den anderen Galerien vielleicht; aber jetzt doch nicht mehr. Sie sind hier im Met.«

Sie folgten den Packern in die große Halle und über eine Treppenflucht ins erste Geschoß, wo Armand einen Schlüsselbund aus der Tasche zog und auf eine Holztür in dem Korridor zuging, der die Ausstellungen der europäischen Kunst und die der Kunst des zwanzigsten Jahrhunderts von-

einander trennte. An der Tür stand zu lesen. L. ARMAND –
PRIVAT. Er schloß auf und trat zur Seite, um den vier Männern mit dem Gemälde Platz zu machen.

Van Dehn ging hinein und sah sich um. Das Zimmer war
mit einem langflorigen, makellosen Teppich ausgelegt sowie
mit einem Schreibtisch aus Teak und dazu passenden braunen Ledersesseln möbliert. Die Wand hinter dem Schreibtisch war von einem Regal verdeckt, in dem, sorgfältig ge-
ordnet, Hunderte von Büchern standen, die wohl sämtliche
Themen der Kunst behandelten. Jedenfalls eine beeindruk-
kende Sammlung.

»Tee? Kaffee?« fragte Armand den Gast aus Holland.

»Kaffee, bitte«, antwortete van Dehn und nahm in einem
der Ledersessel Platz.

Armand bestellte zwei Tassen Kaffee und setzte sich hinter den Schreibtisch. »Ich habe den Eindruck, als würden Sie
sich nach Amsterdam zurücksehnen.«

»Während der letzten vier Monate bin ich zwar ständig
unter Druck gewesen, bereue aber keinen Moment.«

»Das glaube ich gern. Schließlich hat man nicht jeden Tag
die Chance, den Babysitter zu spielen für ›Die Kompanie des
Kapitäns Frans Banningh Cocq und des Leutnants Willem
van Ruytenburgh‹.«

Wie viele seiner Zeitgenossen nannte Armand das Gemälde nie bei seinem populären und inkorrekten Namen
›Nachtwache‹. Das Mißverständnis geht zurück auf das frü-
he neunzehnte Jahrhundert, als der Firnis so sehr abgedun-
kelt war, daß Historiker und Kunstkenner der Zeit allen
Ernstes glaubten, das Bild würde eine Nachtszene darstellen. Erst als man das Gemälde 1947 einer Reinigung unter-
zog, kam Rembrandts eigentliche Intention wieder zum Vorschein. Auf dem Bild herrscht helles Tageslicht. Trotz dieser
Entdeckung blieb der Name ›Nachtwache‹ bestehen – sehr
zum Mißfallen von Experten wie Armand.

Eine Staffelei wurde ins Zimmer gebracht, und einer der
Männer fragte Armand, ob er das Gemälde daraufstellen
solle.

Armand stand auf. »Ja, stellen Sie es auf die Staffelei. Je

eher ich es begutachte, desto schneller kommt es zur Ausstellung.«

»Das verstehe ich nicht. Warum wollen Sie es begutachten?« fragte van Dehn, als die Männer den Raum verlassen hatten. »Zweifeln Sie etwa an seiner Echtheit?«

»So verfahren wir mit allen Exponaten hier im Museum. Sie werden alle untersucht, bevor die Öffentlichkeit sie zu Gesicht bekommt.« Armand trat vor das Gemälde und warf einen Blick auf van Dehn. »Das ist die offizielle Erklärung. Unter uns gesagt, warte ich seit vierzig Jahren auf diesen Moment. Nach meinem Urteil ist es das größte Werk von Rembrandt, und das befindet sich jetzt in meinem Büro. Zugegeben, ich fühle mich im Augenblick ganz klein und demütig. Natürlich steht die Echtheit außer Frage, aber Sie werden bestimmt nichts dagegen haben, daß ich das Gemälde ein paar Minuten lang hier in der Zurückgezogenheit meines Büros bewundere. Diese Gelegenheit bietet sich immerhin kein zweites Mal, oder?«

»Nein, da haben Sie recht«, stimmte van Dehn lächelnd zu. »Aber bitte, lassen Sie sich Zeit.«

›Die Kompanie des Kapitäns Frans Banningh Cocq‹, wurde 1640 in Auftrag gegeben, und zwar von dem reichen, ehrgeizigen Cocq zugunsten der Cloveniersgilde, einer Kompanie von Musketieren, die in derselben Straße lebten wie Rembrandt. Rembrandt verwandte viel Zeit auf das Gemälde. Es wurde erst 1642 fertig, in dem Monat, als seine geliebte Saskia, mit der er acht Jahre verheiratet war, starb. Er war damals siebenunddreißig Jahre alt. Das Gemälde stellt Cocq und van Ruytenburgh in den Vordergrund, beleuchtet von den Strahlen einer verdeckten, glanzvollen Lichtquelle. Die beiden Männer sind umgeben vom Rest der Kompanie, die sich, bewaffnet mit Piken und Musketen, darauf vorbereitet, durch den wuchtigen Torbogen im Schatten des Hintergrundes hinauszumarschieren.

Nach Armands Einschätzung gehörte das Gemälde aufgrund der meisterhaften Verwendung von Licht und Schatten, die die Wirkung von Bewegung erzeugte, zu den bedeutendsten Beispielen des barocken Chiaroscuro. Wenn man überhaupt von einem Schwachpunkt reden konnte, wogegen sich Armand sträubte, so war es die junge Frau in Weiß links neben Cocq: Abgesehen von der vordergründigen Symbolik des Klauenemblems der Clovenier an ihrer Taille, wirkte seiner Ansicht nach die ganze Gestalt recht deplaziert inmitten der bewaffneten Musketiere, was allerdings den grandiosen Gesamteindruck kaum schmälern konnte. Armand hatte das Gemälde mindestens ein dutzendmal im Rijksmuseum betrachtet, und jedesmal war er aufs neue fasziniert gewesen vom Stolz und von der Würde, die die Kompanie so eindrucksvoll ausstrahlt, vom großgewachsenen, stattlichen Träger der grüngoldenen Standarte angefangen bis hin zu dem gedrungenen Trommler mit den schroffen Gesichtszügen, der, teils verdeckt, am rechten Bildrand zum Vorschein kommt. Allen Figuren war, wie Armand fand, eine sichtbare Entschlußkraft eigen.

Sein Blick war auf den Trommler gerichtet. Irgend etwas verunsicherte ihn, aber es gelang ihm nicht, den Grund zu benennen. Er musterte den braunen Hund zu Füßen des Trommlers, aber seine Augen wanderten immer wieder zurück zur Gestalt darüber. Dann wurde es ihm schlagartig klar. Es war nicht der Trommler, sondern die Trommel. Soweit er sich erinnerte, war der Fleck in der Trommelmitte in Wirklichkeit schwarz. Der Fleck auf diesem Gemälde war rot.

Van Dehn registrierte die Konfusion in Armands Gesichtsausdruck, aber als er ihn anzusprechen versuchte, wehrte Armand mit erhobener Hand ab und brachte ihn zum Schweigen. Armand starrte auf den Fleck. Er spürte Zweifel in sich aufsteigen – was nicht oft vorkam. War er all die Jahre einem Irrtum erlegen? Hatte er den Fleck wirklich schwarz in Erinnerung?

»Was ist los?« fragte van Dehn, verunsichert durch das lang anhaltende Schweigen.

»Drehen Sie sich um«, forderte Armand ihn brüsk auf.

»Wie bitte?«

»Drehen Sie sich um; kehren Sie dem Gemälde den Rücken zu.«

Van Dehn zuckte mit den Achseln, tat aber, was von ihm verlangt wurde.

»Jetzt sagen Sie mir, welche Farbe der Fleck auf der Trommel hat«, prüfte Armand.

»Also, hören Sie …«

»Ich sagte: Welche Farbe hat der Fleck?« unterbrach Armand schroff.

»Schwarz, soviel ich weiß«, antwortete van Dehn. Daß er zögerte, entging dem anderen nicht.

»Ist es nicht seltsam, wie sehr wir von der Gewißheit mancher Dinge überzeugt sind? Unsereins verbringt den größten Teil seiner Zeit unter den bedeutendsten Werken der Malerei und nimmt sie einfach als gegeben hin. Man könnte fast von Frevel sprechen.« Armand nahm gezielt ein Buch aus dem Regal, sah im Index nach und blätterte die gesuchte Seite auf. »Ich bin ebenfalls der Meinung, daß der Fleck schwarz sein muß. Und wir haben beide recht.« Er tippte mit dem Zeigefinger auf eine Abbildung im Buch. »Aber der Fleck auf der Trommel Ihres Gemäldes ist nicht schwarz, sondern rot.«

»Das ist doch kein Rot«, widersprach van Dehn, nachdem er die Stelle von verschiedenen Seiten betrachtet hatte.

»Nennen Sie es von mir aus Karmesinrot. Magentarot, wenn Sie wollen. Aber es ist nicht Schwarz.«

In van Dehns Gesicht zeigte sich zum erstenmal Besorgnis. Er nahm das Buch zur Hand und studierte die Abbildung, bevor er sie mit dem Gemälde verglich. In der Zwischenzeit hatte Armand drei weitere farbige Reproduktionen herausgesucht, die allesamt einen deutlich schwarzen Fleck in der Mitte der Trommel zeigten.

»Dafür muß es irgendeine logische Erklärung geben«, sagte van Dehn; der verzweifelte Ton in seiner Stimme war nicht mehr zu überhören. »Vielleicht liegt's am Licht?«

Es klopfte an der Tür, und eine der Angestellten der Kantine betrat das Zimmer mit zwei Kaffeetassen, die sie auf dem Tisch abstellte und wieder verschwand.

»Wenn es am Licht läge, würden auch die restlichen Farben verändert erscheinen. Nehmen Sie zum Beispiel Cocqs

Kleidung. Die ist schwarz, sowohl auf den Abbildungen als auch auf dem Gemälde. Nein, am Licht liegt's nicht.«

Van Dehn legte das Buch auf dem Tisch ab, setzte sich auf den Rand des nächsten Sessels und starrte auf den Teppich. Er war außer sich. Als er wieder aufblickte, glänzte seine Stirn vor Schweiß. Dann warf er einen Blick auf die Kaffeetassen und sagte: »Haben Sie vielleicht was ... Kräftigeres?«

Armand nickte, holte eine Flasche Bourbon und ein Glas aus der Schreibtischschublade und schenkte reichlich ein. Er wollte gerade die Flasche wieder verschließen, als ihm einfiel, daß er ebenfalls einen Drink nötig hatte. Er kippte ihn auf einmal hinunter und machte sich dann daran, das Gemälde zu vermessen: 359 x 438 cm – die exakten Maße des Originals. Auf der linken Seite hatte man ein Stück abgeschnitten, als es 1715 ins Kriegskabinett des Amsterdamer Rathauses überstellt worden war. Die Fälschung zeigte eine entsprechende Schnittstelle, was kaum überraschen konnte.

»Was werden wir jetzt unternehmen, Armand? Was zum Teufel sollen wir tun?«

»Auf keinen Fall durchdrehen. Ich sag erst einmal Stanholme Bescheid. Er muß die Sache jetzt in die Hand nehmen.«

Armand versuchte, Stanholme in dessen Büro zu erreichen; aber als sich dort niemand meldete, beauftragte er die Zentrale, den Direktor per Piepser zu rufen.

Eine Minute später kam Stanholme an, außer Atem. »Die Telefonistin sagte, daß Sie mich dringend sprechen wollen. Es ist doch wohl nicht wegen dem ...« Er stockte und schaute auf das Gemälde.

»Eine Fälschung!« platzte es aus van Dehn heraus.

Stanholme suchte in Armands Gesicht nach einer Bestätigung der Worte van Dehns.

Armand zeigte auf das Bild. »Welche Farbe hat der Fleck in der Mitte der Trommel?«

Stanholme sah genau hin und sagte: »Dunkelrot. Bordeauxrot, würde ich sagen.«

»Schwarz?«

»Um Himmels willen, Louis. Was soll das Rätselraten. Stimmt's, was van Dehn sagt? Ist das eine Fälschung?«

»Ist der Fleck schwarz, Dr. Stanholme?« Armand blieb hartnäckig.

»Nein, natürlich nicht«, antwortete der Direktor ohne zu zögern.

Armand deutete auf die vier Bücher auf dem Schreibtisch. »Schauen Sie sich den Fleck auf den Reproduktionen an. Ist er bordeauxrot oder schwarz?«

Stanholme musterte jede der Abbildungen sehr genau und rieb dann die Hände langsam übers Gesicht. »Himmel, wie konnte das passieren?«

Van Dehn rutschte nervös im Sessel hin und her, als er von den beiden gemustert wurde, die eine Erklärung von ihm zu erwarten schienen. »Sie glauben doch nicht, daß ich was damit zu tun habe?«

»Die Gelegenheit hätten Sie gehabt ...«

»Gelegenheit?« Van Dehn fiel Armand wütend ins Wort. »Worauf stützen Sie Ihre Anschuldigung? Oder suchen Sie bloß nach einem Sündenbock, um das Aufsehen von dem ehrenwerten Museum abzulenken?«

»Meine Herren, bitte«, rief Stanholme und hob schlichtend die Hände. »So kommen wir nicht weiter. Louis, Sie sind genausowenig Detektiv wie ich oder unser holländischer Kollege. Wir sollten Verhöre denen überlassen, die dafür zuständig sind. Unsere Sorge betrifft im Augenblick vor allem die Journalisten da draußen.«

»Was werden Sie denen sagen?« fragte van Dehn verstört.

Stanholme blickte Armand über den Tisch hinweg an. »Wie gut ist die Fälschung?«

»Van Meegeren hätte sie nicht besser hingekriegt.«

»Würde es auffallen, wenn wir das Bild wie geplant ausstellen?«

»Bestimmt nicht.«

»Aber Ihnen ist es aufgefallen.«

»Dafür werde ich bezahlt, Dr. Stanholme.«

»Ich will auf folgendes hinaus: Wenn Sie den Fehler des

Fälschers entdeckt haben, könnte doch auch ein anderer dahinterkommen, oder etwa nicht?«

»Mir fallen auf Anhieb drei Gründe ein, die dagegensprechen. Erstens: Ich habe an der Universität eine Arbeit über dieses Gemälde geschrieben und kenne es so gut wie meine Westentasche. Zweitens: Wenn es in diesem Land eine Handvoll Leute gibt, die sich in der europäischen Kunst besser auskennen als ich, freß ich einen Besen. Und drittens: Neunzig Prozent der Ausstellungsbesucher können weder Frans Hals von De Keyser noch einen Vermeer von einem Rembrandt unterscheiden. Für die ist das Gemälde nichts weiter als ein Sonderangebot. Die restlichen zehn Prozent, die sich für Kunstliebhaber halten, kommen nicht hierher, um eine Fälschung aufzudecken, sondern um die größten Kunstwerke der Menschheit zu bestaunen. Egal, welche Farbe der Fleck hat; ich garantiere Ihnen, daß sich niemand daran stören wird.«

Stanholme musterte das Gemälde mit sturem Blick. »Ich kann's immer noch nicht glauben. Eine Fälschung. Gibt es denn überhaupt keine Tabus mehr?«

»Wir werden das Bild in die Galerie schaffen, während Sie die Polizei informieren«, sagte Armand plötzlich und brach das Schweigen.

Stanholme nickte resigniert, stand auf und verließ das Zimmer.

Armand warf van Dehn einen verächtlichen Blick zu und griff nach dem Telefonhörer, um die vier Packer ins Büro zu rufen.

DREI

Sabrina Carvers Freunde pflegten in den Vier Jahreszeiten, bei Lutèce oder Parioli Romanissimo zu dinieren; sie tranken Bollinger RD, Roederer Cristal und Tattinger; ihre Kleidung kauften sie in der Boutique Valentino oder bei Halston and Sym's; sie trugen die letzten Schöpfungen von Cartier,

Fiorucci und Klein. Kurz, sie stammten allesamt aus der New Yorker Jetset-Elite.

Aber keiner wußte etwas von ihrem Doppelleben. Alle hielten sie für eine Übersetzerin bei den Vereinten Nationen. Das war die perfekte Tarnung. Ihnen war bekannt, daß ihr Vater ein ehemaliger US-Botschafter war und daß sie ihre Kindheit in Washington, Montreal und London verbracht hatte, bevor sie aufs Wellesley College kam, wo sie ein Diplom in Romanistik erwarb. Ihnen war auch bekannt, daß sie ein Zusatzstudium an der Sorbonne absolviert hatte und anschließend als eine der bekanntesten und begehrtesten Debütantinnen Europas angesehen wurde. Doch keiner ihrer Freunde ahnte, daß sie nach ihrer Rückkehr in die Staaten – vor allem aufgrund des Einflusses ihres Vaters – vom FBI rekrutiert worden war, wo sie sich zu einer außergewöhnlich talentierten Agentin entpuppte. Wachsende Ressentiments seitens mancher Kollegen, die ihren Erfolg auf den Namen des Vaters zurückführten, hatten sie schließlich gezwungen, aus der Abteilung auszuscheiden. Zwei Wochen später war sie der UNACO beigetreten, wo sie auch nach zwei Jahren mit ihren achtundzwanzig Jahren immer noch jüngste Agentin war.

Sie parkte ihren champagnerfarbenen Mercedes-Benz 500 SEC am Rand einer hölzernen Mole, nahm die Beretta 92 aus dem Handschuhfach, stieg aus und schaute zum Himmel empor. Die dunklen Regenwolken, die die Stadt bedroht hatten, als sie vor dreißig Minuten von zu Hause aufgebrochen war, zogen jetzt auf den Atlantik hinaus und ließen Brooklyn in strahlendem Sonnenschein zurück. Sie trug ein graues Sweatshirt, weite Jeans und Turnschuhe. Schon jetzt machte sich die Hitze bemerkbar. Die wenig schmeichelhaften Klamotten wurden ihrer sylphenhaften Figur überhaupt nicht gerecht, und der sparsame Gebrauch von Make-up schien ihr klassisch schönes Gesicht zusätzlich zu veredeln. Die goldblonden schulterlangen Haare, die bei Christine Valmy's auf der 5th Avenue kastanienbraun getönt worden waren, steckten unter einer Baseball-Kappe der LA Dodgers. Sie setzte eine Sonnenbrille auf und sah sich aufmerksam um.

Linker Hand, dreißig Meter entfernt, stand ein graffitibeschmiertes Lagerhaus, dessen Fensterscheiben längst eingeworfen waren. Das weitausladende Dach aus ungestrichenem Wellblech zeigte sich durch und durch verrostet. Ein fünfundvierzig Fuß langer Schlepper lag direkt neben dem Lager vertäut. Das Boot schien seit Jahren vernachlässigt worden zu sein und war ebenfalls verrostet. Sabrinas Auftrag war es, einen schwarzen ledernen Aktenkoffer aus dem Schlepper zu bergen, der, wie sie wußte, von drei bewaffneten Männern bewacht wurde. Über deren Instruktionen konnte kein Zweifel bestehen: Sie sollten verhindern, daß der Koffer geholt wurde, und lagen irgendwo auf der Lauer.

Sabrina plante ihr Vorgehen. Wenigstens einer der Schützen würde den Schlepper im Visier haben und wahrscheinlich hinter dem oberen Fenster des Warenlagers postiert sein. Über die Mole ans Ziel zu gelangen, kam also nicht in Frage. Sie dachte über die Möglichkeit nach, zum Boot zu schwimmen. Allerdings würde sie im Wasser ein perfektes Ziel abgeben. Der einzig gangbare Weg führte über die Rückseite des Lagers. Aber würde die nicht auch beobachtet sein? Diese Frage ließ sich nur auf eine einzige Weise beantworten.

Sie sprang hinter dem Mercedes hervor, rannte zum Lagerschuppen und preßte sich flach an die nackte Ziegelwand, die die einzige Wand ohne Fenster und deshalb von der Gegenseite nicht zu überblicken war. Sie spähte vorsichtig um die Ecke und entdeckte eine Metalleiter, die zwischen Fenster und Tür an der Seitenwand lehnte, was Sabrina auf eine Idee brachte. Sie rannte am Fenster vorbei, machte sich nicht einmal die Mühe, gebückt zu laufen, kletterte dann die ersten zehn Sprossen nach oben und wartete. Nichts passierte. Sie fürchtete schon, keinen ihrer Gegner aus der Deckung locken zu können, als sich der Lauf eines 45er Colts zögernd über den Fensterrand schob. Sie hatte also deren Neugier geweckt. Die Hand, die den Revolver hielt, kam zum Vorschein. Obwohl sie ein sicherer Schütze war, hielt sie sich zurück, wartete darauf, daß die Zielfläche größer wurde. Aber dann verschwand der Revolver so plötzlich, wie er aufgetaucht war. Sie fluchte im stillen, wußte aber jetzt immerhin, daß, sich zwei Männer im Schuppen befanden. Der zweite würde wahrscheinlich Schlepper und Mole im Auge behalten und mit schwerem Geschütz bewaffnet sein.

Sie steckte die Beretta zurück in das Hüfthalter und kletterte ans Leiterende, von wo sie aufs Dach stieg, ganz vorsichtig, um möglichst geräuschlos aufzutreten. Jedes Lagerhaus hat Dachfenster, also mußte auch dieses eins haben. Und so war es. Das Dach hielt ihrem Gewicht stand, und langsam stieg sie über die fünfundvierzig Grad steile Neigung zum Fenster hinaus. Auch dem fehlte das Glas. Dank des hellen Sonnenlichts konnte sie vom Fensterrand aus gut das Innere des Schuppens überblicken. Dann sah sie den Gewehrschützen auf dem Laufsteg vor dem Fenster, das zur Mole hinauswies. Er hatte sich von der Landungsbrücke abgewandt. Abwartend und aufmerksam huschten seine Augen von einer Tür zur anderen. Er sah sie im allerletzten Moment, wurde aber von der Sonne geblendet, als er das Präzisionsgewehr, eine Mauser SP66, herumriß und aufs Dachfenster zielte. Sie traf zweimal seine Brust. Einer weniger, jetzt noch zwei, dachte sie.

Den zweiten Schützen konnte sie von ihrer Stelle aus nicht sehen, wußte aber, daß er da war. Und er würde seine Waffe auf das Oberlicht gerichtet haben. Trotzdem mußte sie es riskieren. Sie hielt die Beretta fest gepackt, sprang gewandt durch das Dachfenster und landete mit angewinkelten Knien auf dem Laufsteg. Eine Kugel verfehlte sie um wenige Zentimeter und prallte vom Geländer ab. Sie feuerte zwei Schüsse der Gestalt hinterher, die sich in Richtung Mole davonmachte, ahnte aber, daß sie beide Male danebengeschossen hatte.

Mit Sicherheit würden sich die zwei übriggebliebenen Männer auf dem Schlepper zu einer entschlossenen Front zusammenfinden. Sie dachte daran, daß Tiere, die in die Enge getrieben wurden, besonders gefährlich sein konnten. Das Risiko war nun um einiges größer, aber das festigte nur ihren Entschluß, die beiden zu überlisten und den Aktenkoffer zu bergen. Sie stieg über die Treppe nach unten, schlich zur Tür und musterte den zehn Meter entfernt liegenden Schlepper. Das Fallreep war angelegt, was sie auf eine Idee brachte. Sie faßte ein paar markante Richtpunkte am Bug des Schleppers ins Auge und rannte im Zickzack und mit heftig pochendem Herz auf das Boot zu. Auf der Brücke bewegte sich etwas, und wenig später hörte sie eine Pistole krachen. Einmal, zweimal. Sie hechtete über den Bootsrand, landete auf angewinkelten Knien und rollte um die eigene Achse, bis sie vor einem Stoß leerer Kästen Deckung fand.

Als sie wieder Luft bekam, schlich sie vorsichtig auf die Stufen zur Brücke zu, stieg nach oben und trat die Tür auf, wobei sie die Beretta mit beiden Händen gepackt hielt. Die Brücke war verlassen, der Aktenkoffer nicht zu sehen. Wo konnte er bloß stecken? In der Kapitänskajüte? Rechter Hand entdeckte sie eine zweite, geschlossene Tür, die, wie sie vermutete, zu den Mannschaftskabinen hinunterführte, hielt sich aber davon fern – wahrscheinlich lag jemand dahinter auf Lauer. Sie zog sich statt dessen aufs Deck zurück, ständig auf der Hut vor Bewegungen. Aber da rührte sich nichts. Sie erreichte die Luke, vergewisserte sich, daß sie nicht vermint war, dann stieg sie durch die Luke und schloß die Tür hinter sich. Jetzt würde es den Gegnern unmöglich sein, sich unbemerkt an ihr vorbeizustehlen. Das Halbdunkel zwang sie zu noch größerer Vorsicht; überall konnten Fallen versteckt sein. Über die dritte Stufe war ein Stolperdraht gespannt. Sie stieg darüber hinweg und benutzte die Beretta als Wünschelrute, um weitere Stolperdrähte aufzuspüren. Aber da waren keine.

Sie erreichte den unteren Treppenabsatz und rückte, mit der Schulter zur Wand, Stück für Stück auf die Kapitänskajüte am anderen Ende des Korridors zu. Die Tür stand eine Handbreit offen. Durch den Schlitz war der Aktenkoffer deutlich zu erkennen; er lag auf einem Tisch in der Ecke der Kajüte. Das war zu einfach. Als sie sich bückte, um die Tür nach versteckten Drähten zu überprüfen, bemerkte sie eine Bewegung am anderen Ende des Korridors. Die Tür zum Maschinenraum war aufgegangen. Sie tat immer noch so, als tastete sie den Türrahmen ab, und erst, als der Mann lautlos in den Korridor hinausschlüpfte, wirbelte sie auf den Zehenspitzen herum und schoß ihm zweimal in die Brust. Dann trat sie die Tür auf und sprang kopfüber in die Kabine. Von dem dritten Mann war keine Spur zu sehen. Ein Schatten fiel über das Bullauge. Sabrina ging in Deckung, die Beretta im Anschlag. Von ihrem Platz aus konnte sie die Umrisse eines Mannes erkennen, der dem Schlepper den Rücken zugekehrt hatte und auf den Mercedes am Rand der Mole zulief. Sie dachte einen Moment lang nach, nahm den Aktenkoffer und zwängte sich durch die Luke an Deck.

Den Schlepper über das Fallreep zu verlassen, war nicht ratsam. Günstiger erschien es, den Landungssteg von unten zu kreuzen und hinter dem Mercedes wieder aufzutauchen. Sie stopfte den Koffer in die weiten Jeans, kletterte über die Reling und sprang hinunter auf die rings um die Mole verlaufende Holzverstrebung. Das modrige Wasser schwappte bis zu den Füßen. Sie verzog das Gesicht und kam nur langsam voran, indem sie versuchte, wie ein seiltanzender Akrobat über den glitschigen Holzbalken zu balancieren. Sie gelangte an den Anfang der Mole und schlich über eine Holzleiter nach oben. Der Mann kauerte hinter dem Mercedes; seine Augen waren auf den Schlepper gerichtet. Doch plötzlich fühlte er sich von hinten beobachtet, sprang herum und sah ihr ins Gesicht. Sie gab zwei Schüsse ab. Er kippte rücklings auf den Kofferraum und musterte die zwei gelben Punkte auf der Brust, die die mit Farbe gefüllten Manöverpatronen hinterlassen hatten.

»Sieht aus, als wärst du so gut wie tot«, sagte Sabrina und grinste gehässig.

Dave Swain, der früher einmal dem Präsidenten als Leibwächter gedient hatte, holte eine Packung Marlboro aus der Tasche und hielt sie Sabrina entgegen.

»Nein, danke«, sagte sie und zog das Magazin aus der Beretta.

Er zuckte mit den Achseln, zündete sich selber eine Zigarette an und steckte die Packung zurück in die Tasche.

Dreißig der 209 Angestellten der UNACO waren Agenten im Außendienst und von der Polizei, dem Militär und den

Geheimdiensten aus aller Welt rekrutiert worden. Die zehn Teams wurden als ›Strike Force‹ bezeichnet, denn sie arbeiteten an vorderster Front. Jedes Team-Mitglied mußte alle vier Monate eine gründliche medizinische Untersuchung über sich ergehen lassen. Fünf Wochenstunden waren dem Training im unbewaffneten Zweikampf vorbehalten; weitere fünf Stunden galten der Ausbildung an verschiedenen Feuerwaffen. All diese Übungen fanden im UNACO-Testzentrum am Interborough Parkway im Stadtteil Queens statt, das komplett unterirdisch angelegt war, um ein Höchstmaß an Sicherheit zu gewährleisten. Das Training im Freien, wie zum Beispiel Drachenfliegen, Bergsteigen oder Skifahren, wurde in einem geheimgehaltenen Lager im Hinterland von Pennsylvania durchgeführt.

Einmal im Jahr mußte sich jeder Agent einem besonders rigorosen Test unterziehen, und zwar hatte er oder sie gegen ein anderes Einsatzkommando anzutreten. Dem Einzelkämpfer wurde erst eine Stunde vor dem Einsatz Bescheid gegeben, während das Team zweiundsiebzig Stunden Zeit hatte, die Verteidigung aufzubauen. Solche Einsätze wurden überwacht von einem erfahrenen Supervisor des Testzentrums, der die exakte Lage von Minen, Stolperdrähten und ähnlichen Schikanen protokollierte. Kam ein Agent während seines sogenannten Einsatzes mit einer dieser Fallen in Berührung, so wurde ein Alarm ausgelöst und der Test abgebrochen. Einsätze dieser Art fehlerfrei zu vollenden, war der Ehrgeiz eines jeden Agenten; doch nur die wenigsten schafften es. Sabrina hatte nicht nur Strike Force 7 überlistet, sondern auch eine Rekordzeit hingelegt. Sie lächelte selbstzufrieden, als der Jeep hinter dem Mercedes anhielt.

Major Neville Smylie lächelte nicht, als er vom Beifahrersitz stieg. Sabrina konnte sich nicht erinnern, ihn jemals lächeln gesehen zu haben. Er war ein sauertöpfischer, glatzköpfiger Engländer, hochdekoriert nach Einsätzen in Korea, Kenia, Malaysia, Oman und Nordirland und zum Leiter des Testzentrums aufgerückt, als die UNACO 1980 gegründet wurde. Keiner mochte ihn besonders gut leiden, aber alle respektierten ihn, und seine Kritik wurde immer sehr ernst genommen.

Smylie hatte Sabrinas Vorgehen per Video von einem Lieferwagen aus überwacht, der hinter dem Lagerschuppen stand. Er überflog noch einmal seine Notizen auf dem Klemmbrett, bevor er auf sie zuging. »Geben Sie Richards Ihre Magazine«, forderte er sie auf und zeigte auf seinen Fahrer.

Die Magazine, die Kugeln aus fluoreszierendem gelben Farbstoff enthielten, waren eigens für das Training der Agenten entwickelt worden, und zwar für die unterschiedlichsten Waffen, die verwendet wurden, um solche Einsätze möglichst realistisch zu gestalten. Sie reichte Richards ihre zwei Magazine und blickte den beiden Männern entgegen, die auf sie zukamen. Die Flecken der Farbgeschosse waren deutlich auf ihren Jacketts sichtbar. Richards nahm auch ihnen die Magazine ab.

Smylie warf einen Blick auf den Techniker, der eine Videokamera neben dem Eingang zum Schuppen abmontierte, und wandte sich dann an Sabrina. »Würde es sich hier um einen olympischen Fünfkampf handeln, wäre ich der erste, der Ihnen, Miss Carver, zur Rekordleistung gratulierte. Aber wir veranstalten kein Rennen. Mir wär's lieber gewesen, wenn Sie sich doppelt so viel Zeit gelassen und ein methodischeres Vorgehen gezeigt hätten. Offenbar haben Sie aus dem letztjährigen Test nichts gelernt. Ich zitiere: ›Die Kandidatin neigt zu impulsiven Reaktionen und zur Selbstüberschätzung.‹ Das war auch heute wieder zu beobachten.«

»Ich werde mir Ihre Worte durch den Kopf gehen lassen, Sir.«

»Das hoffe ich in Ihrem Interesse. Wir werden uns in den nächsten Tagen das Video gemeinsam anschauen. Das betrifft auch Strike Force 7, Mr. Swain. Ich denke, Sie müssen in einigen Bereichen gründlich aufholen.«

Sabrina öffnete die Mercedestür und stieg ein.

»Sieht aus, als wärst du so gut wie tot«, bemerkte Swain, sichtlich schadenfroh.

Sabrina entdeckte den zerrissenen Faden am unteren Türrand, ließ sich wütend im Sitz zurückfallen und fluchte insgeheim auf Swain und über sich selber. Vor allem über sich.

Smylie notierte eine Anmerkung auf dem Klemmbrett, ging neben dem Mercedes in die Knie und untersuchte den Faden. »Damit hätten fünf Kilo Sprengstoff ausgelöst werden können. Warum haben Sie nicht nachgesehen? Zu impulsiv? Zu selbstsicher?«

»Zu dumm«, entgegnete sie.

»Das glaube ich nicht«, sagte Smylie und stand auf. »Übrigens, ich habe, bevor ich hergekommen bin, einen Ihrer Kollegen im Schießstand vier gesehen.«

»Wen? Mike oder C. W.?«

»Whitlock.« Smylie warf noch einmal einen Blick auf den Faden, schüttelte den Kopf und ging zurück zum Jeep.

Sabrina schlug die Tür zu und startete den Motor. Während sie, schnell beschleunigend, die Anlegestelle verließ, dachte sie über C. W. Whitlock nach. Er war einer ihrer wirklich guten Freunde, obwohl sie sich nur bei der Arbeit sahen. Im Augenblick fiel ihr niemand ein, mit dem sie lieber über ihre Dummheit hätte sprechen mögen. Oder war's doch Selbstüberschätzung?

Nach dem vierten Schuß legte C. W. Whitlock das Präzisionsgewehr, eine Heckler & Koch PSG-I, ab und langte nach dem mit lauwarmem Kaffee gefüllten Plastikbecher auf der Bank vor ihm. Auch ohne den Blick durchs Fernglas wußte er, wie schlecht er geschossen hatte. Seine Ergebnisse waren an diesem Tag miserabel. Er konnte sich einfach nicht konzentrieren. Er nahm die Browning Mk2, seine bevorzugte Waffe, von der Ablage und drehte sie langsam in den Händen hin und her.

Er war ein vierundvierzig Jahre alter Schwarzer mit relativ heller Haut und scharfgeschnittenen Gesichtszügen, die durch einen sauber getrimmten Schnauzbart und die getönten Brillengläser zusätzlich betont wurden. Die Brille war ihm wegen der übermäßigen Lichtempfindlichkeit seiner Augen verschrieben worden. In jüngeren Jahren hatte er lange Zeit in England gelebt, aber nach dem Studium in Oxford war er in sein Heimatland Kenia zurückgekehrt und dem Geheimdienst beigetreten, wo er zehn Jahre blieb, bis er die neue Herausforderung bei der UNACO aufnahm. Drei Jahre nach seiner Ankunft in New York hatte er Carmen Rodriguez geheiratet, eine erfolgreiche Kinderärztin aus Harlem. Anfänglich hatte sie viel Verständnis für seinen gefährlichen, geheimen Job gezeigt, aber mit den Jahren war sie immer besorgter um ihn geworden. Inzwischen hatte die Sorge ein Maß erreicht, das er für völlig übertrieben und unvernünftig hielt. Ständig lag sie ihm damit in den Ohren und forderte ihn auf, die UNACO zu verlassen und eine kleine Sicherheitsfirma zu gründen, und zwar mit dem Geld, das *sie* über die Jahre zur Seite gelegt hatte. Sie war sogar so weit gegangen, ihm ein geeignetes Büro für seine Firma zu suchen. Er hatte immer wieder darauf hingewiesen, daß er nur noch vier Jahre Außendienst abzuleisten hatte (alle Agenten im Einsatz wurden mit achtundvierzig Jahren ›pensioniert‹) und daß er dann fast automatisch befördert würde zum Leiter einer Division irgendwo auf der Welt. Aber all seine Argumente hatten auf sie keinen Eindruck gemacht. Sie sagte, er habe nur seine eigenen Interessen im Sinn. Dem widersprach er stets und meinte, daß es ihr an Entgegenkommen mangele und sie nicht einmal versuche, seine Loyalität der UNACO und insbesondere seinen Kollegen von Strike Force 3 gegenüber zu verstehen. Keiner von beiden war zum Einlenken bereit, was die Ehe immer wackliger werden ließ.

Er nahm plötzlich die Browning in beide Hände und feuerte sechsmal in schneller Folge auf die fünfzig Meter entfernte Pappfigur.

»Nicht schlecht für deine Altersklasse.« Martin Cohen setzte das Fernglas ab und grinste. Er war ein 47jähriger Israeli mit drahtigen schwarzen Haaren und einem dichten Schnauzbart, den er beim Sprechen immer mit Daumen und Zeigefinger glattstrich. Der ehemalige Mossad-Agent – Mitglied der berüchtigten Sondereinheit ›Mivtzam Elohim‹ – war schon 1980 zur UNACO gekommen und hatte von Anfang an Freundschaft geschlossen mit Whitlock, der wie er selber zum ersten Einsatzteam gehört hatte.

»Seit wann stehst du da, Marty?«

»Nicht lange. Ist mit dir alles in Ordnung?«

»Was soll das heißen?« entgegnete Whitlock und schaute durchs Fernglas. Fünf Kugeln hatten ins Schwarze getroffen.

»Du hast soeben einen ziemlich trübseligen Eindruck gemacht.«

»Hättest du so schlecht geschossen wie ich heute morgen, würde dein Gesicht auch nicht besser aussehen.«

Für Whitlock war Cohen nicht die richtige Person, der er seine Probleme anvertrauen konnte. Er würde wohl Anteilnahme zeigen, aber kein Verständnis aufbringen können. Hannah Cohen, ehemals Programmiererin bei Shin Beth und jetzt in gleicher Funktion für die UNACO tätig, stand voll hinter der Arbeit ihres Mannes. Whitlock stierte auf die Pappfigur. Wen konnte er bloß um Rat bitten? Er hatte immer als gesetzter, unerschütterlicher Typ gegolten, der sich oft den Kummer der Kollegen anhören mußte. Jetzt lag der Fall umgekehrt, und es fiel ihm schrecklich schwer, sich einem anderen anzuvertrauen.

»C. W.?«

Whitlock sah sich nach Cohen um und grinste. »Tut mir leid, Marty. Ich hab mich bloß gefragt, warum ich heute so lang gebraucht habe, eine anständige Serie zu schießen.«

»Wenn dich was drückt, kannst du mit mir darüber reden; das weißt du doch, oder? Wie oft bin ich dir beim Bier in McFeely's Kneipe mit meinen Sorgen in den Ohren gelegen?«

»Oft genug. Aber im Ernst, mit mir ist alles in Ordnung. Ehrlich. Ich bin bloß ein bißchen müde, das ist alles.«

»Hat dich Carmen nicht einschlafen lassen?« fragte Cohen mit wissendem Grinsen.

»Das kann man so sagen.«

»Hallo, Jungs«, rief Sabrina, die die Treppe heruntersprang, herbeilief und Whitlock herzlich umarmte.

»Das tut gut«, sagte er und gab ihr einen Kuß auf die

31

Wange. Cohen zwinkerte ihr zu. »Wie geht's dem hübschen Kind?« »Es ist tot«, erwiderte sie und erzählte, wie der ›Einsatz‹ gelaufen war.

»Stimmt«, sagte Whitlock, als sie ausgeredet hatte, »das war dumm von dir. Reichlich dumm. Was meinst du, Marty?«

Cohen hatte den Schalk in Whitlocks Augen registriert und sagte: »Unbedingt. Da muß ich dir recht geben. Allerdings hat sie schöne blonde Haare.«

»Das erklärt wohl alles«, meinte Whitlock.

Sabrina lehnte sich mit dem Rücken an die Wand und verschränkte die Arme vor der Brust. »Wollt ihr's nicht mal als Komikerpaar versuchen?«

Whitlock schmunzelte und reichte ihr das Heckler & Koch-Gewehr wie zum Friedensangebot. »Ich würde Smylies Einschätzung zustimmen. Du bist manchmal wirklich zu frech und reichlich selbstsicher. Aber ansonsten bist du gut. Verdammt gut. Und das allein zählt, wie ich meine.«

Cohen nickte zustimmend. »Smylie kann sich noch so anstrengen, seine kleinen Spiele möglichst echt zu inszenieren; sie werden nie mit einem wirklichen Einsatz zu vergleichen sein. Da wird mit richtigen Kugeln geschossen, nicht mit Farbkapseln. Da steht unser Leben auf dem Spiel, nicht seins. Mike und C. W. müssen darauf vertrauen, daß du ihnen Deckung gibst. Denk daran.«

Sie nickte.

»Apropos. Wo steckt eigentlich der dritte Musketier?«

Whitlock und Sabrina sahen einander an und zuckten mit den Schultern. Mike Graham gab ständig allen Rätsel auf. Er war ein Einzelgänger, der typische Nonkonformist, der ständig bei seinen Vorgesetzten aneckte.

»Agent Whitlock. Kategorie Grün«, verkündete eine Stimme über Lautsprecher. »Bitte melden Sie sich bei der Vermittlung.«

»Kategorie Grün? Wir sind in Bereitschaft«, sagte Whitlock, als die Ansage wiederholt wurde.

Cohen langte mit der Hand nach Sabrinas Arm und hielt sie davon ab, Whitlock zu folgen, der auf dem Weg war zum

Telefon an der gegenüberliegenden Seite des Schießstandes. »Ihn drückt irgendwo der Schuh.«

Sabrina schaute Whitlock nach. »Was hat er denn?«

»Wenn ich das nur wüßte. Paß auf ihn auf, Sabrina, ihm zuliebe.«

Mike Graham konnte sein Glück nicht fassen, als er einen freien Parkplatz direkt gegenüber dem Gebäude fand, das zu sehen er nach New York gekommen war. Er rückte mit seinem verbeutelten 78er Pickup seitlich zu dem davor parkenden Auto auf und wollte gerade den Rückwärtsgang einlegen, als er hinter sich einen schrillen Hupton hörte. Er blickte in den Rückspiegel. Ein schnittiger, schwarzer Isuzu Piazza blockierte die Lücke. Der Fahrer in cremefarbenem Jackett versuchte, von vorne einzuparken. Graham wischte sich den Schweiß von der Stirn und riß vor Verwunderung die Augen auf. Wo zum Teufel kam das Auto her? Es war noch nicht dagewesen, als er vor wenigen Sekunden in den Seitenspiegel geblickt hatte. Er tippte auf die eigene Brust und deutete dann mit dem Daumen auf die freie Lücke hinter sich.

Der Fahrer ließ die Scheibe herunter und steckte den Kopf nach draußen. »Ich hab die Lücke zuerst gesehen«, schrie er gegen sein voll aufgedrehtes Autoradio an.

Graham schüttelte den Kopf. »Zurück.«

Der Fahrer hielt die Hand ans Ohr und zuckte mit den Schultern.

Graham verlor schnell die Geduld. Er legte den Rückwärtsgang ein, doch als er einzuschwenken versuchte, rückte der andere mit dem Auto vor und sorgte für eine Pattsituation. Graham schaltete in den Leerlauf, sprang nach draußen und schlug die Tür hinter sich zu.

»Fahr die Karre da weg«, schnauzte ihn der Fahrer an.

Graham ging vor dem offenen Fenster des anderen in die Hocke und gab acht, das Auto nicht zu berühren, das er sichtlich angewidert musterte. Er wartete, bis der Fahrer das Radio leiser gedreht hatte, und sagte dann: »Ich sag dir, wie's weitergeht, Großmaul. Was du ›Karre‹ nennst, wird in dieser Lücke parken.«

»Von wegen ...«

»Ruhe, ich bin noch nicht fertig. Wie du siehst, ist die ›Karre‹ schon im Krieg gewesen, ein paar weitere Beulen machen ihr nichts aus. Allerdings wird deiner tauchlackierten Blechdose ein verknautschter Kühler nicht so gut bekommen. Wenn du hier stehenbleibst, schieb ich dich weg.« Graham beugte sich vor; sein Finger kam bis auf wenige Zentimeter an das Gesicht des anderen heran. »Du hast die Wahl, Großmaul.«

»Sie sind verrückt«, platzte es aus dem Fahrer heraus.

»So, bin ich das?« meinte Graham und kehrte zu seinem Pick-up zurück.

Der andere war entnervt, fuhr los und bog um die nächste Ecke.

Graham gönnte sich ein zufriedenes Grinsen. Er war siebenunddreißig Jahre alt, braun gebrannt und muskulös. Die Figur hielt er durch rigoroses Lauf- und Hanteltraining in Schuß. Sein ungekämmtes, dunkelbraunes Haar reichte bis über den Kragen und umrahmte ein hübsches, jungenhaftes Gesicht, das fast harmlos wirkte bis auf die durchdringenden, blaßblauen Augen.

Er parkte den Pick-up, steckte den Zündschlüssel in die Tasche und musterte das auf der anderen Straßenseite liegende Wohnhaus. Olmsted Heights, genannt nach dem vermeintlichen Architekten des Central Parks, war, soweit sich Graham entsinnen konnte, immer ein Teil des Bezirks von Murray Hill gewesen. Fünf Jahre lang hatte er dort gewohnt, bis zu jenem Unglückstag, der sein Leben von Grund auf erschütterte. Er steckte die Hände in die verschossenen Jeans, überquerte die Straße, blieb dann stehen und starrte auf die zehn betonierten Stufen, die zur zweiflügeligen, verglasten Eingangstür führten, über der in roten Buchstaben die Initialen ›O. H.‹ zu lesen waren – seit damals unverändert. Das Sonnenlicht reflektierte von den Scheiben der Tür, und es war nicht möglich, durch sie hindurchzuschauen. Er setzte sich auf die oberste Stufe und dachte an früher – wie so oft während der vergangenen zwei Jahre seit jenem verhängnisvollen Oktobertag.

Wie viele seiner Altersgenossen war er schon in jungen Jahren den Schrecken des Vietnamkrieges ausgesetzt gewesen. Er hatte seine Einberufung erhalten, kaum daß er einen Monat lang als Quarterback bei den New York Giants unter Vertrag stand, was für ihn die Erfüllung seines bislang größten Wunsches bedeutete. Aber eine Schulterverletzung, die er in Vietnam erlitten hatte, setzte seiner vielversprechenden Karriere bei den Giants ein plötzliches Ende. Deshalb ging er für zwei Jahre nach Thailand, wo er im Auftrag des CIA Sympathisanten der südvietnamesischen Sache ausbildete. Zurückgekehrt in die Vereinigten Staaten, wurde er nach gründlichen psychischen und physischen Tests von Colonel Charles Beckwith für die Anti-Terror-Gruppe ›Delta‹ rekrutiert. Er wurde für seine Dienste oft ausgezeichnet und schließlich, nach elf Jahren, mit der Führung der B-Schwadron belohnt.

Der erste Einsatz unter seinem Kommando führte nach Libyen, aber als der Terroristenstützpunkt angegriffen werden sollte, erreichte ihn eine Nachricht, daß seine Frau und der fünfjährige Sohn vor der Wohnung von vier arabisch sprechenden Männern verschleppt worden sei. Er hatte die Wahl, seinen Auftrag abzugeben, entschied sich aber zum Weitermachen, und obwohl der Stützpunkt zerstört wurde, gelang den Anführern die Flucht. Seine Familie wurde nicht mehr gefunden, trotz einer der intensivsten, geheimgehaltenen Fahndungen in der Geschichte des FBI.

»Da hat er oft gehockt und mit seinem Fußball drauf gewartet, daß Sie nach Hause kommen. Er war ein großartiger Junge, Mr. Graham.«

Graham blickte auf und erkannte den grauhaarigen Neger, der im Hauseingang stand. Wie Olmsted Heights war auch der Hausmeister ein Teil des Bezirks von Murray Hill, soweit Graham zurückdenken konnte.

»Hallo, Ben«, grüßte Graham und schüttelte die ihm entgegengestreckte Hand.

Ben verzog das Gesicht, als er sich neben Graham auf der Stufe niederließ. »Hab ich mir doch gedacht, daß Sie es sind in der Schrottkiste. Aber sicher war ich mir erst, als Sie das

Kerlchen verscheucht haben, der Ihren alten Parkplatz beset-
zen wollte. Da wußte ich, daß Sie es sind.«

»Wirklich?« brummte Graham gedankenverloren und
stierte auf die Straße. »Sie haben alles gesehen, stimmt's?«

»Was?«

»Die Sache mit Carrie und Mikey, als sie verschleppt worden sind.«

»Warum reißen Sie alte Wunden wieder auf, Mr. Graham?«

»Die sind nie verheilt, Ben.« Graham zeigte hinunter auf
den Gehweg. »Wo standen sie?«

»Lassen Sie doch …«

»Wo?« wollte Graham wissen.

»Direkt vor uns. Es ging alles so schnell. Mrs. Graham holte
gerade die Einkäufe aus dem Kofferraum, und Mike ließ seinen Fußball am Fuß der Treppe gegen die Wand prallen. Ich
weiß noch, wie sie mit ihm geschimpft hat. ›Wenn du die
Wand dreckig machst, wird Ben sie wieder saubermachen
müssen.‹ Dann ist dieser schwarze Mercedes vorgefahren.
Zwei Männer haben Mrs. Graham von hinten gepackt und auf
den Rücksitz gezerrt. Ein dritter Mann hat Mike geschnappt.
Sie wären stolz auf ihn gewesen, Mr. Graham. Wie ein richtiger Quarterback ist er vor dem Kerl zur Seite gesprungen. Seine Mutter hat ihm zugerufen …« Ben stockte und schüttelte
den Kopf, aufs neue über den Vorfall erschüttert.

»Weiter«, knurrte Graham.

»Ich kann nicht …«

»Weiter, Ben. Bitte.«

»Sie hat gerufen: ›Lauf, Mike, lauf!‹ Ich wäre längst drauß-
en gewesen, aber die verdammte Arthritis hat mich dran ge-
hindert. Dann hat sie mich gesehen. ›Helfen Sie Mike, Ben,
bitte, helfen Sie ihm.‹ Das sind die letzten Worte, die ich von
ihr gehört habe. Ich war so hilflos, konnte nichts tun. Dann
haben die Kerle auf mich geschossen, und als ich wieder auf
den Beinen war, war der Mercedes verschwunden. So lange
ich lebe, werde ich die Worte von Mrs. Graham nicht vergessen. Ich hab sie im Stich gelassen, als sie mich am meisten
brauchte.«

»Ich war's, der sie im Stich gelassen hat, Ben.«

Sie schwiegen eine Weile; jeder nagte an seiner persönlichen Schuld.

»Wohnen Sie immer noch in New York?« fragte Ben.

»Vermont. Ich habe eine Hütte am Ufer des Lake Champlain, in der Nähe von Burlington.«

Plötzlich fing das Rufgerät an Grahams Gürtel zu piepsen an. Sofort schaltete er es aus.

»Was war das?«

»Ich muß an die Arbeit«, antwortete Graham. »Wo ist die nächste Telefonzelle?«

»Sie können den Apparat in meinem Büro benutzen.«

»Besten Dank, aber mir wär's lieber, von einem Münzapparat zu telefonieren.«

»Davon gibt's einen am Ende des Wohnblocks.«

»Guten Morgen, Ben«, rief eine ältere Frau vom Fuß der Treppe nach oben.

»Morgen, Mrs. Camilieri«, antwortete Ben, stand auf und nahm ihr die Einkaufstüte ab.

Sie musterte Graham. »Haben Sie nicht auch hier gewohnt?«

»Nein«, entgegnete Graham mit höflichem Lächeln. »Ich bin nicht von hier; hab mich verirrt und den Hausmeister nach dem Weg gefragt.«

»Sie gleichen dem netten Mr. Graham, der hier gewohnt hat. Seine Frau und sein Sohn sind von Terroristen umgebracht worden. So eine nette Familie. Einfach tragisch.«

»Kommen Sie, Mrs. Camilieri«, sagte Ben und nahm sie beim Arm.

Als er sich umdrehte, war Graham verschwunden.

»Können Sie sich auch noch an die Grahams erinnern, Ben?«

»Die werd ich nie vergessen«, murmelte er und führte die Nachbarin über die Stufen hinauf in den Flur.

VIER

Sarah Thomas war neunzehn, als sie spaßeshalber bei der Miß-Oregon-Wahl teilnahm. Zu ihrer Verblüffung gewann sie auf Anhieb. Von heute auf morgen wurde sie belagert von Agenten und Talentsuchern, die ihr eine rosige Zukunft versprachen. Aber sie kannte die Geschichten jener Sternchen, die, in miesen Restaurants kellnernd und Geschirr spülend, vergeblich auf den großen Durchbruch warteten, und darum entschied sie sich gegen das große Lotteriespiel ›Hollywood‹ und ging statt dessen zur Sekretärinnenschule.

Das war vor zwölf Jahren gewesen, doch von ihrer Schönheit hatte sie in der Zwischenzeit nichts eingebüßt. Das blonde Haar war kurz geschnitten, und statt der provozierend engen Jeans und T-Shirts von damals trug sie jetzt elegante Armani- und Chanel-Kleider und Blusen mit dem Monogramm von Pucci. Seit vier Jahren arbeitete sie als Sekretärin in einem karg eingerichteten Büro im zweiundzwanzigsten Stock des Gebäudes der Vereinten Nationen in New York. Das von ihr benutzte Schreibmaschinenpapier war ohne Briefkopf, und die Gesellschaft ›Llewelyn and Lee‹, unter deren Namen sie sich immer meldete, wenn einer der vier schwarzen Telefonapparate auf ihrem Schreibtisch läutete, war frei erfunden. Nur eine Handvoll Delegierter der Vereinten Nationen wußte wirklich, was sich hinter der unbeschrifteten Außentür verbarg.

Ihr Büro war das Vorzimmer des UNACO-Hauptsitzes. Die der Tür gegenüberliegende Wand war mit Teakholz verkleidet und enthielt zwei rahmenlose Schiebetüren, die nur durch ein akustisches Signal in Gang gesetzt werden konnten. Die Tür zur Linken führte in das Büro des Direktors, die rechte in die UNACO-Kommandozentrale.

Malcolm Philpott hatte den ganzen Morgen in der Kommandozentrale zugebracht, wo er über die Fortschritte der drei zur Zeit im Einsatz befindlichen Strike-Force-Teams unterrichtet worden war. Er war ein hoch aufgeschossener, hagerer Schotte, Mitte Fünfzig, mit schütteren roten Haaren. Er hinkte auffällig mit dem linken Bein infolge einer Verletzung, die er sich im Koreakrieg zugezogen hatte. Nach seiner Soldatenzeit wechselte er zu einer Sondereinheit von Scotland Yard, wo er sieben Jahre blieb, bevor er 1980 das Angebot annahm, Direktor der UNACO zu werden. Er hatte eine undankbare Aufgabe zu erfüllen, und obwohl er aufgrund seiner unbeherrschten, bockigen Art in der Vergangenheit des öfteren mit dem Generalsekretär der Vereinten Nationen aneinandergeraten war, wurde ihm von fast jeder Regierung und jedem Geheimdienst der Welt viel Respekt entgegengebracht.

Es gab Ausnahmen. Der mißlungene Versuch einer Flugzeugentführung auf dem venezianischen Flughafen ›Marco Polo‹ hatte zum Tod von sieben Passagieren und zwei Carabinieri geführt. Die vier angeblich aus Nordkorea stammenden Luftpiraten waren nach Libyen geflohen, wo sie – nach allem, was zu hören war – von der dortigen Regierung wie revolutionäre Helden gefeiert wurden. Die UNACO war gebeten worden, ein Team ins Land zu schleusen, um die Luftpiraten über die Grenze zu locken. Philpott hatte gleich darauf Strike Force 9 nach Tripolis geschickt. Aber die libyschen Behörden waren alles andere als kooperativ, im Gegenteil, sie nahmen das UNACO-Team gleich nach seiner Ankunft in Haft. Philpott sah sich einer doppelten Schwierigkeit gegenüber: Zum einen mußte er seine Leute aus einem streng bewachten Gefängnis befreien; zum anderen hatte er die Luftpiraten zu stellen. Ihm blieb keine andere Wahl, als ein zweites Team einzusetzen.

Er ignorierte den Lärm der Schreibmaschinen, Telex-Geräte und Telefonapparate und konzentrierte sich auf den Strategieberater, der anhand der zahlreichen Karten, mit denen die Wände des schallgeschützten Raumes zugehängt waren, das Gelände rings um das Hochsicherheitsgefängnis beschrieb.

»In einer halben Stunde will ich eine Zusammenfassung darüber auf meinem Schreibtisch sehen«, sagte Philpott, gleich nachdem der Berater geendet hatte.

»Ich setze mich sofort an die Arbeit, Sir.«

Daraufhin ging Philpott auf direktem Weg zu einem Monitor am Ende einer Reihe von Computerterminals, wo ein Mann mit ernstem Gesicht seine Finger geschickt über die Tastatur huschen ließ. Ab und zu blickten seine Augen einen Moment lang auf zum Bildschirm.

»Es ist mir gelungen, die Liste auf dreiundzwanzig Personen zu verkürzen, Sir«, sagte der Mann und fütterte den Rechner mit weiteren Informationen. »Aber die Italiener machen uns das Leben schwer, weil sie nicht einen einzigen Terroristen identifizieren können.«

»Uns werden immer die schwierigen Aufgaben zugeschustert, Jack. In einer Stunde werde ich ein Einsatzteam instruieren. Können Sie mir bis dahin die Liste vorlegen?«

»Die können Sie schon in dreißig Minuten haben, Sir.«

»Sehr gut.«

»Colonel Philpott? Telefon für Sie«, rief ein Mann mit Brille, der hinter einem anderen Terminal sag. »Sarah ist dran.«

Philpott nahm den Hörer entgegen. »Ja, Sarah?«

»Strike Force 3 ist hier, Sir.«

»Schön. Ist Sergei da?«

»Mr. Kolchinsky ist bereits in Ihrem Büro.«

»Schicken Sie das Team auch schon rein. Ich bin in einer Minute da.«

»Ja, Sir.«

Philpott reichte dem bebrillten Mann den Hörer und sah sich im Raum um. Er hatte das Gefühl, daß dies ein langer Tag werden würde.

Sergei Kolchinsky hängte den Hörer ein, nachdem er mit Sarah gesprochen hatte, und stand hinter Philpotts Schreibtisch auf.

Er war zweiundfünfzig Jahre alt, hatte dünnes schwarzes Haar und ein freudloses Gesicht, das ihm unter einigen Agenten den Spitznamen ›Bluthund‹ eingehandelt hatte, was durchaus respektvoll gemeint war. Er hatte eine Spürnase für Schwierigkeiten und schaffte es als großartiger Taktiker immer wieder, die heikelsten Probleme zu meistern. Er hatte beim KGB mit Auszeichnung gedient, zuerst in Rußland, dann als Militärattaché im Westen. Danach wurde er

Philpotts Stellvertreter bei der UNACO. Sein Vorgänger – ebenfalls ehemaliger KGB-Agent – war kurz zuvor der Spionage für seine Vorgesetzten im Kreml überführt worden. Obwohl er recht pedantisch sein konnte, besonders wenn es um Spesenabrechnungen ging, war Kolchinsky eine der am besten gelittenen Personen bei der UNACO.

Er öffnete die Tür mit dem kleinen Sonarsender auf Philpotts Schreibtisch und ließ Graham, Whitlock und Sabrina eintreten, denen er nacheinander die Hand drückte. Nachdem er die Tür wieder geschlossen hatte, bot er den dreien Platz auf den beiden Ledersofas vor der Wand an, steckte sich eine Zigarette in den Mund und zündete sie an.

»Will außer mir jemand Kaffee?« fragte Whitlock auf dem Weg zur Kaffeemaschine.

»Ich könnte noch einen gebrauchen«, antwortete Sabrina und setzte sich auf eins der Sofas.

Graham schüttelte den Kopf.

Kolchinsky machte darauf aufmerksam, daß seine Tasse noch voll war, und wandte sich an Sabrina. »Wie ist's gelaufen?«

»Nicht besonders; aber das werden Sie im Gutachten nachlesen können.«

»Gegen wen mußtest du antreten?« fragte Graham.

»Strike Force 7.«

»Swain also«, bemerkte Graham und verzog die Mundwinkel.

»Hör ich in Ihrer Stimme Spott, Michael?«

Kolchinsky zog die Stirn kraus und warf Graham einen tadelnden Blick zu.

»Und ob. Für jemanden, der fünf Jahre lang neben Reagans Limousine herrennt, hat Swain eine verdammt hohe Meinung von sich. Ich hab wirklich sehr viel Respekt für Colonel Philpott übrig, kann aber nicht verstehen, warum er den Typ ins Haus geholt hat. Himmel, dem würde ich nicht mal als Sargträger auf meiner Beerdigung trauen.« Graham sah Sabrina an. »Ich hoffe, du hast ihn erwischt.«

»Zweimal in die Brust.«

»Schade, daß du nicht mit scharfer Munition geschossen

hast.« Mit Blick auf Kolchinskys gefurchte Stirn zuckte Graham mit den Schultern. »Ich mag den Kerl nicht; das ist alles.«

»Darauf wäre ich nie gekommen«, entgegnete Kolchinsky schalkhaft und drohte mit ausgestrecktem Zeigefinger. »Womöglich brauchen Sie den Kollegen eines Tages, damit er Ihnen den Rücken freihält.«

»Ich halt mir den Rücken selber frei. Dafür brauch ich keinen halbstarken Präsidenten-Aufpasser.«

Kolchinsky wandte sich mit verzweifeltem Blick an Whitlock und Sabrina und drehte sich dann zur Wand hinterm Schreibtisch, als die eingebaute Schiebetür aufging und Philpott aus der Kommandozentrale hereintrat. Die Tür schloß sich hinter ihm. Er grüßte die Anwesenden, nahm auf seinem gepolsterten Stuhl Platz und lehnte den Stock an den Schreibtisch. Kolchinsky reichte ihm eine Akte. Die beiden berieten sich flüsternd.

»Graham, was hast du eigentlich gegen Swain?« fragte Sabrina.

»Swain wurde vor ungefähr sechs Jahren der Gruppe ›Delta‹ zugeteilt. Ich hab ihn damals beobachtet, als er von einem unserer Corporals gedrillt wurde, und konnte auf den ersten Blick erkennen, daß er nicht zu unserer Gruppe paßte. Er war einfach zu blauäugig und bubenhaft. Bei der Prüfung fiel er auch tatsächlich durch, und als ich ein paar Tage später Urlaub machte, hab ich nicht mehr an ihn gedacht. Dann, als ich wieder zurück war, erfuhr ich, daß der Colonel zurückgepfiffen worden war. Mit anderen Worten: degradiert. Swain und einige seiner Kumpel hatten Klage gegen ihn eingereicht und behauptet, er, Swain, wäre während der Aufnahmeprüfungen mißhandelt worden. Wie gesagt, ich hab alles gesehen, und von Mißhandlung konnte überhaupt nicht die Rede sein. Anderenfalls hätte ich den Corporal auf der Stelle zurechtgestutzt. Tja, als ich meine Version der Geschichte vortragen konnte, war es schon zu spät. Der Corporal hatte seine Streifen verloren. Die Entscheidung war gefallen. Kurze Zeit später ist er aus der Gruppe ›Delta‹ ausgeschieden, fix und fertig mit allem. Soviel ich weiß, führt er jetzt eine Tankstelle in irgendeinem Nest in Nebraska. Das ist der Grund, warum mir Swain nicht paßt.«

»Mike, Sabrina? Ich unterbreche Sie nur ungern in Ihrem intimen Gespräch, aber wir müssen einen Einsatz besprechen«, sagte Philpott abrupt.

»Intim war's kaum«, erwiderte Graham und rückte ein Stück von Sabrina ab.

Als sich Philpott der Aufmerksamkeit aller sicher sein konnte, schlug er den Aktenordner auf. »Was wissen Sie über die ›Nachtwache‹?«

»Das ist der Codename für die umgebaute Boeing 707, die der Vizepräsident im Kriegsfall benutzt, falls der Präsident tot sein sollte«, antwortete Graham.

»Nicht *die* ›Nachtwache‹!« prustete Philpott. »Ich meine das Gemälde. Es stand in jeder Zeitung, wurde sogar vorigen Monat auf allen Fernsehkanälen gezeigt. Davon müssen Sie gehört haben; oder leben Sie wirklich so sehr hinterm Mond?«

»Ich hab davon gehört, der Sache aber keine Bedeutung beigemessen.«

»Dann würde ich vorschlagen, daß Sie jetzt um so genauer aufpassen. Wir sprechen nämlich über Ihren nächsten Einsatz. Die ›Nachtwache‹, die heute morgen im Met angekommen ist, wurde als Fälschung entlarvt.«

»Eine Fälschung?« Whitlock war sichtlich verblüfft.

Philpott nickte. »An Ihnen liegt es nun, das Original zu finden.«

»Warum an uns, Sir? Das kann doch bestimmt auch die Staatspolizei erledigen.«

»Ja, sicher, aber nur, wenn wir davon ausgehen könnten, daß der Schlüssel zur Lösung des Rätsels auf amerikanischem Boden liegt. Und so ist es nun mal nicht. Der Austausch von Original und Fälschung kann, wenn wir Holland einschließen, in sechs verschiedenen Ländern stattgefunden haben. Aber das ist längst nicht alles. Was der Öffentlichkeit nicht bekannt wurde, ist die Tatsache, daß die fünf an der Ausstellungstournee beteiligten Länder mit jeweils fünfzig Millionen Dollar für die Sicherheit des Gemäldes bürgen, solange es in ihrem Hoheitsgebiet ausgestellt wird. Das Rijksmuseum hat sich nur unter dieser Bedingung bereit erklärt, das Gemälde auf die Reise zu schicken.«

»Und weil niemand weiß, wo der Austausch stattgefunden hat, will keins der Länder die Verantwortung übernehmen, um von der Bürgschaft freizukommen«, schloß Sabrina.

»Genau«, sagte Philpott und fing an, seine Pfeife zu stopfen. »Und mit dieser Einstellung wird das Original wahrscheinlich nie wieder auftauchen.«

»Mir ist immer noch nicht klar, warum wir nicht einfach mit dem FBI zusammenarbeiten können. Immerhin ist die Fälschung doch hier in Amerika aufgedeckt worden.«

»Sie übersehen da etwas, C. W.«, entgegnete Philpott, der nun eine Pause einlegte, um die Pfeife anzuzünden. Er blies den Rauch an die Decke und zeigte dann mit der Pfeifenspitze auf Whitlock. »Und zwar übersehen Sie die große Politik. Wenn das FBI offiziell Nachforschungen anstellt, werden manche vermuten, daß die Regierung die Verantwortung für den Verlust des Originals übernommen hat.«

»Das ist doch verrückt«, entgegnete Whitlock.

»Entspricht das nicht deiner Einstellung dem Weißen Haus gegenüber?« warf Graham ein.

»Was haben wir in der Hand?« wollte Sabrina wissen.

»Herzlich wenig«, antwortete Kolchinsky, der sich nun zum erstenmal in die Unterhaltung einschaltete. »Da sind ein völlig entsetzter stellvertretender Museumsdirektor aus Holland und eine Videoaufzeichnung von den Verladearbeiten. Das Band liegt für uns in Amsterdam unter Verschluß. Wie der Colonel schon sagte: Der Austausch könnte in jedem der sechs Länder vorgenommen worden sein. Wir müssen herausfinden, wo.«

»Das kommt der Suche nach einer Nadel im Heuhaufen gleich«, kommentierte Sabrina.

»Und wenn man lange und gründlich genug sucht, findet man sie«, erwiderte Kolchinsky. »Der Einsatz entspricht der Kategorie Grün; wir haben also Zeit.«

»Der Dieb hält das Gemälde bestimmt in seiner Privatgalerie versteckt, wo ihm nichts passieren kann«, sagte Philpott und beugte sich mit grimmigem Gesicht nach vorn. »Sie sind in diesem Fall Sergei unterstellt. Ich habe eine Sache der Kategorie Rot an der Hand.« Er erklärte kurz die Situation in Libyen.

»Wen setzen Sie ein, Sir?« fragte Sabrina.

»Strike Force 2.«

»Martys Team?«

Philpott nickte. »Neben Ihnen, C. W., ist Martin der erfahrenste Agent der UNACO. Und Erfahrung ist in dieser Sache besonders wichtig.«

»Da wären wir doch genau richtig«, meinte Graham und blickte von Sabrina auf Whitlock.

»Zweifellos, Mike. Aber mit Gewehrfeuer ist in dem Fall nichts zu machen. Die Situation ist äußerst delikat, weshalb ich einen Diplomaten brauche und kein Überfallkommando. Martin und sein Team sind genau die Richtigen.«

»Wir also nicht?« hakte Graham nach.

»*Sie* nicht«, antwortete Philpott schmunzelnd. »Sie haben's jetzt versucht, Mike; es tut mir leid, Ihnen bleibt nur die Aufgabe, das Gemälde zu suchen.«

»Wo sollen wir anfangen?« fragte Sabrina und stand auf.

»Im Metropolitan Museum. Da wartet man schon auf uns«, sagte Kolchinsky.

Philpott nahm den Sonarsender zur Hand, um die Schiebetür zu öffnen. »Viel Glück. Oh, C. W., darf ich Sie noch kurz sprechen?«

Whitlock wartete, bis die anderen den Raum verlassen hatten, und näherte sich dann Philpotts Schreibtisch. »Stimmt was nicht, Sir?«

»Das will ich von Ihnen wissen. Man munkelt, daß Sie in letzter Zeit nicht gut beieinander sind.«

Whitlock war einen Augenblick lang geneigt, seine Probleme vor Philpott auszuschütten. Fremd waren sich die beiden nun wirklich nicht. Philpott hatte Whitlock damals in Oxford für die M15-Truppe rekrutiert. Seither kannten sie sich. Aber der Moment des Zutrauens verflog. Whitlock brachte es einfach nicht fertig, seine privaten Probleme mit einem anderen zu bereden.

»Nicht gut beieinander? Ich bin in Ordnung, Sir. Letzte Woche erst bin ich durchgecheckt worden. Der Arzt hat mir vollste Gesundheit bescheinigt.«

»Ich kenne den Bericht, und Sie wissen, was ich meine.«

»Mir geht's wirklich gut, Sir. Ehrlich. Vielleicht bin ich in letzter Zeit etwas müde gewesen, weiter nichts.«

»Nun, wenn Ihnen was im Magen liegt, wissen Sie ja, daß meine Tür für Sie jederzeit offensteht.«

»Das weiß ich zu schätzen, Sir.«

Philpott schaute Whitlock hinterher, als der das Büro verließ, und ließ die Tür zugleiten. Sein Grübeln über Whitlocks Nervenzustand war schnell verflogen, als er seine Aufmerksamkeit wieder dem Einsatz in Libyen widmete.

Stanholme ging ans Fenster und schaute durch die Stabjalousie hinunter auf die Straße. Die Menschenschlange vor dem Eingang wurde immer größer; das Ende war schon hinter der Ecke der 5th Avenue in Richtung Whitney Museum verschwunden. Hunderte warteten hinter dem Gebäude im Central Park. Stanholme war schon zweimal unten gewesen, um sich bei der ungeduldigen Menge dafür zu entschuldigen, daß die Öffnungszeit verschoben werden mußte. Beim erstenmal hatte er als Verzögerungsgrund angegeben, daß das Gemälde noch nicht von dem offiziell bestallten Experten auf seine Echtheit hin untersucht worden war – ein unter den gegebenen Umständen flauer Scherz. Beim zweitenmal hatte er der Presse die Schuld gegeben und erklärt, daß die Fernsehanstalten mehr Zeit für ihre Reportagen beanspruchten. Das war vor einer halben Stunde gewesen, und er hatte keine große Lust, der Menge ein drittes Mal gegenüberzutreten. Wo waren diese Leute, die, wie man ihm angekündigt hatte, den Fall untersuchen würden? *Was* waren das für Leute? Von seinen Vorgesetzten hatte ihn niemand darüber aufgeklärt. Womöglich wußten sie selber nicht Bescheid. Auf jeden Fall gaben sie sich sehr geheimnisvoll.

Die Tür ging auf, und herein kam van Dehn, grau im Gesicht, nachdem er zwanzig Minuten lang mit dem Rijksmuseum telefoniert hatte.

Armand schob die Tasse mit dem kalt gewordenen Kaffee beiseite und stemmte die Ellbogen auf den Tisch. »Und?«

»Was und?« entgegnete van Dehn, der sich in den nächsten Sessel fallen ließ.

»Wie reagiert die Museumsleitung auf Ihre Inkompetenz?«

»Das geht Sie einen feuchten Kehricht an!« fauchte van Dehn und sah sich nach Stanholme um. »Ich habe mich jetzt genug anpöbeln lassen. Können Sie mich nicht von der Gegenwart dieses Mannes befreien?«

In dem Moment klopfte es an der Tür. Stanholme war froh über die Ablenkung und eilte zur Tür.

»Dr. Stanholme?«

»Ja.« Die Antwort klang fast vorsichtig.

»Mein Name ist Kolchinsky. Ich nehme an, Sie erwarten mich schon.«

»Wie gut, daß Sie endlich da sind. Bitte kommen Sie herein.«

Kolchinsky betrat das Zimmer, gefolgt von Graham, Sabrina und Whitlock. Er machte die drei mit Stanholme bekannt, der seinerseits Armand und van Dehn vorstellte.

Armand lehnte sich in seinem Sessel zurück und musterte die Neuankömmlinge interessiert und argwöhnisch zugleich. Als Stanholme ihm berichtet hatte, daß Kolchinsky die Untersuchung leiten würde, war er wie selbstverständlich davon ausgegangen, es mit einem Amerikaner russischer Abstammung zu tun zu haben. Aber mit einem waschechten Russen? Das konnte nur bedeuten, daß die Leute weder vom NYPD, noch vom FBI oder der CIA eingesetzt worden waren. Und zwei von ihnen hatten tatsächlich Sweatshirts und Jeans an. Kein Versicherungsagent würde sich in einer solchen Aufmachung blicken lassen. Was mochten das also für Leute sein? Privatdetektive? Wohl kaum. Denen wäre ein Diebstahl dieser Größenordnung eine Nummer zu groß. Für wen also arbeiteten sie? Er konnte seine Neugier nicht mehr zurückhalten und fragte geradeheraus.

»Darauf zu antworten, ist uns leider nicht gestattet«, bemerkte Kolchinsky entschuldigend.

»Haben wir nicht ein Recht auf Auskunft in dieser Frage?« entgegnete Armand, der Kolchinskys Tonfall als ein Anzeichen von Schwäche mißdeutete.

»Wir sind hier, um im Fall des verschwundenen Originals der ›Nachtwache‹ Nachforschungen anzustellen. Mehr brauchen Sie nicht zu wissen«, antwortete Kolchinsky und wandte sich dann Stanholme zu. »Können wir die Fälschung sehen? Ich vermute, sie hängt bereits in der Ausstellung, oder?«

»Das ist richtig. Wir wollen nicht unnötig Verdacht aufkommen lassen, erst recht nicht angesichts der vielen Presseleute, die hier wie Geier herumhängen. Wenn denen auch nur das geringste auffällt ...« Stanholme suchte nach Worten und schüttelte den Kopf. »Sie würden die ganze Welt mit Schlagzeilen bedienen.«

Van Dehn blieb im Büro zurück, als Stanholme die anderen über eine Treppe nach oben in den zweiten Stock führte, wo die europäische Kunst untergebracht war. Für die Fälschung stand ein ganzer Raum zur Verfügung. In einem Abstand von zwei Metern vor dem Gemälde war ein Seil gespannt worden. Stanholme erklärte, daß die Rückseite des Bildes an ein ultrasensibles Alarmsystem angeschlossen war, das schon bei der leisesten Berührung an Leinwand oder Rahmen ausgelöst wird. Zusätzlich hielt eine bewaffnete Mannschaft vierundzwanzig Stunden lang Wache, solange das Gemälde im Museum ausgestellt war. Diese Maßnahmen waren Teil des strengen Sicherheitsprogramms, das alle fünf Ausstellungsorte hatten gewährleisten müssen, bevor das Gemälde Amsterdam verlassen konnte.

Sabrina hatte das Original schon im Rijksmuseum gesehen, und die Fälschung entsprach genau ihren Erinnerungen. Sie war wirklich eine Meisterleistung. »Wie schafft es der Fälscher, daß die Farbe die für alte Werke typischen Risse bekommt, ohne gleichzeitig die Leinwand zu beschädigen?« fragte sie Armand, der neben ihr stand.

Armand dachte einen Moment lang über die Antwort nach. »Zuerst grundiert er die Leinwand und behandelt sie mit einem viskosen Mittel, mit Firnis oder bestimmten Harzen etwa. Die Grundierung verhindert zum einen das Absorbieren der Farbe; zum anderen ist sie Voraussetzung für gelungene Krakelüren.«

»Krakelüren?«

»Die feinen Risse in der Farbe. Wenn die Leinwand grundiert ist, muß er die Farbe vorbereiten. Er drückt sämtliche Farbtuben, die er braucht, auf einem Bogen Löschpapier aus und läßt das Ganze eine Nacht lang ruhen. Das Löschpapier zieht die Öle und alle Verunreinigungen aus der Farbe. Am nächsten Tag mischt er sie mit einer Lösung aus Zinkweiß und Ei-Tempera. Die trägt er auf die Leinwand auf. Über die trockene Farbe streicht er nun eine zweite Firnisschicht, und anschließend stellt er das Bild in die Nähe eines offenen Feuers. Beim Trocknen des Firnis zieht sich die Farbe zusammen und reißt auf. Anstelle des Feuers tut's auch ein Haarfön oder ein Ofen. Das Ergebnis ist dasselbe. Vollendet wird das Bild mit einer abgetönten Lasur, die meist aus Kopal und Vibert-Braun besteht. Das Braun kann abgeschwächt oder intensiviert werden, je nachdem wie alt das gefälschte Bild aussehen soll. Es gibt noch einen anderen Trick: Der Firnis wird aufgetragen, bevor die Farbe trocken ist. Auf diese Weise trocknet beides gemeinsam. Danach ist es unmöglich, den Firnis zu lösen, ohne dabei das Gemälde zu zerstören. Das heißt, das Alter der Farbe kann nie untersucht werden.«

»Läßt sich eine Altersbestimmung nicht auch durch die Röntgen- oder Radiokarbonmethode vornehmen?« fragte Whitlock. »Oder weiß sich ein gewiefter Fälscher auch dagegen zu helfen.«

»Wie gesagt, die Radiokarbonmethode ist zu überlisten, indem man Farbe und Firnis zusammen trocknen läßt. Darüber hinaus gibt's aber noch eine andere Möglichkeit. Man schlachtet einen alten Schinken aus.« Armand registrierte die grüblerischen Falten auf Sabrinas Stirn. »Ich meine ein qualitativ minderwertiges Bild, das in Brot- oder Lohnarbeit hergestellt wurde.« Er zeigte auf das Gemälde. »Nehmen Sie zum Beispiel die ›Nachtwache‹. Um sie zu fälschen, muß man bloß einen alten Schinken finden, der aus dem siebzehnten Jahrhundert stammt.«

»Ist es nicht ziemlich schwierig, ein Gemälde in exakt derselben Größe zu finden?« fragte Sabrina.

»Das Original der ›Nachtwache‹ mißt ungefähr vier mal fünf Meter. Zugegeben, man findet nicht oft ein Bild dieser Größe, aber ein Fälscher verfügt über entsprechende Kontakte, die seine Wünsche erfüllen können.

Nun, wenn er diesen Schinken hat, dampft er erst einmal das braune Papier von der Rückseite des Rahmens. Wenn er damit fertig ist, muß er sämtliche Nägel entfernen, ohne den Rahmen zu beschädigen, denn an dem ist er ja interessiert. Dann löst er die alte Leinwand, ersetzt sie durch die eigene und klebt sie mit Mehlkleister fest. Ein guter Fälscher streut noch ein bißchen Staub über die Winkelstöße, damit alles noch echter aussieht. Auf diese Weise ist er einer Entdeckung durch die Röntgenmethode aus dem Weg gegangen, denn damit lassen sich nur Fälschungen erkennen, die über ein anderes Bild gemalt worden sind, was schon eine beliebte Technik war, bevor der Röntgenapparat erfunden wurde.«

»Sehr einfallsreich.«

»Das muß es auch sein, Miss Carver. Kunstfälschung ist heutzutage ein großes Geschäft. Wenn der Fälscher nicht Schritt hält mit der modernen technischen Entwicklung, wird er nicht lange unentdeckt bleiben. So einfach ist das.«

Kolchinsky ging auf Graham zu. »Stimmt was nicht, Michael?« »Nein«, antwortete Graham ruhig. »Ich mach' mir einfach nichts aus Malerei. Das Bild hier zum Beispiel ... egal, ob Fälschung oder nicht, es sagt mir nichts.«

»Mir geht's ähnlich«, pflichtete Kolchinsky bei. »Aber unsere Meinung ist in diesem Fall nicht gefragt. Wir sind hier, um das Original zu finden.«

Graham fuhr mit den Fingern durchs Haar. »Ich frage mich, wie Leute wie Armand über Warhols Kunst in dreihundert Jahren faseln werden.«

Kolchinsky grinste und legte eine Hand auf Grahams Schulter. »Ich möchte, daß Sie und Sabrina eine Stellungnahme von van Dehn einholen.«

»Ein Geständnis wär' besser.«

»Glauben Sie, daß er in den Fall verwickelt ist?«

»Eine vage Vermutung, mehr nicht.«

Kolchinsky winkte Whitlock und Sabrina herbei. »C. W., sprechen Sie mit Armand und sammeln Sie Informationen zur Fälscher-Szene. Die vergleichen wir dann mit dem, was im Hauptquartier dazu ermittelt wird. Sabrina, ich möchte, daß Sie und Michael dem Holländer auf den Zahn fühlen.«

Stanholme legte die Hand auf Kolchinskys Arm. »Entschuldigen Sie die Unterbrechung, aber ist es in Ordnung, wenn wir dem Publikum jetzt die Türen öffnen? Die Leute draußen werden langsam unruhig.«

»Ja, wir sind hier fertig.« Kolchinsky wartete, bis Stanholme außer Hörweite war, und fuhr dann fort: »Ich muß zurück, um dem Colonel zu helfen. Rufen Sie Sarah an, wenn Sie hier durch sind. Ich werde ihr auftragen, einen Wagen in Bereitschaft zu halten. Ach … Michael? Gehen Sie Ihrem Verdacht doch mal nach, solange wir keine anderen Hinweise haben.«

Sarah legte den Hörer auf die Gabel und lächelte ihnen zu. »Mr. Kolchinsky möchte Sie jetzt sehen.«

Sie hatte den Satz kaum ausgesprochen, als die Schiebetür zu Philpotts Büro aufging. Kolchinsky saß hinterm Schreibtisch, winkte die drei herein und schloß die Tür per Fernbedienung.

Er sah jedem einzelnen nacheinander ins Gesicht, warf sich in den gepolsterten Stuhl zurück und seufzte enttäuscht. »Sie haben also noch nichts erreicht.«

»Wir haben van Dehn in die Mangel genommen, aber er bleibt bei seiner Geschichte.« Sabrina nahm eine Mini-Kassette aus dem winzigen Recorder in ihrer Tasche und legte sie vor Kolchinsky auf den Schreibtisch. »Mehr haben wir nicht.«

»Er weiß sich gut zu verteidigen; das muß man ihm lassen«, sagte Graham und ließ sich auf eine der beiden schwarzen Sofas fallen.

»Sie halten also an Ihrem Verdacht fest?«

»Ja, und zwar fester denn je. Zugegeben, er macht einen

recht besorgten Eindruck. Aber was ihn sorgt, ist nicht die Tatsache, daß das Gemälde, auf das er aufpassen sollte, ausgetauscht wurde. Daß die Fälschung als solche aufgeflogen ist, macht ihm viel mehr zu schaffen. Ohne den aufgeweckten Experten Armand wäre der Austausch womöglich nie entdeckt worden. Die Fälschung würde schließlich im Rijksmuseum landen, und wer weiß, wie lange sie da unentdeckt hängen bliebe. Vielleicht für immer. Auf jeden Fall wäre van Dehn schön aus dem Schneider. Aber jetzt weiß er, daß derjenige, bei dem wir letztendlich das Gemälde aufstöbern, den Mund nicht halten und alle, die am Diebstahl beteiligt waren, verpfeifen wird. Einschließlich van Dehn.«

Kolchinsky richtete den Blick auf Sabrina. »Und was halten Sie von van Dehn? Sind Sie auch der Meinung von Michael?«

»Keine Frage, van Dehn ist sehr nervös. Aber ich gehe in meinem Verdacht nicht so weit wie Mike, was die Schuldfrage betrifft. Ich arbeite allerdings schon lange genug mit Mike, um zu wissen, daß an seinen Vermutungen meistens was dran ist. Sie haben uns fast immer auf die richtige Spur gebracht.«

»Wenn Michael recht hat, könnte uns ein neues Problem ins Haus stehen. Wir müßten dann davon ausgehen, daß van Dehn die Person, die das Original versteckt hält, warnt. In dem Fall würde das Gemälde noch tiefer im Untergrund versinken.«

»Ein wichtiger Punkt – theoretisch«, bemerkte Whitlock. »Wenn der Holländer den Austausch abgewickelt hat, können wir getrost annehmen, daß er für seine Dienste gut abkassiert. Außerdem dürfen wir annehmen, daß er bislang bloß eine Anzahlung bekommen hat und den Rest erst dann einstreichen kann, wenn die Fälschung im Rijksmuseum hängt. Warum sollte er also die Pferde scheu machen und seinen Lohn riskieren? Daß im Met eine Fälschung hängt, steht schließlich noch nicht in den Zeitungen. Aber all das ist vorläufig reine Spekulation.«

»Ich versteh' euch nicht; besonders Sie nicht, Sergei.« Graham tippte mit dem Finger auf den Aktenordner, der auf seinem Knie lag. »Was ist mit dem Bericht über die Ausstellungstournee, den Sie uns mit dem Wagen geschickt haben, damit wir ihn auf der Rückfahrt lesen? Da ist ein Aspekt, der auffällt wie ein weher Daumen, und zwar der Sicherheitsaspekt. Jedes Museum«, er zählte sie an den Fingern ab, »das Kunsthistorische Museum in Wien, das Dahlemer Museum in Berlin, der Louvre in Paris, in London die National Gallery und nun das Metropolitan – all diese Ausstellungshäuser sind mit einem Aufwand gesichert worden, über den jeder Staatsmann stolz sein würde. Jedes Land hat ein eigenes Sicherheitsteam zum Einsatz gebracht, deren Mitglieder sich vorher nicht gekannt haben. Eine interne Verschwörung war also in so kurzer Zeit nicht möglich. Unterwegs, auf der Reise von einem zum anderen Land, war an das Gemälde nicht ranzukommen. Da ist zum Beispiel der Flug von London nach New York. Zwei Beamte der amerikanischen Staatspolizei und zwei ranghohe Beamte von Scotland Yard haben das Gemälde bewacht, vom Augenblick seiner Vorladung in der National Gallery an bis zum John F. Kennedy-Flughafen, wo es in einen Panzerwagen verfrachtet wurde. Allen vier Beamten wurde erst vierundzwanzig Stunden zuvor der Einsatz mitgeteilt. Auch sie hatten keine Zeit, einen Coup zu planen und die Fälschung herzustellen. Das leuchtet doch ein, oder? Die einzige Person, die Zeit und Gelegenheit für den Austausch hatte, war van Dehn. Ist das nicht sonnenklar?«

»Ich stimme mit Ihnen überein, Michael. Vieles spricht für van Dehns Verwicklung in den Fall. Aber bedenken Sie eins: Für uns zählen nur Tatsachen und keine Hypothesen. Zum jetzigen Zeitpunkt liegt uns nicht einmal der kleinste Beweis vor. Wenn er tatsächlich schuldig ist, müssen wir den Nachweis antreten. Eine Vermutung reicht da wirklich nicht aus.«

Das Telefon läutete.

»Entschuldigung«, sagte Kolchinsky und nahm den Hörer ab. Er hörte aufmerksam zu, flüsterte kurz in die Sprechmuschel und legte auf. »Das war Mr. Stanholme. Die Ergebnisse der Radiokarbontests zur Altersbestimmung sind gerade eingetroffen. Der Rahmen stammt aus der Mitte des siebzehnten Jahrhunderts.«

»Das könnte schon ein Hinweis sein.« Sabrina wandte sich an Whitlock. »Erinnerst du dich, was Armand über den Gebrauch alter Rahmen von unbedeutenden Gemälden gesagt hat, mit denen Radiokarbontests zu überlisten sind?«

Whitlock nickte. »Ich weiß, worauf du hinaus willst. Irgendein Händler wird sich bestimmt daran erinnern, ein Bild dieser Größe verkauft zu haben, besonders dann, wenn es von oder für einen bekannten Fälscher gekauft wurde.«

»Vielleicht ist es auch gestohlen worden«, gab Graham zu bedenken.

»Das ist sehr wohl möglich«, pflichtete Whitlock bei.

»Ich will nun wirklich nicht Ihre Begeisterung schmälern; aber übersehen Sie nicht ein paar *unwichtige* Details?«

»Der alte Schinken könnte also gekauft oder gestohlen worden sein. Die Frage ist nur: Wann und wo? Als Antwort kommen die ganze Erde und die letzten drei, vier Jahre in Betracht.« Sabrina schenkte Kolchinsky ein hämisches Grinsen. »Zugegeben, Sergei, der Verdacht ist weit hergeholt, aber zumindest haben wir eine Spur, und davon gibt's nicht viele.«

»Ja, den Versuch ist's wert«, sagte Kolchinsky nach einer Weile. »Ich werde mich mit Jacques Rust in Zürich in Verbindung setzen, sobald mir die Kommandozentrale die Liste der Fälscher zukommen läßt. Jacques kann seine Männer losschicken, um sich die betreffenden Personen mal näher anzusehen.«

»Ich schätze, auf der Liste wird auch unser Mann stehen. Die Fälschung ist ein Meisterwerk, und, wie Armand sagt, es gibt nur eine Handvoll von Fälschern, die dazu in der Lage sind.«

»Darauf würde ich mich nicht verlassen, C. W. Ich werde Jacques bitten, unseren Kontaktmann in Amsterdam einzuweihen. Wenn Sie Ihr Hotel erreichen, werden alle nötigen Informationen schon auf Sie warten.« Kolchinsky nahm drei Briefumschläge aus der Schublade und warf sie auf den Schreibtisch.

Jeder Umschlag enthielt eine Kurzfassung des Auftrags, die nach dem Lesen sofort zu vernichten war, ein Flugticket, verschiedene Stadtpläne, die schriftliche Bestätigung der Zimmerreservierungen, eine knappe Beschreibung des Amsterdamer Kontaktmanns und eine ausreichende Menge Gulden. Für einen Agenten im Einsatz gab es keine Spesengrenze (jeder Agent hatte zwei Kreditkarten für den Notfall), aber alle Ausgaben mußten der bürokratischen Ordnung halber per Quittung oder sonstigem Nachweis belegt werden.

Sabrina verteilte die Umschläge und sah dann Kolchinsky an. »Was gibt's Neues über Strike Force 9 in Libyen?«

»Da hat sich noch nichts getan. Der Generalsekretär trifft sich heute nachmittag mit dem libyschen UN-Botschafter. Er meint es gut, wird aber keinen Erfolg haben. Deshalb steht Strike Force 2 unter Alarmbereitschaft.«

»Wird die Presse Wind von der Sache bekommen?« fragte Sabrina.

»Das hat sie bereits. Die libysche Regierung ist heute morgen mit einer Erklärung an die Öffentlichkeit gegangen. Hier ist eine Kopie.« Kolchinsky zeigte auf die Akte auf seinem Tisch. »Keiner der Männer hatte einen Personalausweis dabei; deshalb werden die Libyer nicht dahinterkommen, wer sie in Wirklichkeit sind. Unsere einzige Sorge ist die Drohung der Libyer, sie so schnell wie möglich vor ein Gericht zu stellen. Wenn sie schuldig gesprochen werden – und das ist wohl bloß eine Formalität –, steht zu befürchten, daß sie erschossen werden.« Er schaute auf die Uhr. »Wie dem auch sei, das ist nicht Ihr Problem. Sie müssen in drei Stunden im Flugzeug sitzen.«

»In drei Stunden!« rief Graham. »Ich wollte eigentlich nur bis morgen nach dem Marathon in der Stadt bleiben; hab entsprechend wenig zum Anziehen eingesteckt. Ich kann doch nicht in Leibchen und Turnhose nach Amsterdam fliegen.«

»Ich leih dir ein paar Sachen«, bot ihm Whitlock an.

»Nichts für ungut, C. W., aber unser Geschmack in puncto Kleidung ist ziemlich verschieden.«

»Was brauchst du denn, Michael?«

»Ein paar T-Shirts und Sweatshirts. Schätze, daß sich die Jeans im Hotel waschen lassen.«

»Du kannst dir ja auf UNACO-Kredit alles Nötige kaufen. Und hol dir eine zweite Jeans, wenn du nichts anderes tragen willst. Ich fänd's peinlich, wenn man dich in Unterhosen erwischt.«

Sie lachten.

»Ich werde, sobald ich kann, in Amsterdam zu Ihnen stoßen. Das hängt davon ab, wie schnell die Libyen-Krise zu lösen ist.« Kolchinsky ließ die Tür aufgleiten.

Sabrina fing zu kichern an, als sie draußen im Flur waren. »Ich kann dich nicht verstehen, Mike. Mir würd's durchaus gefallen, ein paar schicke Klamotten per Kreditkarte der UNACO zu kaufen.«

»Das glaub ich dir. Hauptsache, sie müssen das Etikett von gefragten Designern tragen und in irgendeiner In-Boutique in der Fifth Avenue hängen.«

»Das war doch bloß ein Scherz«, entgegnete sie leise und schaute Graham nach, der sich von ihnen entfernte.

»Du kennst doch Mike«, sagte Whitlock und legte einen Arm um ihre Schulter.

»Du brauchst mich nicht zu trösten«, erwiderte sie barsch und ging auf den Fahrstuhl zu.

Er fuhr mit den Händen übers Gesicht und seufzte. Hatte er nicht genug Ärger mit Carmen und ihrem wachsenden Groll auf seinen Job? jetzt schien zu allem Überfluß Graham wieder in seine alte Gewohnheit zurückzufallen und mit Sabrina zu jeder sich bietenden Gelegenheit streiten zu wollen. Und wie immer steckte er, C. W. Whitlock, in der Mitte. Er warf einen Blick auf die Uhr. Carmen würde von der Klinik zurückgekehrt sein. Ihm stand eine weitere Auseinandersetzung bevor, wenn er nach Hause kommen und für Amsterdam packen würde. Aber das ließ sich nicht vermeiden.

Die Lifttür teilte sich. Im Fahrstuhl stand ihm ein entnervter Lehrer gegenüber, umringt von einer Gruppe von zehnjährigen Schuljungen. Die Tür ging zu, und Whitlock drückte aus Gewohnheit den Knopf für die Eingangshalle.

Das hätte er sich sparen können. Einer der Bengel hatte jeden Knopf gedrückt, angefangen vom zweiundzwanzigsten Stock bis hinunter zum Ausgang.

Als hätte er nicht schon Sorgen genug …

FÜNF

Baumgesäumte Grachten, bucklige Brücken, bunte Hausbootflotten und schmale Pflasterwege voll von Radfahrern aller Altersstufen. Aber ganz besonders erinnerte sich Whitlock an Amsterdam wegen eines starken Wacholderschnapses, *Jenever* genannt, dem er einen Kater verdankte, der einen Alkoholiker zur Abstinenz bekehrt hätte. Das lag fünfundzwanzig Jahre zurück, und seitdem war er nie mehr so betrunken gewesen. Damals hatte er mit einer Gruppe von Kommilitonen eine Woche der Semesterferien in Holland verbracht. Zu jener Zeit lauschten Hippies mit Blumen im Haar den Worten von Timothy Leary und der Musik von Janis Joplin, während die Haschpfeife herumgereicht wurde.

Whitlock stand auf den Stufen zum Rijksmuseum, blickte über die Singelgracht und erkannte, daß sich seit seinem letzten Besuch in der Stadt kaum etwas verändert hatte. Nur die Hippies waren verschwunden und von einer neuen Generation von Teenagern ersetzt worden, die sich die Worte und Rhythmen (für die er den Begriff Musik nicht anzuwenden bereit war) von talentlosen Bands aus geschulterten, weithin hörbaren Kofferradios um die Ohren plärren ließen. Der Lärm erinnerte ihn an den Jenever-Kater.

Er stieg über die letzten Stufen des imposanten, roten Ziegelbaus zum Eingang hinauf und betrat die Halle, wo er einen Bediensteten bat, Professor Hendrik Broodendyk anzurufen, den Generaldirektor des Museums, und ihn über seine, Whitlocks, Ankunft zu unterrichten.

Als Broodendyk erschien, war Whitlock verblüfft über dessen große Ähnlichkeit zu dem Schauspieler Sydney Greenstreet. Das schütter werdende schwarze Haar, die grauen Schläfen, der schwere, fleischige Kiefer, der stechende Blick der kleinen Augen und der korpulente Rumpf – all das, wofür Greenstreet in den vierziger Jahren berühmt war.

Sie grüßten sich per Handschlag, und dann führte Broodendyk den Besucher durch die Halle in sein Büro, das gegenüber der Bücherei lag.

»Mr. Kolchinsky hat mir, wenn ich mich recht erinnere, ein Team aus drei Personen angekündigt«, sagte Broodendyk und nahm auf einem Stuhl ohne Armlehne hinter einem schweren Teakholzschreibtisch Platz.

»Wir sind tatsächlich zu dritt«, entgegnete Whitlock und setzte sich in einen der dunkelroten Armsessel. »Meine Kollegen ermitteln im Augenblick woanders.«

Broodendyk schien mit der Antwort zufrieden zu sein und langte nach dem Telefonhörer. »Darf ich Ihnen Tee oder Kaffee anbieten?«

»Nein, danke. Ich habe gerade erst Kaffee zum Frühstück getrunken.«

»Wo wohnen Sie?«

»Im Parkhotel. Sie kennen es bestimmt; es liegt nur einen Steinwurf von hier entfernt.«

»Ja, das kenne ich gut. Für Museumsgäste reserviere ich dort oft Zimmer.« Broodendyk entnahm der Schublade eine Videokassette und legte sie vor Whitlock auf die Schreibtischplatte. »Das Band wurde von einem Mitglied unserer Sicherheitsmannschaft gedreht. Ich weiß nicht, was Sie darauf zu sehen hoffen, aber Mr. Kolchinsky hat mich mit Nachdruck gebeten, Ihnen die Kassette auszuhändigen. In einem Zimmer am Ende des Flurs habe ich ein Abspielgerät und einen Fernsehapparat für Sie aufstellen lassen. Das Personal ist angewiesen worden, Sie nicht zu stören.«

»Bevor ich mir das Band ansehe, würde ich Ihnen gerne ein paar Fragen stellen.«

»Gewiß doch.« Broodendyk zog ein vergoldetes Zigarettenetui aus der Innentasche seines Alpaka-Jacketts und hielt es Whitlock entgegen, der aber mit erhobener Hand ablehnte. »Macht es Ihnen etwas aus, wenn ich rauche?«

»Ganz und gar nicht.«

Broodendyk steckte eine Zigarette in eine Spitze aus Elfenbein und zündete sie mit einem Dunhill-Feuerzeug an. Whitlock fühlte sich an eine Szene aus einem Gangsterfilm der vierziger Jahre erinnert.

»Ich würde gern ein wenig über Mils van Dehn erfahren.« Broodendyk zuckte mit den Achseln, was so aussah, als schüttelte er sich. »Ich kenne Mils seit acht Jahren, seit ich im Rijksmuseum den Posten des Generaldirektors übernommen habe. Er ist einer der am längsten hier beschäftigten Mitarbeiter, kann Ihnen aber nicht aus dem Gedächtnis sagen, wie lange er schon für das Museum arbeitet. Sechzehn, vielleicht siebzehn Jahre. Ich könnte nachschauen lassen.«

»Das ist nicht nötig.«

»Mils ist einer jener kleinen, grauen Gestalten, wie sie in jeder Firma anzutreffen sind. Wissen Sie, was ich meine? Dominierende Frau daheim in einem Haus, das ihm nie gehören wird. Kein Ehrgeiz. Er ist zufrieden mit seinem Assistentenposten und bleibt es auch bis zur Pensionierung. Deshalb war ich angenehm überrascht, als er den Vorschlag machte, die ›Nachtwache‹ auf eine Ausstellungstournee durch Europa zu schicken. Endlich hatte er mal Initiative gezeigt.«

»Das war seine Idee?« fragte Whitlock nach.

»Ja. Letztes Jahr ist er damit angekommen. Zuerst habe ich abgewunken, bin aber dann nach gründlichem Nachdenken zu der Einsicht gekommen, daß aus dem Vorschlag was zu machen sei. Sie müssen verstehen, Mr. Whitlock, ich habe schon immer davon geträumt, einmal die ›Mona Lisa‹ im Rijksmuseum ausstellen zu können. Deshalb dachte ich, wenn wir dem Louvre die ›Nachtwache‹ als Leihgabe überlassen, ließe sich mein Traum womöglich doch noch verwirklichen.«

»Hat van Dehn seinen Vorschlag nur einmal gemacht?«

Broodendyk biß mit den Zähnen auf die Zigarettenspitze und schien über Whitlocks Frage nachzudenken. »Ich weiß nicht; kann sein, daß er noch mal damit angekommen ist.

Aber auf den Wecker gefallen ist er mir nicht; daran würde ich mich erinnern.«

»Als Sie Ihr Einverständnis für die Wanderausstellung gegeben haben, hat sich da van Dehn selber angeboten, das Gemälde zu begleiten?«

»Nein. Ich habe ihn auf die Reise geschickt, weil es ja seine Idee war.« Broodendyk tippte Asche von der Zigarette in einen quadratischen Aschenbecher neben seinem Ellbogen. »Sie scheinen sich für Mils besonders stark zu interessieren.«

»Ich versuche bloß, der Wahrheit näherzukommen. Das wollen Sie doch auch, oder?

»Schauen Sie, Mils ist, so sehr man auch über ihn lächeln mag, einer der ehrlichsten Menschen, die ich kenne. Seine Integrität ist über jeden Zweifel erhaben. Deshalb habe ich nicht gezögert, ihm zuzusichern, daß er trotz des Vorfalls im Amt bleibt.«

»Wann wird er zurückerwartet?«

Broodendyk warf einen Blick auf die Schreibtischuhr. »Seine Maschine müßte gegen sechs Uhr morgens gelandet sein. Ich habe ihm geraten, ein paar Tage auszuspannen, doch er wollte so früh wie möglich wieder zum Dienst erscheinen. Ich kann ihn verstehen. Zu Hause würde ihm vor lauter Sorge und Ärger nur die Decke auf den Kopf fallen.«

»Ich möchte ihn sprechen, wenn er hier ist.«

»Das werde ich ihm ausrichten.«

Whitlock nahm die Videokassette zur Hand und stand auf. »Danke, daß Sie sich für mich Zeit genommen haben. Wie komme ich jetzt in das Zimmer, von dem Sie gesprochen haben?«

»Den Flur hinunter, zweite Tür. Sie ist unverschlossen.«

Broodendyk starrte auf die Tür, nachdem Whitlock das Büro verlassen hatte, und drückte die Zigarette im Aschenbecher aus. Konnte es sein, daß van Dehn in den Diebstahl verwickelt war? Er schlug sich diese, wie er fand, unmögliche Vorstellung aus dem Kopf und stellte sich auf die Tagesgeschäfte ein, indem er im Terminkalender nachschaute.

Auf Amsterdams größtem Flohmarkt an der Valkenburger-straat war an diesem schwülen, wolkenverhangenen Freitagmorgen schon viel Betrieb. Die Händler feilschten mit Einheimischen und Touristen gleichermaßen. Jeder wollte seinen Ramsch verkauft haben, bevor der Markt für das Wochenende geschlossen wurde. Touristen machten immer wieder den Fehler, nach erfolglosen Versuchen des Handelns den Stand zu verlassen in der Hoffnung, zurückgerufen zu werden. Das passierte nämlich nie. Ein Händler würde eher auf den Verkauf verzichten, als sein Gesicht zu verlieren, besonders bei Ausländern. Das gebot ihm sein hartnäckiger, holländischer Stolz.

Graham rätselte immer noch darüber nach, warum der Kontaktmann auf dem Flohmarkt getroffen werden wollte. Warum nicht im Hotel? Zweimal hatten sich er und Sabrina in dem Getümmel aus den Augen verloren. Graham drängte mißmutig durch die Menge, und um nicht noch einmal nach ihm suchen zu müssen, hatte sich Sabrina bei ihm untergehakt. Das Treffen war für elf Uhr bei dem Stand für Stoffe am Rand des Marktes vor der Rapenburgerstraat vorgesehen. Auch dafür hatte Graham kein Verständnis. Warum ausgerechnet da? Warum nicht beim Eingang? Warum mußte es überhaupt dieser verdammte Flohmarkt sein, dachte er wieder.

Sie erreichten den Stand zehn Minuten später als verabredet. Er umfaßte ein Dutzend Tische voller Stoffe aus allen erdenklichen Materialien, angefangen von Drillich, Gingan und Kattun bis hin zu den exotischeren Sachen wie Chambray, Crêpe-de-chine und Tüll. Das Verkäuferpaar hinter den Tischen rannte hin und her – messend, schneidend, faltend. Der Nachfrage und den Geldsummen zufolge, die hier umgesetzt wurden, schien es sich um ein lukratives Geschäft zu handeln.

»Mike? Sabrina?«

Die beiden wirbelten herum. Der Mann war Ende Vierzig, hatte silbergraues Haar und ein kräftiges, gutgeschnittenes Gesicht. In der linken Hand trug er einen schwarzen Aktenkoffer, in dessen Deckel die Initialen »PdJ« eingraviert waren.

»Ich bin Pieter de Jongh«, sagte der Mann und streckte eine sauber gepflegte Hand zum Gruß aus. Auf drei Fingern steckten Goldringe.

»Warum haben Sie ausgerechnet diesen Treffpunkt gewählt?« fragte Graham und schüttelte de Jonghs Hand.

»Das wird Ihnen gleich klar sein.« De Jongh machte einen Schritt nach vorn, um einen Mann und eine Frau vorbeizulassen. »Kommen Sie, gehen wir spazieren. Freitags ist es auf dem Flohmarkt meistens ziemlich anstrengend, weil man dann die günstigsten Gelegenheiten findet.«

»Ist Jacques auf eine Spur gestoßen?« fragte Graham und hielt Schritt mit de Jongh.

De Jongh schüttelte den Kopf. »Alle Namen auf der Liste konnten gestrichen werden. Jacques' Männer haben vergangene Nacht entsprechende Nachforschungen angestellt.«

»Wir sind also wieder bei Null angelangt?« sagte Sabrina.

»Nicht unbedingt. Ich habe heute morgen mit Jacques ein langes Telefongespräch geführt, und wir sind beide der Ansicht, daß die Fälschung hier in Amsterdam gemacht worden sein muß.«

»Warum?« fragte Graham.

»Vor zweieinhalb Jahren wurde ein sehr großes, aber eigentlich wertloses Gemälde aus einem Haus hier in der Stadt gestohlen. Die Diebe nahmen nur das Bild, sonst nichts, obwohl direkt darunter eine Vitrine stand mit Porzellanfiguren aus der Zeit Williams des Schweigers. Das Gemälde, das von einem unbekannten holländischen Maler stammt, maß 472 mal 472 Zentimeter.«

»Das kommt genau hin«, rief Sabrina.

»Schrauben Sie Ihre Erwartungen nicht allzu hoch. Womöglich endet diese Spur in einer Sackgasse.«

»Sind Sie ihr schon gefolgt?« wollte Graham wissen.

»Das ist mir nicht möglich, Mike. Ich bin doch ein Amsterdamer Geschäftsmann. Würde ich in der Sache Nachforschungen anstellen, wäre meine Tarnung bald hinfällig.« De Jongh blieb vor einer schmalen, gepflasterten Seitenstraße stehen. »Da drüben finden Sie einen Laden, der auf Keramik spezialisiert ist. Er gehört einem gewissen Frank Maartens, dem größten Hehler der Stadt. Wenn es jemanden gibt, der weiß, wer das Gemälde gestohlen hat und was daraus wurde, dann ist er das.« De Jongh sah Graham an. »Deshalb wollte ich Sie auf dem Flohmarkt treffen. Sie hätten den Laden wahrscheinlich nicht einmal mit einem Stadtplan gefunden.«

»Das glaub ich gern«, antwortete Graham und schaute sich um.

De Jongh öffnete den Aktenkoffer und reichte den beiden je eine mit einem Tuch umwickelte Beretta, die Graham und Sabrina in die Tasche gleiten ließen, ohne sie vorher ausgepackt zu haben. »Ist Maartens gefährlich?« fragte Sabrina.

»Er ist bisher immer vor Gewalttaten zurückgeschreckt«, antwortete de Jongh, zog dann einen Zettel aus der Jackentasche und gab ihn Graham. »Das sind alle ungelösten Fälle, von denen wir wissen, daß Maartens mit von der Partie war, doch ließen sich in keiner Sache handfeste Beweise gegen ihn erbringen. Wenn's sein muß, können Sie ihn aber ein bißchen schwitzen lassen. Vielleicht singt er, wenn man ihm mit Gefängnis droht. Zweimal hat er schon gesessen.« Er gab Sabrina einen Schlüssel. »Der paßt zu einem Schließfach im Hauptbahnhof. Deponieren Sie da Ihre Waffen, wenn Sie sie nicht mehr brauchen. Den Schlüssel können Sie bei der Hotelrezeption hinterlegen. Ich hole ihn dann ab. Sie kennen meine Telefonnummer. Rufen Sie an, wenn Sie etwas brauchen. Jetzt aber müssen Sie mich entschuldigen. Ich bin um halb eins zum Lunch verabredet.« Er gab den beiden die Hand, entfernte sich in Richtung Flohmarkt und war bald in der Menge verschwunden.

Graham las den Zettel und reichte ihn an Sabrina weiter. Darauf waren Details über das gestohlene Gemälde aufgeführt sowie knappe Daten zu sieben Diebstählen, deren Beute der Hehler Maartens verhökert hatte.

Sie gingen über die Pflastersteine auf den kleinen Laden zu, der zwischen einem Crêpe-Imbiß und einem Waschsalon lag. Der Name F. MAARTENS stand in aufgepinselten Buchstaben über einem kleinen Erkerfenster, in dem eine

Reihe von Keramikgegenständen verschiedener Größen und Formen ausgestellt war. Eine Glocke klingelte über der Tür, als sie eintraten. Der Laden war winzig und schäbig. Auf verstaubten Regalen ringsum an der Wand standen Dutzende unbemalter Steinguttöpfe und Tonfiguren. Graham ging an die Theke. Eine Frau in mittleren Jahren kam aus einem Hinterzimmer nach vorn und ordnete ihr dünnes Nylonkopftuch, unter dem Lockenwickler zu erkennen waren.

»*Kan ik u helpen?*« fragte sie gelangweilt.

»Wir würden gern Herrn Maarten sprechen«, antwortete Graham.

»Der ist oben und gerade beschäftigt«, wurde ihm in abweisendem Tonfall erwidert.

Graham beugte sich über die Theke. »Dann holen Sie ihn runter.«

Sie konnte seinem starren Blick nicht standhalten und schaute an ihm vorbei.

»Holen Sie ihn!« wiederholte Graham.

Sie verschwand hinter der Tür auf der Suche nach ihrem Mann. Ihre Absätze waren auf dem nackten Boden zu hören.

Sabrina lehnte sich an die Theke und verschränkte die Arme vor der Brust. »Das ist ja zum Gruseln hier.«

Graham folgte ihren Blicken. »Von solchen Läden gibt's Dutzende in New York. Samuel Johnson würde so *was* als das letzte Refugium der Versager bezeichnet haben.«

Die beiden tauschten fragende Blicke, als sich der beißende Gestank alten Schweißes in ihren Nasen bemerkbar machte. Sie drehten die Köpfe und sahen sich einem feisten Mann Mitte Sechzig gegenüber, der sich wohl eine Woche nicht rasiert hatte. Sein braunes Haar war ungewaschen und fiel ihm strähnig ins Gesicht.

»Sie wollen mich sprechen?« sagte der Mann im Türrahmen.

»Wenn Sie Frank Maartens sind«, erwiderte Graham.

»Ja, der bin ich. Was wollen Sie?«

»Informationen.«

Maartens grinste und zeigte nikotingelbe Zähne hinter aufgesprungenen Lippen. »Ich bin doch keine Klatschtante.«

»Schade«, sagte Graham, faltete den Zettel auseinander und gab ihn Maartens zu lesen. »Der Raub bei van Hughen, Dezember '86. Sie haben die Beute verkauft und die Diebe mit umgerechnet zweitausend Dollar abgespeist. Die Polizei schätzt die Ware insgesamt auf rund fünfundzwanzigtausend Riesen. Dann war da noch der Diamantencoup draußen vor dem Gasson-Diamand-House im März '87 …«

»Wer sind Sie?«

»Das geht Sie nichts an. Wichtiger ist, daß Sie Ihre Kollegen beschissen haben, und wenn die erst einmal Wind davon bekommen, geht's Ihnen dreckig. Allerdings sind die Burschen vorläufig noch eine Weile aus dem Rennen; wenn Sie aber demnächst im selben Knast landen …«

»Was wollen Sie wissen?« unterbrach Maartens hastig und wischte sich nervös mit dem Handrücken über die Stirn.

»Vor zweieinhalb Jahren ist ein Gemälde geklaut worden, und zwar aus einem Haus …« Graham warf einen Blick auf die Liste. »… in der De Clerq Straat. Die Sache war in zweifacher Hinsicht ziemlich ungewöhnlich: erstens, die Größe des Bildes – knappe fünf mal fünf Meter; zweitens wurde sonst nichts gestohlen. Ich möchte wissen, wer dahintersteckt?«

»So'n Bild ist mir nie untergekommen. An das Maß würde ich mich erinnern.«

»Ich behaupte ja nicht, daß Sie mit der Sache zu tun haben. Ich will nur wissen, wer dahintersteckt.«

Maartens kicherte hektisch. »*Mijnheer*, wenn ich Bescheid wüßte, würd ich's Ihnen sagen. Ehrlich, das würd ich.«

Graham zuckte mit den Achseln und faltete den Zettel wieder zusammen. »Wir vergeuden wohl nur unsere Zeit. Die Polizei wird sich für meine kleine Liste bestimmt interessieren.«

»Warten Sie. Augenblick«, stammelte Maartens, als sich die beiden auf die Eingangstür zubewegten. »Ich kann für Sie ein bißchen rumfragen.«

»Sie haben fünf Minuten; danach gehen wir zur Polizei.«

Maartens nickte verstört, langte zum Telefonhörer und wählte mit zitternden Fingern. Nach dem zweiten Anruf legte er den Hörer sichtlich erleichtert auf.

»Der Mann, den Sie suchen, heißt Jan Lemmer.«

»Was wissen Sie von ihm?« Sabrina schaltete sich zum erstenmal in die Unterhaltung ein.

»Er war früher mal Boxer. Jetzt verdient er sein Geld hauptsächlich durch ...« Maartens kratzte sich die fettige Kopfhaut und suchte nach Worten, »... gröbere Arbeiten. Sie verstehen?«

»Ja«, antwortete Graham. »Wo finden wir ihn?«

»Er lebt auf einem Hausboot beim Westermarkt im Stadtteil Jordaan.«

»Welcher Kanal?«

»Prinsengracht. Ich weiß nicht genau wo, aber das kann Ihnen jeder in der Gegend sagen.«

»Und Sie sind sicher, daß er an dem Bruch beteiligt war?« wollte Sabrina wissen.

»Ja, meine Quellen sind verläßlich. Würden Sie jetzt bitte den Zettel zerreißen?«

»Sobald wir Lemmer gesehen haben«, entgegnete Graham.

»Aber ich hab Ihnen doch gesagt, was Sie hören wollten.«

»Den Zettel behalten wir nur zur Sicherheit«, bemerkte Sabrina.

»Was soll das heißen: ›Sicherheit‹?« fragte Maartens ängstlich.

»Das soll heißen: Falls Sie Lemmer unseren Besuch ankündigen, wandert der Zettel zur Polizei«, antwortete Graham.

»Was hab ich mit Lemmer zu schaffen?« prustete Maartens. Er wurde rot vor Wut und spuckte auf den Boden. »Das ist ein Dreckskerl, Abschaum. Mit so was verkehr ich nicht.«

»Trotzdem behalten wir den Zettel noch eine Weile«, sagte Sabrina.

»Aber wie erfahr ich, daß Sie ihn zerreißen, wenn Sie bei Lemmer gewesen sind?«

Graham öffnete seiner Kollegin die Tür und warf Maartens noch einmal einen Blick zu. »Überhaupt nicht.«

Auf der Valkenburgerstraat winkten sie ein Taxi herbei. Graham bat den Chauffeur, zum Westermarkt zu fahren, und stellte ihm zehn Gulden extra in Aussicht, wenn er das Ziel in weniger als fünfzehn Minuten erreichen würde. Der Fahrer nahm die Herausforderung dankend entgegen.

Das Videoband war zu Ende. Per Fernbedienung ließ Whitlock die Kassette zurückspulen. Wie oft hatte er den Streifen jetzt schon gesehen? Achtmal? Zehnmal? Er war mit dem Zählen nicht mehr nachgekommen und jedesmal zu demselben Schluß gelangt: Eine Auswechslung des Gemäldes im Rijksmuseum hätte unmöglich stattfinden können. Die Kamera hatte die ganze Prozedur minutiös festgehalten. Das Gemälde war vorsichtig von der Wand in Raum 224 abgehängt, eingepackt und in einer Kiste verstaut, dann die Treppe hinunter, durchs Foyer und hinaus in die Museumsstraat getragen worden, wo Dutzende von Pressefotografen warteten, um diesen Moment für die Nachwelt einzufangen. Der Kameramann hatte den Apparat laufen lassen, als das Gemälde in den Frachtraum eines gepanzerten Lieferwagens gehievt wurde, und mit dem Zuschlagen der Tür den Film auf reichlich dramatische Weise abrupt enden lassen. Und wie man so sagt, lügt eine Kamera nie …

Das Band war wieder zurückgespult, doch diesmal verzichtete Whitlock darauf, den Abspielknopf zu bedienen. Statt dessen starrte er den blanken Bildschirm an. Seine Gedanken schweiften wieder ab, wie schon so häufig seit der Abreise von New York. Fast während des gesamten Fluges war er in Gedanken versunken gewesen. Sabrina hatte Anspielungen gemacht auf seine ungewöhnliche Schweigsamkeit und daran erinnert, daß sie auf gemeinsamen Flügen normalerweise nie zu reden aufhörten. So sehr er Sabrina auch mochte, er brachte es einfach nicht fertig, sich ihr anzuvertrauen. Es war ihm unmöglich, überhaupt jemanden zu Rate zu ziehen. Seine Probleme mit Carmen waren zu persönlich; eine Lösung mußte zwischen ihnen allein gefunden werden, und zwar schnell, denn die Krise war schon erreicht. Er hatte ihr, wie schon so oft, in seiner leicht phlegmatischen Art seine Position zu erklären versucht, aber wenn Carmen zu schreien anfing und ihm vorwarf, daß er sich mehr um seinen Job kümmerte als um sie, war er jedesmal mit seinem Gleichmut am Ende. Einmal hatte er zum eigenen Entsetzen sogar den Wunsch verspürt, sie zu schlagen. Er war aus der Wohnung gerannt und hatte wütend die Tür hinter sich zugeschlagen. Seitdem waren erst zwanzig Stunden vergangen. Er wollte Carmen anrufen, aber Wut und Bitterkeit hielten ihn zurück; er fürchtete, daß ein falsches Wort den Streit von neuem schüren würde. Später, zu gegebener Zeit, würde er anrufen.

Es klopfte energisch an der Tür.

»Herein«, rief Whitlock.

Van Dehn betrat mit bleichem, abgespanntem Gesicht das Zimmer. Der Anzug war so zerknautscht, daß es den Anschein hatte, als habe er die vorausgegangene Nacht darin geschlafen. Whitlock gab eine entsprechende Bemerkung von sich.

»Ich wünschte, Sie hätten recht«, entgegnete van Dehn und rieb sich die geröteten Augen. »Ich habe im Flugzeug kein Auge zugekriegt. Vom Flughafen bin ich sofort hierhergekommen. Ich war noch gar nicht zu Hause.«

»Weiß Ihre Frau, daß Sie zurück sind?«

»Zum Glück ist sie nicht da. Sie wollte nicht alleine im Haus bleiben und ist zu ihrer Mutter nach Deventer gefahren. Am Wochenende erwarte ich sie zurück. Professor Broodendyk sagte, daß Sie mich sprechen wollen?«

»Ich möchte Ihnen ein paar Fragen stellen.«

»Hätten Sie was dagegen, wenn ich mir vorher einen Kaffee bestelle?«

»Tun Sie das«, antwortete Whitlock und deutete auf den Telefonapparat auf dem Wandregal.

Van Dehn gab seinen Wunsch durch, kam an den Tisch zurück und setzte sich Whitlock gegenüber. »Ihr Kollege Graham hält mich für schuldig. Das spüre ich an der Art, wie er mich mustert.« Deprimiert zuckte er mit den Schultern. »Ich kann ihm das nicht mal verübeln. Tatsächlich bin ich die einzige Person, die von Anfang an das Gemälde begleitet hat. Da kommt der Verdacht von ganz allein.«

Whitlock ignorierte van Dehns Selbstmitleid. »Eine der vom Rijksmuseum gestellten Bedingungen war die Forderung, daß jede Galerie beziehungsweise jedes Museum eine Videoaufnahme macht von der Ankunft und dem Abtransport des Gemäldes. Die KLM, die mit dem Transport vom einen zum anderen Land betraut worden ist, hat alle Verladevorgänge auf den jeweiligen Flughäfen aufgezeichnet. Alle Bänder sind von Mitarbeitern unserer Organisation sorgfältig studiert worden, aber niemand ist auf einen Hinweis gestoßen. Es bleibt also nur eine Grauzone – die Zeit, in der das Gemälde in den jeweiligen Sicherheitsfahrzeugen transportiert wurde.«

Es klopfte an der Tür, und eine Bedienstete der Kantine kam mit einem Tablett herein, das sie vor van Dehn auf den Tisch stellte.

Van Dehn schenkte sich eine Tasse Kaffee ein, gab einen Schuß Milch hinzu und fing langsam zu rühren an. »Sie glauben wohl auch, daß ich der Schuldige bin, nicht wahr?«

»Schauen Sie, da ist ein schweres Delikt begangen worden, und die Aufgabe von meinen Kollegen und mir ist es, den Fall aufzuklären. Und wenn ich dabei jemandem auf die Füße trete, nehm ich das in Kauf, solange ich dadurch der Wahrheit näherkomme.« Van Dehn ließ sich in den Sessel zurückfallen. »Tut mir leid. Aber im Augenblick fühle ich mich von allen Seiten angegriffen. Was wollen Sie über die Sicherheitsfahrzeuge wissen?«

»Den Protokollen entnehme ich, daß jedes Land eine Polizeieskorte gestellt hat zur Begleitung des Lieferwagens vom Flughafen bis zum Museum.«

»Und zurück«, ergänzte van Dehn. »Außerdem hat jedes Land zwei bewaffnete Wachen beordert, die für die Dauer der Fahrt mit mir im Laderaum des Lieferwagens Platz genommen haben.«

»Gehörten diese Wachen zum Museumspersonal oder zu

einem Privatunternehmen, das vom Museum beauftragt wurde?«

»Sie waren allesamt bei einem Privatunternehmen beschäftigt.«

»Bis auf diejenigen, die vom Rijksmuseum gestellt worden sind.«

»Nein, auch die sind über eine Privatfirma angeheuert worden.«

»Es ist also nur fremdes Personal eingesetzt worden. Das Museum hat, speziell für diesen Anlaß, einen eigenen Sicherheitswagen bauen lassen«, sagte Whitlock und zog das vor ihm liegende Dossier zu Rate.

»Das war Professor Broodendyks Idee. Er wollte dem Museum ein Höchstmaß an Publizität sichern. Und das hat er auch erreicht. Millionen von Menschen in aller Welt haben den Lieferwagen und damit auch die Werbeaufschrift an den Seitenwänden im Fernsehen gesehen.«

»Wer hat die Sicherheitsfirma beauftragt?«

»Professor Broodendyk. Der Auftrag ist in freier Ausschreibung vergeben worden.«

»Und warum hat Firma Keppler den Zuschlag bekommen?«

»Sie hat ihre Dienste umsonst angeboten.«

»Was ist denn für sie dabei herausgesprungen? Weder Werbung noch Geld ...«

»Und ob. In verschiedenen holländischen Zeitungen sind Annoncen erschienen, die, von Professor Broodendyk unterzeichnet, darauf hingewiesen haben, daß dieser Firma die Sicherheit des Gemäldes für den Transport zum Flughafen anvertraut worden ist. Damit wurde bestimmt mehr Wirkung erzielt als mit den weltweit ausgestrahlten Fernsehbildern eines blankpolierten Lieferwagens, der für Zuschauer im Ausland sowieso nicht von Interesse sein kann. Wenn ich richtig informiert bin, hat die Firma ihren Umsatz seit der Zeitungskampagne verdoppeln können. Die Firma Keppler und das Rijksmuseum haben also die gewünschte Publizität erhalten.«

»Und wer hat die Wachen ausgewählt?«

»Horst Keppler, der Direktor der Firma.« Van Dehn nahm einen Schluck aus der Tasse und rang sich zu einem müden Lächeln durch. »Ich sehe, worauf Sie hinauswollen, Mr. Whitlock. Sie denken, daß ich mit den Wachen womöglich gemeinsame Sache gemacht habe. Ich muß Sie jedoch enttäuschen. Aus einsichtigen Sicherheitsgründen hat Keppler alle Mitarbeiter im unklaren gelassen und erst am Morgen der Abfahrt bekanntgemacht, welche beiden Männer die Begleitung zum Flughafen übernehmen sollten. Niemand, nicht einmal der Polizeichef, wußte vor Kepplers Bekanntmachung, wer die beiden sein würden.«

»Keppler hat den Wagen selber gesteuert. Das kommt mir reichlich ungewöhnlich vor.«

»Er wollte bei einer so unschätzbar wertvollen Fracht kein Risiko eingehen.« Van Dehn leerte die Tasse und stellte sie zurück auf den Unterteller. »Und wenn Sie, wovon ich ausgehe, Keppler unter die Lupe nehmen, werden Ihnen wohl genügend Beweise in die Hände fallen, die bestätigen, daß er nichts mit dem Raub zu tun hat.«

»Beweise?« fragte Whitlock neugierig.

»Er ist einer der geachtetsten und meistbeschäftigten Sicherheitsexperten in Amsterdam. Zu diesem Ruf wäre er bestimmt nicht gekommen, wenn man ihm nicht absolut vertrauen könnte.«

»Ich danke Ihnen, Mr. van Dehn. Wenn ich noch einmal mit Ihnen sprechen muß, werde ich mich bei Ihnen melden.«

Van Dehn stand langsam auf. »Ich habe das Gemälde nicht gestohlen, Mr. Whitlock. Ich würde das Museum nie und nimmer schädigen. Das müssen Sie mir glauben.«

Van Dehn schluckte nervös und verließ das Zimmer.

Whitlock war zufrieden mit dem Verhör. Die Antworten auf die meisten seiner Fragen hatten im Dossier gestanden, den Rest würde er über Broodendyk erfahren. Absichtlich hatte er van Dehn die Initiative übernehmen lassen; so konnte er den Mann besser beobachten. Van Dehn war anfänglich nervös gewesen, doch als er glaubte, daß Whitlock ins Schwimmen geraten war, hatte er die Offensive übernommen, seine Sicherheit fast übertrieben, bis er dann plötzlich zurückfiel in dumpfes Selbstmitleid. Whitlock achtete immer sehr genau auf das Mienenspiel anderer und lag in seinen Schlußfolgerungen nur selten falsch. Er glaubte fest daran, daß van Dehn am Austausch des Gemäldes beteiligt gewesen war, und wenn, wie er vermutete, dieser Austausch im Inneren des Lieferwagens auf dem Weg zum Schiphol-Flughafen stattgefunden hatte, so mußten Keppler und seine beiden Wachen automatisch mit in Verdacht geraten. Ihm, Whitlock, lagen bereits ein paar Unterlagen über Keppler vor. Wie van Dehn richtig gesagt hatte, gab es für Keppler nur Lob und Anerkennung. War er der Kopf des räuberischen Unternehmens? Oder gab es noch einen Hintermann, einen, der die Fäden in der Hand hielt, ohne am Geschehen selber beteiligt gewesen zu sein? Und wer hatte jetzt das Original? Keppler? Der Drahtzieher, wenn es denn einen gab? Whitlock wußte, daß er mit solchen Spekulationen zu keinen konkreten Ergebnissen gelangen würde. Er mußte van Dehns Schuld nachweisen. Aber wie? Die Antwort mußte auf dem Videoband zu finden sein.

Er nahm die Fernbedienung zur Hand und drückte zum wiederholten Mal die Abspieltaste.

Maartens hatte recht gehabt. Jan Lemmer war in Jordaan bekannt wie ein bunter Hund. Sein fünfundzwanzig Fuß langes Hausboot lag in Sichtweite der Westkirche am Grachtenrand. Der grüngelbe Anstrich löste sich bereits. Das Boot sah verkommen aus und wirkte verlassen.

Grahams Hand legte sich um die Beretta in seiner Tasche, als er vorsichtig auf das Hausboot zuging. Er bückte sich, um durch eins der Fenster zu blicken. Aber die Reflexionen des Sonnenlichts machten es unmöglich, nach innen zu sehen.

»Was wollen Sie?« fragte ein Mädchen mit breitem, deutschem Akzent, als es aus der Kabine an Deck kletterte.

»Ich suche Jan Lemmer«, antwortete Graham.

»Kenn ich nicht. Verschwinden Sie.«

Der Mann, der hinter dem Mädchen die Kabine verließ, war Mitte Dreißig und hatte ein brutales Gesicht, von

Aknenarben entstellt. Er trug Jeans und ein weißes T-Shirt. Die Tätowierung am Hals stellte zwei blutverschmierte, gekreuzte Messer dar; darunter stand in roten Buchstaben das Wort GEVAAR.

»Sind Sie Lemmer?« fragte Graham.

»Ja. Was ist?«

»Ich will mit Ihnen reden.«

»Na, dann reden Sie doch.«

»Nicht vor Ihrer *Tochter*«, erwiderte Graham mit scharfer Stimme.

»Ich bin nicht seine Tochter«, korrigierte das Mädchen und hakte sich bei Lemmer ein.

Der schüttelte sie ab und grinste Graham zu. »Du bist witzig, Ami.«

»Hör dir erst mal die Pointe an: Entweder du singst *uns* was vor oder der Polizei.«

»Kommen Sie an Bord.« Und an das Mädchen gerichtet: »Geh spazieren.«

»Aber Jan ...«

»Ich sagte, geh spazieren, Heidi. Und komm mir nicht vor einer halben Stunde zurück. Verstanden?«

Sie nickte beleidigt, sprang an den Rand der Anlegestelle und schlenderte die Bloemstraat entlang auf der Suche nach Bekannten, mit denen sie sich die Zeit vertreiben konnte.

»Sie ist noch ein Kind«, bemerkte Sabrina empört.

»Achtzehn«, sagte Lemmer und zuckte mit den Achseln.

»Höchstens sechzehn«, konterte Graham.

»Was ist mit ihren Eltern? Wissen sie, daß ihre Tochter hier ist?« wollte Sabrina wissen.

»Sie ist von zu Hause ausgerissen. Kommt aus Berlin. Was wollen Sie eigentlich mit mir bereden?«

»Einen Raub«, antwortete Graham.

Lemmer führte Graham und Sabrina in die Kabine, die einen chaotischen Anblick bot. Die Polster der beiden Bänke rechts und links lagen auf dem Boden zwischen leeren Flaschen und dreckigen Gläsern. Auf den zwei kleinen Korktischen quollen Aschenbecher über, und neben der Schiebetür stapelten sich Verpackungen und Reste von Fertigmahlzeiten aus dem Imbiß.

»Letzte Nacht waren ein paar Freunde zu Besuch«, erklärte Lemmer den Zustand der Kabine.

Sabrina und Graham registrierten die Spritzen und das zerrissene Heroinpäckchen, kurz bevor Lemmer sie mit einem Kissen zudecken konnte.

Lemmer setzte sich; seine Hand lag auf dem Kissen. »Was ist das für ein Raub, über den Sie mit mir sprechen wollen, Mr. ... Ich hab weder Ihren noch den Namen der Dame mitbekommen.«

»Macht nichts«, entgegnete Graham. »Vor zweieinhalb Jahren ist ein Gemälde, circa fünf Meter im Quadrat, aus einem Haus in der De Clerq Straat gestohlen worden. Geht Ihnen ein Licht auf?«

»Und ich soll was damit zu tun gehabt haben?« fragte Lemmer und gab sich verwundert.

Graham, der bisher in der Kabine auf und ab gegangen war, blieb vor Lemmer stehen. »Wir haben einen Zeugen, der genau das vor Gericht aussagen würde. Außerdem wissen wir von einem davongelaufenen Teenager, der auf diesem Hausboot lebt. Und schließlich haben wir eine Tüte Heroin unter dem Kissen da entdeckt. Sie können von Glück reden, wenn Sie mit zehn Jahren davonkommen.«

Lemmer stürzte sich auf Graham und ließ das Messer aufklappen, das er blitzschnell aus der Gesäßtasche gefischt hatte. Die fünfzehn Zentimeter lange Klinge kratzte quer über das Vorderteil von Grahams Parka, als die beiden Männer zu Boden gingen. Sabrina nahm den Lauf ihrer Beretta in die Hand und zielte mit dem Knauf auf den Knochen hinter Lemmers linkem Ohr. Doch Lemmer hatte ihren Angriff geahnt und den Kopf herumgerissen. Der Knauf traf ihn mitten ins Gesicht, knapp am Auge vorbei. Er heulte wütend auf, als ihm Blut aus einer häßlichen Wunde triefte, und bevor er reagieren konnte, hatte Sabrina ein zweites Mal zugeschlagen, diesmal genauer. Das Klappmesser glitt ihm aus der schlaffen Hand, und er sackte ohnmächtig über Graham zusammen.

Vom Eiswasser, das ihm ins Gesicht gespritzt wurde, wachte er wieder auf. Benommen schüttelte er den Kopf, und als er seine Hände bewegen wollte, mußte er feststellen, daß sie mit einem Seil an die Armlehnen eines Sessels gefesselt waren, den Graham in der Schlafkajüte unter Deck gefunden hatte. Die Füße waren an die Sesselbeine gebunden worden. Er bäumte sich wutschnaubend auf, sank aber dann zurück ins Polster. Der Schädel dröhnte. Als er den Blutfleck auf Grahams Parka entdeckte, heiterte sich seine Miene sichtlich auf. Hatte er ihn mit dem Messer doch erwischt.

Graham erriet Lemmers Gedanken und ging vor ihm in die Hocke. »Das ist dein Blut. Sieh dir mal dein Hemd an.«

»Schwein, du!« knurrte Lemmer und musterte das besudelte T-Shirt.

»Für wen haben Sie das Gemälde geklaut?« fragte Sabrina.

»Fahr zur Hölle, mieses Stück.«

Sabrina zog die Schultern zusammen. »Versucht hab ich's wenigstens.«

Graham zeigte auf Lemmers Arme. »Keine Nadeleinstiche.«

»Ich drück ja auch nicht.«

»Das tun Dealer selten.« Graham hielt eine Spritze in die Höhe. »Ich bin sicher, du weißt, was ein ›Hotshot‹ ist.«

Lemmer wurde bleich.

»Hab ich mir doch gedacht. Wahrscheinlich hast du damit schon des öfteren unliebsame Kunden aus dem Weg geräumt. Was wird dann statt Heroin gespritzt? Strychnin? Batteriesäure?« Graham nickte Lemmer zu, dessen Gesicht vor Schrecken verzerrt war. »Im Maschinenraum hab ich Batteriesäure gefunden, kristallisiert. Genug, um die Spritze damit zu füllen. Mir ist gesagt worden, daß die Schmerzen unerträglich sein sollen. Wir müssen nur die Vene richtig treffen.«

Lemmer blinzelte; der Schweiß war ihm von der Stirn in die Augen gelaufen. »Das tun Sie doch nicht.«

»Meine erste Lektion als Soldat war die Warnung, nie den

Feind zu unterschätzen.« Graham betastete die Haut in Lemmers rechter Armbeuge. »Die Vene zu finden ist eine Sache von Augenblicken.«

»Für wen haben Sie das Gemälde geklaut?« fragte Sabrina zum zweitenmal.

»Da ist sie«, rief Graham und legte die Nadelspitze an.

»Okay, ich sag's ja«, brüllte Lemmer und starrte auf die Nadel. »Sein Name ist Hamilton. Terence Hamilton.«

»Und wo können wir diesen Terence Hamilton finden?« fragte Sabrina.

»In der Kalverstraat. Nahe bei Madame Tussaud. Er hat eine eigene Galerie.«

»Warum wollte er ausgerechnet dieses Gemälde?« hakte Sabrina nach.

»Das hat er nicht gesagt«, lallte Lemmer, dem der Speichel aus dem Mundwinkel troff.

Graham piekte die Haut mit der Nadelspitze an.

»Ich weiß es nicht; das schwör ich«, schrie Lemmer und verzerrte das Gesicht in Panik. »Er hat nur gesagt, daß für mich tausend Gulden drin sind und fünfhundert für meine beiden Kumpels. Wir haben das Bild geklaut und es in der Galerie abgeliefert. Er hat uns ausbezahlt und wir sind abgezogen. Was dann aus dem Bild geworden ist, weiß ich nicht. Das müssen Sie mir glauben.«

Graham legte die Spritze weg und zwängte dann Lemmer einen Knebel zwischen die Zähne, bevor er Sabrina durch die Schiebetür folgte. Dort warf er einen Blick über die Schulter auf Lemmer. »Keine Sorge, deine *Tochter* wird ja gleich zurückkommen.«

Lemmer giftete ihn aus haßerfüllten Augen an.

»Ein netter Trick von dir, das Talkum aus der Schlafkajüte als Batteriesäure auszugeben«, sagte Sabrina, als die beiden das Hausboot verlassen hatten. »Zum Glück hat er dir den Bluff abgenommen.«

Graham zuckte mit den Schultern. »Sonst wär's ihm an den Kragen gegangen.«

»Aber Talkum ist doch harmlos«, sagte Sabrina und zog die Stirn kraus.

»Ja, Talkum schon«, antwortete Graham und hielt Ausschau nach einem Taxi.

Sabrina sagte dem Chauffeur, wohin sie wollten, schob dann die Scheibe der Trennwand mit einem Ruck zu und wandte sich verärgert an Graham. »Du hast mich angelogen, Mike. Es ist immer das gleiche. Wann vertraust du mir endlich? Oder ist das zuviel erwartet?«

Graham dachte über den Vorwurf nach und stierte durch die Trennscheibe auf den Taxameter. »Ich vertraue dir ja, Sabrina. Wenn nicht, hätte ich mich schon vor langem einer anderen Gruppe zuweisen lassen.«

Seine Gelassenheit überraschte sie und nahm ihrer Wut die Spitze. »Wenn du mir also, wie du sagst, vertraust, warum hintergehst du mich dann?«

»Das verstehst du wohl nicht, oder?«

In wenigen Sekunden waren ihre Gefühle von Empörung in Scham umgeschlagen. »Nein«, antwortete sie zögernd.

»Weißt du, daß ich nach der Verschleppung von Carrie und Mikey in therapeutische Behandlung mußte?«

Sie nickte und sah ihm ins Gesicht. Er schenkte ihr einen seltenen und wahrscheinlich nur kurzen Einblick in seinen komplexen, verbitterten Charakter.

»Vielleicht weißt du auch, daß ich mich geweigert habe, bei dieser Behandlung aktiv mitzumachen. Ich war der ganzen Sache gegenüber vollkommen negativ eingestellt.« Er schmunzelte. »Ich glaube, daß mein Fall sogar Psychologiestudenten von Princeton als Negativbeispiel präsentiert worden ist.«

»Du hattest deine Gründe«, sagte sie leise.

»Ja, und einer hing mit Vertrauen zusammen. Ich war elf Jahre lang ein Delta-Mann und habe in der Zeit eine Menge Freunde gehabt, besonders in den Jahren nach meiner Heirat mit Carrie. Weihnachten haben wir mit unseren Familien gefeiert, aber Silvester war immer reserviert für die Freunde von Delta. Jedes Jahr stieg eine Party, und zwar immer in derselben Farm in Kansas, wo wir bis zum Morgen so viel Lärm machen konnten, wie wir wollten. Ich will damit sagen, daß Delta wie eine große Familie war. Dann wurden meine Frau und mein Sohn gekidnappt. Irgend jemand, vielleicht waren es auch mehrere, hatte Hinweise auf unsere Mission in Libyen durchsickern lassen – ob bewußt oder unbewußt, tut nichts mehr zur Sache. Jedenfalls war all mein Vertrauen, das sich während der elf Jahre entwickelt hatte, auf einen Schlag dahin. Als ich bei der UNACO einstieg, mußte ich wieder von vorn anfangen. Wie gesagt, ich vertraue dir. Aber nur bis zu einem gewissen Punkt. Dasselbe gilt für C. W. Bis zu einem Partnerschaftsverhältnis wie damals bei Delta ist es noch weit hin.«

»Aber versteh doch: So wie bei Delta wird es nie mehr sein.«

»Ja, ich weiß. Aber zur Zeit brauche ich noch so etwas wie einen Maßstab, und das ist Delta für mich.« Er blickte versonnen auf den Verkehr und fragte: »Was wäre deine Reaktion gewesen, wenn ich dir auf dem Hausboot gesagt hätte, daß nicht Talkum in der Spritze ist, sondern Batteriesäure?«

»Ich hätte früher eingegriffen. Du bist so unberechenbar. Ich wüßte nicht, ob du nicht doch mit der Nadel zugestoßen hättest, wenn Lemmer zu keiner Aussage zu bewegen gewesen wäre.«

»Ich hätt's getan, ohne mit der Wimper zu zucken.«

»Und ihn kaltblütig umgebracht?«

Er schüttelte traurig den Kopf. »Wir sind so verschieden. Ich hab keine Hemmung, mich auf Lemmers Niveau zu begeben, um die gewünschte Information zu bekommen. Du dagegen würdest solche Typen noch mit Glacéhandschuhen behandeln.«

»Das ist nicht wahr«, erwiderte Sabrina empört. »Mir sind Lemmer und Konsorten genauso widerlich wie dir, aber sich wie ein Richter oder gar Scharfrichter aufzuführen, ist was ganz anderes. Auch solche Leute haben Anspruch auf gerechte Behandlung.«

»Gerechte Behandlung? Ach ja, und dafür, daß sie zahllosen Menschen mit ihrem dreckigen Geschäft das Leben ruiniert haben, wird Dealern wie Lemmer eine Strafe von zehn Jahren aufgebrummt, und nach fünf Jahren sind sie wieder draußen und machen da weiter, wo sie aufgehört haben.Und gerecht ist es wohl auch, wenn ein Terrorist lebenslänglich eingebunkert wird, weil er unschuldige Leute umgebracht hat im Namen irgendeiner Sache, die das gesetzlose Schwein nicht mal kapiert. Und bald darauf wird er freigepreßt, weil andere gesetzlose Schweine noch mehr unschuldige Leute als Geiseln genommen haben. Frag doch mal die Familien der Opfer, was sie von dieser Gerechtigkeit halten?«

»Ich weiß ja, was du sagen willst, Mike, aber wenn du bereit bist, Typen wie Lemmer kaltblütig umzulegen, verhältst du dich nicht anders als diese Anarchisten.«

»Da bin ich aber anderer Meinung. Die einen wenden sich gegen das Recht, ich bringe es zur Geltung. Darin liegt der Unterschied.«

»Der Grat ist schmal, sehr schmal.«

»Und ich werde weiter darauf entlangbalancieren, bis die Rechtsprechung weltweit mehr Mitgefühl zeigt für die Opfer und nicht ständig nach unwichtigen Entschuldigungen sucht für das Verhalten der Angeklagten.«

Das Taxi hielt an. Der Fahrer klopfte an die Trennscheibe und zeigte mit dem Finger auf die Galerie. Das Gebäude hatte wohl, wie es schien, früher einmal einem wohlhabenden Adeligen gehört und stammte aus dem Jahre 1673, wie auf einem der schmuckvoll verzierten Abschlußsteine über den Fenstern im zweiten Stock zu lesen war. Der Firmenname DE TERENCE HAMILTON GALERIJ stand, zusammen mit der Telefonnummer, in schwarzer Kursivschrift über dem Architrav.

»Laß mich mal machen«, sagte Sabrina und öffnete die Tür. »Hast wohl Angst, daß ich mir für diesen Hamilton auch eine Sonderbehandlung ausdenke.«

»So ungefähr«, entgegnete Sabrina und zeigte dann auf den Blutfleck auf dem Parka. »Das da macht keinen besonders guten Eindruck.«

»Stimmt«, knurrte er und ließ sich zurück in den Sitz fallen.

Sabrina bat den Fahrer zu warten, überquerte die Straße und betrat die Galerie. Aus den Bildern, die die Wände schmückten, schloß Sabrina, daß sich die Galerie auf Lithographien holländischer Künstler spezialisiert hatte – angefangen von Boschs und Geertgens biblischen Szenen aus dem fünfzehnten Jahrhundert bis hin zur Moderne, vertreten unter anderem durch Mondrian, und zu Expressionisten wie Kruyder.

»*Kan ik u helpen?*« fragte eine junge Frau, die hinter Sabrina aufgetaucht war.

»Das hoffe ich.« Sabrina schenkte der Frau ein freundliches Lächeln. »Ich würde gern Mr. Hamilton sprechen.«

»Haben Sie eine Verabredung mit ihm?« fragte sie in fehlerfreiem Englisch.

»Leider nein, aber ich bin sicher, daß er mich trotzdem empfängt. Wir haben einen gemeinsamen Bekannten. Jan Lemmer.«

Die Frau entschuldigte sich und kehrte eine Minute später zurück. »Mr. Hamilton bittet Sie, in sein Büro zu kommen. Sie erreichen es über die Holztreppe dort.«

Sabrina stieg über die Stufen nach oben und stand schließlich vor einer Holztür, in die die Worte T. HAMILTON – DIRECTEUR eingeschnitzt waren. Sie klopfte.

»Herein.«

Hamilton, ein Mann Ende Sechzig, mit scharfen Gesichtszügen, saß hinter einem schwarzen Schreibtisch, umgeben von Werken von Braque und Picasso. Eine vergrößerte Reproduktion von Pyke Kochs irritierendem Bild ›Shooting Gallery‹ hing an der Wand hinter dem Schreibtisch.

»Sie wollten mich sprechen?« fragte Hamilton mit weicher, fast fraulicher Stimme und winkte mit manikürter Hand in Richtung eines Ledersessels vor dem Schreibtisch. »Bitte, setzen Sie sich doch, Miss … meine Assistentin hat es versäumt, mir Ihren Namen zu nennen.«

»Unwichtig. Mr. Hamilton, Sie sind bestimmt ein vielbeschäftigter Mann; deshalb sollten wir gleich zur Sache kommen. Vor zweieinhalb Jahren sind ein Mann namens Jan Lemmer und zwei Komplizen in ein Haus an der De Clerq Straat eingebrochen, wo sie das wertlose Gemälde eines kaum bekannten Malers des siebzehnten Jahrhunderts gestohlen haben. Genauer gesagt handelt es sich um ein Bild von Johann Seegers. Die Einbrecher haben bei Ihnen die Beute abgeliefert. Ich will wissen, was anschließend damit passiert ist.«

Er griff sich an die Krawatte und lächelte. »Es tut mir leid, aber ich weiß nicht, wovon Sie sprechen. Und wie Sie schon sagten: Ich bin ein vielbeschäftigter Mann. Wenn Sie mich also entschuldigen würden ...« Er deutete mit der Hand auf die Tür.

Sabrina entschied sich für ein Vorgehen à la Graham und hoffte, kein Eigentor zu schießen. Sie schnappte sich den Brieföffner vom Schreibtisch und zerschnitt damit der Länge nach die erstbeste Reproduktion, die ihr unter die Klinge kam: Picassos »Akrobat und der junge Harlekin«.

»Um Himmels willen, was machen Sie da?« brüllte Hamilton und sprang auf.

»Setzen Sie sich«, entgegnete sie und betonte jedes einzelne Wort.

Er gehorchte und starrte zuerst auf den Brieföffner in ihrer Hand, dann auf das zerfetzte Bild an der Wand hinter ihr.

»Sie können zwischen zwei Möglichkeiten wählen«, erklärte sie. »Entweder Sie rufen jetzt die Polizei und lassen mich wegen Vandalismus verhaften, oder Sie kooperieren mit mir.«

Sein Blick richtete sich starr auf den Telefonapparat.

»Rufen Sie nur an. Aber denken Sie daran: Lemmer hat schon gestanden, und seine Aussage wird wahrscheinlich reichen, um Sie ebenfalls hinter Gitter zu bringen. Selbst wenn Sie glimpflich davonkämen, wäre Ihre Karriere als Amsterdamer Kunsthändler vorbei. Das verspreche ich Ihnen.«

»Wer sind Sie eigentlich?«

Sie sagte nichts.

»Na schön«, meinte er und wich ihren bohrenden Blicken aus. »Ich erinnere mich an das Seegers-Gemälde.«

»Wer war daran interessiert?«

»Ein Fälscher namens Mikhailowich Toysgen.«

Toysgen? Der Name hatte gar nicht auf der UNACO-Liste gestanden.

»Er ist hier im Westen unbekannt«, fügte Hamilton hinzu, der ihre rätselnde Miene richtig gedeutet hatte. »Seine Gemälde waren und sind immer noch sehr populär in der Moskauer Untergrundszene. Es wird sogar gemunkelt, daß einer seiner Rembrandts irgendwo im Kreml hängt.«

»Weiter«, drängte Sabrina, die bemüht war, sich ihre Erregung nicht anmerken zu lassen.

»Er hat sich spezialisiert auf holländische Meister des siebzehnten Jahrhunderts. Mir ist er bislang nur zweimal begegnet, einmal in Moskau und einmal hier in Amsterdam, als er das Bild von Seegers abgeholt hat.«

»Wo finde ich den Mann?«

»Das weiß ich nicht. Wie gesagt, ich habe ihn hier in Amsterdam nur einmal getroffen. Wenn ich raten müßte, würde ich sagen, daß er sich irgendwo im Stadtteil Jordaan aufhält. Da ist die Künstlerszene zu Hause. Versuchen Sie's mal im Bohemer, der Bar in der Laurier Straat. Das ist *der* Treffpunkt für junge Künstler. Die meisten können nicht mal mit zwei Pennies klimpern. Mit ein paar Gulden ließe sich viel aus ihnen herausholen.«

»Wie sieht dieser Toysgen aus?«

»Anfang Fünfzig, klein, schütteres Haar.«

Hamilton starrte wieder auf den zerrissenen Druck an der Wand, als Sabrina das Büro verließ und zum Taxi zurückkehrte.

»Du hast dir Zeit gelassen«, sagte Graham, nachdem sie neben ihm Platz genommen hatte.

»Es hat sich gelohnt.« Sie nannte dem Fahrer ein neues Fahrtziel, schob die Trennscheibe zu, wiederholte das Gespräch, das sie mit Hamilton geführt hatte, und verhehlte dabei nicht, wie erregt sie war.

Sabrina rief Whitlock an, aus einer Telefonzelle vor dem Bohemer, um ihn über die jüngsten Entwicklungen zu informieren. Derweil hatte Graham in der Bar für den Preis einer Lokalrunde erfahren, wo Toysgen wohnte. Sein

Apartment lag in der Eikenhoutstraat, einer der zahllosen Seitenstraßen der Rozenstraat, knapp zehn Minuten zu Fuß entfernt von der Bar, in der Toysgen ein zwar regelmäßiger, aber recht ungeselliger Gast war. Die vier jungen Künstler um Graham hatten nie ein Wort mit Toysgen gewechselt (sie wußten nur, wo er wohnte, denn einer hatte ihn mal bis vor die Tür begleitet), und sogar der Wirt gestand, daß er ihn nur unter dem Namen »Mick« kannte. Toysgen, der immer einen altmodischen schwarzen Anzug trug, kam an jedem Tag der Woche um halb vier nachmittags, setzte sich immer in dieselbe Ecke und trank einen *Jenever* und einen halben Liter Lambek zum Warmwerden. Exakt um Viertel vor vier verließ er jedesmal die Bar. Von diesem Ritual war er seit nun mehr zwei Jahren kein einziges Mal abgewichen. Als Sabrina mit dem Telefonieren zu Ende war, hatte sich Graham ein Bild von Toysgen machen können: ein ungeselliger Sonderling, der sein künstlerisches Talent nutzt, um einen Beweis für seine Überlegenheit anderen gegenüber zu liefern.

Graham und Sabrina legten den knappen Kilometer zur Eikenhoutstraat zu Fuß zurück. Toysgens Wohnung lag im obersten Stockwerk eines umgebauten, ziegelroten Lagerhauses aus dem sechzehnten Jahrhundert. Der Balken, an dem früher Lasten hochgehievt worden waren, ragte immer noch aus dem Giebel hervor; die Umlenkrolle war jedoch, weil Ewigkeiten nicht im Einsatz, längst verrostet. Die Eingangstür grenzte direkt an die gepflasterte Seitenstraße. Ungehindert konnten die beiden das Haus betreten.

Die Wohnungstür stand offen. Toysgen lag in der Diele und starrte sie aus leblosen Augen an. Seine Kehle war von einem Ohr zum anderen aufgeschnitten.

Am Ende des Flurs knallte die Tür des Notausgangs zu. Graham forderte Sabrina auf, die Wohnung zu durchsuchen, zog die Beretta aus dem Halfter, rannte durch den Flur und stieß die Tür auf. Er hörte Schritte über die Metallstufen nach unten stampfen und nahm die Verfolgung auf. Am unteren Treppenabsatz flog eine Tür auf und krachte gegen die Wand. Dann war es still. Graham erreichte die Tür Sekunden später und gelangte durch sie auf eine schmale Seiten-gasse. Er blickte in beide Richtungen. Die Gasse war leer. Links lag die Eikenhoutstraat, rechts zweigte eine andere Gasse ab. Er entschied sich für links und war kaum ein Dutzend Schritte gelaufen, als er einen Automotor hinter sich aufheulen hörte und herumschnellte. Ein blaßblauer Ford Granada war in die Gasse gebogen und steuerte genau auf ihn zu. Hinter dem Lenkrad saß Lemmer. Graham warf einen Blick auf die Tür des Notausgangs – die konnte er vor dem Auto nicht mehr erreichen. Ebenso unmöglich war es, schnell genug zur Eikenhoutstraat und somit in Sicherheit zu gelangen. Der Granada kam immer näher. Graham feuerte zwei Schüsse auf den Wagen ab. Lemmer ging in Deckung; die Kugeln durchlöcherten nur die Windschutzscheibe. Graham ließ die Beretta fallen und sprang zu der Fensterbank, die an der Hausseite gerade noch zu erreichen war, hievte sich nach oben und zog die Beine an, so daß die Fersen den Hintern berührten. Lemmer ließ den Wagen an der Mauer entlangkratzen; von der Beifahrertür sprühte ein Funkenregen. Das Dach wischte unter Grahams Knien vorbei. Als er wieder zurück aufs Pflaster gesprungen war und die Beretta aufgehoben hatte, verschwand der Granada in der Eikenhoutstraat. Er fluchte wütend, steckte die Pistole in das Halfter und kehrte in Toysgens Wohnung zurück, wo er Sabrina erzählte, was geschehen war.

»Woher konnte er wissen, daß wir hinter Toysgen her sind?« fragte sie.

Er zuckte die Schultern und wies mit der Hand in die Runde. »Hast du hier was ausfindig gemacht?«

»Noch nicht. Ich muß noch das Atelier durchsuchen.«

Sie betraten das Atelier und sahen sich um. Die Arbeitsbank an der Wand gegenüber lag voller Pinsel, Paletten, Flaschen, Gläser und Farbtuben. Ölfarbe war auf den Boden gekleckert und in die Dielenbretter getreten worden. Rechter Hand standen fünf verschmierte Staffeleien; vier davon waren leer. Die fünfte trug eine Leinwand, verhüllt von einem fleckigen weißen Laken. Sabrina lüftete das Tuch und entdeckte darunter eine halbfertige Kopie von Vermeers ›Spitzenklöpplerin‹. Sofort stellte sich ihr die Frage, ob wohl auch dieses Gemälde für einen Austausch mit seinem Original bestimmt gewesen war.

»Sabrina, sieh dir das an.«

Sie ging zu Graham hinüber, der vor einem Stapel von Leinwänden stand. Er klappte ein paar davon zur Seite und zeigte auf das freigewordene Bild – eine zwei mal zwei Meter große Kopie der ›Nachtwache‹, perfekt ausgeführt. Sie schaute sich den Fleck auf der Trommel genauer an. Er war dunkelrot.

»Ich würde sagen, wir haben unseren Fälscher gefunden«, sagte sie.

Er nickte und ging zur Tür. »Hier vergeuden wir nur noch Zeit. Die UNACO muß jetzt ein paar Helfer vorbeischicken, um die Bilder einzusammeln, bevor sie in falsche Hände geraten.«

»Wohin gehen wir?«

»Zurück zum Hausboot von Lemmer.«

»Falls der noch da ist.«

»Wir werden ja sehen. Komm jetzt.«

Ein Polizeikordon hatte sich in einem Abstand von hundert Metern um Lemmers Hausboot gebildet. Ein Krankenwagen und zwei Streifenwagen standen davor, und in der Gracht lag ein Polizeiboot, von dem aus eine Gruppe von Froschmännern den Grund des Kanals absuchte.

»Was ist denn hier los?« fragte Sabrina einen Pfeife rauchenden Mann neben sich.

»Schrecklich, schrecklich«, antwortete der Mann und schüttelte den Kopf. »Ich hab' beide gekannt. Unser Hausboot liegt ganz in der Nähe.«

»Was ist passiert?«

»Er hat sie umgebracht. Dabei war sie erst sechzehn. Tja, er war kein Umgang für sie; aber sie wollte nicht hören, hielt ihn für was ganz Besonderes. Schätze, sie hat in ihm eine Art Vater gesehen; war ja von zu Hause ausgerissen, verstehen Sie?«

»Wie ist sie denn umgekommen?« Sabrina war sich darüber im klaren, wie sensationslüstern ihre Frage klingen mußte.

»Ich hab einen Polizisten sagen hören, daß ihr die Kehle durchgeschnitten worden ist. Schrecklich, sie war doch noch ein Mädchen.«

»Hat die Polizei ihn erwischt?«

»Nein. Er ist auf der Flucht. Hierher kommt er nicht zurück. Das traut er sich nicht.«

Graham sah Sabrina an, und gemeinsam machten sie sich auf die Suche nach einem Taxi, das sie zum Rijksmuseum zurückbringen würde.

Whitlock stoppte das Videoband, als Graham und Sabrina das Zimmer betraten. »Na, was habt ihr über Toysgen rausgekriegt?« »Nicht viel. Er ist tot«, antwortete Graham und ging zum Telefon. »Er konnte nur noch sagen, daß es einen Hintermann hier im Museum gibt, aber bevor er uns den Namen nennen konnte, ist er gestorben.«

Sabrina warf Graham einen verblüfften Blick zu, doch der legte den Finger auf die Lippen und winkte beide zu sich. Er hielt einen Füllfederhalter in die Höhe, der neben dem Telefon gelegen hatte. In der Kappe steckte ein Minisender.

»Heute abend treffe ich einen Informanten, der den Namen des Hintermannes kennt.« Graham legte den Füller an dieselbe Stelle zurück und ging zur Tür. »Kommt, gehen wir essen.«

Draußen im Foyer hakte sich Sabrina bei Graham unter. »Woher wußtest du das mit dem Sender?«

»Ich hatte so einen Verdacht. Wie hätte Lemmer sonst so schnell bei Toysgen sein können?« Graham gab Whitlock einen ermutigenden Klaps auf die Schulter. »Schau nicht so trübe drein. Du hast das Ding nicht gesehen, weil du nichts davon wissen konntest.«

»Du Widerling!« schnauzte Sabrina Graham an. »Jetzt ist mir auch klar, warum ich bei C. W. anrufen und ihm die Sache mit Toysgen erzählen sollte. Du wußtest, daß van Dehn die Telefongespräche mithört, und wolltest sehen, wie er auf diese Neuigkeit reagiert. Ich hoffe, du bist zufrieden.«

»Das bin ich«, antwortete Graham. »Ich wette, van Dehn sitzt jetzt in seinem Büro und schwitzt sich die Angst aus dem Hemd. Genauso wette ich, daß er Lemmers Versteck kennt. Er braucht nur einen Anruf zu machen, und ich steh auf der Abschußliste.«

»Willst du, daß er dir Lemmer auf den Hals hetzt?« fragte Whitlock.

»Solange er sich in irgendeiner Absteige verkrochen hält, haben wir nichts von ihm. Toysgen ist tot, und Hamilton ist nicht mehr als ein Edel-Hehler. Nur über Lemmer kommen wir an van Dehn ran. Wir müssen ihn aus der Deckung locken.«

»Und was macht dich so sicher, daß er in deiner kleinen Inszenierung mitspielt?« fragte Sabrina. »Er hat schon zwei Leute umgebracht. Was hat er noch zu verlieren?«

»Darauf kommt's nicht an. Die Frage ist, was kann er noch gewinnen. Vielleicht hat er noch Aussicht auf einen Kuhhandel mit dem Staatsanwalt. Strafmilderung, wenn er sich als Kronzeuge zur Verfügung stellt.«

»Wir haben mit dem Staatsanwalt doch noch gar nichts ausgemacht, Mike.«

»Das wissen *wir*, C. W., aber Lemmer nicht.«

Sabrina schüttelte frustriert den Kopf. »Dir ist wohl egal, wenn einer wie Toysgen draufgeht; Hauptsache, du kommst weiter mit deinen hinterlistigen Tricks.«

»In Kriegen gibt's nun mal Opfer.«

»Aber das Opfer war überflüssig.«

»Es reicht«, schaltete sich Whitlock ein und hob die Hände. »Wenn ihr euch gegenseitig ans Leder wollt, tut das gefälligst privat. Und jetzt kommt, laßt uns was essen.«

»Mir ist der Appetit vergangen«, knurrte Graham. »Außerdem wollte ich mir mal den Sicherheitswagen des Museums genauer ansehen. Vielleicht läßt sich ein Hinweis finden.«

Whitlock war nicht unglücklich über den Alleingang des Kollegen. »Na schön, wir treffen uns hier in dreißig Minuten.«

Graham besorgte sich von Broodendyks Sekretärin die Schlüssel für den Lieferwagen und die Garage und machte sich auf den Weg zur Rückseite des Museums. Ein Schotterweg, der von der Museumstraat abbog, führte auf eine Reihe von zehn Garagen zu. Er schloß Tür Nummer 10 auf und öffnete sie. Er schaltete die Neonröhre an und war überrascht von der Geräumigkeit der Garage. Der Platz reichte, um den Lieferwagen bequem zu umrunden. Es war ein weißer Toyota mit einem Gitter vor der Windschutzscheibe und dick gepanzerten Seitenteilen. Graham entriegelte die fensterlose Hecktür und klappte die beiden Flügel auf. Die Ladefläche war leer bis auf ein paar Seile und Spangen, die verstreut auf dem verstärkten Stahlboden lagen. Er kletterte hinein und klopfte mit den Knöcheln die Wände ab, die, wie er fand, sehr solide waren. Dann stieg er wieder aus, schlug die Türen zu, legte sich flach auf den Boden und kroch unter den Wagen. Auch da war nichts zu finden. Er kehrte zum Museum zurück, gab die Schlüssel bei der Sekretärin ab und suchte den Teeraum wieder auf, wo er sich hinsetzte und das Videoband zurück an den Anfang spulte. Mit mulmigem Gefühl langte er nach der Fernbedienung und drückte den Startknopf.

Er sah den Streifen zum vierten Mal, als Whitlock und Sabrina eintrafen.

Sie legte ein Päckchen auf den Tisch. »Wir dachten, vielleicht hast du Hunger.« Es war – nach Whitlocks Vorschlag – als Friedensangebot gedacht.

»Ja, danke«, antwortete Graham, ohne den Blick vom Bildschirm abzuwenden.

»Was entdeckt?« fragte Whitlock.

»Nein«, sagte Graham gereizt. »Aber wenn ihr mich in Frieden lassen würdet, entdeck' ich vielleicht noch was.«

Whitlock setzte gerade zu einem geharnischten Konter an, als Graham ihn beim Arm packte und auf den Füller zeigte. Dann führte er sie zur anderen Seite des Raumes.

»Ich glaube, mir ist da was aufgefallen«, flüsterte Graham kaum hörbar. »Aber van Dehn darf keinen Verdacht schöpfen. Er soll weiterhin glauben, daß er nur dann festgenagelt werden kann, wenn ich den mysteriösen Informanten heute nacht treffe.«

Sie verließen den Raum und zogen die Tür leise hinter sich zu.

»Und?« fragte Whitlock. »Ich hab mir das verdammte Video an die fünfzehnmal angesehen und würde beschwören, daß nichts darauf enthalten ist, was auf einen Bilderaustausch hier in Amsterdam hinweisen könnte.«

»Ich würde dir zustimmen, wenn ich nicht vorher den Lieferwagen untersucht hätte.«

»Hast du was darin gefunden?« fragte Sabrina.

»Nichts Bestimmtes«, antwortete Graham und richtete dann seinen Blick auf Mitlock. »Ich konnte mich allerdings im Laderaum des Wagens frei bewegen. Auf dem Video jedoch mußte sich einer der Männer nach vorn durchquetschen, um die Klemmen festzuziehen. Vielleicht lag's nur am Kamerawinkel. Kann auch sein, daß das Gemälde nicht nah genug an der Wand stand. Auf jeden Fall würde sich eine genauere Untersuchung lohnen.«

»Und wie stellst du dir das vor?« wollte Whitlock wissen.

»Wir rufen die Männer zurück und fordern sie auf, die Verladeprozedur zu wiederholen. Auf diese Weise können wir feststellen, ob die Wände doppelt waren oder nicht.«

»Wodurch willst du das Gemälde ersetzen?« fragte Sabrina.

Daran hatte Graham nicht gedacht.

Whitlock meldete sich mit erhobenem Finger. »Soweit ich weiß, hat das Museum eine zweite Kiste gezimmert. Gewicht und Maße sind identisch mit denen der eigentlichen Verpackung. Die zweite Kiste wurde nur für eine Reihe von Probeläufen benutzt. Ich kann mir nicht denken, daß man sie schon weggeworfen hat.«

»Frag Broodendyk danach, ja?« bat Graham. »Sieh zu, daß sie uns morgen früh zur Verfügung steht.«

»Klar«, sagte Whitlock und eilte den Flur entlang, Broodendyks Büro entgegen.

»Und was machen wir jetzt?« fragte Sabrina.

»Schau dir mal das Video an, damit du dich selber vergewissern kannst. Ich werde essen, was ihr mir mitgebracht habt. Ich hab einen schrecklichen Kohldampf.«

Beim Abendessen gab es nur ein Thema: die Arbeit. Sie spekulierten über das, was bei der nachgestellten Verladeprozedur am kommenden Morgen rausspringen könnte, und fragten sich, wie es wohl Strike Force 2 in Libyen ergehen mochte.

Graham trank den Rest aus der Kaffeetasse und tupfte den Mund mit einer Serviette trocken. »Okay, ich bin soweit.«

Whitlock schrieb seine Zimmernummer unter die Rechnung, langte dann in die Jackentasche und legte einen knopfgroßen Sender auf den Tisch. »Das Ding reicht nur über eine Distanz von fünfhundert Metern. Halt dich also genau an den Plan.«

»Ja, ja«, brummte Graham und steckte den Sender ein. »Gebt mir ein paar Minuten Vorsprung. Lemmer soll nicht merken, daß ich Gefolgschaft habe.«

»Darauf haben wir uns schon geeinigt«, antwortete Whitlock.

»*Falls* Lemmer draußen auf dich wartet«, fügte Sabrina hinzu.

»Das wird er wohl. Die Gelegenheit wird sich van Dehn bestimmt nicht entgehen lassen.«

Sie verließen das Speisezimmer und fuhren mit dem Lift ins dritte Stockwerk. Ihre Zimmer lagen nebeneinander.

Whitlock blieb vor seiner Tür stehen. »Vergleichen wir jetzt unsere Uhren.«

»Ich hab zwanzig Uhr vierundzwanzig«, sagte Graham.

Whitlock und Sabrina nickten synchron.

»Du hast drei Minuten«, sagte Whitlock.

»Drei Minuten«, wiederholte Graham und zog sich in sein Zimmer zurück.

Er wollte gerade den Parka vom Haken nehmen, erinnerte sich aber an den Blutfleck und öffnete den Kleiderschrank, wo das von Whitlock geliehene Jackett hing. Er nahm es vom Bügel und zog es an. Der Sitz war fast perfekt. Er schob ein Magazin in die Beretta und steckte sie ein. Er hatte sich zwar an die Pistole gewöhnt, die ihm von Sabrina anempfohlen worden war, vermißte aber trotzdem immer noch seinen 45er Colt, den er zuerst in Vietnam und dann bei Delta getragen hatte. Der war stärker in der Durchschlagskraft, hatte aber den Nachteil eines zu kleinen Magazins. Sieben Schuß. Das Magazin der Beretta enthielt fünfzehn Patronen. Bei vergangenen Einsätzen waren die acht zusätzlichen Kugeln schon oft entscheidend gewesen.

Der Fahrstuhl erreichte das Foyer. Er gab seinen Schlüssel an der Rezeption ab und eilte auf die Straße hinaus. In knapp hundert Metern Entfernung strahlte das Rijksmuseum in voller Beleuchtung. Er warf einen Blick auf die Uhr. Neunzig Sekunden waren schon verstrichen. Er nahm den Sender aus der Tasche, schaute sich unter den Fußgängern um und wählte einen Geschäftsmann mittleren Alters aus, der eine abgewetzte Ledertasche unterm Arm geklemmt hielt. Als er auf gleicher Höhe mit ihm war, täuschte Graham vor zu stolpern, rempelte den Mann dabei an und ließ geschickt den Sender in dessen Jackentasche fallen. Graham entschuldigte sich für seine Ungeschicklichkeit, aber der Mann lächelte nur und ging weiter. Zum Glück schlug er eine für Whitlock und Sabrina plausible Richtung ein. Er stopfte die Hände tief in die Taschen und ging – in entgegengesetzter Richtung – mit zügigen Schritten die Stadshouderskade entlang. Das hätte ihm noch gefehlt: sich wie ein Hündchen an der Leine führen zu lassen. Lemmer sollte auf seine Kosten kommen.

Er tat so, als interessierten ihn die Schaufensterauslagen, blieb aber nur davor stehen, um zu sehen, ob ihm jemand folgte. Lemmer würde ein solches Verhalten von ihm erwarten. Er bog von der Stadshouderskade in die Hooftstraat ein und schlenderte in Richtung Vondelpark, ein fast fünfzig Hektar großes Rasengelände mit zahllosen Teichen. Er folgte derselben Route, die er schon vor dem Abendessen gegangen war – unter dem Vorwand, seinen Appetit anzuregen. Dabei hatte er das Lagerhaus in der Burchstraat ausfindig gemacht, eine jener vielen Seitengassen, die in die Hooftstraat münden. Das Gebäude glich dem Haus, in dem Toysgen gewohnt hatte, stand aber leer. Graham bog in die Burchstraat ein und blickte nach vorn auf die im düsteren Licht der Straßenlaternen auftauchende Gebäudefront. Ziel-

strebig ging er darauf zu und stieß die Tür mit den Fingerspitzen auf. Das Quietschen, das in der Stille ringsum wi-
derhallte, ließ ihn sich verkrampfen. Die Fensterscheiben
waren allesamt eingeschlagen. Das Licht fiel durch die Öff-
nungen auf graffitibeschmierte Wände. Er zog die Beretta
aus der Tasche und schlich vorsichtig auf die Treppe an der
gegenüberliegenden Wand zu. Ein Teil des Geländers war
eingefallen, und die Stufen, die sich im schwachen Licht erkennen ließen, schienen morsch und verrottet zu sein. Sie
auf ihre Festigkeit hin zu prüfen, wollte Graham nicht riskieren.

Ein Schatten fiel über ihn; als er sich umdrehte, sprang
Lemmer durchs Fenster und traf ihn mit dem Ellbogen an
der Schläfe. Die Beretta flog Graham aus der Hand, als beide
Männer auf die Stufen krachten, die unter dem Aufprall zer-
brachen. Graham langte nach einer Geländerstrebe, doch bevor er einen Schlag damit landen konnte, traf ihn ein gutge-
zielter Fausthieb in die Magengrube. Er taumelte rücklings
vor die Wand, was das Mauerwerk so sehr erschütterte, daß
Staub und Mörtel von der Decke auf ihn herabrieselten.
Lemmer sah, daß Graham nach Luft rang, und setzte mit
zwei weiteren Körpertreffern nach. Der Holzknüppel fiel
Graham aus der Hand, und ein vierter Hieb, diesmal auf
den Hinterkopf, ließ ihn in die Knie sacken. Gleich darauf
schleuderte ihm Lemmer eine verrostete Kette um den Hals,
die er im Nacken würgend zusammenknebelte. Krampfhaft
versuchte Graham, seine Finger um die Glieder zu krallen,
die immer tiefer in die Haut einschnitten, aber Lemmer lieg
nicht locker, und Graham drohten schon die Sinne zu
schwinden. Lemmer hielt nun die Kette nur noch mit einer
Hand gepackt, um mit der anderen sein Stilett aus der Tasche zu ziehen. Die Klinge klappte auf; gleichzeitig wurde
Grahams Kopf zurückgezerrt, und gerade als Lemmer das
Messer über den gekrümmten Hals ziehen wollte, wurde die
Tür hinter ihnen so wuchtig aufgetreten, daß das zur Seite
schwingende Türblatt an der Wand zersplitterte. Sabrina
schoß Lemmer in den Rücken. Der geriet ins Wanken, sackte
zusammen und stürzte ins eigene Messer. Whitlock stürmte

an der Kollegin vorbei, drückte den Lauf seiner Browning in Lemmers Nacken und fühlte mit der freien Hand nach dessen Puls. Aber davon war nichts mehr zu spüren. Sabrina steckte ihre Beretta ein und eilte zu Graham, der ohnmächtig am Boden lag. Vorsichtig löste sie die Kette und biß die Zähne aufeinander, als sie unter den Gliedern die geschundene Haut freilegte, aus der es nun an einigen Stellen zu bluten anfing. Sabrina richtete Graham auf, so daß er mit dem Oberkörper an der Mauer lehnte, tupfte mit ihrem Taschentuch das Blut vom Hals und wartete mit besorgtem Blick darauf, daß er wieder zur Besinnung kam.

Whitlock kauerte neben ihr und legte die Hand auf ihre Schulter. »Wie sieht's aus?«

»Er hat noch mal Schwein gehabt«, antwortete sie ernst. »Für die nächsten paar Tage wird er mit 'nem hübschen Bluterguß rumlaufen.«

Graham fing heftig zu husten an. Er langte zum Hals, aber Sabrina hielt seine Hand zurück, um die Wunden zu schonen. Er keuchte und schüttelte den Kopf, als wollte er sich vom Schwindel befreien. Als er endlich die Augen öffnete, sah er zuerst in Sabrinas Gesicht und blickte dann von Whitlock zu Lemmer, der bäuchlings auf dem Boden lag.

»Tot«, sagte Whitlock, der sichtlich wütend war, »während du noch mal mit dem Leben davongekommen bist. Du kannst von Glück reden, daß Sabrina dich so gut kennt. Sie hat vorausgesehen, daß du uns anschmieren würdest. Deshalb haben wir dich von Anfang an nicht aus den Augen gelassen. Himmel, Mike, was soll der Quatsch? Wir sind deine Partner, verdammt noch mal. Ist es wirklich zuviel verlangt, *mit* uns zu arbeiten und nicht gegen uns?«

Sabrina legte eine Hand auf Whitlocks Arm. »Laß ihn erst mal zu sich kommen, C. W. Fertigmachen können wir ihn später auch noch.«

Whitlock richtete sich auf und streckte Graham seine Hand entgegen. »Komm jetzt, laß uns zurück zum Hotel fahren.«

»Ich komm schon ... allein zurecht«, krächzte Graham.

»So kennt man ihn«, bemerkte Whitlock und machte sich

daran, Lemmers Leiche unter die teilweise eingestürzte Treppe zu schleifen.

»Meine Pistole«, flüsterte Graham und deutete auf die Stelle, wo er sie verloren zu haben glaubte.

Whitlock suchte und fand sie neben der Tür, steckte sie ein und eilte dann die Hooftstraat hinunter, wo er ein Taxi herbeiwinkte und es in die Seitenstraße zum Lagerhaus lotste. Graham war noch wacklig auf den Beinen, weigerte sich aber, Hilfe anzunehmen, und stieg in den Wagen. Whitlock und Sabrina tauschten vielsagende Blicke und folgten. Sie zog die Tür hinter sich zu und gab dem Fahrer den Auftrag, sie zum Hotel zu bringen.

Whitlock ging auf sein Zimmer, schlenzte die Schuhe von den Füßen und schaltete den Fernseher ein. Popmusik. Er wechselte den Kanal. Eine Diskussionsrunde. Ein Hinweis an dem Apparat erklärte in Holländisch und Englisch, daß die BBC auf Kanal drei zu empfangen sei. Er schaltete auf drei. Eine Fortsetzungsreihe. Whitlock stöhnte, ließ aber das Programm laufen und ging zu Bett, nachdem er das Zimmer nach Wanzen durchsucht hatte – was jeder Agent, der sein Zimmer für eine Weile verlassen hat, routinemäßig tut. Er legte ein Kissen auf das Kopfteil des Bettes, streckte sich aus und langte nach der *Herald Tribune* auf dem Nachtschränkchen neben sich. Er blätterte das Kreuzworträtsel auf, faltete die Zeitung in der Mitte, nahm einen Kuli zur Hand und las die erste Frage. Als er auch auf die fünfte Frage keine Antwort wußte, warf er die Zeitung auf den Boden und rieb sich die müden Augen. Ein langer Tag, dachte er entschuldigend, doch sein Zustand hatte eine andere Erklärung, und das wußte er. Seine Gedanken hingen anderen Dingen nach, und er konnte sich nicht auf geistlose Kreuzworträtsel konzentrieren.

Er war fünfundzwanzig Minuten durch Amsterdam geirrt auf der Suche nach einer Apotheke, die Notdienst hatte, um Schmerztabletten für Graham zu kaufen. Doch als er ins Hotel zurückgekehrt war, hatte er erfahren müssen, daß Graham schon schlief. Der Ausflug war vergeblich gewesen.

Whitlock machte sich Sorgen um Graham; sein störrischer, einzelgängerischer Stolz konnte ihm noch Hals und Kragen kosten. Würde Kolchinsky von seinem Alleingang erfahren, hätte er ernste Konsequenzen zu befürchten. Kolchinsky wäre gezwungen, Philpott über die Sache zu informieren, und der hatte Graham bereits mündlich zurechtgewiesen wegen seines abnormen Verhaltens im Einsatz. Noch eine Rüge könnte zu einem schriftlichen Verweis führen, von dem auch der Generalsekretär in Kenntnis gesetzt würde. Der mischte sich zwar kaum in Angelegenheiten der UNA-CO, war aber befugt, Graham vom Dienst zu suspendieren und ein Disziplinarverfahren anzustrengen.

Das Telefon läutete.

Whitlock hob ab. »Hallo?«

»C. W.«

»Ja.«

»Hier ist Sergei.«

Whitlock schwang die Beine über den Bettrand und berichtete von den Tagesereignissen, einschließlich des Kampfes zwischen Graham und Lemmer.

»Wie schlimm ist seine Verletzung?«

»Er hat einen bösen Bluterguß am Hals. Das ist alles.«

»Aber wenn er, wie Sie sagen, mit einem Sender unterwegs war, warum haben Sie und Sabrina so lange gebraucht, um einzugreifen?« wollte Kolchinsky wissen.

Die Frage hatte Whitlock befürchtet. Sollte er die Wahrheit sagen und somit für die Zukunft verhindern, daß sich Graham von seiner Unabhängigkeitsmarotte zu einem fatalen Fehler hinreißen ließ? Oder sollte er sich vor den Kollegen stellen, den er als einen der besten UNACO-Agenten bewunderte und respektierte? Dann schoß ihm ein Gedanke durch den Kopf. Wenn er die Wahrheit sagte, würde Grahams Stellung in der UNACO abhängen von der Laune irgendeines Politikers in fünftausend Meilen Entfernung.

»Es war mein Fehler«, sagte er nach kurzer Pause. »Ich hielt es für besser, mich mit Sabrina im Hintergrund zu halten, um nicht von Lemmer entdeckt zu werden. Ich habe die Entfernung unterschätzt.«

»Solche Fehler sehen Ihnen gar nicht ähnlich, C. W.«

»Ich bin auch nur ein Mensch, Sergei. Hauptsache ist, daß wir noch rechtzeitig aufgekreuzt sind.«

»Sind Sie sicher, daß mit Ihnen alles in Ordnung ist? Der Colonel hat sich Ihretwegen Sorgen gemacht.«

Whitlock fluchte im stillen auf Graham, weil er durch ihn nun noch mehr in Verdacht geriet. »Mit geht's gut, Sergei. Wie gesagt, ich hab einen Fehler gemacht. Das kann jedem mal passieren. Mir, Ihnen und selbst dem Colonel.«

»Sicher, sicher«, murmelte Kolchinsky.

»Was gibt's Neues aus Libyen?«

»Der Generalsekretär hat sich heute morgen mit dem libyschen Botschafter getroffen.«

»Und?«

»Umsonst. Die Libyer weigern sich, Verhandlungen einzugehen.«

»Und sie wissen immer noch nicht, wer ihre Gefangenen sind oder welcher Organisation sie angehören?«

»So ist es.«

»Wann setzen Sie also Strike Force 2 in Marsch?«

»Wir warten noch darauf, daß der Generalsekretär mit dem Kopf nickt. Er will aber erst einmal alle diplomatischen Möglichkeiten ausschöpfen.«

»Diese verdammten Politiker ... sitzen auf ihren Hintern und treffen Entscheidungen!«

»Jetzt reicht's aber, C. W.«, fuhr ihn Kolchinsky an. »Uns gefällt das auch nicht, aber in dem Fall sind unsere Hände gebunden. Der Generalsekretär hält das, was er tut, für richtig.«

»Das hat auch Chamberlain im Jahre '38 geglaubt«, bemerkte Whitlock hitzig.

»Es lohnt nicht, darüber am Telefon zu diskutieren. Wir können ohne Zustimmung des Generalsekretärs nichts unternehmen. Basta.«

»Kommen Sie morgen nach Amsterdam?«

»Ich muß noch am Schreibtisch sitzen bis ...« Kolchinsky stöhnte. »Ich weiß nicht, wie lange. Jedenfalls muß sich der Generalsekretär zuerst zu einer Entscheidung in der Libyen-Sache durchgerungen haben.«

»Ich ruf Sie dann morgen zurück.«

»Schön. Wenn sich was Neues ergibt, werde ich Jacques Rust von Zürich schicken.«

Die Verbindung brach ab.

Whitlock hängte ein, streckte sich wieder auf dem Bett aus, faltete die Hände hinterm Kopf und starrte gedankenverloren zur Decke hoch. Er konnte sich genau vorstellen, wie Martin Cohen und seinen Kollegen von Strike Force 2 in diesem Moment zumute sein mußte. Wut, nur gemildert von Frustration und Unsicherheit. Schön und gut, daß der Generalsekretär die Krise diplomatisch zu lösen versuchte; es waren ja auch nicht seine Freunde, die in irgendeinem gottverlassenen Gefängnis schwitzen mußten. Für Whitlock war eine solche Situation nicht fremd. Vor zwei Jahren, als Jacques Rust noch Mitglied des Teams gewesen war, hatten sie zu dritt in Bereitschaft gestanden (Sabrina wartete auf ihre Feuertaufe), während der Generalsekretär versuchte, die Freilassung eines UNACO-Agenten zu bewirken, der wegen Mordes an einem chinesischen Doppelagenten in einem marokkanischen Gefängnis einsaß. Siebzig Stunden später, nachdem der Generalsekretär endlich seine Niederlage eingestanden hatte, wurde Strike Force 3 nach Marokko geschickt, um den Kollegen zu befreien. Die Mission war ein voller Erfolg gewesen. Wieder in New York, hatte der befreite Agent ganz schnell einen Posten im Testzentrum zugewiesen bekommen.

Der Gedanke an New York erinnerte Whitlock an Carmen. Er hatte versprochen, sie in dieser Nacht anzurufen. Würde sie immer noch wütend auf ihn sein? Würde womöglich der Streit fortgesetzt, den sie vor seiner Abfahrt zum Flughafen in der Wohnung gehabt hatten? Die Antwort ließ sich nur durch einen Anruf erfahren. Er wollte gerade die Nummer ihrer Wohnung wählen, als ihm einfiel, daß Carmen Spätschicht in der Klinik hatte.

»Guten Abend. Sprechzimmer Dr. Whitlock«, meldete sich eine Frauenstimme.

»Hallo, Laura. Hier ist C. W. Whitlock. Ist meine Frau zu sprechen?«

Laura stammte wie Carmen aus Puerto Rico. Seit sieben Jahren war sie nun schon Carmens Sekretärin.

»Ja, sie ist da. Ich verbinde.«

Sekunden später: »Hallo, Dr. Carmen Whitlock am Apparat.«

»'n Abend, ich bin's. Stör ich?«

»Ich hab zur Zeit niemanden in Behandlung, wenn du das meinst.« Ihre Stimme klang kühl und distanziert.

»Wie geht's dir?«

»Ich bin überrascht, daß dich das nach deiner gestrigen Vorstellung noch interessiert.«

Er schluckte die Wut hinunter, die ihm wieder hochzukommen drohte. Hätte er doch bloß nicht angerufen. Klar, daß der Streit da wieder anfing, wo sie ihn am Tag zuvor unterbrochen hatten.

»Carmen, ich will mich nicht am Telefon mit dir streiten.«

»Nein, das tust du wohl lieber von Angesicht zu Angesicht. Ruf mich nicht wieder an, C. W. Wir sprechen uns aus, wenn du wieder in New York bist.«

»Warum können wir jetzt nicht darüber reden?«

»Paß auf dich auf«, sagte sie, nicht mehr ganz so kühl wie zu Anfang.

Dann war die Verbindung unterbrochen.

»Carmen?« rief er in die Sprechmuschel. »Carmen, bist du noch da?«

Er warf den Hörer auf die Gabel und stand auf, um sich ein heißes Bad einlaufen zu lassen.

Ihm stand eine lange, unruhige Nacht bevor.

SECHS

Während der Nacht fiel Regen; erst am frühen Morgen ließ er nach. Drei Stunden später wurde die Stadt immer noch von dicken Regenwolken bedroht, und die meisten Bewohner hatten sich mit Mänteln und Schirmen auf weitere Schauer eingestellt.

So auch van Dehn. Allerdings bereute er es, seinen Gabardine-Regenmantel nicht abgelegt zu haben, bevor er sich ans Steuer gesetzt hatte, um zur Arbeit zu fahren. Er stoppte den Wagen vor einer roten Ampel an der Kreuzung von Helmerstraat und Stadshouderskade und wischte sich mit dem Handrücken den Schweiß von der Stirn. Er war außer sich vor Angst. Lemmer hätte gegen Mitternacht anrufen sollen, um den Mord an Grahams mysteriösem Informanten zu bestätigen. Aber der Anruf war ausgeblieben. Was war passiert? War der Spitzel tot? War Lemmer tot, oder hatte er, wie am Vorabend angedroht, die Grenze nach Belgien überschritten? War er womöglich verhaftet worden? Diese Fragen hatten van Dehn die ganze Nacht über wach gehalten. Am meisten jedoch quälte ihn die Frage, ob es diesem Informanten gelungen war, ihn zu belasten. Wenn ja, mußte er damit rechnen, vor dem Museum verhaftet zu werden. Dieser Gedanke hatte ihn die ganze Nacht über nicht losgelassen. Einmal hatte er sogar schon angefangen, den Koffer zu packen, um sich für eine Flucht außer Landes bereitzumachen. Aber dann war er schnell wieder zur Vernunft gekommen. Wenn Graham wirklich einen konkreten Beweis gegen ihn vorbringen konnte, hätte er ihn doch sofort verhaften lassen können und nicht den Morgen abgewartet, ohne zu wissen, ob er, van Dehn, zur Arbeit erscheinen würde oder nicht. Mit diesem Gedanken hatte sich van Dehn beruhigen können; danach war es ihm sogar gelungen, ein paar Stunden zu schlafen.

Als er den Ford Fiesta in die Museumstraat steuerte, sah er vor den Stufen des Haupteingangs den gepanzerten Lieferwagen parken, dessen Hecktüren offenstanden, so wie an jenem Morgen, als das Original zum Flughafen gebracht worden war. Der Anblick zerstreute seine letzten Zweifel. Daß die Prozedur der Verladung, die ja schon auf Video festgehalten war, nun noch einmal nachgestellt wurde, konnte nur eins bedeuten: Man tappte immer noch im dunklen und hielt sich dabei an einem Strohhalm fest. Er parkte den Wagen, wischte wieder den Schweiß vom Gesicht, stieg aus und verriegelte die Tür.

Graham, Whitlock, Sabrina und Broodendyk standen hinter dem Lieferwagen und sahen den vier Packern zu, die nun schon zum drittenmal hintereinander die verpackte Attrappe einluden.

Einer der Männer warf ihnen einen Blick zu. »Sollen wir's wieder so machen wie vorher?«

»Genau so«, rief ihm Graham zu.

Das sperrige Frachtgut wurde auf den Boden abgesenkt, vor die Seite des Laderaums geschoben und in Stellung gerückt. Zwei Männer stützten es ab, während die beiden anderen Seile und Spangen anlegten. Als sie fertig waren, rüttelte der Vorarbeiter am Gepäckstück und zeigte sich mit ausgestrecktem Daumen zufrieden über die Befestigung.

Graham sah Broodendyk an. »Sie sagten, daß der Kameramann von dieser Stelle aus das Video gedreht hat. Ich denke, was Sie gesehen haben, spricht für sich selbst.«

Broodendyk schüttelte ungläubig den Kopf und sah sich dann nach van Dehn um. »Warum, Mils? Geld?«

Van Dehn schluckte nervös. »Professor Broodendyk, Sie glauben doch nicht ...« Er stockte, als sich Graham zu ihm umdrehte und ihm ins Gesicht blickte. Der dunkle Bluterguß trat deutlich hinter dem offenen Kragen seines weißen Hemdes hervor.

»Wir *glauben* nicht nur, wir wissen es.« Graham musterte van Dehns Augen, die sichtlich verstört den Bluterguß fixierten.

»Wie ...«

»Wie?« äffte Graham spöttisch nach. »Das stammt von Lemmer.«

Van Dehn wandte sich an Broodendyk in der letzten Hoffnung, in ihm einen Verbündeten zu finden. »Wer ist denn Lemmer? Was soll das alles?«

»Das will ich Ihnen sagen«, antwortete Graham, weil sich Broodendyk vor einer Erklärung zu drücken schien. »Gestern habe ich den Lieferwagen untersucht. Dabei konnte ich mich im Innenraum frei bewegen. Die Videoaufzeichnung läßt aber erkennen, daß sich einer der Packer nach vorn zwängen mußte, als er versuchte, das Gemälde an der

Seitenwand festzuzurren. Was diese Beobachtung zu bedeuten hatte, war mir noch nicht klar. Also habe ich die vier Männer den Ladevorgang wiederholen lassen, und zwar dreimal hintereinander, jedesmal mit demselben Resultat. Der Mann, der den vorderen Teil der Fracht zu befestigen hatte, konnte sich im Laderaum genauso frei bewegen wie ich – ganz im Gegensatz zu dem, was auf dem Video zu sehen ist. Warum wohl? Weil eine doppelte Seitenwand in den Lieferwagen eingezogen wurde, die von der Kamera als solche nicht auszumachen war. Auf der Fahrt zum Flughafen saßen Sie zusammen mit zwei Sicherheitsbeamten im Laderaum des Lieferwagens. Es gab nur eine Möglichkeit, die Gemälde auszutauschen, und die ergab sich irgendwo unterwegs zum Flughafen. Na, kommt Ihnen das bekannt vor?«

Van Dehn sprang zu seinem Auto und stand vor verschlossener Fahrertür. Er wollte gerade in Richtung Singelgracht Reißaus nehmen, als Graham herbeigestürmt kam und ihm die Faust in den Magen wuchtete. Van Dehn umklammerte den Leib mit beiden Armen und sackte zu Boden.

»Das reicht, Mike«, rief Whitlock und schob Graham zur Seite. »Was ist bloß in dich gefahren?«

Graham schüttelte Whitlocks Arm von der Schulter. »Ich kann solche Typen nicht leiden, die Killer auf mich ansetzen.«

Sabrina bemerkte, wie die vier Packer näher kamen und mit düsteren Blicken die Szene beobachteten. »Schicken Sie die Leute weg«, sagte sie zu Broodendyk.

Broodendyk zögerte.

»Wollen Sie, daß sie Wind von dem Austausch bekommen?« fügte Sabrina hinzu.

Broodendyk ging mit erhobenen Händen auf die vier zu, und Sekunden später verzogen sie sich in den Lieferwagen, der dann in die Garage zurückgefahren wurde.

Whitlock führte van Dehn ins Foyer, wo Broodendyk den Vorschlag machte, das Verhör in seinem Büro abzuhalten.

»Und wohin gehen Sie derweil?« fragte Graham.

Broodendyk sah ihn verblüfft an.

»Ihnen fehlt nämlich die Genehmigung, während der Befragung anwesend zu sein«, erklärte ihm Graham.

»Aber ich bin doch verantwortlich für das Gemälde. Ich habe ein Recht zu erfahren, was damit geschehen ist.« Broodendyk wandte sich an Whitlock und Sabrina. »Wer gibt mir die Genehmigung?«

Sabrina zuckte mit den Achseln. »Sie könnten's mal beim Premierminister versuchen.«

»Premierminister?« wiederholte Broodendyk verwundert und spreizte dann kapitulierend die Arme. »Na schön, ich verstehe. Wie lange werden Sie mein Büro in Beschlag nehmen müssen?«

Sabrina tuschelte mit Graham und wandte sich wieder an Broodendyk. »Wir bedanken uns für Ihr Angebot, würden aber lieber den Raum benutzen, den Sie uns gestern zur Verfügung gestellt haben.«

»Werden Sie mich auf dem laufenden halten?«

Sabrina schaute Graham und Whitlock nach, die van Dehn den Flur entlangführten. Dann antwortete sie: »Wir dürfen Ihnen keinerlei Auskünfte geben. Ein Bericht über unsere Ermittlungen wird dem Premierminister zugesandt. Es liegt dann an ihm, ob er Ihnen eine Kopie des Berichts zukommen läßt oder nicht.«

Van Dehn schaute auf, als Sabrina das Zimmer betrat. Er saß auf einem der Holzstühle und hatte seine krampfhaft gefalteten Hände auf den Tisch gelegt. Whitlock hockte auf dem Fensterbrett vor dem einzigen Fenster des Zimmers, während Graham mit düsterer Miene den Füller zwischen den Fingern drehte und dabei van Dehn in den Nacken starrte. Er steckte immer noch voller Wut und schien drauf und dran, den Holländer ein zweites Mal zu attackieren.

»Seid ihr bereit, Jungs?« fragte Sabrina.

Graham nickte und warf den Füller auf den Tisch. »Der gehört Ihnen, stimmt's?«

Van Dehn nahm den Füller in die Hand, musterte ihn und schüttelte den Kopf. »Den hab ich noch nie gesehen.«

Graham packte van Dehn beim Kragen, zerrte ihn auf die

Beine und schleuderte ihn gegen die Wand. »Ich hab die Nase gestrichen voll von Ihnen. Sie werden mit uns zusammenarbeiten, das verspreche ich Ihnen.«

Van Dehn starrte dem Amerikaner trotzig ins Gesicht. »Sie haben nicht den kleinsten Beweis gegen mich in der Hand, und das wissen Sie genau. Ihre Hypothesen würden von keinem Gericht ernst genommen.«

»Lemmers Geständnis aber schon«, sagte Whitlock und stellte sich hinter Graham.

»Der kennt nicht mal meinen Namen ...«, platzte es aus van Dehn heraus; er brach aber sofort ab, als ihm klar wurde, was er gesagt hatte.

Whitlock grinste, steuerte auf den zweiten Holzstuhl zu, auf dem er rittlings Platz nahm und sich mit den Armen auf der Rückenlehne abstützte.

Van Dehn setzte sich wieder und warf einen flüchtigen Blick auf das Telefon. »Ich sag kein Wort mehr, es sei denn, mein Anwalt ist anwesend.«

»Sie können Ihren Anwalt bei sich haben, wenn Sie von der Polizei ins Verhör genommen werden«, antwortete Whitlock.

»Ich habe ein Recht darauf, meinen Anwalt zu rufen. Jetzt und sofort!« entgegnete van Dehn.

Whitlock nickte. »Sicher, das haben Sie. Aber bevor Sie ihn rufen, bedenken Sie eins: Wir werden von dem, was Sie hier sagen, der Polizei eine Abschrift vorlegen. Ob wir etwas auslassen, hängt ganz von unserem Gutdünken ab. Die Polizei weiß nicht, wer Toysgen umgebracht hat. Wir aber. Die Mordwaffe haben wir auch. Was haben Sie lieber: als Mitschuldiger am Kunstraub oder als Mörder angeklagt zu werden? Sie dürfen wählen zwischen zehn Jahren und lebenslänglich.«

»Aber was ist mit Lemmers Geständnis? Die Polizei wird uns schnell in Zusammenhang bringen.«

»Lemmer hat nie ein Geständnis abgelegt. Er ist tot.« Whitlock hielt van Dehns bohrenden Blicken stand. »Sie sehen also, daß es nur zu Ihrem Vorteil sein kann, wenn Sie mit uns kooperieren.« »Und was hindert Sie daran, Ihr

Wort zu brechen, sobald ich Ihnen erzählt habe, was ich weiß?«

»Nichts«, entgegnete Whitlock nüchtern. »Aber wir bieten Ihnen die einzige Chance, die Sie haben.«

»Ich geb mich geschlagen«, flüsterte van Dehn schließlich mit kaum hörbarer Stimme.

Sabrina zog den kleinen Kassettenrecorder aus der Tasche und plazierte ihn zwischen Whitlock und van Dehn auf dem Tisch.

Whitlock schaltete das Gerät ein. »Wer hat Sie angestiftet, das Gemälde zu stehlen?«

»Andre' Drago.«

Whitlock tauschte Blicke mit Graham und Sabrina, aber wie er hatten die beiden diesen Namen noch nie gehört. »Was wissen Sie über den Mann?«

»Nur, daß er der persönliche Sekretär eines Multimillionärs namens Martin Schrader ist.«

»Schrader?« murmelte Whitlock nachdenklich. »Der Name kommt mir irgendwie bekannt vor …«

Sabrina schloß die Augen und kniff mit Daumen und Zeigefinger in den Nasensteg bei dem Versuch, den Namen einzuordnen. »Ihr scheint wirklich ein kurzes Gedächtnis zu haben«, sagte Graham und sah zuerst Whitlock an, dann Sabrina. »Erinnert ihr euch nicht an den Skandal in der europäischen Geschäftswelt, 1979, ein paar Monate nach dem Einmarsch der Russen in Afghanistan? Firma ›Hecht‹, die deutsche Waffenschmiede, war damals den Zollfahndern ins Netz geraten. Ihr konnte nachgewiesen werden, chemische Waffen zum Einsatz gegen die Mudjaheddin an die Russen verkauft zu haben. Der gesamte Vorstand wurde geschaßt, und der Besitzer, Martin Schrader, mußte seine Firma weit unter Marktwert abtreten. Soweit ich weiß, hat er fluchtartig sein Land verlassen.« Graham wandte sich an van Dehn. »Wo lebt der Knabe jetzt?«

»In Rio de Janeiro.«

»Sind Sie schon mal mit ihm zusammengetroffen?« fragte Sabrina.

»Nein. Drago hat alles für ihn geregelt.«

»Warum hat man Sie angeheuert und nicht etwa, sagen wir, Broodendyk oder Geyser, den Kurator?« wollte Whitlock wissen.

»Broodendyk kam nicht in Frage. Der ist zu ehrlich. Geyser macht jedes Wochenende mit Freunden eine Sauftour. Drago mußte befürchten, daß er in einem unbedachten Augenblick zu plaudern anfängt. Ich trinke nicht und hab nur wenig Freunde. Drago fand, daß ich genau der Richtige bin.«

»Und wer hat Toysgen ausgesucht?« wollte Whitlock wissen.

»Schrader, obwohl er ihn nie persönlich getroffen hat. Wie gesagt: Drago hat alles geregelt. Toysgen ist aus Rußland rausgeschmuggelt worden, einzig und allein zu dem Zweck, das Gemälde zu fälschen. Er war der beste Fälscher von Moskau und hatte ein besonderes Faible für Rembrandt.«

»Hat Drago auch Hamilton und Lemmer angeworben?« fragte Whitlock.

»Nein, das war ich. Drago hat mir die Leitung der Operation in Amsterdam übertragen. Meine erste Aufgabe war es, einen geeigneten Spannrahmen für Toysgens Fälschung zu besorgen. Ich habe mich an Hamilton gewandt, der mich dann auf das Seegers-Gemälde brachte. Es war perfekt.«

»Wußte Hamilton, wofür Sie das Bild brauchten?« fragte Sabrina.

»Nein. Er wußte nur, daß ich an einem Gemälde interessiert war, das ein bestimmtes Format haben sollte. Toysgen wollte, daß ich ihm diesen Schinken besorge, und weil ich mich in der Szene nicht auskenne, hat mir Hamilton vorgeschlagen, Lemmer zu beauftragen. Der hatte schon des öfteren für Hamilton gearbeitet. Mir ist er nie unter die Augen gekommen ...« Van Dehn legte eine Pause ein und musterte Whitlock. »Wir haben bloß am Telefon miteinander gesprochen und uns mit Decknamen angeredet. Das war Dragos Idee. Er wollte, daß möglichst wenig Leute über die eigentliche Sache Bescheid wissen.«

»Und wessen Idee war es, Toysgen umzubringen?« bohrte Graham nach.

Van Dehn fuhr mit den Fingern durch die feuchten Haare. »Als ich hörte, daß Sie hinter ihm her sind, bin ich in Panik geraten. Ich mußte ihn zum Schweigen bringen. Ihnen gegenüber hätte er bestimmt ausgepackt. Ich wollte ihm nichts tun, ehrlich. Das müssen Sie mir glauben.«

»Also haben Sie Lemmer beauftragt, ihn zu töten«, sagte Whitlock.

Van Dehn nickte zerknirscht, bemerkte dann, daß Whitlock auf den Kassettenrecorder zeigte, und flüsterte: »Ja.«

»Wie kamen Sie darauf, Keppler zu engagieren?« fragte Sabrina.

Van Dehn stierte auf die rotierenden Spulen im Gerät und schaute schließlich zu Whitlock auf. »Sie werden doch alles löschen, was ich zu meiner Verwicklung in der Mordsache sage, oder? Das haben Sie versprochen.«

»Beantworten Sie die Frage«, zischte Graham. »Wie kamen Sie darauf, Keppler zu engagieren?«

»Das hat Drago getan.«

Whitlock nickte und erinnerte sich an die Unterhaltung mit van Dehn am Vortag. »Keppler sicherte sich dann den Vertrag, indem er das Angebot machte, das Gemälde kostenlos zum Flughafen zu transportieren«, führte van Dehn weiter aus.

»Also haben Sie und die zwei Wachen das Gemälde während der Fahrt zum Flughafen ausgetauscht. Als die Fälschung ausgeladen war, hatte die Polizeieskorte ihren Dienst erfüllt; Kepplers Lieferwagen konnte ohne Begleitung und vermeintlich leer zum Museum zurückkehren. Es blieb demnach jede Menge Zeit, vor der Ankunft im Museum das Original und die doppelte Seitenwand verschwinden zu lassen. Stimmt's?«

»Ja«, antwortete van Dehn, ohne Graham anzusehen.

»Wieviel hat man Ihnen für den Coup geboten?« fragte Sabrina.

»Im Erfolgsfall sind mir zehn Millionen Dollar versprochen worden.«

»Und wieviel haben Sie im voraus bekommen«, hakte Sabrina nach.

»Drago hat eine Million auf ein Schweizer Nummernkonto für mich eingezahlt. Der Rest sollte folgen, sobald die Fälschung ins Museum nach Amsterdam zurückgekehrt sein würde.«

»Was haben die anderen bekommen?« wollte Whitlock wissen.

»Toysgen hat eine halbe Million bekommen; aber das war nur ein Zeichen der Anerkennung. Er hatte kein Interesse am Geld. Lemmer und Hamilton habe ich aus dem Spesenfonds bezahlt, den Drago hier in Amsterdam für mich eingerichtet hat. Was Keppler und seine Wache angeht, bin ich überfragt. Ich glaube, dafür hat Drago gesorgt.«

Graham setzte sich auf die Tischkante. »Anderthalb Millionen Dollar plus Spesen für eins der kostbarsten Gemälde der Welt. Ich würde sagen, Schrader hat da ein gutes Schnäppchen gemacht.«

»Zehneinhalb Millionen plus Spesen«, korrigierte van Dehn.

Graham warf dem Holländer einen verächtlichen Blick zu. »Sind Sie wirklich so naiv, oder tun Sie nur so? Drago hat Ihnen mit der Million doch nur den Mund wäßrig machen wollen. Den Rest zu zahlen, wäre ihm nicht eingefallen. Sie wissen zu viel.«

Van Dehn blickte auf Whitlock, der zustimmend mit dem Kopf nickte. »Das seh ich genauso. Wenn er's ehrlich gemeint hätte, wäre mindestens die Hälfte des Geldes auf Ihr Schweizer Konto überwiesen worden.«

Van Dehn starrte auf seine zitternden Hände. »Wie kann man nur so blind sein? Er hat mich die ganze Zeit mißbraucht, oder?«

»Weiß Drago, daß die Fälschung entlarvt worden ist?« fragte Sabrina, nachdem es im Zimmer eine Weile still geworden war.

Van Dehn schüttelte den Kopf. »Nein. Er glaubt, daß, falls die Fälschung entdeckt würde, alle Zeitungen und Fernsehnachrichten der ganzen Welt voll davon wären. Mit geheimen Nachforschungen hat er nicht gerechnet.«

Graham schmunzelte. »Ich find's gut, wenn sich die Gegenseite in Sicherheit wiegt. So macht sie die meisten Fehler.«

Sein Kommentar erinnerte Sabrina an Smylie vom Testzentrum. Er hatte sie als zu impulsiv und selbstsicher kritisiert. Jetzt fragte sie sich, ob Grahams Worte indirekt auf sie gemünzt waren. Allerdings stand sie nicht auf der Gegenseite. Nun, sie wußte das – aber war das auch für Graham klar?

»Und haben Sie nie daran gedacht, Drago zu informieren?« wollte Whitlock wissen.

»Um meine zehn Millionen Dollar zu riskieren?«

»Wußten Sie von dem Fehler in der Fälschung?« fragte Sabrina.

»Ja, ich wußte Bescheid. Tatsächlich ist der Fehler so etwas wie eine Signatur. Viele Fälscher verstecken sie in ihren Gemälden. Das wird getan, um dem Werk eine persönliche Note zu verleihen. Auch Drago wußte davon, aber weder ihm noch mir ist es gelungen, Toysgen davon abzubringen.«

»Hat Ihre Frau von dem Austausch gewußt?« fragte Whitlock.

Van Dehn warf einen schuldbewußten Blick auf den Kassettenrecorder. »Nein. Ich hatte vor, sie zu verlassen und mit dem Geld ein neues Leben anzufangen. Unsere Ehe ist schon vor Jahren in die Brüche gegangen. Egal, was ich getan hätte … ihr wär's einerlei gewesen.«

»Beschreiben Sie Drago«, knurrte Mitlock und schob seine Gedanken an die eigene Ehe beiseite, entschlossen, sich nur auf das Verhör zu konzentrieren.

»Anfang Dreißig. Er hat wohl eine Vorliebe für weiße Kleidung. Paßt zu seinem Haar. Es ist ausgebleicht und sehr kurz geschnitten. Er hat ein schmales Gesicht und trägt eine Brille mit Metallrahmen. Wenn er lächelt – und das tut er oft …, bleiben die Augen unbeteiligt. Sie sind ohne Ausdruck und starren durch einen hindurch. Ziemlich nervend ist das …« Van Dehn deutete auf das Telefon. »Ich hab Ihnen alles gesagt, was ich weiß. Werden Sie jetzt die Polizei anrufen?«

»Die geht zur Zeit die Sache noch nichts an«, erwiderte Whitlock. »Sie stehen unter Hausarrest, bis das Original gefunden ist. Erst dann wird Anklage gegen Sie erhoben.«

»Das ist ungesetzlich!« schimpfte van Dehn.

»Theoretisch, ja«, entgegnete Whitlock.

»Mein Anwalt wird daraus eine Affäre machen. Mich gegen meinen Willen festzuhalten, ist auch ein Vergehen.«

»Das wird Ihnen nicht viel helfen«, meinte Whitlock. »Ich dachte, wir hätten uns geeinigt.«

»In der Tat, aber jetzt drehen Sie die Sache so, daß nur Sie Ihren Vorteil davon haben.«

Graham beugte sich über den Tisch und fuchtelte mit dem Zeigefinger dicht vor van Dehns Gesicht herum. »Wenn Sie anfangen, uns an der Nase herumzuführen, sind Sie ein gezeichneter Mann, bevor Sie das Gefängnistor erreichen. Das versprech ich Ihnen.«

Van Dehn wischte mit der Hand über die feuchte Stirn. »Schon gut. Ich tue, was Sie wollen.«

Graham und Whitlock führten ihn nach draußen. Sabrina rief Pieter de Jongh an, der sich dafür einsetzen wollte, daß van Dehns Haus von nun an rund um die Uhr bewacht werden würde. Sie legte den Hörer wieder auf, steckte den Kassettenrecorder ein und eilte ihren Kollegen nach.

Jacques Rust landete an Bord einer Cessna 340 auf dem Schiphol Airport. Das Flugzeug war zugelassen auf eine der Scheinfirmen der UNACO in Zürich. Ein schwarzer Mercedes wartete am Rollfeld, um Rust auf direktem Weg ins Park Hotel zu bringen.

Er war ein 42 Jahre alter Franzose mit schütteren schwarzen Haaren, auf deren kurzen Schnitt er großen Wert legte. In dem gefurchten, aber ansehnlichen Gesicht fielen vor allem die blaßblauen Augen auf. Nach einer erfolgreichen und vierzehn Jahre währenden Karriere beim französischen *Service de Documentation Extérieure et de Contre-Espionage* hatte er seinen Dienst quittiert, um der UNACO beizutreten, wo er mit Whitlock zusammenarbeitete, bis Philpotts Budget aufgestockt wurde, was zur Folge hatte, daß das zwanzigköpfige Team um zehn weitere Agenten erweitert werden konnte. Philpott und Kolchinsky hatten anschließend eine komplette Umstrukturierung des Außendienstes vorgenommen, woraus die schlagkräftigen Strike-Force-Teams entstanden. Sabrina wurde Rust und Whitlock zur Seite gestellt, damit sie möglichst schnell dazulernen konnte, und nach nur sechs Monaten galt Strike Force 3 als das professionellste der zehn Teams. An dieser Wertung hatte sich nach Rusts Meinung nichts geändert, denn Graham war trotz seiner einzelgängerischen Tendenzen ein wirklich guter Ersatz.

Strike Force 3 war gerade ein Jahr zusammengewesen, als das Team nach Marseille geschickt wurde, um einen internationalen Drogenring zu sprengen, der zwischen Frankreich und Algerien operierte. Während eines routinemäßigen Erkundungsgangs an den Docks gerieten Rust und Sabrina unter Beschuß. Eine Kugel traf Rust in die Wirbelsäule, als er in Deckung zu springen versuchte. Eine Querschnittslähmung war die Folge. Nach seiner Entlassung aus dem Krankenhaus wurde er in die Kommandozentrale versetzt, wo er in der Funktion eines Sonderberaters arbeitete. Doch als der Chef des europäischen Operationsgebietes bei einem Autounfall ums Leben kam, wurde Rust zu dessen Nachfolger ernannt – sehr zum Erstaunen vieler Insider, die angenommen hatten, daß Kolchinsky mit diesem Posten betraut werden würde. Aber Philpotts Entscheidung war sehr wohl durchdacht. Kolchinsky hatte sich unter anderem deshalb der UNACO angeschlossen, weil er seinen Schreibtisch-Job in Lubianka leid war. Der Außendienst lag ihm viel mehr. Rusts Agententage waren vorüber, und die Aussicht, sich im Management versuchen zu können, war für ihn sehr verlockend. Dank seiner Intelligenz, der großen Erfahrung in europäischen Angelegenheiten und seiner wertvollen inter- nationalen Beziehungen war er wie geschaffen für diesen Job. Inzwischen, nach einjähriger Dienstzeit als Chef der Europa-Zentrale, hatte er auch den letzten Kritiker von seiner Professionalität und von seinem Engagement überzeugen können.

Der Mercedes hielt vor dem Park Hotel. Der Fahrer sprang

nach draußen, öffnete den Kofferraum und hievte einen zusammengeklappten Rollstuhl heraus, der eigens für Rust konstruiert worden war. Mit schnellen Handgriffen baute der Chauffeur den Stuhl zusammen und rollte ihn neben die Beifahrertür. Der Hotelportier war herbeigeeilt und öffnete die Tür.

»Lassen Sie sich helfen, Sir.«

Rust wich zurück und hob abwehrend die Hände. »Ein paar Dinge kann ich schon allein.«

»Tut mir leid, Sir«, sagte der Portier.

Rust grinste verlegen. »*Non, non*, ich muß mich entschuldigen. Sie meinen's ja gut. Aber ich schaff's auch allein. Vielen Dank.«

Rust stemmte die Hände auf das Sitzpolster und rückte mit dem Oberkörper zur Tür hin. Dann langte er mit der Hand nach draußen, um die Armlehne des Rollstuhls zu erreichen. Doch obwohl dessen Bremsen angezogen waren, rutschte er seitlich weg. Rust prustete wütend. Der Portier trat einen Schritt vor, um den Rollstuhl zurechtzurücken, aber der Chauffeur hielt ihn am Arm fest und riet ihm, sich nicht einzumischen. Rust rutschte bis an den Rand des Polsters und beugte sich gefährlich weit nach draußen. Jetzt bekam er die Armlehne zu packen und zog den Rollstuhl zu sich heran. Er verdrehte nun den Körper, biß die Zähne aufeinander und wuchtete sich rücklings in den Rollstuhl. Sein Gesicht war rot vor Anstrengung. Mit der Fernbedienung an der Armlehne schaltete er den kleinen Motor unterm Sitz ein, löste die Bremsen und wendete den Stuhl in Richtung Hoteleingang.

»Das sieht schwieriger aus, als es in Wirklichkeit ist«, erklärte er dem Portier, der ihm jedoch nicht zu glauben schien. Er lüftete grüßend die Kappe und eilte dann einem Taxi entgegen, das hinter dem Mercedes vorgefahren war.

»Ich bleib nicht lange«, sagte Rust und nahm von seinem Chauffeur einen Aktenkoffer entgegen.

»In Ordnung, Sir«, antwortete der Chauffeur und stieg zurück hinters Steuer.

Rust steuerte den Rollstuhl auf die Glastür zu, die sich vor ihm automatisch öffnete. Im Foyer hielt er nach der hübschesten Rezeptionistin Ausschau, die er nach der Zimmernummer von Sabrina fragte. Sie gab ihm Auskunft und rief einen Boy herbei, der ihn zum Lift führte, um dort den Etagenknopf für Rust zu drücken.

»*Non, non*«, rief Rust, langte an die Seite des Rollstuhls und brachte einen Plastikstab zum Vorschein, mit dem er den Knopf drückte.

Vom Lift bis zu Sabrinas Zimmer war es nicht weit. Er klopfte einmal an die Tür.

Sabrina öffnete.

»*Bonjour chérie, comment vas-tu?*«

Sie küßte ihn auf beide Wangen und trat dann zur Seite, um ihn hereinzulassen. »*Très bien, et toi?*«?

»Ah, *bien, bien;* wie immer, wenn ich Sie sehe.«

»Schmeichler«, antwortete sie mit künstlich kritischem Blick. »Wie war Ihr Flug?«

»Langweilig, zum Glück.« Er rollte auf den kleinen Kühlschrank neben dem Fernseher zu und fischte sich eine Dose Cola heraus. »Und wo steckt das unerschrockene Duo?«

Sie kicherte. »Ich werde sie rufen.«

Graham kam als erster.

Nachdem ihm Rust die Hand geschüttelt hatte, langte er an Grahams Kragen, um sich ein Bild von der Quetschung am Hals machen zu können.

»Sieht übel aus, Mike.«

Graham zuckte mit den Schultern. »Berufsrisiko.«

»Davon weiß ich ein Lied zu singen«, brummte Rust, als es an der Tür klopfte. Er sah sich um. »Das muß C. W. sein. Ein wahrer Gentleman.«

»Komm rein, C. W.«, rief Sabrina.

Whitlock trat ins Zimmer und grinste Rust zu. »Jacques, wie geht's Ihnen?«

»Wie immer, C. W., wie immer.«

Die beiden gaben sich die Hand. Dann nahm Whitlock auf der Kante des Doppelbetts Platz. »Hat Sergei Sie über alles informiert?«

»Das hat er, fürwahr«, antwortete Rust schmunzelnd. »Sie

hätten das Telex sehen sollen, das er mir heute morgen geschickt hat. Man könnte fast von einem Roman sprechen.« Er öffnete die Aktentasche, entnahm ihr einen Ordner, verschloß die Tasche wieder und stellte sie neben dem Rollstuhl ab. »Bei den Recherchen zu Schrader und Drago sind wir auf eine interessante Querverbindung gestoßen. Horst Keppler war Chef des Werkschutzes von Schraders Firma ›Hecht‹. Schrader ist auch Eigentümer von Kepplers Unternehmen hier in Amsterdam.«

»In Sachen Planung scheint dieser Schrader nicht auf den Kopf gefallen zu sein, das muß man ihm lassen«, bemerkte Sabrina.

»Wie steht's um die beiden Angestellten von Keppler, die beim Austausch mitgemacht haben?« fragte Graham. »Haben Sie über die was herausgefunden?«

»Ja«, antwortete Rust und öffnete den Aktenordner. »Ernest de Vere, zweiunddreißig Jahre alt. Einmal verurteilt wegen Bankraubs. Hat sieben Jahre einer zwölfjährigen Strafe verbüßt und ist seit zwei Jahren bei Keppler angestellt.«

»Ein verurteilter Bankräuber arbeitete in einer Sicherheitsfirma?« Whitlock verzog das Gesicht. »Mich laust der Affe.«

»Warten Sie ab; es kommt noch besser«, entgegnete Rust und las in seinen Unterlagen nach. »Der zweite Mann heißt Rudi Oosterhuis, fünfunddreißig Jahre alt, verurteilt wegen eines Überfalls auf einen Sicherheitstransport. Hat neun von achtzehn Jahren abgesessen. Arbeitet seit elf Monaten für Keppler; er wurde vier Tage nach seiner Entlassung eingestellt.«

»Die beiden werden wohl schon im Knast gewußt haben, daß sie nach ihrer Entlassung bei Keppler unterkommen.«

»So sieht' aus, *chérie*«, pflichtete Rust bei. »Nach unseren Informationen haben die zwei zu Anfang ihrer Haftzeit viel Ärger verursacht; dann, ganz plötzlich, verwandelten sie sich zu Mustergefangenen. Oosterhuis konnte sich sogar als Denunziant bei den Wachen beliebt machen. Die Prüfung auf Strafaussetzung war in beiden Fällen reine Formalität.

Der Richter behauptete, die Strafe hätte auf beide einen erzieherischen Einfluß ausgeübt.«

»Justitia, die Blinde«, murmelte Graham verächtlich.

»Um Lemmer und Toysgen kümmern wir uns. Ihre Leichen werden auftauchen, wenn wir die Sache abgeschlossen haben. Lemmer wird vorläufig bestimmt nicht vermißt. Wahrscheinlich denkt die Polizei, daß er sich versteckt hält. Toysgen wird wohl auch niemand vermissen. Er war ein echter Einsiedler und hatte, soweit uns bekannt ist, keine Freunde. Einer unserer Männer wird seine Wohnung für die nächsten Tage im Auge behalten und feststellen, ob Milch oder Zeitungen geliefert werden.«

»Ich kenne jemanden, der Toysgen vermissen wird«, sagte Graham und erzählte von dem Wirt der Kneipe Bohemer.

Rust notierte Grahams Beobachtung. »Darauf werden wir achtgeben, Mike, aber ich denke nicht, daß wir aus dieser Ecke etwas zu befürchten haben. Selbst wenn der Kneipenwirt Toysgen als vermißt meldet, wird Schrader wohl kaum Wind davon bekommen.«

Das Telefon läutete.

Sabrina hob den Hörer ab.

Zuerst meldete sich niemand. Dann: »Sabrina?«

»Am Apparat.«

»Hier ist Pieter de Jongh. Ist Jacques bei euch?«

»Augenblick.« Sie deckte die Sprechmuschel mit der Hand ab und sagte Rust, wer in der Leitung war.

Rust zog die Stirn kraus, rollte auf Sabrina zu und nahm den Hörer von ihr entgegen. Seine Miene verfinsterte sich zusehends. Schließlich dankte er Pieter für den Anruf und legte auf.

»Van Dehn ist tot.«

»Tot?« rief Sabrina. »Wie ist das passiert?«

»Selbstmord. Er hat sich in der Dusche erhängt. Zu fragen wäre jetzt, wie es ihm gelingen konnte, eine Krawatte mit ins Badezimmer zu schmuggeln. Aber was van Dehn kurz zuvor zu den Wachen gesagt hat, könnte uns Aufschluß über sein Motiv geben. Er sagte, daß er schreckliche

Angst vor dem Gefängnis habe, weil er möglicherweise schon ein gezeichneter Mann sei. Was kann er damit gemeint haben?«

»Er war nicht gerade begeistert von der Aussicht, zu Hause unter Arrest zu stehen. Also habe ich ihm gesagt, wenn er nicht mit uns kooperiert, würden wir dafür sorgen, daß er gezeichnet wäre, bevor er ins Gefängnis käme.« Graham stand auf und ging ans Fenster. »Ich wollte ihm drohen, mehr nicht.«

»Es hat offenbar gewirkt«, entgegnete Rust gereizt.

»Das mußte gesagt werden, Jacques«, fuhr Whitlock seinen Expartner an. »In Abschnitt 4 b der Richtlinien steht ausdrücklich: ›Jeder Strike-Force-Agent kann eine Verdachtsperson unter Hausarrest stellen, wenn zu befürchten ist, daß sie auf irgendeine Weise den Erfolg der laufenden Mission in Frage stellt.‹ Wir sind rechtlich abgesichert, eine verdächtige Person in der eigenen Wohnung festzuhalten, also müssen wir auch dieses Recht durchsetzen können. Machen Sie uns daraus keinen Vorwurf. Die Alternative wäre, daß sich irgendein Rechtsverdreher ereifert und damit droht, die Weltpresse auf die UNACO anzusetzen.«

»Ich mache Ihnen keinen Vorwurf, C. W. Ich weiß sehr wohl um die Problematik von Abschnitt 4 b. Schließlich war ich auch mal im Außendienst. Ich mache mir bloß Sorgen um die Reaktion des Colonels auf den Bericht, den ich ihm schicken muß. Sie wissen, wie empfindlich er auf Mikes Methoden anspringt.«

»Davon braucht er doch nichts zu erfahren, oder?« sagte Sabrina und musterte Rust. »Van Dehn war nicht mehr ganz beieinander. Wer weiß, was er unter ›gezeichnet‹ verstanden hat?«

»Schonung brauch ich nicht«, knurrte Graham wütend. »Sagen Sie dem Colonel ruhig die Wahrheit. Ich hab nichts zu verbergen.«

»Seien Sie nicht so störrisch, Mike«, erwiderte Rust, während er über Sabrinas Idee nachdachte. »Was Sie sagen, *chérie*, ist nicht von der Hand zu weisen. Ich werde das in meinem Bericht berücksichtigen.«

»Was haben Sie über Schrader und Drago rausgefunden?«
fragte Whitlock nach längerer Pause.

Rust nahm einen Schluck aus der Dose, bevor er antwortete: »Mike hat wohl schon erklärt, welche Umstände Schrader
gezwungen haben, die Firma ›Hecht‹ zu verkaufen. Nun, ich
habe eine detaillierte Personenbeschreibung für Sie vorbereitet, die Sie unterwegs im Flugzeug studieren können. Dragos Name ist durch sämtliche unserer Computer gelaufen;
Ergebnis: Null Komma nichts. Es scheint fast, als existierte
er überhaupt nicht. Also haben wir uns mit Langley in Verbindung gesetzt in der Hoffnung, daß die CIA besser informiert ist. Dabei stellte sich heraus, daß die gesuchte Person
als Chiffrierer für den tschechischen Geheimdienst gearbeitet hatte, bevor sie in den Westen überwechselte. Das ist fünf
Jahre her. Nachdem die CIA Drago ausgehorcht hatte, ging
er nach Rio, wo er seit vier Jahren für Schrader arbeitet. Ihre
Kontaktperson in Rio wird Ihnen weitere Informationen geben können. Sie ist eine Freundin von Schrader.«

»Sie?« fragte Graham argwöhnisch.

»Ihr Name ist Siobhan St. Jacques.«

»Klingt exotisch«, meinte Whitlock grinsend.

»Das ist sie auch, wie ich gehört habe. Um so betrüblicher
ist es, daß sie uns von der CIA nur ausgeliehen wurde.«

»Ist ja hervorragend«, polterte Graham. »Haben wir nicht
unsere eigenen Kontakte in Rio?«

»Bis vor einem Jahr schon, aber da ist unser Mann bei einem Motorbootunfall ums Leben gekommen.«

»Ramirez. Ja, ich erinnere mich. Warum hat ihn der Colonel noch nicht ersetzt?«

»Weil er noch keine geeignete Person gefunden hat, Mike.
Er sucht jemanden, der sich in den Kreisen auskennt, in denen sich Ramirez bewegt hat, jemanden mit ähnlichen
Freunden. Bislang ließ sich niemand von der Sorte auftrei-
ben. Statt dessen hat der Colonel Auskünfte über Siobhan
eingeholt. Die CIA war nicht gerade begeistert von Philpotts
Ersuchen. Im Gegenteil, sie lehnte es schlichtweg ab, die Angelegenheit auch nur zu erwägen, was unter den gegebenen
Umständen nur verständlich ist. Immerhin gilt die Dame als

die wohl beste Agentin in Südamerika. Sie können sich vorstellen, daß der Colonel diese Schlappe nicht hinnehmen wollte. Also schaltete er den Generalsekretär ein, damit er sich für ihn verwendete. Der Generalsekretär wiederum wandte sich an den Präsidenten, der daraufhin den CIA-Chef ins Weiße Haus zitierte. Kurz und gut, Siobhan ist immer noch in erster Linie CIA-Agentin, steht aber der UNACO jederzeit zur Verfügung. Die Beziehungen zu Langley sind seitdem ein wenig kühler geworden, aber das ist ja nichts Neues. Dem Colonel ist's einerlei; er hat bekommen, was er wollte.«

»Haben Sie die Frau schon mal getroffen?«

»Wann hätte ich denn Zeit, nach Rio zu fahren, Mike? Nein, ich habe sie noch nicht getroffen. Aber sie soll sehr gut sein, sehr professionell.«

»Das muß sie wohl, sonst hätte sich der Colonel kaum so stark für sie eingesetzt«, meinte Sabrina.

»Aber kann man ihr auch trauen?« fragte Whitlock.

»Sie ist in unseren Fall eingeweiht worden; das heißt aber nicht, daß Sie sich mit ihr in allen Fragen abzustimmen haben. Ihre Aufgabe ist es bloß, Sie mit Schrader bekannt zu machen, mehr nicht.«

»Wenn sie zur ersten Wahl der CIA gehört, müssen wir sie wohl mit Glacehandschuhen anfassen.«

Rust schmunzelte über Grahams Wortwahl. »Boxhandschuhe wären in der Tat verfehlt, Mike. Sie ist auf unserer Seite.«

»Wann fliegen wir los?« fragte Whitlock.

»Heute abend um sechs.« Rust öffnete die Aktentasche und nahm drei verschlossene Briefumschläge heraus. »KLM-Flug 730 via Dakar nach Rio. Sie kommen in den frühen Morgenstunden an. Denken Sie daran, in Brasilien ist es vier Stunden früher als in Europa. Ihr Hotel ist das Meridien. Die Reservierungen sind bestätigt. Ich weiß nicht, wie der Colonel das geschafft hat, zumal da unten gerade Karneval gefeiert wird.«

»Warum mußte es unbedingt ein Luxushotel sein?« fragte Graham.

»Weil Sie als ein vermögender Geschäftsmann aus New York auftreten. Also müssen Sie in einem der ersten Hotels am Platz absteigen.« Rust holte tief Luft; bei dem, was er jetzt zu sagen hatte, war ihm offenbar nicht wohl. »Sabrina mimt Ihre Gattin. Sie sind auf Hochzeitsreise. Tut mir leid, Mike. Ich weiß, das ist nicht gerade taktvoll nach der Tragödie um Carrie ...«

»Wofür zum Teufel entschuldigen Sie sich, Jacques?« antwortete Graham in scharfem Tonfall, als der Name seiner Frau fiel. Er sah Sabrina an. »Wir werden unsere Rolle spielen. Es ist ja bloß zur Tarnung, mehr nicht.«

Sabrina nickte.

»Siobhan wird sich als Ihre Freundin ausgeben, die Sie seit langem aus den Augen verloren haben«, sagte Rust zu Sabrina. »Das wird Grund genug sein, Sie beide in den Riviera Club einzuladen. Der gehört Schrader und ist nur für geladene Gäste offen. Siobhan hat Sergei gegenüber außerdem etwas von einer Karnevalsparty erwähnt, die Schrader alljährlich gibt. Aber darüber werden Sie an Ort und Stelle mehr erfahren.«

»Was ist denn meine Rolle?« fragte Whitlock.

»*Sie, mon ami*, sorgen für Rückendeckung.«

»Immer dasselbe. Der gute alte C. W. darf anderen den Rücken freihalten. Wenn Sie glauben, daß ich das gern tue, irren Sie sich, Jacques. Ich hab's satt, immer nur den Aufpasser zu spielen.« Whitlock stand auf und verließ das Zimmer.

Rust sah zur Tür. »Was ist denn los? Bisher hat er doch ständig die Rückendeckung übernommen. Das ist doch seine Spezialität.« »Vielleicht liegt darin das Problem«, meinte Graham. »Er bleibt nur noch vier Jahre im Außendienst; dann steht ihm ein Schreibtisch-Job in der Kommandozentrale bevor. Ist Ihnen jemals der Gedanke gekommen, daß er sich im Einsatz draußen auch mal hervortun möchte, bevor es zu spät ist?«

»C. W. ist doch nie sonderlich ehrgeizig gewesen.«

»Vielleicht nicht nach Ihren Maßstäben, Jacques. Aber Ehrgeiz hat jeder auf seine Art.«

Rust dachte über Grahams Worte nach und legte die drei braunen Umschläge auf dem Beistelltisch ab, bevor er noch einmal in die Aktentasche langte und ein kleines Päckchen hervorholte, das er Sabrina überreichte.

Sie öffnete es. Darin, in Baumwolle verpackt, lag ein achtzehnkarätiger Ehering. »Wie schön«, murmelte sie.

»Ich schätze, der besiegelt euren Bund«, sagte Rust.

Sabrina fand seinen Zynismus verständlich. Wie Graham, so hatte auch Rust die Frau verloren, die er am meisten geliebt hatte. Er war Therese Mardin begegnet, während er noch für den SDECE arbeitete. Sie war Zeugin in einem Drogenfall gewesen, und er hatte die Aufgabe, sie über die Dauer des Verfahrens zu beschützen. Sie hatten von Anfang an Gefallen aneinander gefunden, und sechs Monate später war sie zu ihm in die Wohnung gezogen. Als er der UNACO beitrat, gab sie ihre Anstellung bei Galeries Lafayette, dem großen Pariser Kaufhaus, auf und siedelte mit ihm nach New York über. Acht Jahre lang lebten sie zusammen, ohne Trauschein, auf den beide willentlich verzichteten. Dann, nach der Schießerei, ging sie zunehmend auf Abstand. Daß er den Rest seines Lebens als Krüppel fristen mußte, war für sie unerträglich. Sie kehrte nach Frankreich zurück, als er noch im Krankenhaus lag, und seine letzte Nachricht von ihr war die, daß sie mit einem Schweizer Skilehrer in Luzern zusammenlebte.

Sabrina bemerkte plötzlich, daß Rust ihr ins Gesicht starrte. Er lächelte traurig. »Sie denken an Therese, *n'est-ce pas?*«

»Der Ring hat mich an sie erinnert.«

»So ging's mir auch.« Rust klatschte die Hände zusammen. »Genug davon. Sie müssen sich jetzt auf den Flug vorbereiten, und ich will so schnell wie möglich zurück nach Zürich. Strike Force 2 müßte mittlerweile in Algerien sein …«

»Sie sind also reingekommen«, unterbrach Sabrina aufgeregt.

»Ich dachte, Sergei hätte Sie informiert.«

»Als C. W. in New York angerufen hat, war nur noch der Nachtbeamte im Dienst. Wir haben seit gestern keinen Kontakt mehr zu Sergei gehabt.«

»Tja, das Team ist letzte Nacht losgeflogen. Wenn alles nach Plan läuft, kreuzen sie heute nacht die libysche Grenze. Die Befreiungsaktion soll morgen oder übermorgen starten.« Rust setzte seinen Rollstuhl in Bewegung. »Ich wünsche Ihnen viel Glück, obwohl ich weiß, daß Sie auch ohne meine guten Wünsche klarkommen.«

»Wir nehmen sie trotzdem gerne an«, antwortete Sabrina und küßte Rust auf die Wange.

Rust schüttelte Graham die Hand. »Tut mir leid, daß Sabrina Ihre Frau spielen soll, Mike.«

»Geht schon in Ordnung, Jacques. Ehrlich.«

Sabrina öffnete die Tür. Rust blieb neben ihr stehen. »Grüßen Sie C. W. von mir. Wenn er was auf dem Herzen hat, weiß er, wo ich zu erreichen bin. Vielleicht hat er ja Lust, mit mir zu reden, wer weiß?« Er zuckte die Achseln und verschwand dann im Korridor.

Sabrina kehrte ins Zimmer zurück und sah, daß sie von Graham aufmerksam gemustert wurde. Mit einemmal fühlte sie sich äußerst befangen und trat unwillkürlich einen Schritt zurück. Mit flackernden Lidern versuchte sie, seinem bohrenden Blick standzuhalten. Zögernd fragte sie: »Mike, was ist los mit dir?«

»Ich würde zu gern wissen, was Carrie zu unserer Scheinehe sagen würde.«

»Und? Was glaubst du?« Sabrinas Stimme klang immer noch unsicher.

»Sie wäre bestimmt verdammt eifersüchtig.« Er ging hinaus in den Flur und sah sich noch einmal um. »Aber ich schätze, insgeheim wäre sie durchaus einverstanden.«

Sabrina stand noch eine Weile in der Tür, nachdem Graham auf sein Zimmer gegangen war. Einverstanden, womit? Mit ihr als Frau? Oder mit dem Arrangement im Interesse der Sache?

Sie schloß die Tür, zog sich aus und duschte lange und heiß. Als sie den beschlagenen Wandspiegel abwischte, entdeckte sie ein Lächeln auf ihrem Gesicht.

SIEBEN

Um halb drei morgens erreichten sie Galeão, den internationalen Flughafen von Rio de Janeiro. Von dort aus nahmen sie ein Taxi zum 38stöckigen Meridien Hotel, das am Fuß des Zuckerhutes stand und die Copacabana überblickte. Graham bezahlte den Taxifahrer, der geholfen hatte, das Gepäck ins Foyer zu tragen, und ging zur Anmeldung an den Rezeptionsschalter.

Die Empfangsdame tippte den Namen in den Computer. »Mr. und Mrs. Graham aus New York?«

»Ja, richtig.«

»Ich gratuliere, Sir.«

»Danke«, brummte Graham, ohne sich besonders erfreut zu zeigen.

Die Frau legte Graham ein Anmeldeformular zum Ausfüllen vor. »Darf ich bitte Ihre Pässe sehen?«

Graham fischte sie aus der Tasche und legte sie auf den Schalter, füllte das Formular aus und schob es der Empfangsdame zu.

»Ursprünglich war für Sie und Ihre Frau nur eine *cabana* vorgesehen. Als gestern Ihre Buchung angemeldet wurde, stand kein anderes Zimmer mehr zur Verfügung. Aber Sie haben Glück. Eine unserer Honeymoon-Suiten ist wegen einer plötzlichen Absage freigeworden. Dort können Sie einziehen und für den Preis wohnen, den wir Ihnen für die *cabana* berechnet hätten.«

Graham rieb sich die müden Augen und schüttelte den Kopf, um wach zu werden.

»Stimmt etwas nicht, Sir?«

»Doch, alles in Ordnung.« Graham rang sich zu einem Lächeln durch. »Sehr freundlich, daß wir die Suite für den Preis der *cabana* haben können.«

»Eine Aufmerksamkeit der Hoteldirektion, Sir.«

»Bitte übermitteln Sie unseren herzlichen Dank.« Graham winkte Sabrina herbei, als ihm die Empfangsdame den Rükken zukehrte, um den Schlüssel zu holen. »Wir sind in so 'ner bescheuerten Honeymoon-Suite untergebracht«, sagte er zu seiner Kollegin.

Sie war drauf und dran, laut loszulachen, und biß sich auf die Unterlippe, um ihr Grinsen unter Kontrolle zu halten. »Entschuldigung, Mike, aber du mußt zugeben: Das ist zu komisch.«

»Schön, daß du so denkst.«

Die Empfangsdame kam mit dem Schlüssel und einem versiegelten Briefumschlag zurück. »Das wurde gestern abend für Sie hinterlegt, Sir.«

Graham öffnete den Umschlag und zog eine Karte heraus:

Mike, C. W. Sabrina
Hoffe, ihr hattet einen angenehmen Flug. Ich werde morgen gegen zehn ins Hotel kommen und freue mich, euch zu sehen.

Siobhan

Er gab Sabrina die Karte, die einen Blick darauf warf und sie an Whitlock weiterreichte.

Graham legte eine Hand auf Whitlocks Schulter. »Bis morgen. Wir sollten längst im Bett sein.«

»Schlaft gut, ihr zwei.«

Der Nachtportier nahm die beiden Koffer und führte die Gäste zum Lift. Die Honeymoon-Suite im siebten Stock bestand aus einer Lounge und einem Schlafzimmer.

Graham bat den Portier, die Koffer in der Lounge abzustellen, und wartete auf dessen Abgang, bevor er sich Sabrina zuwandte. »Du nimmst das Bett. Ich schlaf auf einer der Couches hier.«

Sie war einverstanden, nahm ihren Vuitton-Koffer und verschwand im Schlafzimmer. »Willst du zuerst ins Badezimmer?« rief sie.

»Wo ist es?«

»Hier, hinterm Schlafzimmer.«

Wenig später kam er mit seinen Toilettenutensilien ins Schlafzimmer. »Besser, ich geh zuerst. Du brauchst bestimmt die ganze Nacht.«

»Ha, ha.« Ihr Gesicht wurde ernst. »Ich mach mir um C. W. Sorgen. Er ist nicht der Alte. Unterwegs nach Amsterdam war er schon reichlich still, aber diese Nacht hat er kaum ein Wort gesagt. Dabei ist er sonst, wenn wir zusammen fliegen, immer aufgekratzt und gesprächig. Und wie empfindlich er auf Jacques reagiert hat ... Ich habe C. W. noch nie so wütend gesehen. Was ist bloß in ihn gefahren?«

»Carmen«, kam die spontane Antwort.

»Hat er mit dir darüber gesprochen?«

»Nein.«

»Und wie kommst du darauf?«

»Ich kann Zeichen deuten. Mit Carrie hat's ähnliche Probleme gegeben.«

Sabrina setzte sich auf die Bettkante. »Dann sprich mit ihm, Mike.«

»Nein«, antwortete er entschieden. »Das ist eine ganz persönliche Sache und kann nur von den beiden gelöst werden.«

»Aber womöglich wissen sie weder vor noch zurück.«

»Dann soll ihnen der Himmel helfen«, sagte Graham und zog die Badezimmertür hinter sich zu.

Sie schüttelte sich und dachte plötzlich an die Worte von Martin Cohen: »Ihn drückt irgendwo der Schuh. Paß auf ihn auf, Sabrina, ihm zuliebe.«

Das nahm sie sich fest vor. *Ihm zuliebe.*

Graham war als erster wach, und nachdem er an die zwanzig Minuten herumgedöst hatte, warf er ein Handtuch um den Nacken und trat hinaus auf den Balkon vorm Schlafzimmer. Das Wetter war geradezu perfekt; ein paar Wattewolken segelten träge durch den azurblauen Himmel, und ein frisches Lüftchen machte die Hitze erträglich. Graham wischte sich den Schweiß von der Stirn und kehrte ins Schlafzimmer zurück, wo er das Frühstück für Zimmer 39 bestellte, um der Rolle als Flitterwochen-Tourist zu entsprechen. Dann rüttelte er Sabrina wach, ging ins Badezimmer und stellte, als er wenig später herauskam, mit Erstaunen fest, daß sie schon aus dem Bett und angezogen war.

Während er sich gewaschen hatte, war das Frühstück serviert worden. Er bestrich eine warme Semmel mit Butter, machte es sich bequem und las die *Latin American Daily Post*, die er mit dem Frühstück bestellt hatte.

Gegen zehn klingelte das Telefon, und zwar genau dreimal – Siobhans Zeichen, um anzukündigen, daß sie draußen vor dem Hotel wartete. Sabrina rief Whitlock an, sagte ihm, daß sie fertig seien, und verließ dann mit Graham das Zimmer. Der Fahrstuhl setzte sie im Foyer ab. Sie trafen Whitlock am Empfangsschalter, wo sie zusammen die Schlüssel abgaben und nach draußen gingen.

»Sabrina?« meldete sich hinter ihr eine zögernde Stimme, als sie die Straße erreicht hatte. »Sabrina Carver?«

Sabrina drehte sich um und tat fröhlich überrascht. Lächelnd schüttelte sie den Kopf und sagte: »Ich kann's nicht fassen. Siobhan!«

Sie fielen sich um den Hals und rückten dann um Armeslänge voneinander ab, um sich anzusehen.

Siobhan war eine umwerfend attraktive Frau, gerade dreißig, mit honigfarbener Haut, betont von dem weißen Hemdchen, das in der knallengen Jeans steckte. Beide Kleidungsstücke dienten allein dem Zweck, eine Figur zu akzentuieren, auf die sogar Sabrina ein wenig neidisch war. Siobhan trug ihr langes schwarzes Haar in vielen kleinen Zöpfen, die mit silbernen und goldenen Perlen verflochten waren und, die Stirn freilassend, auf einer Seite herabfielen. Sie warf einen Blick auf Graham und Whitlock. Sabrina machte sie mit den beiden bekannt.

»Was? Ihr seid verheiratet?« sagte Siobhan verblüfft und legte eine Hand auf die Brust.

»Wir sind in den Flitterwochen«, antwortete Sabrina lächelnd und hakte sich bei Graham unter.

»Wunderbar. Ich freu mich für euch.« Siobhan schmunzelte. »Ich kann's immer noch nicht fassen. Was für eine Überraschung, dich nach all den Jahren so unvermutet wiederzusehen.«

»Wir haben uns bestimmt viel zu erzählen. Laß uns irgendwo einen Kaffee trinken.«

»Ich kenn da ein Lokal. Kommt, es ist nicht weit.«

Als sie außer Sichtweite des Hotels waren, nahm Graham

Siobhan beim Arm. »Okay, wir können jetzt mit dem Theater aufhören. Was steht an?« fragte er. Sein Tonfall machte deutlich, daß er ihr nicht besonders freundlich gesonnen war.

Siobhan führte sie in eine verlassene Seitenstraße. »Ich hab Verständnis für Ihre Animosität, Mike. Sicherlich hegen Sabrina und C. W. mir gegenüber ähnliche Zweifel, zeigen die aber nicht so unverhohlen wie Sie. Ich weiß nicht, was man Ihnen über meine Funktion hier in Rio erzählt hat. Jedenfalls ist wohl klar, daß ich hier in erster Linie für die CIA arbeite. Mit Langley ist ausgemacht worden, daß ich der UNACO in einem Notfall aushelfen soll. Mein Auftrag ist recht simpel: Ich soll Sie in Schraders Haus einführen. Das ist alles. Den Rest haben Sie zu erledigen. Wir sollten also versuchen, miteinander klarzukommen, selbst wenn's schwerfällt. Können wir uns darauf verständigen?«

Whitlock und Sabrina schauten einander an, zuckten mit den Schultern und nickten zustimmend.

Graham sträubte sich noch. »Wir werden sehen.« Mehr sagte er zu dem Thema nicht. »Sie haben meine Frage noch nicht beantwortet.«

»Ich fahre mit Ihnen auf den Zuckerhut. Von da oben können Sie einen Teil von Schraders Grundstück überblicken. Für heute abend ist es mir gelungen, Sie und Sabrina als meine persönlichen Gäste in den Riviera Club einzuladen. Schrader wird auch dasein, wie immer in der Nacht vor Karneval. Der Bus zum Zuckerhut hält unweit von hier. Ein Taxi wäre viel teurer.«

An der Haltestelle ließ Siobhan mehrere Busse passieren, bevor sie einen herbeiwinkte, der laut Hinweisschild ›Urca‹ zum Fahrtziel hatte, einen Ort, der, wie Siobhan erklärte, nicht weit von der Station der Drahtseilbahn entfernt lag. Sie bestiegen den Bus und zwängten sich durch ein quietschendes Drehkreuz. Siobhan ging über den Mittelgang nach vorn, wo alle vier Platz nahmen.

Nachdem sie die Fahrkarten gelöst hatte, drehte sich Siobhan zu Graham und Sabrina um, die hinter ihr saßen. »Was hat man Ihnen über mich erzählt?«

»Nichts«, antwortete Whitlock, der neben ihr saß. »Es hieß, daß wir alles Wissenswerte von Ihnen erfahren.«

»Na schön. Wie Sie sich wahrscheinlich denken können, ist Siobhan St. Jacques nicht mein richtiger Name. In Wirklichkeit heiße ich Mary Smethurst. Meine Mutter ist eine Carioca, mein Vater war Diplomat in der amerikanischen Botschaft. Als ich zwölf war, kam er bei einem Flugzeugunglück ums Leben.«

»Was ist eine ›Carioca‹?« wollte Graham wissen.

»Das sind all diejenigen, die in Rio geboren und aufgewachsen sind«, erklärte Siobhan. »Mit achtzehn arbeitete ich für eine Agentur als Mannequin. Damals hat man mir nahegelegt, meinen Namen zu ändern. Siobhan hat meine Großmutter geheißen, und Raymond St. Jacques ist mein Lieblingsschauspieler. Ein Jahr später war ich in Paris, um für Magazine wie *Vogue* und *Cosmopolitan* Modell zu stehen, und obwohl ich in Europa ziemlich großen Erfolg hatte, fehlte mir die Sonne so sehr, daß ich nach Rio zurückgekehrt bin. Hier habe ich einen Werbespot für ›Varig‹ gemacht, die nationale Fluggesellschaft von Brasilien, und plötzlich kannte jeder mein Gesicht. Seitdem bin ich in mehreren Filmen aufgetreten, aber meine Bekanntheit rührt vor allem von dem Werbespot her. Nur wenige kennen meinen Namen; für die meisten bin ich einfach ›das Varig-Girl‹.«

»Wie sind Sie zur CIA gekommen?« fragte Graham.

»Den ersten Kontakt gab's nach meinem Erfolg in der Werbung, als ich zu allen großen Partys eingeladen wurde, die, wie Sie wohl wissen, beliebte Treffpunkte sind für altgediente KGB-Offiziere aus aller Welt. Nun, weil mir die CIA weismachen konnte, daß der KGB für den Tod meines Vaters verantwortlich zu machen ist, habe ich mich allzugern bereit erklärt, die Ohren offenzuhalten und jede noch so kleine Information aufzuschnappen, die den Russen nach ein paar Gläsern entschlüpften. Allerdings habe ich mir eine Bedingung ausgebeten. Ich wollte mit keinem dieser Kerle ins Bett steigen, um sie auszuhorchen. Das wollte mir dann auch niemand zumuten. Seither sind fünf Jahre vergangen.

Inzwischen hält man mich allenthalben für eine feurige Verfechterin des Sozialismus, was mir als Tarnung recht ist.« Siobhan stand auf und bediente die Klingel. »Hier müssen wir raus.«

Sie stiegen durch die vordere Tür nach draußen. Siobhan blieb vor einem Souvenirladen stehen, wo sie einen Strohhut und eine billige Sonnenbrille kaufte, um später vor der Station der Drahtseilbahn beim *Estracao do Teleferico* an der Avenida Pasteur nicht zu sehr aufzufallen. Aber auch ohne Verkleidung hätten nur wenige sie wiedererkannt, denn die meisten Leute waren Touristen, die noch nie Werbung im brasilianischen Fernsehen gesehen hatten.

Die Drahtseilkabinen, die normalerweise alle zwanzig Minuten fuhren, kamen jetzt im Zehn-Minuten-Takt, um den massenhaften Zulauf zu bewältigen. Die vier stellten sich in die Warteschlange und mußten fünfundzwanzig Minuten warten, bevor sie das Drehkreuz erreichten, wo Whitlock das Portemonnaie zückte, um für die Fahrkarten zu zahlen. Mit fremder Währung hatte er schon immer seine Schwierigkeiten gehabt, und schließlich kam ihm Siobhan lächelnd zu Hilfe, fischte die entsprechende Summe aus seiner Börse und schob das Geld der Fahrkartenverkäuferin zu, die Whitlock mit müdem Blick zu verstehen gab, daß sie mit Leuten seiner Sorte ständig zu tun hatte. Sie zählte das Geld nach und händigte vier Fahrkarten aus.

»Es gibt zwei Berge«, erklärte Siobhan, als sie die Kabine bestiegen. »Der erste heißt Morro da Urca und ist ungefähr halb so hoch wie der Zuckerhut oder Pao de Acúcar, um genau zu sein. Auf dem Morro da Urca gibt es ein Restaurant, wo wir uns unterhalten können, wenn Sie genug gesehen haben von Schraders Grundstück.«

Für Sabrina hatte sich die Reise bereits gelohnt, als sie die Kabine verließ und Rio de Janeiro vor ihren Augen ausgebreitet sah.

Rechts lag die Stadt; sie wirkte wie ein kniffliges Papiermodell, das von einem Vater aus Lust und Laune für sein verwöhntes Kind gebastelt worden war. Yachten, das Zubehör der Reichen, besprenkelten das ruhige Wasser der Botafogo Bay, und es sah so aus, als klebten winzige Plastikspielzeuge auf einer ultramarinblauen Glasscheibe. Zur Linken ragten die zerklüfteten Berge, wie mit grünem Samt überzogen, aus dem Atlantik auf, der sich ausdehnte, soweit das Auge reichte. Sabrina glaubte fast, daß der Meeresspiegel zersplittern müßte beim Aufprall kleinster Steinchen. Sie ließ den Blick über den Horizont streifen, wo dünne Wolkenbänder ferne Berggipfel umhüllten, was beinahe wie gemalt wirkte in der Absicht, die Monotonie des tiefblauen, allesumspannenden Himmels zu brechen. Sabrina spürte jemanden in der Nähe, drehte sich um und sah Graham hinter sich stehen, die Hände tief vergraben in der weiten weißen Hose.

»Herrlich, nicht wahr?« sagte sie und wandte sich wieder dem Panorama zu.

»Ja«, antwortete er. »Komm mit. C. W. hat einer Gruppe von Deutschen das Teleskop abschwatzen können. Ohne Verstärkung wird er sie wohl nicht mehr länger beschwichtigen können.«

Sabrina kicherte, eilte an Grahams Seite und hakte sich bei ihm unter. Er warf einen Blick auf ihre Hand, machte aber keine Anstalten, sie abzuschütteln.

Whitlock blickte vom Okular auf und winkte Sabrina herbei. »Wir warten auf dich. Beeilung.«

Sabrina lächelte den vier mittelalten Pärchen zu, die geduldig hinter Siobhan warteten, entschuldigte sich in Deutsch für die Verzögerung und versprach, sie nicht mehr allzu lange auf die Folter zu spannen. Die Gesichter hellten sich beim Klang der eigenen Sprache auf, und einer der Männer meinte, sie könne sich ruhig Zeit lassen. Sabrina bedankte sich, übernahm das Teleskop, stellte die Schärfe nach und betrachtete den vergrößerten Ausschnitt der angepeilten Stelle. Zunächst sah sie nichts als einen Berghang über dem Atlantik. Dann bemerkte sie im Fels eine Sonnenspiegelung und bei genauerem Hinsehen ein Fenster. Ein riesiges Fenster, das an die dreißig Meter lang zu sein schien. Nein, es waren zwei Fenster in größerem Abstand voneinander. jetzt ließ sich auch eine Bewegung feststellen: Es sah so aus, als würde ein Schnellboot aus dem Berg auftauchen. Sie blinzelte mit dem Auge, schaute noch einmal durchs Okular und entdeckte nun die Öffnung einer Felshöhle. Mehr war nicht auszumachen. Sie verdrehte die Scharfeinstellung und stieß wie zufällig mit dem Arm an das Teleskop, um den deutschen Touristen einen anderen Bildausschnitt zu hinterlassen.

Als die vier zurückgingen zur Warteschlange vor der Drahtseilbahn-Station, schilderte Sabrina, was sie beobachtet hatte.

»Ich hab keine Höhle gesehen«, entgegnete Graham.

»Ich auch nicht«, sagte Whitlock und wandte sich an Siobhan. »Gibt's da eine Höhle?«

Siobhan nickte. »Ja, eine natürlich entstandene Grotte, in die Schrader eine Anlegestelle hat einbauen lassen. Sie ist, wie er mir einmal gesagt hat, so groß, daß die *Golconda*, seine Privatyacht, darin unterkommen kann. Aber da hab ich sie noch nie gesehen, normalerweise ankert sie in der Botafogo Bay.«

Eine Kabine traf ein, bevor Siobhan ihre Auskünfte fortsetzen konnte. Auf der Fahrt nach unten versuchte sie, die *Golconda* in der Bay ausfindig zu machen, aber, wie's der Zufall wollte, schien die Yacht gerade unterwegs zu sein. Als die Kabine die Station von Morro da Urca erreichte, stiegen die Passagiere zur Hälfte aus und strebten dem Restaurant zu.

»Den Weg können wir uns sparen«, sagte Whitlock und zeigte auf die Schlange vor dem Restaurant. »Einen Tisch werden wir bestimmt nicht bekommen.«

»Das wollen wir mal sehen«, entgegnete Siobhan. Sie reichte Whitlock ihren Strohhut und die Sonnenbrille, steuerte auf das Restaurant zu und verschwand im Eingang. Eine halbe Minute später tauchte sie wieder auf und winkte die anderen zu sich.

Von einigen Touristen waren ärgerliche Kommentare zu hören. »Um einen Tisch zu kriegen, braucht man hier wohl bloß ein süßes Frätzchen und 'nen hübschen Hintern«, meinte ein Amerikaner und begaffte Siobhan und Sabrina.

Graham blieb neben dem Mann stehen und musterte die Frau an dessen Seite. »Wenn dem so ist, werden Sie bestimmt noch den ganzen Tag hier stehen müssen.«

Sabrina nahm Graham beim Arm und zog ihn zum Restaurant, bevor der verdutzte Mann Zeit hatte zu reagieren. »Das war nicht nett von dir, Mike.«

Graham zuckte mit den Schultern. »Mag sein, aber das nächste Mal hält er vielleicht die Klappe.«

Sie wurden an einen Tisch in der Ecke geführt.

Siobhan setzte sich mit triumphierendem Lächeln. »Eine Berühmtheit zu sein, hat manchmal Vorteile.«

Graham richtete den Zeigefinger auf sie. »Bringen Sie mich nur nicht noch mal so in Verlegenheit.«

»In Verlegenheit?« Siobhan war sichtlich verblüfft.

»Sie mißbrauchen Ihr öffentliches Ansehen. Ist Ihnen noch nicht aufgefallen, daß Sie genau die Leute verärgern, denen Sie Ihre Berühmtheit zu verdanken haben? Ohne die wären Sie *nichts.*«

»Ich weiß, was Sie sagen wollen, aber glauben Sie nicht, daß sich jeder von denen genauso verhalten würde?«

»Das ist keine Entschuldigung.« Graham nahm die Speisekarte zur Hand. »Wir verstehen uns.«

»Bestens«, antwortete Siobhan und hob ihre Speisekarte. »Wer will was?«

»Was schlagen Sie vor?« fragte Whitlock.

»Das hängt davon ab, wie hungrig Sie sind.«

Sabrina warf einen Blick auf die Uhr. »Zum Essen ist es noch reichlich früh.«

»Ja«, pflichtete Graham bei. »Ich will bloß einen Drink. Was Kaltes.«

»Dann empfehle ich *chopinho* oder *maté. Chopinho* ist Bier vom Faß, *maté* eine Limonade. Beides wird schön kalt serviert.«

Die vier einigten sich auf *maté,* und Siobhan bat die Kellnerin, einen großen Krug auf den Tisch zu stellen.

»Können wir jetzt endlich zur Sache kommen?« fragte Graham, als die Kellnerin außer Hörweite war.

»Was wissen Sie über Schrader und Drago?«

»Wir haben ein ziemlich umfangreiches Dossier über Schrader aus seiner Zeit in Deutschland studiert«, antwortete Sabrina. »Aber was wir über Drago wissen, ließe sich auf der Rückseite einer Briefmarke notieren.«

»Und das wäre?«

»Daß er ein kleiner Dechiffrierer beim tschechischen Geheimdienst war, bevor er in den Westen überlief«, sagte Sabrina.

»Und das wissen wir von Ihren Leuten in Langley«, fügte Mitlock hinzu.

»Dieselbe Geschichte ist mir auch erzählt worden«, bemerkte Siobhan mit spöttischer Miene.

»Geschichte?« sagte Sabrina verwundert. »Glauben Sie etwa nicht daran?«

»Nein.« Siobhan lächelte. »Nicht, daß Sie mich falsch verstehen. Ich kritisiere keinen meiner Leute. Sie werden ihre Gründe gehabt haben.«

»Das heißt also, hinter Drago steckt mehr, als man meinen könnte?« fragte Whitlock.

»Ich glaube, ja.«

Die Kellnerin erschien mit einem Tablett, stellte einen Krug *maté* und vier Gläser auf den Tisch, legte die Rechnung dazu und verschwand.

Sabrina füllte die Gläser.

Siobhan nahm einen Schluck und sagte dann: »Schrader kam vor zehn Jahren nach Rio mit 55 Millionen Dollar im Gepäck, die er für den Verkauf der Firma ›Hecht‹ kassiert hatte. Als cleverer Geschäftsmann ließ er sich gleich gründlich über den Immobilienmarkt von Rio informieren, bevor er sein Geld in Grundstücke bei Leblon steckte, dem Sitz der Reichen. Ein todsicheres Geschäft. Er finanzierte den Bau von Apartmenthäusern, Hotels, Restaurants und Vergnügungsparks – was es auch war, er hatte bald überall seine Finger drin. Er besitzt inzwischen einen Großteil von Leblon und zählt zu den fünf erfolgreichsten Geschäftsleuten von Brasilien.«

»Wie hoch ist sein Vermögen zur Zeit?« fragte Whitlock.

Siobhan warf die Hände über den Kopf. »Das läßt sich unmöglich sagen. Es müssen Milliarden sein.«

Whitlock entfuhr ein leiser Pfiff. »Nicht schlecht für den Sohn eines Frankfurter Schusters.«

»Daß er versessen ist auf Geld, weiß hier jeder. Aber es gibt noch eine andere Seite an ihm – eine philanthropische. Er hat mehrere Wohlfahrtseinrichtungen zur Unterstützung der *favelados* gegründet.«

»*Favelados?*« unterbrach Whitlock.

»Die Slumbewohner. Als Sie im Flugzeug über Rio eingeschwebt sind, werden Ihnen die Slums sicher aufgefallen sein, die sich auf jedem freien Hügel der Stadt breitmachen. Zwei Millionen Menschen leben dort, die vor allem aus dem Norden Brasiliens hierhergekommen sind, weil sie hofften, das Geld auf der Straße zu finden. Für die Kinder ist die Lage besonders tragisch. Sie sind unterernährt und laufen in Lumpen herum. Viele werden kriminell, um ihr Überleben zu sichern.

Schrader war entsetzt, als er sah, unter welchen Bedingungen *die favela-Kinder* leben müssen, und nahm sich vor, ihnen zu helfen. Jedes Jahr spendet er mehrere hunderttausend Dollar, um deren Situation zu verbessern. Seine Bitten um Unterstützung durch andere Millionäre sind zum größten Teil auf taube Ohren gestoßen; für sie sind die Slums bloß häßliche Flecken in einer sonst schönen Stadt. Also veranstaltet Schrader verschwenderische Partys in seinen Clubs, nimmt extrem überhöhte Preise und steckt den Gewinn in die Wohlfahrt. Auf diese Weise knüpft er den Reichen dann doch ein wenig Geld für die *favelados* ab.«

»Hat sein Heiligenschein nicht auch einen Knick?«

»Natürlich, Mike. Die Schmiergelder, die er den städtischen Beamten zusteckt, übersteigen bei weitem die Summe, die er für die Wohlfahrt ausgibt. Zu dem Schluß kam auch einer der bekanntesten Journalisten von Rio nach viermonatigen Recherchen. Eine Woche, bevor sein Bericht pressereif war, ertrank er auf mysteriöse Weise in der Bucht von Guanabara. Die polizeiliche Untersuchung war ein Witz, die totale Verschleierung. Und als schließlich der Bericht gedruckt werden sollte, machte der Verleger einen Rückzieher. Er hielt die Sache für ›zu spekulativ‹.«

»Der Bericht ist also nie veröffentlicht worden?« fragte Whitlock.

»Nein, aber ich habe mir eine Kopie davon besorgen können. Ich mußte ein kleines Vermögen dafür berappen, aber es hat sich gelohnt. Der Bericht listet Namen hoher Poliker auf, die Schrader allesamt am Wickel hat.«

»Wie paßt da Drago ins Bild?« wollte Sabrina wissen.

»Er bezeichnet sich hochtrabend als ›persönlicher Sicherheitsbevollmächtiger‹. Mit anderen Worten, er ist Schraders Gorilla.«

»In Amsterdam hat er sich als Schraders Privatsekretär ausgegeben«, sagte Sabrina.

»Das tut er immer, wenn er für Schrader geschäftlich unterwegs ist. Schrader vertraut ihm blindlings. Ich kann den Kerl zwar nicht leiden, habe aber noch nie gehört, daß er das Vertrauen seines Chefs in irgendeiner Weise mißbraucht hat. Für Schrader ist er der perfekte Handlanger, ein Arbeitstier, das keine Aufmerksamkeit auf sich zieht. Schrader dagegen ist einer jener großkotzigen Typen, die nur dann glücklich sind, wenn sie mitten auf der Bühne stehen, umgeben von vermögenden und einflußreichen Freunden.

Als Schrader Drago vor vier Jahren anheuerte, gab er ihm einen Auftrag von erster Priorität: die Kriminalitätsrate unter den *favelas* zu senken. Sechs Monate später hatte er erreicht, daß hundertfünfzig *favelas* der übelsten Sorte als selbsternannte Aufpasser durch die Straßen zogen für einen Lohn, der ihre unbedingte Loyalität garantierte. So wurde primitivstes Faustrecht etabliert. Zu ihrer Ausrüstung gehören Revolver, Messer, Macheten, Ketten, Bleirohre, Baseballschläger – einer schleppt sogar eine Kettensäge mit sich herum. Sie bilden eine Todesschwadron, die sich über die Gesetze stellt. Die Polizei läßt sie gewähren und hofft darauf, daß diese Aufpasser ein Problem in den Griff bekommen, das ihr aus den Händen geglitten ist.

Drago hat es geschafft, die öffentliche Meinung in diesem Punkt zu spalten. Die eine Bevölkerungshälfte bejubelt ihn als Retter, die andere schimpft ihn einen Gangster, der den *favelas* seine eigenen Gesetze aufzwingt.«

»Und wofür halten Sie ihn?« fragte Graham.

»*Ich weiß*, daß er ein Mörder ist. Ich habe eine Liste von vierzehn Personen aufgestellt, die innerhalb der vergangenen vier Jahre aller Wahrscheinlichkeit nach von Drago ermordet worden sind. Jedes dieser Opfer wurde durch einen Schuß ins Herz getötet, und zwar wurde immer eine CZ 75 dabei verwendet. Das ist genau die Waffe, die Drago ständig bei sich hat. Die Liste liegt in meinem Wagen beim Hotel. Übrigens habe ich auch die zwei Berettas und die Browning 1 besorgt, um die Sie mich gebeten haben.«

Whitlock leerte sein Glas. »Schön. Laßt uns aufbrechen.«

Graham stand auf. »Werden wir heute abend im Riviera Club das Vergnügen von Dragos Gesellschaft haben?«

Siobhan schmunzelte. »Darauf können Sie sich verlassen.«

Siobhan brachte sie zurück zum Hotel, ging dann zum nächsten *orelhoe*, einem öffentlichen Fernsprecher, der von einer gelben Kuppel überdacht wurde. Sie suchte in der Handtasche nach einer Telefonmarke – einer *ficha* –, um anrufen zu können.

Sie steckte die *ficha* in den Schlitz und wählte die Privatnummer des Ersten Sekretärs im amerikanischen Konsulat, der seit Beginn ihrer CIA-Laufbahn ihr Führer war.

Am anderen Ende der Leitung wurde der Hörer abgehoben. »Casey Morgan, guten Tag.«

»Casey, hier ist Siobhan.«

»Wie ist es gelaufen?«

»Wie erwartet. Wenn wir uns sehen, geb ich dir ausführlich Bescheid. Wo treffen wir uns?«

»Am üblichen Ort. In einer Stunde.«

Der übliche Ort war eine Holzbank am Rand eines trägen Flusses im Parque da Cidade, einem ruhigen Park an der Grenze zwischen den Stadtteilen von São Conrado und Leblon.

Siobhan erreichte den Treffpunkt als erste, hockte sich ans Flußufer und fütterte die umherpaddelnden Muscovy-Enten mit trockenem Brot, das sie in einem Beutel mitgebracht hatte.

»Die müssen inzwischen genauso konditioniert sein wie Pawlos Hunde«, meldete sich eine Stimme hinter ihr. »Ich möchte nicht wissen, was passiert, wenn du mal ohne Brot hier auftauchst.«

»Den Schock werden sie bestimmt überleben, Casey«, antwortete Siobhan lächelnd, ging zur Bank und setzte sich neben ihn.

Casey Morgan war ein großer, kantiger Mann Mitte Fünfzig und seit dreißig Jahren im diplomatischen Dienst, sechsundzwanzig davon als CIA-Agent. Er zündete sich eine Zigarette an und steckte die Schachtel zurück in die Tasche seines Jacketts. »Nun, wie kommst du mit unseren Freunden von der UNACO klar?«

»Es läuft alles wie gestern abend besprochen«, antwortete sie und schilderte die Ereignisse des Morgens.

»Sie haben also den Umschlag nicht erwähnt?«

Sie warf ein paar Brotkrümel vier Enten zu, die aus dem Wasser gestiegen waren. »Mit keinem Wort, was aber nicht heißen muß, daß sie davon nichts wissen. Wir haben's mit Profis zu tun, Casey.«

»Daran zweifle ich keinen Augenblick«, brummte er und sog an der Zigarette. »Ich habe heute morgen Langley in der Leitung gehabt.«

»Und?« Siobhan musterte Morgan mit scharfem Blick.

»Dort glaubt man inzwischen zu wissen, daß der Umschlag zusammen mit dem Gemälde herübergekommen ist. Mehr noch: Drago hat ein Treffen mit einem KGB-Offizier geplant, um ihm den Umschlag zu überreichen, und zwar morgen abend auf Schraders Karnevalsparty. Das ist deine Chance. Eine bessere Möglichkeit wird es kaum geben.«

»Wer vom KGB soll mit Drago zusammentreffen?«

»Das hat man mir nicht gesagt.«

»*Das wollte* man dir wohl nicht sagen«, eiferte sich Siobhan. »Wenn Langley bekannt ist, daß der KGB jemanden hierherschickt, wird man auch wissen, wer es ist. Warum läßt man uns in der Hinsicht zappeln?«

»Nach Gründen zu fragen, ist nicht unsere Sache«, antwortete er seufzend.

»Nein, wir haben bloß zu gehorchen«, entgegnete sie wütend. »Aber schließlich bin ich es, die sich morgen auf allerhand einlassen muß, um den Umschlag zu besorgen. Wenn man mir nicht vertraut, warum hat man mich dann für den Job ausgesucht?«

»Ich kann deinen Ärger verstehen …«

»Ach was! Du bist noch nie draußen im Einsatz gewesen.« Doch gleich darauf bereute sie ihren Wutausbruch und drückte seinen Arm. »Tut mir leid, Casey, ich wollte dich nicht anpfeifen. Aber manchmal bringt mich Langley ganz schön auf die Palme.«

»Nur *manchmal?* Dann darfst du dich zu den wenigen Glücklichen zählen.«

Sie lächelte flüchtig und schleuderte eine Handvoll Krumen aufs Wasser. »Ich kann ja verstehen, warum sie den Inhalt des Umschlags geheimhalten wollen, aber daß sie nicht mal den Namen des KGB-Agenten preisgeben, geht zu weit. Wenn ich nicht an ihn rankomme, bevor er von Drago den Umschlag bekommt, bin ich nämlich die erste, der die Hölle heiß gemacht wird. Ich kann das Ding doch nur kriegen, wenn ich weiß, wie der Kerl aussieht. Verstehst du das nicht?«

Morgan nickte. »Ich weiß, kann aber wirklich nichts für dich tun, Siobhan.«

»Ruf Langley an und trichter denen da ein bißchen Verstand ein.«

»Das bringt nichts; in der Abteilung weiß keiner, wer er ist.«

Sie zog die Stirn kraus. »Das begreife ich nicht.«

»An höchster Stelle ist entschieden worden, daß der Name geheimgehalten wird.«

»Was ist unter ›höchster Stelle‹ zu verstehen?«

»Der Präsident und unser Chef.«

»Das ergibt doch keinen Sinn.« Siobhan war sichtlich verwirrt. »Unsere Leute im KGB werden doch bestimmt wissen, um wen es sich handelt.«

Er schüttelte den Kopf. »Auch der KGB hält sich bedeckt an seiner Spitze.«

»Casey, was zum Teufel steckt in dem Umschlag?«

Morgan ließ die Zigarettenkippe fallen und drückte sie mit dem Absatz aus. »Gestern ist mir eine streng vertrauliche Sache mitgeteilt worden. Ich bin geliefert, wenn etwas davon durchsickert. Aber wir beide sind bisher immer offen zueinander gewesen, und außerdem muß ich dir recht geben: Du bist es, die ihren Hals riskiert, um an den Umschlag zu kommen.« Er blickte vom Boden auf und sah sie an. »Hast du jemals von dem Alpha-Programm gehört?«

»Klar. Aber worum es eigentlich geht, weiß nur ein kleiner Kreis.«

»Und dazu gehören unter anderem der Präsident und der Chef der CIA.«

»Soll das heißen …?« Sie stockte und sperrte vor Erstaunen die Augen auf.

»Mir ist bloß gesagt worden, daß der Inhalt des Umschlags mit dem Alpha-Programm zu tun hat.«

»Aber wie kommt Drago an so geheimes Material?«

»Ich habe alles gesagt, was ich weiß.« Morgan stand auf und schaute auf Siobhan herab. »Und was ich weiß, stammt von ganz oben.«

»Kannst du dich nicht genauer ausdrücken?«

»Ich will's so sagen: Mit dem Präsidenten hab ich nicht gesprochen«, entgegnete er und ging über den Rasen zur Straße hin.

Sie schmunzelte und schüttete den Brotbeutel über den Enten aus, die von allen Seiten herbeigewatschelt kamen.

ACHT

Graham war ins Schwitzen geraten, als das Taxi auf der Avenida Vieira Souto vor dem Riviera Club anhielt, der die ruhige See am Strand von Ipanema überblickte. Er sah auf die Uhr: zwanzig vor neun. Siobhan hatte sie gebeten, um halb neun dazusein. Immerhin hielten sie sich an die örtlichen Gepflogenheiten – Cariocas waren nie pünktlich. Er gab dem Fahrer Geld und stieg aus dem Wagen. Er trug einen schwarzen Smoking, eine schwarze Fliege und ein weißes Cardin-Hemd, wonach er fast den ganzen Nachmittag gesucht hatte. Sabrina dagegen war schneller fündig geworden: Sie hatte sich für ein schwarzes, schulterfreies Kleid und eine schwarze Bolerojacke entschieden. Was den Schmuck anging, so beschied sie sich auf ein Minimum: ein Paar diamantene Ohrringe und eine dazu passende Halskette. Und mit den hochgesteckten Haaren war sie ein Bild der Eleganz und Schönheit.

»Du siehst gut aus«, sagte er fast neidisch und half ihr aus dem Taxi.

»Danke«, antwortete sie lächelnd. Ihr war klar, daß sie an diesem Abend von ihm keine weiteren Komplimente zu erwarten hatte.

»Gib mir deine Hand.«

»Was?« entgegnete sie.

Er streckte beide Arme nach ihr aus. »Denk daran, wir sind frisch verheiratet.«

Ein uniformierter Türsteher mit Statur und Aussehen eines Boxers hielt ihnen eine der zwei verspiegelten Glastüren auf und tippte höflich an die Schirmmütze, als sie das protzige Foyer betraten. Graham ging zielstrebig auf den marmornen Empfangstresen zu, wo ihn eine Frau freundlich begrüßte und den Namen, um den sie ihn bat, in einen Computer eingab, der in einer Konsole versteckt war.

»Nehmen Sie doch bitte einen Augenblick Platz, ich werde Miss St. Jacques rufen lassen und ihr sagen, daß Sie angekommen sind.«

»Danke sehr«, sagte Graham.

Er kehrte zu Sabrina zurück. Sie wollten sich gerade setzen, als André Drago aus dem Restaurant am anderen Ende der Halle auftauchte. Er kam auf die beiden zu, die ihn anhand von van Dehns Beschreibung sofort erkannten. Schmales Gesicht, Brille mit Metallrand, gebleichte Haare, extrem kurz geschoren, und dann seine Vorliebe für Weiß. Er trug einen Smoking und eine seidene Fliege – nur die Hose war schwarz.

Drago stellte sich vor. An seinem Lächeln waren die Augen unbeteiligt. »Wenn Sie mir bitte folgen würden; Miss St. Jacques wartet im Kasino auf Sie.« Er führte sie auf eine mit rotem Teppich ausgelegte Treppe zu. »Sind Sie mit der brasilianischen Kunst vertraut?«

Sie schüttelten die Köpfe.

Drago blieb auf halber Höhe der Treppe stehen und zeigte auf eine Reihe von Gemälden an der Wand zur Linken. »Unter anderem besitzen wir einen Pancetti, einen Djanira und einen Di Cavalcanti.« Er lächelte flüchtig. »Alles im Original, versteht sich.«

»Wagen Sie nicht zuviel, wenn Sie die Originale so offen aushängen?« fragte Sabrina.

»Mag sein. Vor achtzehn Monaten hätten Diebe beinahe Erfolg gehabt.« Drago deutete auf das Gästebuch, das neben einer mit rotem Tuch bespannten Doppeltür auf einem Tisch lag. »Möchten Sie sich vielleicht eintragen, Mr. Graham?«

»Aber sicher.«

»Sind die Diebe gefaßt worden?« fragte Sabrina.

Drago zog einen goldenen Füllfederhalter aus der Brusttasche und reichte ihn Graham, nachdem er die Kappe abgeschraubt hatte. An Sabrina gewandt, sagte er: »Ein übereifriger Wächter hat beide erschossen. Tragisch, wie leichtfertig Leben verschwendet wird.«

Graham setzte seine Unterschrift ins Buch und gab Drago den Füller zurück, der nun einen Flügel der Doppeltür öffnete und zur Seite trat, um die Gäste vorbeizulassen. Der Raum bestand zum größten Teil aus Holz: Die Wände waren mit norwegischer Fichte vertäfelt; besonders auffällig war die Mahagoni-Decke mit ihren kunstvoll eingearbeiteten, geometrischen Formen, die im Licht eines dreiteiligen tschechoslowakischen Lüsters sehr schön zur Geltung kamen.

Drago folgte den Blicken der beiden. »Es heißt, daß diese Decke ursprünglich den Ballsaal im Sommerpalais von König Pedro II. geschmückt hat. Das klingt zwar nett, aber ob es auch der Wahrheit entspricht, wird man wohl nie mit Sicherheit feststellen können.«

Sie stiegen über ein paar Stufen in den Hauptteil des Kasinos hinab. Links standen Würfel- und Roulettische, rechts wurde Karten gespielt. Die Bar befand sich auf der gegenüberliegenden Seite, erhöht auf einem Podest.

Siobhan begrüßte ihre Gäste nach brasilianischer Gewohnheit mit einem leichten Kuß auf beide Wangen und wandte sich dann an Drago: »Mr. Schrader wünscht von der Ankunft meiner Freunde unterrichtet zu werden.«

Drago musterte sie mit kühlem Blick und steuerte auf einen Tisch in der Nähe der Wand zu, wo er einem Mann etwas ins Ohr flüsterte, der den Rücken der Raummitte zugekehrt hatte. Drago wartete auf eine Antwort und kam dann an die Bar zurück. »Mr. Schrader läßt sich vorerst entschuldigen. Er wird Sie begrüßen, sobald er sein Spiel beendet hat. Möchten Sie in der Zwischenzeit einen Drink zu sich nehmen?«

»Für mich bitte ein Glas trockenen Weißwein«, bestellte Sabrina bei dem Mann hinterm Tresen.

»Ich hätte gern die kälteste Flasche Perrier-Wasser, die das Haus anzubieten hat«, sagte Graham.

Schrader lachte laut auf, tätschelte seinem Gegenspieler den Arm, erhob sich und ging auf die Bar zu. Er war Anfang Fünfzig, von kräftiger Statur und braungebrannt. Das dünne braune Haar wurde an den Schläfen grau. Die gebogene Nase harmonierte mit den schroffen Gesichtszügen, und Sabrina konnte sehr wohl verstehen, warum er bei den Frauen, die in seinen vornehmen Kreisen verkehrten, so gut ankam.

Siobhan wartete, bis er die Stufen zur Bar hochgestiegen war, und machte dann Schrader mit ihren Gästen bekannt.

»Ich hoffe, André hat sich in meiner Abwesenheit um Sie gekümmert«, sagte Schrader im tiefen Baß und schüttelte Grahams Hand.

»Der perfekte Gastgeber«, antwortete Graham mit Blick auf Drago, der sich, die Hände auf dem Rücken verschränkt, diskret ein paar Schritte zurückgezogen hatte.

»Schön. Ah, da sind Ihre Drinks.« Schrader zeichnete die vom Barkeeper gereichte Getränkerechnung ab. »Wann also haben Sie geheiratet?«

»Gestern«, antwortete Graham.

»Gestern?« Schrader klatschte in die Hände. »Das muß gefeiert werden. Champagner.«

Drago schnippte mit den Fingern in Richtung Bar. »Eine Flasche Roederer Cristal für Mr. Schrader. Vier Gläser.«

»Wie ich gehört habe, sind Sie und Siobhan seit langem befreundet«, sagte Schrader zu Sabrina.

Sie warf Siobhan einen Blick zu und lächelte. Am Nachmittag hatten sich die beiden Frauen gründlich miteinander abgestimmt, um nichts dem Zufall zu überlassen. Nach der Festlegung einzelner Details hatten sie sich gegenseitig mit Fragen bombardiert, um ihre Rollen einzustudieren und glaubhaft darstellen zu können.

»Wir haben uns als Mannequins in Paris getroffen. Das muß schon eine Ewigkeit her sein. Wie lange, Siobhan? Zehn Jahre?«

Siobhan fingerte nachdenklich an einer der Perlen in ihrem Haar. »Ich war in Paris ... vor neun Jahren. Ja, es muß vor neun Jahren gewesen sein.«

»Wir haben ein Jahr lang eine Wohnung am linken Seine-Ufer geteilt; dann bin ich nach London, und Siobhan ist nach Mailand gezogen. Obwohl wir uns fest vorgenommen hatten, in Kontakt zu bleiben, haben wir uns irgendwie aus den Augen verloren.«

»Und jetzt, nach neun Jahren, laufen wir uns zufällig vor dem Meredien in die Arme«, fuhr Siobhan fort, stupste Sabrina an und lachte wie über einen Scherz. »Und obendrein erfahre ich, daß sie frisch verheiratet ist.«

Der Barkeeper öffnete eine Champagnerflasche. Graham legte eine Hand auf das Glas, das ihm zugeschoben worden war. »Für mich nicht. Ich bleibe bei Perrier.«

Schrader reichte den Frauen je ein Glas und hob seins toastend in die Höhe. »Auf das jungvermählte Paar. Sie dürfen sich glücklich wähnen, Mr. Graham.«

Graham grinste. »Ja, Mrs. Graham ist eine ganz besondere Frau.«

Sabrina entging nicht der Doppelsinn seiner Worte. Trotzdem fand sie, daß er seine Rolle perfekt beherrschte. Er machte tatsächlich den Eindruck eines frischgebackenen Ehemannes. Seine verstohlenen Blicke, sein flüchtiges Lächeln, die zarten Berührungen – all das war überraschend realistisch.

»Siobhan sagte, daß Sie im Transportgeschäft sind.«

»Stimmt. In New York.« Graham zog eine Geschäftskarte aus der Brieftasche und reichte sie Schrader.

»Mike Graham, Geschäftsführer, Spedition Whitaker«, las Schrader von der Karte.

»Ich habe Joe Whitaker vor drei Jahren ausgezahlt, aber die Firma ist so gut eingeführt, daß es verrückt wäre, den Namen zu ändern.«

»Ich verstehe«, sagte Schrader und steckte Drago die Karte zu.

Damit hatte Graham gerechnet. Drago würde Nachforschungen anstellen und alle Angaben bestätigt finden. Die Spedition Whitaker war nämlich eine der Deckfirmen der UNACO. Jeder Agent im Außendienst konnte im Bedarfsfall auf entsprechende Geschäftskarten dieser Firmen zurückgreifen, die allesamt in oder bei New York angesiedelt waren. Meist wurde ein halbes Dutzend dieser Karten den Einsatzinstruktionen beigefügt. In den einzelnen Deckfirmen waren Bedienstete der UNACO eingesetzt, deren einzige Aufgabe darin bestand, die Tarnung des Agenten auf Nachfrage zu bestätigen. Die anderen Firmenmitglieder wußten nichts von dieser Täuschung, genausowenig wie von der Tatsache, daß der Gewinn aus diesen Firmen, überwiesen auf ein geheimes Konto, ausschließlich der UNICEF zugute kam.

Was Graham nicht wußte, war, daß Drago bereits Erkundigungen eingeholt hatte, und zwar gleich nach Siobhans Anmeldung ihrer Gäste im Club. Dabei war ihm von einer Kontaktperson mit Verbindung zur Wallstreet mitgeteilt worden, daß die Spedition Whitaker eine solide, angesehene Firma sei, deren Wert auf ungefähr fünf Millionen Dollar geschätzt werde. Schrader bestand darauf, über die Finanzen jeder Person, die seinen Club besuchte, informiert zu werden. Bei Clubmitgliedern unterschied er zwischen Freunden und Bekannten; bei einfachen Gästen wollte er nur wissen, ob es sich lohnte, sie zu sich an den Spieltisch zu bitten.

Schrader leerte sein Glas und setzte es auf dem Tresen ab. »Spielen Sie gern, Mr. Graham?«

Graham zuckte mit den Achseln. »Das hängt vom Einsatz ab.«

»Bei uns findet jeder Spieler den Einsatz, den er sich wünscht. Ich habe soeben ein Spiel unterbrochen, um Sie und Ihre charmante Frau zu begrüßen, und frage mich jetzt, ob Sie vielleicht Lust auf Black Jack verspüren.«

»Nun ja, warum nicht?«

»Gut.« Schrader wandte sich an Siobhan und Sabrina. »Die Damen sind herzlich eingeladen, uns dabei zuzusehen.«

»Schön.« Siobhan warf einen Blick auf Sabrina. »Das wird bestimmt Spaß machen.«

Spaß? dachte Sabrina. Darunter verstand sie etwas anderes. Grahams Einsatz würde aus der UNACO-Kasse stammen und müßte bei ihrer Rückkehr nach New York Kolchinsky gegenüber gerechtfertigt werden. Dessen Rüffel würde auch ihr, Sabrina, gelten, weil sie Graham an den Spieltisch begleitet hatte. Aber was blieb ihr anderes übrig? Graham hörte nicht auf vernünftige Argumente, besonders dann nicht, wenn sie von ihr kamen.

»Sabrina?«

Sie sah Siobhan an. »Tut mir leid. Ich war gerade ganz weit weg.«

»Denkst du an das viele Geld, das Graham gewinnen könnte?« fragte Siobhan schmunzelnd.

Sabrina setzte ein gezwungenes Lächeln auf, hakte sich bei Graham unter und folgte Schrader über die Stufen hinunter aufs Kasinoparkett.

»Wo bleibt die Standpauke?« fragte Graham in spöttischem Flüsterton.

»Was soll's? Du hörst ja doch nicht.«

»Wenn wir morgen zur Party eingeladen werden wollen, müssen wir uns auf Schraders Spielchen einlassen. Das weißt du.«

»Ich weiß auch, daß Sergei uns das Fell über die Ohren zieht, wenn wir ihm die Spesen vorrechnen.«

»Falls ich verliere.«

Der Tisch war für sechs Spieler vorgesehen. Drei Plätze waren besetzt. Schrader machte Graham bekannt mit Major Alonso vom chilenischen Konsulat, Raoul Lajes, einem Geschäftsmann aus Rio, und einem schwitzenden Franzosen namens Grenelle.

Drago beugte sich über Grahams Schulter. »Der Croupier gibt Ihnen soviel Chips, wie Sie wünschen, und mit ihm können Sie auch abrechnen, wenn Sie aufhören wollen.«

»Gelten in Rio die Regeln von Las Vegas?« erkundigte sich Graham, ohne Drago anzusehen.

»So ist es; allerdings sind wir hier in einem privaten Club«, erwiderte Drago grinsend. »Mr. Schrader kann jederzeit eigene Regeln festsetzen, aber dabei bleibt er meist innerhalb der international üblichen Grenzen.«

»Werden hier im Club Fünf-Karten-Stiche anerkannt?«

»Selbstverständlich.«

Graham wartete, bis Drago hinter seinem Boß Aufstellung genommen hatte, bevor er den Croupier fragte: »Wie hoch ist der Einsatz?«

»Mindestens tausend Cruzeiros, höchstens fünfzehntausend.«

Graham überschlug die Summe im Kopf. Der Höchsteinsatz lag also knapp über zweitausend Dollar. Lächerlich. »Fünfzehntausend Cruzeiros«, meldete er dem Croupier.

Sabrina schluckte ihre Wut über Grahams Unvernunft hinunter. Es war immer dasselbe mit ihm: Er mußte jede Herausforderung annehmen, egal, wie sehr er sich oder der UNACO damit schaden konnte.

Der Croupier gab ihm zwei blaue Chips zu je 5000 und fünf weiße zu je tausend Cruzeiros.

Graham schob die zwei blauen Chips auf sein Wettfeld, und als alle Wetten gesetzt waren, verteilte der Croupier eine verdeckte Karte an jeden Spieler. Die eigene Karte legte er offen vor sich hin – ein As. Dann gab er den fünf Spielern die zweite Karte aus, wieder mit der Bildseite nach unten.

Seine Karte, die er sofort aufdeckte, war ein König. Einundzwanzig – die Bank hatte gewonnen. Nur wer als Spieler ebenfalls mit seinen zwei Karten auf einundzwanzig kam, durfte seinen Einsatz behalten. Aber dem war nicht so. Der Croupier sammelte Einsatz und Karten ein.

Graham legte für die nächste Runde die restlichen fünf Chips zu je tausend Cruzeiros auf sein Wettfeld. Die erste Karte des Croupiers war eine Fünf. Graham zog eine Dame und eine Vier. Schrader, Alonso und Lajes waren ›kaputt‹, und Grenelle gab sich mit drei Karten zufrieden.

»Monsieur?« fragte der Croupier an Graham gerichtet.

»Noch eine.«

Graham bekam eine weitere Karte zugeschoben. Er deckte sie auf. Eine Zehn.

»Kaputt«, knurrte Graham verärgert und warf sein Blatt auf den Tisch.

Der Croupier blieb bei neunzehn stehen. Grenelle deckte seine Karten auf. Ein König und zwei Fünfen. Er wischte sich den Schweiß von der Halbglatze und strich gierig den Gewinn ein.

Graham beugte sich nach vorn und blickte Schrader herausfordernd in die Augen. »Ich find's langweilig. Wir sollten die Einsätze erhöhen.«

»Ganz wie Sie wollen. Sagen wir, fünfzigtausend Cruzeiros?« »Sagen wir, zweihundertfünfzigtausend amerikanische Dollar?«

Die kleine Zuschauergruppe zeigte sich beeindruckt. Entsetzt schüttelte Sabrina den Kopf. Mit solchen Dummheiten riskierte Graham, ins Testzentrum versetzt zu werden. Sie war drauf und dran, ihn vor allen Leuten zu maßregeln und zur Vernunft aufzurufen. Aber damit hätte sie den Erfolg ihrer Mission in Gefahr gebracht. Sie sah, daß Siobhan lächelte.

»Findest du das komisch?« fragte Sabrina irritiert.

»Es ist aufregend«, antwortete Siobhan. »Jetzt hat er Martin tatsächlich in Verlegenheit gebracht.«

»Wie sieht's aus?« fragte Graham, als es still geworden war. »Sie wissen, daß ich für den Einsatz aufkommen kann, sonst hätten Sie mich nicht an den Tisch gebeten.«

Schrader zupfte nachdenklich an der Oberlippe. »Ein Spiel?«

»Alles oder nichts. Ich allein gegen die Bank.«

Schrader grinste. »Sie haben Nerven, Mr. Graham.«

Die Nachricht hatte sich im Kasino schnell herumgesprochen. Überall beeilte man sich, das eigene Spiel zu beenden, um rechtzeitig an dem Tisch zu sein, um den sich bereits ein weiter Halbkreis aus Gästen und Kasinoangestellten gebildet hatte. Lajes und Alonso standen von ihren Plätzen auf, um besser sehen zu können. Grenelle stopfte seine Chips in die Tasche, wünschte Graham Glück und zog sich zurück.

Drago ließ den Croupier die Kartenbox leeren und bot Graham an, sie zu untersuchen. Dann stapelte er drei verpackte Spiele neuer Karten auf den Tisch, die er von Graham prüfen und öffnen ließ.

Schrader wandte sich an den Croupier. »Henri, teilen Sie aus.«

»Oui, monsieur«, antwortete der Croupier und nahm von Drago die Karten entgegen.

Graham drehte sich um, als er Sabrina im Rücken spürte. »Spar dir die Lektion«, zischte er ihr zu.

»Die wird dir der Colonel noch verpassen«, flüsterte sie zurück. »Du mußt verrückt sein, Mike. Du weißt, daß er dich fertigmacht, wenn er erfährt, was hier vorgeht.«

»Nur, wenn ich verliere. Du solltest mir Glück wünschen.«

»Das tue ich.« Sie knuffte seinen Arm und trat zurück an Siobhans Seite.

Der Croupier plazierte das aus drei Spielen bestehende Blatt vor Graham auf den Tisch und bat ihn abzuheben. Graham hob ab, und der Croupier steckte die Karten mit der Bildseite nach unten in die Box. Links und rechts vom Croupier standen Schrader und Drago. Beide hielten die Hände auf dem Rücken verschränkt.

»Gespielt wird Black Jack«, erklärte Schrader den Schaulustigen ringsum, »und zwar nach den Regeln des Hauses. Mr. Grahams Einsatz beträgt zweihundertfünfzigtausend Dollar.« Er senkte die Stimme und sagte an Graham gerichtet: »Henri wird den Wert jeder Karte laut ausrufen, damit die Leute hier wissen, was Sache ist. Einverstanden?«

»Sicher.« Graham sah Henri an. »Auf geht's.«

Henri teilte die erste Karte aus. »Monsieur Graham – eine Drei.« Für die Bank zog er eine Acht.

Graham zeigte sich erleichtert. Immerhin kein Bild.

Henri teilte die zweite Karte aus. »Monsieur Graham – eine Drei.« Die Karte für die Bank legte er verdeckt auf den Tisch.

»Noch eine«, sagte Graham.

»Monsieur Graham – eine Zwei.«

Von den Zuschauern war ein Raunen zu hören. Manche hielten, wie sich ihrem Getuschel entnehmen ließ, einen Fünf-Karten-Stich für möglich. Die nächste Karte würde die Vorentscheidung bringen. Graham war sich dessen sehr genau bewußt und wischte mit den Fingerspitzen die Schweißtropfen von der Stirn, bevor sie ihm übers Gesicht rollen konnten. Seine Kehle war trocken; ein Schluck Champagner käme ihm jetzt doch gelegen. Aber er verzichtete, sah Henri an und nickte ihm zu.

Henri zog eine Karte aus der Box und deckte sie mit geschicktem Handgriff auf. »Monsieur Graham – eine Sieben.«

Die Leute ringsum hielten die Luft an. Fünfzehn Augen in vier Karten. Obwohl ein Fünf-Karten-Stich immer noch im Bereich des Möglichen lag, war die Wahrscheinlichkeit dafür minimal. Im Augenblick sprach alles für die Bank. Im Kreis der Zuschauer fing man an, private Wetten einzugehen, und als die Spannung zunahm, konnte Sabrina ihre Nerven kaum mehr unter Kontrolle halten. Graham brauchte nur noch eine günstige, kleine Karte. Sie knabberte aufgeregt an der Unterlippe herum. Er *mußte* es schaffen. Graham schien die wachsende Ungeduld in der Menge nicht zu stören. Er tippte mit den Fingern auf die Tischplatte und studierte sein Blatt. Dann blickte er zu Henri auf und nickte. Weder Schrader noch Drago zeigten irgendwelche Gefühlsregungen, als die Karte ausgespielt wurde, doch ihre vermeintliche Gelassenheit heizte die Spannung nur noch mehr an.

Henri legte die Karte aufgedeckt neben die anderen vier und räusperte sich. »Monsieur Graham – eine Eins.«

Unter den Gästen, die auf Graham gewettet hatten, brach spontaner Applaus aus. Sabrina und Siobhan fielen sich wie zwei ausgelassene Schulmädchen um den Hals. Der allgemeine Trubel war so groß, daß niemand hörte, wie Graham sagte:

»Noch eine!«

Schrader, Drago und Henri tauschten verunsicherte Blicke miteinander. Hatten sie tatsächlich richtig verstanden? Graham wiederholte sich.

»Meine Damen und Herren«, verkündete Schrader mit erhobenen Händen. »Das Spiel ist noch nicht aus. Mr. Graham hat sich für eine weitere Karte entschieden.«

Auf die plötzlich eingetretene Stille folgte eine lebhafte Diskussion. Die meisten waren der Meinung, daß Graham zufrieden sein und Schluß machen sollte. Warum forderte er sein Glück heraus, zumal nun alle Chancen gegen ihn standen? Andere fanden, daß die Folge der Karten ihm berechtigte Hoffnungen auf einen Sechs-Karten-Stich machte.

Sabrina weigerte sich, an dieser Auseinandersetzung teilzunehmen, und zog es vor, ihre Gedanken für sich zu behalten. Sie hatte zwar kein Verständnis für den Kollegen, war aber die einzige Person im Saal, die wußte, warum er das Spiel bis zum Äußersten trieb. Dazu reizte ihn nicht so sehr die Herausforderung als solche, sondern vielmehr der Ehrgeiz, sich selber gegenüber zu beweisen, daß er dem Gegner psychisch überlegen war. Das kam schon einer Marotte gleich, über die man sich nur wundern konnte. Aber noch verblüffender an ihm war die Gelassenheit, mit der er sich nach außen hin geschlagen geben konnte, sobald er nur selber überzeugt davon war, der eigentliche Sieger zu sein. Seiner Ansicht nach würde sich der Gegner so fälschlicherweise in Überlegenheit wiegen und somit eine Schwäche zeigen, die zu einem späteren Zeitpunkt ausgenutzt werden mochte. Das war die Strategie, die er nun auch gegen Schrader anzuwenden gedachte. Graham hatte die Bank mit einem Fünf-Karten-Stich besiegt und war nun wieder bereit, alles aufs Spiel zu setzen.

Er blickte zu der Kellnerin auf, die ihm auf Schraders Geheiß hin ein Glas Perrier gebracht hatte. Mit einem Schluck leerte er es bis zur Hälfte. »Ich schlage folgendes vor: Henri gibt mir eine sechste Karte. Die bleibt verdeckt, bis die Bank ihre Karte ausgespielt hat. Ihr bleibt jetzt nur noch die Hoffnung auf einen Sechs-Karten-Stich. Wenn sie einundzwanzig überschreitet und meine Karte sechs oder mehr Augen hat, zahle ich dem Haus zweihundertfünfzigtausend Dollar. Wenn ich aber eine Fünf oder weniger ziehe und die Bank über einundzwanzig kommt, steht mir der volle Gewinn zu. Das gibt dem Spiel ein bißchen mehr Pepp.«

Schrader war einverstanden und erklärte den Zuschauern die neue Situation, was sofort zu weiteren Einzelwetten führte.

»Karte«, verlangte Graham und fuhr wieder mit der Hand über die Stirn.

Henri schob ihm eine verdeckte Karte zu und legte dann die zweite Karte der Bank offen auf den Tisch. Eine Vier. Für die Zuschauer gab er den Spielstand bekannt. Zwölf Punkte mit nur zwei Stichen: eine denkbar schlechte Black-Jack-Hand. Er zog die dritte Karte – eine Dame. Die Bank war ›kaputt‹.

Graham nahm seine fünf Karten in die eine Hand und langte mit der anderen zögernd zur sechsten, die er nun über den Tisch zog, ohne den Zuschauern Einblick zu gewähren. Nach einem kurzen Blick schlug er die Hand auf die Stirn, schüttelte den Kopf, legte die sechs Karten zusammen und reichte sie Henri. Drago grinste. Sabrina schloß die Augen und fluchte im stillen auf Graham. Jetzt war er wohl doch zu weit gegangen.

Henri fächerte die sechs Karten auf und zählte nach. Dann legte er das Blatt auf den Tisch. »Die Bank ist draußen. Monsieur Grahams sechs Karten ergeben zusammen zwanzig Punkte. Gemäß der Spielregeln des Hauses muß Monsieur Graham der vierfache Einsatz ausgezahlt werden, der auf zweihundertfünfzigtausend Dollar festgesetzt worden ist. Das Haus schuldet Monsieur Graham eine Million Dollar.«

Graham begegnete Dragos fassungslosem Blick, langte nach seinem Glas und trank den Rest des Wassers.

Sabrina rollte mit den Augen, als er sie anblickte. »Und ich dachte schon, du hättest die Sache geschmissen.«

»Ach ja?« entgegnete er nonchalant.

»Sie sind ein ungewöhnlicher Mann«, sagte Schrader. »Was hat Sie bewogen, die sechste Karte zu riskieren?«

»Nennen Sie's Intuition«, antwortete Graham.

Schrader setzte sich neben Graham auf einen Stuhl und streckte Drago die Hand entgegen, der ihm ein in Leder gebundenes Scheckheft und den goldenen Füllfederhalter reichte, nachdem er die Kappe abgeschraubt hatte. »Wie hätten Sie es lieber: als Barscheck oder zur Verrechnung?«

»Ziehen Sie den Preis der Chips ab, die ich zu Anfang gekauft habe, und stellen Sie den Betrag auf eine Wohltätigkeitseinrichtung Ihrer Wahl aus. Ich bin sicher, Miss St. Jacques wird dafür sorgen, daß das Geld seiner Bestimmung zukommt.«

Schraders Hand, die zum Schreiben angesetzt hatte, erstarrte. Er warf Graham einen Seitenblick zu. »Sie hören nicht auf, mich zu verblüffen, Mr. Graham.«

»Wieso? Rio hat eine Menge entsetzlicher Slums, wo diese Art von Geld gut angelegt ist, besonders wenn es den Kindern zugute kommt.«

»Ich bin Vorsitzender einer Stiftung, die sich um *favela*-Kinder kümmert. *Amanha,* der Name dieser Einrichtung, bedeutet ›morgen‹, was sich, wie ich meine, von selber erklärt.«

»Wunderbar«, sagte Graham.

Schrader füllte den Scheck aus, riß ihn aus dem Heftchen und überreichte ihn Siobhan. Dann stand er vom Stuhl auf und schüttelte Graham die Hand. »Ich danke Ihnen; das war eine wirklich großzügige Geste.«

»Solange die Kinder davon profitieren«, erwiderte Graham.

»Und ob; das versichere ich Ihnen.« Schrader wandte sich den zuschauenden Kasinogästen zu. »Die Show ist vorüber. Gehen Sie zurück an die Tische. Ich werde die Einnahmen brauchen, um den Verlust wettzumachen.«

Heiteres Gelächter wurde laut, als die Spieler ihre Tische wieder aufsuchten, um da weiterzumachen, wo sie aufgehört hatten.

»Erlauben Sie, daß ich Sie zu einem Drink an der Bar einlade«, sagte Schrader zu Graham und Sabrina.

»Das ist unsere Runde«, erwiderte Sabrina schmunzelnd. »Sie brauchen doch die Einnahmen, stimmt's?«

Schrader lachte laut auf. »Das Angebot nehme ich gern an«, antwortete er und ließ sich von Siobhan zur Bar begleiten.

»Mike …«

»Geschenkt«, unterbrach er. »Das Geld wäre sowieso an die UNICEF gegangen.«

»Es stand dir zu, und das weißt du.«

»Vielleicht mach ich mir nichts aus solchem Geld. Jedenfalls brauch ich's nicht. Die Kinder aber schon. Für sie ist jeder Dollar wichtig.« Graham stand auf. »Komm, wir werden an der Bar erwartet.«

Eine Kellnerin führte sie an Schraders Tisch an der Brüstung, von wo sich die tiefer gelegene Spielfläche gut überblicken ließ. Als sich die Kellnerin zurückgezogen hatte, sagte Schrader: »Morgen abend gebe ich eine Party in meinem Haus, wie jedes Jahr zu Anfang des Karnevals. Siobhan hat mich auf eine nette Idee gebracht. Kommen Sie doch auch; es sei denn, Sie sind schon anderweitig verabredet.«

Sabrina schüttelte den Kopf. »Wir haben noch nichts geplant, Mike, oder?«

»Nein.« Graham schenkte Schrader ein flüchtiges Lächeln. »Wir würden gerne kommen, aber nur, wenn Ihnen dadurch keine Unannehmlichkeiten entstehen.«

»Natürlich nicht. Das wäre also abgemacht. Morgen früh lasse ich Ihnen eine schriftliche Einladung im Hotel zukommen. Gegen abend, sagen wir um halb neun, schicke ich einen Fahrer vorbei, der Sie zu meinem Haus chauffiert. Bitte bringen Sie die Einladung mit … aus Sicherheitsgründen, Sie verstehen.«

Die Kellnerin servierte die Getränke, für die Graham bezahlte. »Also, ich muß mich ein wenig frisch machen«, sagte

Siobhan und forderte Sabrina zwinkernd auf, sie zu begleiten.

Sabrina verstand, entschuldigte sich ebenfalls und ging mit Siobhan zur Damentoilette.

Siobhan legte die Hand auf den Arm der vermeintlichen Freundin, als sie den Gang erreichten, der zu den Toiletten führte, und zog sie zur Seite. Dann nahm sie einen Briefumschlag aus der Tasche und gab ihn Sabrina. »Ich hab schon den ganzen Abend darauf gewartet, Ihnen das hier zu zeigen, hatte aber noch keine Gelegenheit. Sie sprechen doch Portugiesisch, oder?«

»So lala«, antwortete Sabrina bescheiden und zog ein Blatt Papier aus dem Umschlag, worauf drei Sätze mit Bleistift geschrieben standen. Leise übersetzte sie: »In den nächsten Tagen wird in Rio eine größere Ladung Drogen erwartet. Mr. André Drago könnte mit der Sache zu tun haben. Muß Sie dringend treffen.«

»Ich kann mich nicht auch noch darin einmischen«, sagte Siobhan. »Dann würde ich auffliegen.«

»Haben Sie schon mit Ihrem Informanten gesprochen?« fragte Sabrina.

Siobhan schüttelte den Kopf. »Ich hab ihn anzurufen versucht, aber er scheint nicht zu Hause zu sein. Ich will's jetzt noch mal versuchen.«

»Ich könnte C. W. um Hilfe bitten. Würde sich Ihr Informant ihm anvertrauen?«

»Ich hab eine Idee«, sagte Siobhan nach einer Weile. »Ich sage Carlos, daß C. W. zum Beweis seiner Identität den Brief bei sich hat. Carlos kann dann, wenn er will, eine Verabredung mit ihm treffen. Rufen Sie C. W. an, erklären Sie ihm die Situation, und ich werde mit einem Taxi ins Hotel fahren, um ihm den Brief zu geben.«

»Das ließe sich machen, es sei denn, Ihr Informant ist immer noch nicht zu Hause.«

»Jetzt wird er bestimmt da sein«, antwortete Siobhan und warf einen Blick auf Sabrinas Uhr. »Was ist mit Mike?«

»Dem sag' ich später Bescheid. Kommen Sie.«

Drago stand reglos im Überwachungsraum des Clubs und sah aufmerksam auf einen der zehn Monitore, die einen Halbkreis an der Wand vor ihm bildeten. Eine der versteckten Kameras im Kasino hatte Sabrina und Siobhan im Visier, und obwohl kein Ton mit den Bildern geliefert wurde, war er in der Lage, ein paar Bruchstücke der Unterhaltung aufzuschnappen, indem er den Frauen von den Lippen las – eine Fähigkeit, die er in Osteuropa erworben hatte. Er bereute es jetzt, den Lehrgang nicht bis zu Ende mitgemacht zu haben, denn dann hätte er jedes Wort sowie den Inhalt des Briefes mitbekommen. Er war sicher, daß Grahams Frau den Brief laut gelesen oder übersetzt hatte, und nach allem, was er erfahren konnte, war von einer Sendung die Rede, die in Rio erwartet wurde und mit der er, Drago, zu tun hatte. Aber worum ging es bei dieser Sendung? Um die Drogen oder um den gewissen Umschlag? Und wer waren diese Grahams? Gehörten sie auch wie Siobhan zur CIA? Die Wahrheit über sie hatte er ein Jahr zuvor herausgefunden, aber Schrader gegenüber nichts erwähnt. Sie sollte sein As sein, das er im geeigneten Moment auszuspielen gedachte.

Er gab das Grübeln auf, als Sabrina und Siobhan auf den Ausgang zusteuerten, langte zum nächsten Telefonhörer und winkte einen der zwei Wachen zu sich. »Holen Sie Lavalle her. Sofort!« Er rief in der Rezeption an. »Marisa?« sagte er, bevor die Empfangsdame ein Wort hatte sagen können.

»Ja.«

»Drago am Apparat. Ich bin im Überwachungsraum. Wenn Miss St. Jacques oder Mrs. Graham von der Rezeption aus telefonieren, möchte ich wissen, mit wem. Verstanden?«

»Ja, Sir.«

Im selben Augenblick, als er den Hörer auf die Gabel fallen ließ, betrat Jean-Marie Lavalle den Raum. Lavalle war ein hagerer Typ Mitte Vierzig, mit pockennarbigen Wangen und einem säuberlich gestutzten, schwarzen Oberlippenbärtchen. Bevor er 1987 nach dem Zusammenbruch der Duvalier-Dynastie aus Haiti fliehen mußte, hatte er lange Zeit als Offizier unter Tonton Macoute gedient. Drago wußte davon. Offiziell leitete Lavalle die Sicherheitsabteilung im Riviera Club. Inoffiziell war er Dragos ergebener Befehlsempfänger und Verbindungsmann zu den umstrittenen *favela*-Trupps.

Drago zeigte auf den Monitor, der die Bilder der Foyer-Kamera wiedergab. Siobhan stand an der Rezeption und hielt einen Telefonhörer ans Ohr, dessen Sprechmuschel sie mit der Hand abdeckte. Sie schien ausschließen zu wollen, daß jemand lauschte. Als sie den Hörer auf den Apparat zurücklegte, wechselte sie ein paar Worte mit Marisa, die nun unter die Theke langte und ein ledergebundenes Buch zum Vorschein brachte, in dem jene Telefonnummern eingetragen waren, die von den Gästen und vom Personal oft nachgefragt wurden. Siobhan fand die gesuchte Nummer, wählte und reichte den Hörer an Sabrina weiter.

»Wer ist die Blonde?« fragte Lavalle.

»Genau das will ich rauskriegen.«

Sabrina legte auf, und Siobhan winkte Marisa wieder an den Schalter. Nach kurzem Wortwechsel gab ihr Marisa einen der offiziellen Briefumschläge des Clubs. Siobhan holte den geöffneten Umschlag aus ihrer Tasche, zog den Brief heraus, steckte ihn in den Club-Umschlag und versiegelte ihn. Dann benutzte sie Marisas Kuli, um eine Adresse aufzuschreiben, und verschwand schließlich in Richtung Ausgang.

Marisa meldete sich bei Drago, der wortlos ihre Auskunft entgegennahm und wiederauflegte. »Kennst du einen Mann namens Carlos Montero?«

»Ja, Sir. Ein kleiner Ganove. Hält sich vor allem mit Spitzeldiensten über Wasser.«

»Das paßt ins Bild. Es sieht so aus, als habe dieser Montero Miss St. Jacques einen Brief geschickt, in dem er ein Treffen vorschlägt, um mit ihr über eine bestimmte Angelegenheit zu reden. Allerdings wird nicht sie ihn treffen, sondern ein Mann namens Whitlock, und zwar in einer Stunde im Café Cana. Ich möchte, daß du Montero nach dem Treffen abfängst und herausfindest, was in dem Brief steht. Aber warte, bis Whitlock weg ist. Er darf auf keinen Fall wissen, daß wir ihn am Haken haben.«

»Verstehe, Sir. Wollen Sie, daß er beschattet wird?«

»Das ist nicht nötig. Ich weiß, wo er sich aufhält.«

»Was sollen wir mit Montero anstellen, nachdem er gesungen hat?« fragte Lavalle.

»Das Übliche. Werft seine Leiche in die Botafogo Bay. Die Haie werden den Rest erledigen.«

Lavalle verließ das Zimmer.

Drago blickte wieder auf den Monitor und beobachtete Siobhan und Sabrina auf dem Weg zurück zur Bar. Für ihn galt es nun, Graham und diesen Whitlock im Auge zu behalten. Sobald er wußte, mit wem er es zu tun hatte, würde er sie töten müssen.

Whitlock verbrachte den Abend damit, ruhelos in seinem Zimmer auf und ab zu gehen. Seine Gedanken waren bei Carmen in New York. Immer wieder war er geneigt, sie anzurufen, um sich durch ihre Stimme beruhigen zu lassen, aber dann besann er sich jedesmal und überlegte, daß ein solches Verhalten sie noch mehr von ihm abrücken lassen würde. Sie brauchte Zeit, um nachzudenken – das hatte sie ihm im letzten Gespräch deutlich gemacht. Seine Ungeduld gewann schließlich die Überhand; zweimal hatte er bereits den Hörer in die Hand genommen. Es war nur noch eine Frage der Zeit, bis er es tatsächlich tun würde.

Dann rief Sabrina an.

Sofort war er einverstanden, sich mit Siobhans Informanten zu treffen. Endlich konnte er seine Gedanken ablenken von den quälenden Eheproblemen. Trotz der Hitze zog er ein Jackett an, um die Browning Mk2 im Halfter zu verbergen. Dann ließ er sich an der Hotelrezeption den hinterlegten Briefumschlag aushändigen, ging hinaus auf die Straße und winkte ein Taxi herbei.

Das Café Cana war ein kleines Lokal auf der Avenida Presidente Vargas, der verkehrsreichsten Straße der Stadt. Whitlock bezahlte das Taxi und steuerte auf den Laden zu.

In der Tür blieb er einen Augenblick stehen und sah sich um. Sabrina hatte Montero beschrieben als einen Dreißigjährigen mit schütterem Haar und Brille, der, von der Tür aus gesehen, am dritten Tisch sitzen würde. Er war da, hielt eine Tasse Kaffee in der einen Hand und ein Kuchenstück in der anderen. Eine Zeitung lag ausgebreitet vor ihm auf dem Tisch. Whitlock machte die Tür hinter sich zu, ging an den Tisch und nahm gegenüber von Montero Platz.

»Der Stuhl ist schon besetzt«, sagte Montero, ohne aufzublicken. »Ich erwarte jemanden.«

»Er ist da.«

Montero musterte ihn argwöhnisch. »Weisen Sie sich aus.«

Whitlock warf den Umschlag auf den Tisch.

Montero öffnete ihn hastig, warf einen Blick auf den Zettel und gab ihn Whitlock zurück. »Verzeihen Sie, aber weil mich Miss St. Jacques auf einen Engländer vorbereitet hat, bin ich natürlich davon ausgegangen, daß ...« Er stockte und zuckte mit den Achseln.

»Daß ich ein Weißer bin?«

Montero nickte verlegen. »Ich hoffe, Sie sind nicht beleidigt.«

»Nicht im geringsten.« Whitlock bestellte bei der Kellnerin eine Tasse Kaffee.

»Sie sollten den Kuchen probieren«, riet Montero mit vollem Mund. »Besseren gibt's in der ganzen Stadt nicht.«

»Nein. Für mich nur Kaffee«, sagte Whitlock zu der an seiner Seite wartenden Kellnerin und wandte sich dann Montero zu. »Wo haben Sie Englisch gelernt?«

»In der Abendschule. Ich bin Führer gewesen für englischsprechende Touristen, bis ich rausfand, daß sich mit Gaunereien mehr Geld verdienen läßt. Jetzt will ich Ihnen aber erzählen, was ich letzte Nacht aufgeschnappt habe.« Montero biß ein Stück vom Kuchen ab, kaute und sprach gleichzeitig. »Ich hab mir in einer Bar auf der Avenida Pasteur einen genehmigt, als fünf Männer in den Laden kamen und sich an meinen Nachbartisch setzten.«

Whitlock hielt Monteros Handgelenk fest, um zu verhindern, daß er auch noch den Rest des Kuchens in den Mund stopfte. »Sie können essen oder reden, aber tun Sie nicht beides auf einmal.«

Montero ließ das Stück auf den Teller fallen. Die Kellnerin brachte den Kaffee, stellte ihn scheppernd vor Whitlock auf den Tisch und klemmte die Rechnung unter die Tasse.

»Hoffentlich ist der Kuchen besser als die Bedienung«, brummte Whitlock. »Erzählen Sie weiter.«

»Die fünf Typen arbeiten alle für Dragos Privatarmee. Haben Sie davon schon gehört?«

Whitlock nickte.

»Nach ein paar *cachacas* wurden sie ein bißchen redseliger. *Cachaca* ist so was wie Tequila nach brasilianischer Art. Die Kerle waren nicht gerade laut oder ausgelassen, aber doch sehr gesprächig. Ich konnte nur ein paar Brocken aufschnappen, kam aber schnell dahinter, worüber sie sprachen, und hab ein paar Notizen auf eine Serviette geschrieben.« Montero kramte eine Serviette aus der Tasche und faltete sie auseinander. »Ein kolumbianischer Frachter, die *Palmira*, ist unterwegs nach Montevideo und wird in den nächsten Tagen in Rio Station machen. Irgendwo vor der Küste soll eine Ladung Heroin von der *Palmira* auf die *Golconda* umgeladen werden. Das ist Schraders Yacht, die Drago benutzen darf, sooft er will. Von der Hafenpolizei wagt sich keiner an das Boot ran. Der Stoff könnte also theoretisch problemlos an Schraders Privatpier entladen werden. Das wär's.«

»Ein paar Fragen noch. Wie kommt's, daß Sie die Männer erkennen, selber aber unbekannt bleiben konnten? Sie müssen sich doch bestimmt mal über den Weg gelaufen sein.«

»Natürlich kennen die mich, aber nicht in meiner jetzigen Aufmachung. Früher hatte ich einen Rauschebart und schulterlange Haare. Das war vor meiner Knastzeit. Letzte Woche bin ich entlassen worden, und zwar mit kurzen Haaren und rasiert, wie Sie sehen. Daß die Typen so laut miteinander redeten, hatte noch einen anderen Grund: Ich saß nämlich mit einer jungen Lady am Tisch, die aus Ihrer Ecke stammt. Aus London. Wir haben den ganzen Abend Englisch miteinan-

der gesprochen. Wahrscheinlich sind die Jungs davon ausgegangen, daß wir sie nicht verstehen.«

»Sie behaupten in Ihrem Brief, daß Drago verwickelt sein
könnte. Warum diese Vorsicht?«

»Sein Name ist, soviel ich gehört habe, nur einmal gefallen, und dabei waren mir die Zusammenhänge nicht ganz
klar.«

»Was glauben Sie persönlich?«

»Wenn's sich um Schrader handeln würde, könnte ich die
Hand aufs Herz legen und sagen: Der hat damit nichts zu
tun. Aber bei Drago bin ich mir nicht so sicher.«

»Und was macht Sie in Schraders Fall so sicher?«

»Hat Ihnen Miss St. Jacques nicht erzählt, was mit seinem
Sohn passiert ist?«

»Nein.«

Im Dossier der UNACO war nicht erwähnt worden, daß
Schrader Kinder hatte.

»Dann werd' ich Sie kurz aufklären. Kurz nachdem Schrader in Rio angekommen war, gab's in allen Zeitungen Be-
richte zu lesen über einen zehnjährigen Jungen, der seine Familie bei einem Großbrand in den *favelas* verloren hatte.
Schrader war so bewegt von der Geschichte, daß er den Jungen adoptierte. Zu Anfang waren die beiden unzertrennlich,
aber nach ein paar Jahren fing der Junge an, mit Drogen her-
umzufuschen. Schrader erfuhr erst davon, als er seinen
Sohn im Leichenschauhaus identifizieren mußte. Er hatte
eine Überdosis Heroin gespritzt. Seither führt Schrader eine
Art Privatkrieg gegen die brasilianischen Drogenbarone, vor
allem gegen die aus Rio.«

»Und was macht Sie im Fall von Drago so unsicher?«

»Der sorgt in Schraders Sinn für Ordnung in den *favelas*,
was ihn nicht gerade beliebt macht bei den Drogenbossen.
Falls Drago also nicht sein eigenes Verteilernetz irgendwo
aufgezogen hat, sehe ich für ihn keinen Grund, warum er
sich darin verwickeln lassen sollte.«

»Wer sagt, daß er nicht tatsächlich selber im Geschäft ist?«

»Deshalb bin ich mir ja auch nicht sicher. Daß er Schrader
hintergeht, wär ihm durchaus zuzutrauen. Vor ein paar Ta-

gen sind mir Gerüchte zu Ohren gekommen. Einer von Schraders Dienstboten behauptet, ein Telefongespräch von Drago belauscht zu haben, und darin soll die Rede von einem unvergeßlichen Abschiedsgeschenk für Rio gewesen sein, das er, Drago, präsentieren wolle, bevor er Brasilien für immer verlassen würde.«

»Und bei diesem Abschiedsgeschenk könnte es sich um Drogen handeln«, spekulierte Whitlock.

»Vielleicht. Aber warum sollte er Brasilien verlassen wollen? Er würde alles, was er sich in den vergangenen vier Jahren aufgebaut hat, wieder verlieren. Das macht keinen Sinn.«

Whitlock brachte seine Brieftasche zum Vorschein. »Wieviel schulde ich Ihnen?«

»Nichts. Ich bekomme mein Geld von Miss St. Jacques. Trotzdem, vielen Dank.«

Whitlock leerte seine Kaffeetasse, nahm die Rechnung und stand auf.

Montero blickte zu ihm auf. »Ich bin zwar selber kein Chorknabe, aber wenn's um Drogen geht, versteh ich keinen Spaß. Halten Sie die Kerle auf, bevor's zu spät ist, Mister.«

Whitlock bezahlte die Rechnung. Montero sah ihm nach, wie er ein Taxi herbeiwinkte, und widmete sich wieder seiner Zeitung. Zehn Minuten später verließ er das Café. Zu dieser Tageszeit war die Avenida Presidente Vargas vom Verkehr verstopft, und er beschloß, mit der U-Bahn nach Hause zu fahren, was schneller sein würde als mit einem Taxi. Er steckte die Hände in die Taschen und pfiff auf dem Weg zur nächsten Haltestelle munter vor sich hin. Vor ihm flog plötzlich die Beifahrertür eines schwarzen Mercedes auf, und Lavalle stieg aus. Montero warf einen Blick zurück. Zwei von Lavalles Männern hingen ihm an den Fersen. Er war unbewaffnet und geriet in Panik. Nur ein Fluchtweg stand offen, und der führte quer durch den hektischen Verkehr auf der Avenida Presidente Vargas. Er rannte auf die Straße, wo ihn ein silberfarbener BMW auf der ersten Spur um Haaresbreite verfehlte. Als der Fahrer auf die Bremse trat, prallte ein Transit mit voller Wucht gegen das Autoheck. Die zwei Männer am Straßenrand sahen Lavalle fragend an und warteten auf einen Befehl. Doch er schüttelte den Kopf. Vor einem herankommenden Bus versuchte Montero, die nächste Fahrspur zu erreichen, doch der Seitenspiegel des Busses stieß ihn zu Boden, und er stürzte kopfüber vor einen schweren Lastwagen. Er war schon tot, als sein zerquetschter Leib unter dem Fahrerhaus verschwand.

Lavalle steckte sich eine Zigarette an, als der Mercedes langsam neben dem abgestellten Lastwagen vorbeirollte. Er warf einen Blick auf die Leiche am Boden, fluchte und befahl seinem Chauffeur, zum Riviera Club zurückzufahren.

»Was hältst du von der Geschichte?« fragte Sabrina ihren Kollegen Whitlock, nachdem er von seiner Unterhaltung mit Montero berichtet hatte.

Sie und Graham waren eine Stunde nach Whitlock ins Hotel zurückgekehrt und sofort auf sein Zimmer gegangen, um mit ihm die Ereignisse des Abends zu besprechen.

»Tja, erinnerst du dich, was Siobhan über die *Golconda* gesagt hat? Sie kann nur mit der Erlaubnis von Schrader oder Drago auslaufen. Und nach dem, was Montero über Schrader berichtet hat, kann ich mir nicht denken, daß er in die Sache verwickelt ist. Deshalb kommt nur Drago in Frage. Das Wie und Wo mag zur Zeit noch unklar sein, aber ich würde behaupten, daß er dahintersteckt.«

»Der Meinung bin ich auch«, sagte Graham. »Das heißt, es kommen neue Aufgaben auf dich zu. Wenn morgen abend wirklich eine Ladung Heroin auf die *Golconda* verladen werden soll, mußt du das verhindern.«

»Das schaff ich doch unmöglich allein.«

»Ruf Sergei an. Der wartet doch nur darauf, sein Büro verlassen zu können«, meinte Sabrina.

»Ja, ruf ihn sofort an.« Graham zeigte auf den Telefonapparat. »Er schaut sich bestimmt gerade *Jeopardy* an oder eine seiner geliebten Quizsendungen.«

»Ich ruf an, bevor ich ins Bett gehe. Dann kann ich ihm

gleichzeitig Bericht erstatten über das, was sich heute getan hat.«

»Ich geh jetzt gleich schlafen«, sagte Graham gähnend und sah Sabrina an. »Kommst du mit?«

Sie nickte. »Das Kasino macht müde.«

»Bevor ihr geht, möchte ich die Pläne für morgen mit euch abstimmen. Ich werde mich mit diesem Mann treffen, von dem Siobhan gesprochen hat, mit Silva, der früher mal bei Schrader angestellt war. Vielleicht erfahre ich von ihm was über Schraders Gemäldesammlung.«

»Ja«, sagte Graham. »Das trifft sich gut. Du bist nämlich der einzige von uns, der in den *favelas* nicht so auffällt. Ein weißes Gesicht wird da bestimmt nicht gern gesehen. Dafür werde ich bis zum frühen Nachmittag einen Sender auf die *Golconda* geschmuggelt haben.«

Beide sahen Sabrina an.

Sie rollte mit den Augen. »Na schön. Ich verbringe also den Tag mit Siobhan, um ein paar passende Sachen für die Party zu besorgen. Glaubt mir, das tue ich nicht, weil's mir gefällt.«

»Mußt du dich nicht auch feinmachen, Mike?« fragte Whitlock. »Wichtig ist nur die Frauengarderobe. Zum Glück kommt's nicht darauf an, was die Männer tragen.«

»Soviel zur Gleichberechtigung«, kommentierte Sabrina und folgte Graham zur Tür.

Sie wünschten sich eine gute Nacht und gingen auseinander.

Whitlock ließ sich aufs Bett fallen. *Jeopardy* – das war auch Carmens Lieblingssendung. Daß Graham ausgerechnet die Sendung erwähnen mußte ... Der ganze Kummer war wieder aufgebrochen. Whitlock wählte seine Nummer in New York, legte aber den Hörer nach dem ersten Klingelzeichen wieder auf und rieb sich müde übers Gesicht. Sie anzurufen, würde nichts bewirken. Dann nahm er den Hörer wieder in die Hand und wählte statt dessen die Nummer des UNA-CO-Hauptquartiers.

»Llewelyn und Lee. Guten Abend«, meldete sich Sarahs Tonbandstimme auf dem automatischen Anrufbeantworter.

»Unser Büro ist zur Zeit geschlossen. Wenn Sie Ihren Namen und Ihre Telefonnummer hinterlassen, werden wir Sie am Morgen zurückrufen. Sprechen Sie jetzt …«

»C. W. Whitlock. Kennummer 1852963«, sagte er nach dem Pfeifton.

Es folgte eine Pause, dann ein Klicken, und schließlich wurde am anderen Leitungsende der Hörer abgenommen.

»Guten Abend, Mr. Whitlock«, grüßte der diensthabende Offizier höflich.

»Hallo, Dave«, antwortete Whitlock und blätterte durch sein Code-Heft, das zur Standardausrüstung der UNACO-Agenten gehörte. »Sorgen Sie bitte dafür, daß ein B3, ein G5 und drei fünfzehnpfündige M8 in spätestens einer Stunde in eines unserer Flugzeuge verladen sind.«

B3 war ein Unterwasserfahrzeug für Taucher, G5 ein mobiler Kran und M8 eine Haftmine.

»So schnell geht das nicht, Mr. Whitlock. Die Sachen sind im Lager verstaut.«

»Dann schlage ich vor, Sie rufen im Lager an und bringen die Leute da auf Trab. Verbinden Sie mich jetzt bitte mit Mr. Kolchinsky.«

In verschlüsselter Form setzte Whitlock seinen Vorgesetzten über die jüngsten Entwicklungen in Kenntnis.

Kolchinsky reagierte prompt. Als er von der Drogenladung erfuhr, packte er in aller Eile seinen Koffer und war fünfzehn Minuten, nachdem er den Hörer in seinem Schlafzimmer aufgelegt hatte, bereits auf dem Weg zum John F. Kennedy-Flughafen.

NEUN

Rocinha war das flächenmäßig größte Armenviertel von Rio. Auf den ersten Blick bot sich Whitlock ein chaotisches Bild aus Pappmaché, Spanplatten und Blechhütten, aufeinandergetürmt und ineinander verschachtelt zu einem Labyrinth menschlicher Not und Leiden. Doch die größte Ironie, auf

die der Taxifahrer hinwies, bestand darin, daß die hier leben-
den *favelados* einen schöneren Ausblick auf die Stadt und die
umliegenden Buchten hatten als die Multimillionäre weiter
unten. Der Chauffeur fuhr dichter an die armseligen Barak-
ken heran, als ihm lieb war, setzte Whitlock ab und versprach, eine Viertelstunde auf ihn zu warten. Länger nicht. Er
warnte Whitlock davor, mit den Slumbewohnern zu reden,
weil sein Akzent kaum auf freundliche Ohren stoßen würde.
In Rocinha waren Touristen nicht willkommen. Whitlock bedankte sich für den Rat und bog in eine enge, holprige Gasse
ein, die aus festgetretenem Lehm bestand und vor Abfall und
Ungeziefer nur so strotzte. In Lumpen gekleidete Kinder wi-
chen hinter eine Wellblechwand zurück und schauten dem
Fremden, der da vorbeiging und so ungewöhnlich gut angezogen war, mit großen Augen nach. Whitlock war geneigt,
stehenzubleiben und den Kindern die Angst zu nehmen, erinnerte sich aber an die Worte des Taxifahrers und ging weiter. Eine korpulente Frau mit ärmellosem, geblümtem Kleid
tauchte aus einer der Hütten auf. Der Schweiß, den ihr unge-
waschener Körper ausdünstete, stank so sehr, daß Whitlock
unwillkürlich das Gesicht verzog. Er beschleunigte seinen
Schritt und erreichte wenig später die Blechhütte, die er suchte. Er pochte an die Tür – ganz vorsichtig, denn er fürchtete,
daß ein festeres Klopfen den wackligen Bau zum Einsturz
bringen könnte. Es erschien ein kleines Mädchen mit zerrisse-
nem Ärmel und dreckverschmiertem Gesicht.

Er bemühte sein bescheidenes Portugiesisch. »*Obrigada.
Onde fica vossa pai?*«

Das Mädchen starrte ihn bloß an.

Er wollte gerade nach jemand anderem rufen, als ein grau-
haariger Mann aus einem hinteren Zimmer auftauchte.

»*Obrigado*«, sagte der Mann zögernd.

»*Obrigado.* Sind Sie Silva?«

Der Alte zeigte plötzlich ein breites Grinsen. »Miss St.
Jacques hat mir gesagt, daß Sie kommen. Treten Sie ein.«

Whitlock wunderte sich über das klare, akzentfreie Englisch des Mannes. Es schien in dieser verwahrlosten Umge-
bung völlig fehl am Platz zu sein.

»Ich bin João Silva«, sagte der Mann und schüttelte Whitlock die Hand. Dann legte er den Arm um das Mädchen und erklärte: »Das ist Louisa, meine Tochter. Sie ist taub und konnte Sie deshalb nicht verstehen.«

Whitlock ging vor dem Mädchen in die Knie und ließ das Münzgeld aus seinem Portemonnaie in seine Hand klimpern. Ihr Gesicht strahlte auf; die weißen Zähne leuchteten im Kontrast zur dunklen Haut. Sie schaute ihren Vater ratsuchend an. Er nickte, und sie sammelte von Whitlocks Handfläche jede Münze einzeln ein, preßte das Geschenk an ihr Kleidchen und lief nach drinnen.

»Sie sind sehr freundlich«, sagte Silva und wies auf einen der beiden Armsessel im Zimmer. Beide waren verschlissen, aber sauber. »Ihr Akzent? Woher haben Sie den?« fragte er und nahm gegenüber von Whitlock Platz. »Aus Eaton? Harrow?«

»Nein, weniger vornehm. Ich bin in Radley zur Schule gegangen.«

»Davon hab ich noch nie gehört. Ich war sieben Jahre lang Mr. Schraders persönlicher Diener und bin in dieser Zeit mit vielen seiner Freunde aus allen Teilen der Welt zusammengekommen.«

»Wie kommt's, daß Sie nicht mehr für ihn arbeiten?« fragte Whitlock und schaute sich im Zimmer um.

»Sie haben bestimmt schon von André Drago gehört.«

»In der Tat«, antwortete Whitlock.

»Drago und ich sind nie miteinander klargekommen. Schwierigkeiten gab's zwischen uns schon am ersten Tag seiner Ankunft auf Danaë – das ist der Name von Schraders Besitz. Er war eifersüchtig auf mein enges Verhältnis zu Schrader und hat gegen mich intrigiert. Dinge, die Mr. Schrader gehörten, hat er in meinem Zimmer versteckt, um mich als Dieb anprangern zu können. Mr. Schrader wollte zwar nicht gerichtlich gegen mich vorgehen, war aber gezwungen, mir zu kündigen. Drago ließ nicht locker. Wenn ich irgendwo eine neue Stelle anzunehmen versuchte, kam Drago dahinter und redete den jeweiligen Vorgesetzten ein, ich sei ein Dieb. So verlor ich jeden Job, was meine Frau schließlich veranlaßte, mich zu verlassen. Geblieben ist mir nur noch Louisa.«

»Und das tat Drago, nur weil er eifersüchtig auf Sie war?«

»Ja. Er sah in mir eine Bedrohung und wollte mich unschädlich machen.« Silva schüttelte traurig den Kopf. »Die Leute hier im Viertel halten ihn für eine Art Heiland. Sie haben keine Ahnung, wie er wirklich ist.«

Whitlock senkte den Blick auf den fadenscheinigen Teppich. »Hat Miss St. Jacques Ihnen gesagt, warum ich hier bin?«

»Ja, und deshalb hab ich das hier für Sie vorbereitet.« Silva reichte Whitlock ein Dutzend Blätter. »Das ist der Grundriß des Hauses, so wie ich ihn in Erinnerung habe. Natürlich kann es sein, daß inzwischen Veränderungen vorgenommen worden sind.«

»Und die Gemäldegalerien?«

»Das ›Allerheiligste‹ hab ich so genau wie möglich …«

»Das ›Allerheiligste‹?« unterbrach Whitlock.

»So wird die Galerie genannt, in die er sich oft stundenlang zurückzieht, besonders dann, wenn er Probleme hat. Der Raum wirkt sehr beruhigend auf ihn. Ein Freund ist auf den Namen gekommen, und seitdem wird er für diesen Raum verwendet. Hinter dem Allerheiligsten liegt die zweite Galerie. Soweit ich weiß, hat Mr. Schrader noch keinem anderen erlaubt, diesen Raum zu betreten.«

»Wissen Sie, was er darin verbirgt?«

»Originalgemälde. Das hat er mir einmal anvertraut.«

»Wenn ich richtig verstanden habe, hat nur er Zugang zu dem Raum.«

»Ja. Wenn ich richtig informiert bin, bewahrt er in seinem Schlafzimmer eine Art Fernbedienung auf, die als Schlüssel funktioniert. Der Safe im Schlafzimmer, wo dieser Schlüssel untergebracht sein dürfte, ist auf einem dieser Skizzen genau markiert.«

Whitlock warf einen Blick auf die Zeichnungen und zog dann einen Umschlag aus der Tasche, den er Silva reichte. »Fünfzigtausend Cruzeiros. Die Summe, die Sie mit Miss St. Jacques vereinbart haben.«

Silva nahm das Geld ein wenig zögernd entgegen. »Mr. Schrader so zu hintergehen, gefällt mir nicht. Er war mir gegenüber immer ein guter Chef. Ich tu's nur für Louisa. Sie hat mehr verdient, als in diesem Loch hier groß zu werden.«

»Wohin wollen Sie gehen?«

»Nach Uruguay. Mein Cousin ist Aufseher auf einer Farm bei Tacuarembó. Er will mir einen Job als Arbeiter besorgen. Jetzt kann ich mir endlich die Fahrt leisten. Für mich wird sich nicht viel verbessern. Aber immerhin braucht Louisa nicht in diesem Elend hier aufzuwachsen. Was für eine Zukunft hätte sie schon?«

Whitlock wünschte ihm Glück und ging zum Taxi zurück, das auf ihn wartete.

Der rote Buick, der durch Rocinha fuhr, war so verbeult und klapprig, daß ihm niemand hinterherblickte, was im Sinne Dragos war. Er legte so viel Wert auf Anonymität, daß er selber einen verschossenen grünen Overall trug, einen Strohhut und eine dunkle Sonnenbrille. Lavalle, der vorn neben Larrios, dem Chauffeur Dragos, saß, hatte ebenfalls einen grünen Overall an und trug eine verschwitzte Baseball-Kappe auf dem Kopf. Alle drei Männer waren bewaffnet.

Larrios hielt an, sprang aus dem Auto und öffnete für Drago die Hintertür. Lavalle schraubte einen Schalldämpfer auf den Lauf seiner Walther P5. Dann steckte er sie in die Tasche und folgte Drago durch eine enge Gasse bis hin zu jener Blechhütte, die am Ende dieser Gasse lag. Drago zerrte die Sperrholztür auf und trat ein. Ein schäbiger Lederkoffer stand mitten im Zimmer. Drago wollte sich gerade das Gepäckstück näher ansehen, als Silva aus dem angrenzenden Schlafzimmer auftauchte. Er sah die beiden Männer und erstarrte. Dann warf er einen Blick über die Schulter auf Louisa, die auf dem Boden des Schlafzimmers hockte, den Rücken zur Tür gewandt.

»Was wollen Sie?« fragte Silva in bitterem Tonfall. »Sie wissen, daß Sie hier nicht willkommen sind.«

»Ist es die Möglichkeit …«

»Schon gut.« Drago beschwichtigte Lavalle. »João nimmt's mir immer übel, daß ich ihn vor Mr. Schrader als Dieb überführt habe.«

»Als Dieb?« wütete Silva. »Das haben Sie doch so eingefädelt. Geben Sie's endlich zu!«

»Ist doch seltsam: Kein Mensch glaubt dir.« Drago tippte mit dem Fuß an den Koffer. »Willst du verreisen?«

»Das geht Sie nichts an.«

»Mag sein.« Drago zuckte mit den Achseln. »Erzähl mir von dem Engländer, der heute morgen bei dir war. Versuch gar nicht erst zu leugnen; meine Informationen stammen unter anderem von dem Taxifahrer, der ihn hergebracht hat.«

»Ja, da war wirklich ein Engländer hier. Er wollte mich über Mr. Schrader ausfragen. Als ich mich weigerte, ist er gegangen.«

»Fünfzehn Minuten später? Ach, João, komm mir doch nicht so. Wie heißt der Mann?«

»Weiß ich nicht«, antwortete Silva wahrheitsgemäß.

Drago legte einen Arm um Silvas Schulter und führte ihn durch die Schlafzimmertür. »Sie ist ein hübsches kleines Mädchen. Es wäre doch schrecklich, wenn ihr etwas passieren würde.«

Silvas Wut war plötzlich verflogen. »Bitte, Mr. Drago, tun Sie ihr nichts.«

»Ich tu' ja nichts. Aber Lavalle hat schon Sachen mit Kindern angestellt, an die ich nicht denken kann, ohne daß sich mir der Magen umdreht. Zwing mich nicht, ihn hereinzubitten, João.«

Silva fing zu zittern an. »Ich beantworte Ihnen jede Frage, aber lassen Sie Louisa in Frieden.«

Drago setzte sich auf die Armlehne des nächsten Sessels. »Wer ist dieser Engländer?«

»Das weiß ich nicht; mir ist sein Name nicht genannt worden. Bitte, Mr. Drago, das müssen Sie mir glauben.«

»Ich glaube dir, João«, entgegnete Drago mit künstlichem Lächeln. »Wer hat das Treffen arrangiert?«

»Miss St. Jacques.«

»Und was wollte er?«

»Pläne von Danaë.«

»Pläne?« Drago zog die Stirn kraus. »Was für Pläne?«

»Vom Haus.«

»Genauer.«

»Vom Allerheiligsten.«

»Interessant.« Drago stand auf und zeigte auf den Koffer. »Und für die Pläne hast du wohl genug Geld gekriegt, um aus Rocinha zu verschwinden.«

»Das hab ich nur für Louisa getan. Sie verdient Besseres.« »Wie rührend«, erwiderte Drago zynisch und wandte sich dann an Lavalle. »Bring ihn um.«

Lavalle zog die schallgedämpfte Walther P5 aus der Tasche und schoß Silva ins Herz. Silva stolperte zurück und stürzte gegen die dünne Wellblechwand. Louisa wurde von der Erschütterung alarmiert; sie kam zur Tür und starrte mit angsterfüllten Augen ins Zimmer.

»Was ist mit ihr?« fragte Lavalle, ohne den Blick von dem Mädchen abzuwenden.

»Na, was schon? Sie ist eine Zeugin.« Drago ging zur Eingangstür und sah sich noch einmal nach Lavalle um. »Ich schick' zwei Leute vorbei, die beim Wegschaffen der Leichen helfen.«

Er kehrte zu dem Buick zurück und befahl Larrios, ihn in den Riviera Club zu fahren. Als sie Rocinha hinter sich gelassen hatten, legte Drago Strohhut und Sonnenbrille ab und pellte sich aus dem Overall, unter dem ein weißes Hemd und schwarze Hosen zum Vorschein kamen. Er holte eine Krawatte aus dem Handschuhfach, band sie sich um den Kragen und nahm dann sein Jackett vom Rücksitz. In der Brusttasche steckte die Nickelbrille. Larrios ließ ihn an der Straßenecke vor dem Club aussteigen. Drago ging den Rest zu Fuß und blieb kurz vor einer spiegelnden Schaufensterscheibe stehen, um den Sitz der Krawatte zu prüfen.

»Guten Tag, Mr. Drago«, grüßte Marisa, als er das Foyer betrat.

Er nickte ihr zu und nahm eine Ausgabe der *New York*

Times von einem Stapel Zeitungen, die auf dem Empfangstresen lagen. »Sagen Sie in der Bar Bescheid, daß ich ein Bier in mein Büro gebracht haben will, und dann verbinden Sie mich mit dem Metropolitan Museum in New York.« Er ging in sein Büro im zweiten Stock, hängte das Jackett an die Tür, setzte sich an den Schreibtisch und rechnete die Einnahmen des vergangenen Tages nach.

Als das Telefon läutete, riß er hastig den Hörer von der Gabel.

»Das Metropolitan Museum, Mr. Drago.«

»Hallo, hallo«, brüllte Drago, nachdem Marisa durchgestellt hatte.

»Kann ich Ihnen helfen?« meldete sich eine kultivierte, leise Frauenstimme.

»Mils van Dehn, bitte.«

»Ich werde Sie mit Mr. Armand verbinden.«

Sekunden später knackte es in der Leitung. »Louis Armand. Ich höre.«

»Ich möchte mit Mils van Dehn sprechen. Die Telefonistin hat mich mit Ihnen verbunden.«

»Tut mir leid, Mr. van Dehn ist nicht hier. Er ist vor ein paar Tagen nach Amsterdam zurückgekehrt. Vielleicht können Sie ihn im Rijksmuseum erreichen. Ich gebe Ihnen die Nummer ...«

Drago legte den Hörer auf, blätterte durch sein Adreßbuch, fand den Namen van Dehns und wählte dessen Büronummer. »Mils van Dehn, bitte«, sagte er, als sich das Rijksmuseum meldete.

»Augenblick, Sir.«

Drago zupfte eine Zigarette aus der Schachtel und zündete sie an.

»*Goedemiddag*, Professor Hendrik Broodendyk am Apparat.«

»Ich möchte mit Mils van Dehn sprechen«, antwortete Drago, der Mühe hatte, seine wachsende Ungeduld unter Kontrolle zu halten.

»Ich fürchte, Mils wird erst in ein paar Tagen ins Büro zurückkommen.«

»Kann ich ihn irgendwo erreichen?«

»Wohl kaum. Soll ich eine Nachricht für ihn hinterlassen?«

»Nein, danke.« Drago hängte ein, sog an der Zigarette und inhalierte tief. Warum hatte man ihn mit Broodendyk verbunden?

Das Klopfen an der Tür unterbrach ihn in seinen Gedanken. Ein Kellner brachte eine Flasche Brahma und ein Glas auf einem Tablett herein. Drago zeichnete den Kassenbon ab und wählte dann van Dehns Privatnummer. Keine Antwort. Noch blieb ihm eine andere Möglichkeit. Für den Notfall hatte van Dehn ihm die Nummer seiner Schwiegermutter in Deventer angegeben.

Eine Frau meldete sich am Apparat.

»Kann ich mit Mils sprechen?« fragte Drago höflich.

»Mils ist nicht da. Wollen Sie statt dessen mit seiner Frau sprechen?« fragte die Stimme mit schwerem holländischen Akzent, aber deutlicher Aussprache.

»Nicht nötig. Wissen Sie, wo Mils zur Zeit ist?«

»In Amerika, mit dem Gemälde …«

»Danke, Sie waren sehr hilfreich«, unterbrach Drago und legte auf.

Sein Verdacht hatte sich bestätigt – der Austausch war entdeckt worden.

Er telefonierte ein weiteres Mal, es galt, dafür zu sorgen, daß die Leichen aus Rocinha verschwanden. Er brauchte Lavalle hier im Club, um mit ihm die für kommende Nacht vorgesehene Aktion auf der *Golconda* noch einmal in allen Einzelheiten durchzusprechen. Lavalle sollte nicht nur die *Golconda* steuern, sondern auch ihn, Drago, vertreten bei den Verhandlungen mit dem Kapitän der *Palmira*, der das Geschäft zwei Monate zuvor mit den kolumbianischen Drogenbaronen eingefädelt hatte und dem durchaus zuzutrauen war, daß er seine Partner in Rio übers Ohr zu hauen versuchte. Vier Millionen Dollar (die er in einem Zeitraum von zwei Jahren unterschlagen hatte) gegen achtzehn Kilogramm Heroin. Und Drago war entschlossen, die Ware, für die er bezahlt hatte, zu bekommen, aufs Gramm genau.

Gleich nach der Umladung auf die *Golconda* würde die Yacht in den Hafen zurückkehren; dort wartete ein Lieferwagen, um den Stoff in ein geheimes Labor zu verfrachten, wo er gestreckt und verkaufsfertig gemacht werden sollte. Aber nicht für den brasilianischen Markt. Die Ware würde wieder auf die *Golconda* geschafft werden, die dann bereitlag für Schraders Törn nach Miami, den er jedes Jahr unternahm, sobald der Karneval vorüber war. Was niemand wußte, war, daß Drago von der Bildfläche zu verschwinden gedachte, sobald die Drogen die Straßen von Miami erreichen würden. Der bewußte Umschlag enthielt die Gewähr für ein neues Leben, das frei wäre von der Angst, durch frühere Geheimdienstkollegen aufgespürt und wegen seines Wechsels vor fünf Jahren nach Amerika letztlich doch noch liquidiert zu werden. Daß er damals übergelaufen war, hatte die CIA erzwungen. Jetzt wollte er Rache üben, und was eignete sich dazu besser, als Teenager, die im Sommer zu Tausenden nach Florida zogen, mit süchtig machenden, tödlichen Drogen zu füttern, zu einem Preis, den sich jeder Schüler und jede Schülerin leisten konnte? Wenn die Billigware erst einmal verkauft sein würde, bliebe den neuen Abhängigen nichts anderes übrig, als den vollen Preis zu zahlen, und, wenn das Geld dazu nicht reichte, kriminell zu werden. Die Kriminalitätsrate würde in die Höhe schnellen, während die Süchtigen immer tiefer ins Verderben gerieten.

Daß Schrader, ohne es zu wissen, in diese Pläne verwickelt war, verlieh dem Ganzen eine ironische Note. Mit seinem Geld waren die Drogen finanziert worden; seine private Anlegestelle würde der Umschlagplatz und seine Yacht das Transportmittel für die Ausfuhr nach Miami sein.

Würde etwas schiefgehen, hätte Schrader die Sache auszubaden.

Die silberfarbene, 130 Fuß lange *Golconda* mit ihrem stählernen Rumpf, den Aufbauten aus Aluminium und Teakholz war Schraders ganzer Stolz, seit er sie vor vier Jahren in einer italienischen Werft erstanden hatte. Die Yacht bestand aus zwei Privatsalons, fünf Doppelkabinen, einer Sonnen-Lounge, einer Bar, einem Speiseraum und einer Kombüse, die darauf eingerichtet war, alle Passagiere fünf Monate lang zu verpflegen. Für den Antrieb sorgten zwei Dieselmotoren von Caterpillar Marine, die das Schiff auf maximal fünfzehn Knoten beschleunigen konnten und eine Reisegeschwindigkeit von zwölf Knoten erzielten.

Graham stellte den gemieteten Audi Quattro neben einem Drahtzaun ab und betrachtete die *Golconda*, die zwanzig Meter entfernt an der privaten Anlegestelle Schraders festgemacht hatte. Auf den ersten Blick schien niemand an Bord zu sein, aber er wußte, daß mindestens zwei bewaffnete Männer Wache schoben. Vielleicht auch mehr. Zu Anfang hatte er vorgehabt, den Sender am Rumpf unterhalb der Wasserlinie anzubringen. Aber Siobhan hatte ihm davon abgeraten und erzählt, daß seit dem Fund einer Haftmine nahe der Schiffsschraube die *Golconda* nie auslief, ohne von einem Mitglied der Besatzung gründlich von außen untersucht worden zu sein. Damit blieb Graham nur eine Alternative übrig: Er mußte an Bord gelangen und den Sender irgendwo an Deck verstecken.

Er stieg aus dem Audi und setzte eine Sonnenbrille auf. Er trug ein hellgelbes T-Shirt, ein Halstuch, das den Bluterguß am Hals verdeckte, karierte Bermuda-Shorts, Sandalen und einen weißen Stetson, den er sich tief in die Stirn gezogen hatte. Er gab sich als vorlauter, aufdringlicher Texaner mit viel Geld und wenig Freunden – eine Rolle, die er mit dem Decknamen ›Duane Hitchins‹ verband und schon in der Zeit bei Delta für entsprechende Einsätze angenommen hatte. Das Vorbild für diese Figur war ein Offizier, den er in Vietnam kennengelernt hatte. Immer wenn sich Graham in einer heiklen Situation verstellen mußte, nahm er dessen Gebaren an. Unbefugt eine Privatyacht zu betreten, war eine solche heikle Situation. Duane sorgte stets für viel Wirbel, wer mit ihm zusammentraf, versuchte ihn so schnell wie möglich abzuwimmeln.

Das Tor war verschlossen. Er holte eine Nagelfeile aus der Tasche und hatte das Schloß schnell geknackt. Auf Deck war immer noch niemand zu sehen, als er die Gangway erreichte. Er schaute sich um, stieg dann an Bord und steuerte auf die Schiebetür zu, die zum Salon führte. Sie war unverschlossen. Er öffnete sie, trat ein und unterbrach dabei den unsichtbaren Strahl einer Infrarotsicherung, die sofort einen schrillen Warnton auslöste. Er hielt immer noch Ausschau nach einem geeigneten Versteck für den Sender, als eine der Wachen auftauchte, bewaffnet mit einer Maschinenpistole der Marke Star Z-84. Graham verwandelte sich übergangslos in Duane Hitchins, sprach wie er und reagierte wie er. Er grinste nervös, machte aber keine Anstalten, die Hände zu heben, denn zwischen Daumen und Handfläche steckte der Minisender. Ein zweiter Wächter kam hinzu, ähnlich bewaffnet.

»Können Sie nicht den verdammten Krach abstellen?« fragte Graham im schleppenden Tonfall der Texaner.

Die Wachen blieben stumm. Ein hochgewachsener, blonder Mann tauchte auf und schnippte mit den Fingern, worauf eine der Wachen loszog, die Alarmanlage auszuschalten.

»Zum Teufel, das tut gut«, bemerkte Graham, als der Alarmton aussetzte. »Junge, was für' ne Sirene. Sind Sie der Kapitän?«

»Ja, Kapitän Horst Dietle«, antwortete der Mann mit auffällig deutschem Akzent. »Wer sind Sie?«

»Duane Hitchins.« Graham deutete auf die Maschinenpistole, die auf seinen Körper gerichtet war. »Das Ding macht mich nervös.«

Dietle gab der Wache mit einem Wink zu verstehen, die Waffe zu senken. »Was wollen Sie hier?«

Graham nahm auf der nächsten Sitzgelegenheit Platz und antwortete mit verblüffter Miene: »Was wohl? Ich bin hier, um Ihnen für Ihr Boot 'n verdammt gutes Angebot zu machen.«

»Angebot?«

»Klar. Im Hotel sagte man, das Ding steht zum Verkauf. Wenn's schon Angebote gibt, geh ich drüber.«

»Diese Yacht wird nicht verkauft«, erwiderte Dietle gereizt.

»Ich hör wohl nicht richtig. Sie wollen mich bestimmt auf den Arm nehmen, he?«

»Die Yacht gehört Martin Schrader und wird nicht verkauft.«

»Dann rufen Sie Marty mal an, sagen Sie ihm, er soll mir den Preis nennen. Derweil genehmige ich mir einen Bourbon an der Bar.«

»Mr. Schrader denkt nicht daran, die *Golconda* zu verkaufen«, fauchte Dietle. Sein Gesicht wurde rot vor Wut. »Entweder Sie verschwinden jetzt, oder wir lassen Sie wegen Hausfriedensbruch verhaften.«

»Schon gut, ich gehe.« Graham preßte die Hand ins weiche Lederpolster und steckte den Sender in den Spalt zwischen Sitz und Lehne, bevor er schwerfällig aufstand. »Sagen Sie Marty, daß ich hier war, klar? Wenn er's sich anders überlegt, kann er mich im Palace Hotel erreichen.«

Dietle musterte Graham mit feindseligen Blicken und wandte sich dann an die Wachen, denen er den Vorwurf machte, das Tor nicht verschlossen zu haben. Sie protestierten und beteuerten das Gegenteil, aber Dietle fiel ihnen ins Wort und befahl, den Eindringling von Bord zu führen und das Tor hinter ihm zu verschließen.

Graham warf den Stetson auf den Rücksitz, kaum daß er außer Sichtweite der *Golconda* war, schaltete das Radio ein, fand einen Musiksender und summte leise vor sich hin, während er zurück zum Hotel fuhr.

Ein Schwall von Touristen belagerte gerade den Empfangsschalter, und als er endlich seinen Schlüssel hatte, mußte er über Dutzende von Koffern steigen, um den Fahrstuhl zu erreichen. Er drückte den Rufknopf, führte die freie Hand zurück an den Stetson, den er hinterm Rücken festhielt, und wartete.

»Gefällt Ihnen Rio, Duane?«

Graham sah sich um und grinste Kolchinsky an. »Sergei. Seit wann sind Sie in der Stadt?«

»Seit ein paar Stunden«, antwortete Kolchinsky. »Ich wohne im Caesar Park.«

Sie bestiegen den Fahrstuhl, und Graham drückte den Knopf für die siebte Etage.

»Na, was hat Ihr alter Ego diesmal angestellt?«

Graham schilderte kurz, was an Bord der *Golconda* geschehen war.

Kolchinsky schmunzelte. »Die Duane-Rolle beherrschen Sie wohl inzwischen aus dem Effeff.«

»Ich weiß nicht, ob ich das als Kompliment oder Beleidigung auffassen soll«, entgegnete Graham und blieb eine Weile vor dem Zimmer stehen, den Schlüssel in der Hand. »Sabrina ist nicht da. Sie kommt erst am späten Nachmittag zurück.«

»Wo ist sie hin?«

»Das erklär ich in einer Minute. Zuerst will ich die schrecklichen Klamotten loswerden.«

»Ist C. W. hier?«

Graham schloß die Tür auf. »Ja, das müßte er eigentlich.«

Kolchinsky sah sich im Zimmer um. »Nett hier. Sehr nett.«

»Soll wohl sein; das ist schließlich eine Honeymoon-Suite«, brummte Graham.

Kolchinsky kicherte und setzte sich. »Ich werde C. W. anrufen. Vielleicht können wir uns am Pool treffen. Das Wetter ist zu schön, um in Zimmern herumzuhängen.«

»Sabrina hat seine Durchwahlnummer aufgeschrieben. Der Zettel müßte neben dem Telefon liegen«, rief Graham aus dem Schlafzimmer.

Kolchinsky fand die Nummer und wählte. Die Antwort blieb aus. Er rief die Vermittlung an und bat, Whitlock ausrufen zu lassen.

Whitlock war bereits am Pool, wie sich herausstellte. Kolchinsky ließ ihm ausrichten, daß er zusammen mit Graham in wenigen Minuten zu ihm kommen werde. Graham hatte blaue Shorts und ein weißes T-Shirt angezogen, kam aus dem Schlafzimmer und fuhr gemeinsam mit Kolchinsky ins Foyer hinunter.

Whitlock trug eine Badehose und hatte ein Handtuch um den Hals drapiert. Er winkte die beiden an seinen Tisch im Schatten eines Sonnenschirms. Ein Kellner nahm ihre Bestellung entgegen.

»Sieht so aus, als würden Sie sich gut amüsieren«, sagte

Kolchinsky und tupfte mit einem Taschentuch den Schweiß vom Nacken.

»Solange es möglich ist ...«, antwortete Whitlock lächelnd.

Der Kellner brachte die Getränke, und Graham quittierte.

Kolchinsky verzichtete auf sein Glas und trank aus der Bierflasche. Dann wischte er den Schaum vom Mund und sagte: »Wer von Ihnen klärt mich nun über die jüngsten Entwicklungen auf?« Graham und Whitlock berichteten abwechselnd von den Ereignissen des Morgens.

»Sie hatten also noch keine Gelegenheit, einen Blick auf die Skizzen zu werfen?« fragte Kolchinsky Graham.

»Noch nicht.«

»Ich hab sie dabei«, sagte Whitlock und zeigte auf Silvas Zettel, die, zusammengerollt und mit einem Gummiband versehen, auf dem Tisch lagen. »Die Zeichnungen sind nicht besonders, enthalten aber alle wichtigen Einzelheiten.«

Graham streifte das Gummiband ab, lehnte sich zurück und studierte die Skizzen.

»Wie ist die Yacht, die Sie gemietet haben?« wollte Kolchinsky von Whitlock wissen.

»Ziemlich alt, aber der Motor scheint in Ordnung zu sein. Den hab ich als erstes unter die Lupe genommen.« Whitlock nahm einen Schluck Bier. »Gab's Probleme, die Sachen zu bekommen, die ich letzte Nacht bestellt habe?«

»Nicht im geringsten. Das Flugzeug war schon beladen, als ich am Flughafen ankam. Die Sachen sind jetzt hier am Flughafen, in zwei Kisten verpackt. Wir werden sie ohne viel Aufhebens an Bord bringen können.«

»Was gibt's Neues über Strike Force 2?« fragte Graham.

»Gegen Mitternacht libyischer Zeit werden sie das Gefängnis stürmen.« Kolchinsky blickte auf die Uhr. »In knapp sechs Stunden.«

»Gut. Unsere Leute werden freiere Hand haben als Sie damals bei der Befreiung von Masterson aus dem marokkanischen Gefängnis. Marokko gehört immerhin zu den ersten Unterzeichnern der UNACO-Charta. Libyen dagegen hat sich immer geweigert, mit uns zusammenzuarbeiten.«

»Soll deshalb alles erlaubt sein?« Graham schaute von den Zeichnungen auf.

»Sie werden Waffen einsetzen, wenn es sein muß, was aber nicht heißt, daß sie sich wie Rambo aufführen können.«

Whitlock stieß das leere Glas von sich und stand auf. »Wir haben schon drei Uhr, Sergei. Es gibt für den Nachmittag noch eine Menge zu tun.«

Kolchinsky nickte und schlug Graham freundschaftlich auf die Schulter. »Viel Glück für heute abend, Michael.«

»Danke«, brummte Graham, ohne aufzuschauen.

»Viel Spaß auf der Party, Mike«, sagte Whitlock grinsend. Ihm war wohl bewußt, wie sehr seinem Kollegen Veranstaltungen dieser Art verhaßt waren.

»Schon gut«, antwortete Graham und wandte sich wieder den Skizzen zu.

Whitlock und Kolchinsky zwinkerten sich schmunzelnd zu und gingen zurück ins Foyer.

Graham brütete noch eine Viertelstunde über den Zeichnungen, dann schien er einen Plan gefaßt zu haben, rief den Kellner und bestellte noch eine Flasche Perrier.

ZEHN

»Wann bist du endlich fertig?« rief Graham durch die geschlossene Badezimmertür.

»Fünf Minuten noch«, antwortete Sabrina.

Graham schüttelte verzweifelt den Kopf. Sie war seit einer geschlagenen Stunde im Bad.

»Bist *du* denn fertig?« fragte sie.

»Schon längst.« Er ließ sich aufs Bett fallen und verschränkte die Arme hinterm Kopf.

»Trägst du das T-Shirt, das ich dir gekauft habe?«

»Ja«, antwortete er und verzog das Gesicht.

Es war ein blau-rot-gelbes Madras-Hemd, die Art von Kleidungsstück, die Duane tragen würde. Dazu hatte Graham ein Halstuch lose umgebunden, außerdem trug er

Jeans, Stoffschuhe und eine alberne weiße Kappe mit der Aufschrift ›Rio‹, ein Geschenk von Siobhan, weshalb sich Graham verpflichtet fühlte, sie aufzusetzen. Vielleicht kam er so in Karnevalsstimmung.

»Siobhan ist eine wirklich nette Frau«, rief Sabrina unvermittelt. »Man muß sie nur erst richtig kennenlernen und hinter ihre Showbusineß-Fassade blicken.«

»Ah, ja«, murmelte Graham.

»Sie hat, wie ich hörte, eine ziemlich harte Kindheit gehabt. Ihre Mutter war Alkoholikerin. So mußte sich der Vater fast ganz allein um das Kind kümmern. Als er starb, lief sie von zu Hause weg und schloß sich einer Bande von Taschendieben aus den *favelas* an. Dann, als der Ring platzte, wurde sie zurück nach Hause geschickt, wo sie feststellen mußte, daß die Mutter wieder geheiratet hatte. Der Stiefvater war auch alkoholsüchtig. Weil er das Mädchen immer wieder schlug, ist sie zum zweitenmal weggelaufen. Damals wurde sie von der Modellagentur entdeckt. Mit zwanzig heiratete sie. Ihr Ehemann war freischaffender Fotograf in Paris. So kam sie nach Europa, wo sie Karriere machte.«

»Sind die beiden immer noch zusammen?«

»Ich glaube kaum. Sie schien darüber nicht sprechen zu wollen, also bin ich nicht weiter in sie gedrungen.«

Graham sah sich um, als Sabrina aus dem Badezimmer kam. Sie trug einen hautengen, dünnen Bodysuit, ein silbrig schillerndes Bikini-Oberteil und ein am Hals befestigtes, lokker herabfallendes Cape aus silber- und goldfarbenem Lamé.

»Na, was sagst du?«

»Auf der Fifth Avenue würdest du in dem Aufzug sofort verhaftet.«

Sie kicherte. »Das nehm ich als Kompliment. Siobhan findet mein Kostüm übrigens ziemlich konservativ. Es scheint so, als ob auf diesen Partys unter den Frauen darum gewetteifert wird, wer das gewagteste Kostüm des Abends trägt. Je erotischer und exotischer, desto besser.«

»Ich finde deins schon reichlich gewagt.« Er zuckte mit

den Schultern. »Kann sein, daß ich bisher ein allzu behütetes Leben geführt habe.«

»Wahrscheinlich, Mike«, antwortete sie lächelnd.

»Carrie hat sich nie so blicken lassen. Aber sie war auch ein bißchen prüde.«

Es war das erstemal, daß sie ihn Abfälliges über Carrie sagen hörte. Sonst hatte er immer von ihr gesprochen, als wäre sie eine Heilige auf geweihtem Sockel. Machte er eine Art Läuterung durch?

»Wir hatten wie jedes Paar unsere Probleme«, fügte er wie zur Antwort auf ihre Gedanken hinzu. »Man könnte sagen, sie war die typische Tochter eines verknöcherten republikanischen Senators.«

»War ihr Vater tatsächlich Senator?«

»Ja, Senator Howard D. Walsh von Delaware.«

»›Hawk‹ Walsh, der Falke, etwa?«

»Genau. Das war sein Spitzname, den er sich wegen seiner aggressiven Haltung in außenpolitischen und vor allem zentralamerikanischen Fragen eingehandelt hatte.«

»Er war der Schrecken aller Demokraten. Ich weiß noch, daß mein Vater ihn nicht ausstehen konnte.«

»Ich auch nicht, bin aber Carrie zuliebe friedlich geblieben.«

»War sie ... so radikal wie er?« fragte sie zögernd, denn sie wußte aus Erfahrung, daß er das Thema wechseln würde, wenn sie zu tief bohrte.

»Glaubst du wirklich, daß ich sie dann geheiratet hätte?«

»Besuchst du noch manchmal ihre Eltern?«

»Ihre Mutter ist vor unserer Hochzeit gestorben. ›Hawk‹ habe ich das letztemal am Tag nach der Verschleppung von Carrie und Mikey gesehen.« Graham marschierte jetzt aufgebracht im Zimmer auf und ab. Die Hände waren zu Fäusten geballt. »Damals ist mir erst richtig klargeworden, was für ein Heuchler er ist. Eins seiner Wahlversprechen war, daß er die damalige Reagan-Administration bedrängen wollte, noch schärfere Maßnahmen gegen den Terrorismus durchzusetzen. Und weißt du, was er mir sagte, als ich aus Libyen zurückkam? ›Ich wäre mit denen jeden Kuhhandel eingegangen, um meine Tochter und mein Enkelkind zu retten, egal, wie viele unschuldige Amerikaner deswegen ihr Leben würden lassen müssen.‹ Das waren seine Worte, die mir nicht mehr aus dem Kopf gehen. Dieser miese Heuchler!« Er boxte wütend vor die Wand, drehte sich plötzlich herum und sah Sabrina an. »Glaubt er womöglich, daß ich mir die Entscheidung, meine Familie zu opfern, leicht gemacht habe? Ein Rückzieher von mir hätte doch dazu geführt, daß diese Terroristen mehrere Hauptstädte in unserem Land bombardiert und Tod und Zerstörung bewirkt hätten. Ich habe getan, was ich für richtig hielt. Aber das kümmerte ihn nicht. Nicht die Bohne.« Graham ging hinaus auf den Balkon, atmete tief durch und kehrte dann ins Schlafzimmer zurück. »Tut mir leid, daß ich laut geworden bin. Aber dieser ›Hawk‹ Walsh bringt mich immer noch in Rage.«

»Das kann ich verstehen«, sagte Sabrina leise. »Und eigentlich muß ich mich entschuldigen, weil ich meine Nase wieder mal in Dinge gesteckt habe, die mich nichts angehen.«

»Schon gut«, antwortete er.

Das Telefon klingelte. Die Rezeption meldete sich mit dem Hinweis, daß ihr Fahrer eingetroffen war.

»Ich könnte also deiner Meinung nach verhaftet werden?« fragte Sabrina, als sie das Zimmer verließen.

»Womöglich eher mißhandelt.«

Als sie aus dem Fahrstuhl traten und das Foyer durchquerten, zogen sie alle Blicke auf sich. Der Chauffeur, ein Mann mittleren Alters, stand am Empfangsschalter.

»Sind Sie der Fahrer von Mr. Schrader?« fragte Graham, nachdem er den Zimmerschlüssel abgegeben hatte.

»Ja, Sir. Ich heiße Felipe und stehe Ihnen heute abend als Ihr persönlicher Fahrer zur Verfügung. Wenn Sie mir bitte folgen wollen ...« Er führte sie hinaus auf den Vorplatz, wo ein blitzblank polierter, champagnerfarbener Rolls-Royce Corniche parkte.

»Sehr schön«, bemerkte Graham und fuhr mit der Hand über das Dach des Wagens.

»Mr. Schrader besitzt eine ganze Flotte davon.«

»Eine Flotte?« fragte Graham. »Wie viele insgesamt?«

»Fünfzehn. Und jeder Wagen hat seinen eigenen Fahrer.« Felipe öffnete die hintere Wagentür, ließ die beiden einsteigen, machte die Tür zu und setzte sich hinters Steuer. »Sie finden einen Fernseher, ein Telefon, eine Bar und ein Stereogerät mit vier Musikprogrammen, die Sie an der Konsole vor Ihnen einstellen können. Machen Sie Gebrauch davon, und wenn Sie meine Hilfe brauchen, rufen Sie mich über die Gegensprechanlage, die rechts von der Konsole zu finden ist. Ich hoffe, der Ausflug wird Ihnen Spaß machen.« Er drückte einen Knopf am Armaturenbrett, und eine schalldichte Glasscheibe schob sich zwischen Fahrer und Fond.

»Was hättest du gern? Musik oder Fernsehen?« fragte Sabrina, als sich der Wagen in den Verkehr der Avenida Atlantica einfädelte.

»Musik«, antwortete Graham spontan.

Die verschiedenen Musikarten waren sowohl in Englisch als auch in Portugiesisch auf einem Messingschild aufgelistet.

»Nun, du darfst wählen zwischen klassischer Musik, Country and Western, Jazz oder MPB.«

»Was ist MPB?«

»*Musica Popular Brasiliera*. Samba oder Bossa Nova. Volksmusik, mit anderen Worten.«

»Davon werden wir genug auf der Party hören. Laß uns hören, was Schrader unter Jazz versteht.«

Sie drehte den Schalter.

Graham hatte den Interpreten schnell erkannt. »Dizzy Gillespie.

Einen guten Geschmack hat er ja, was Jazz angeht.«

»Ich kann's nicht glauben. Wir haben tatsächlich etwas gemeinsam.«

»Magst du Jazz?« fragte er ein wenig überrascht.

»Und wie!« antwortete sie schmunzelnd.

»Nicht möglich. Und ich hab dich für einen Pop-Fan gehalten.« Sie zuckte mit den Achseln. »Klar, Pop gefällt mir auch, aber Jazz steht bei mir an erster Stelle, besonders wenn er *live* gespielt wird. Ali's Alley, Village Vanguard, West Boondock. Die hör ich am liebsten.«

»Ah, diese Namen wecken Erinnerungen.« Er lehnte den Kopf zurück und schaute an die weiß gepolsterte Decke. »Fat's Tuesday auf der Third Avenue war mein Lieblings-club, aber seit ich aus New York weg bin, war ich nicht mehr da.«

Jazz blieb das einzige Thema ihrer Unterhaltung für den Rest der Fahrt.

Lavalle drückte die Zigarettenkippe mit dem Absatz aus und schaute zur *Golconda* hinüber, dessen Aufbauten im Licht der untergehenden Sonne aufleuchteten. Mit dem Schlüssel, den er von Drago bekommen hatte, öffnete er das Vorhängeschloß am Tor und winkte dann drei Männer aus einer der beiden schwarzen Mercedes-Limousinen her-bei. Wie er trugen sie schwarze Kleidung. Sie folgten ihm über die Mole und stiegen über die Gangway an Bord der Yacht. Lavalle hielt die Hände wie zu einem Trichter an den Mund und rief nach Dietle, der Sekunden später aus einer Luke auftauchte, dicht gefolgt von zwei bewaffneten Wachen.

»Jean-Marie, was tust du hier?« fragte er neugierig.

»Die Sache ist ein bißchen delikat, Horst.« Lavalle warf ei-nen flüchtigen Blick auf die beiden Wachen.

»Ja, natürlich. Komm mit in meine Kabine.«

»Horst, Augenblick noch.« Lavalle legte eine Hand auf Dietles Arm. »Wie viele Leute sind zur Zeit an Bord?«

»Nur die beiden Wachen. Die Mannschaft kommt erst nächste Woche zurück. Über die Karnevalstage gibt Schra-der den Männern immer Urlaub. Warum fragst du?«

»Das erklär ich dir in der Kabine.«

Dietle ging vor ihm über eine Treppe nach unten und durch einen mit Teak getäfelten Gang in seine Kabine. »Also, was ist los?« fragte er und machte die Tür hinter sich zu.

»Die Sache läßt sich einfacher anhand einer Karte der Um-gebung erklären. Hast du eine?«

»Natürlich«, antwortete Dietle leicht ungehalten. »Von welcher Gegend genau?«

»Leme Point«, sagte Lavalle und nannte den ersten Namen, der ihm in den Sinn kam.

Dietle ging an den Tisch, um die richtige Karte herauszusuchen. Lavalle trat hinter ihn, den Seidenschal zwischen den Händen gestrafft. Als Drago ausdrücklich gefordert hatte, daß der Mord ohne Blutspuren zu erledigen sei, war Lavalle sofort auf die Idee mit dem Schal gekommen, den er schon in der Zeit bei Tonton Macoute mit tödlichem Erfolg verwendet hatte. Die Waffe ähnelte der, die von den Thugs, jener indischen Räuberkaste, benutzt worden war. Doch statt einer Rupie verknotete er einen Kieselstein in der Schalmitte. Er warf den Schal um Dietles Hals und zog mit aller Gewalt die Schlinge zu. Dietles Finger kratzten über den Kieselstein, der sich immer tiefer in die Luftröhre eingrub. Wenig später sackte er auf die Knie. Seine Gegenwehr ließ nach, und schließlich schlaffte der Körper ganz ab. Erst nach weiteren dreißig Sekunden löste Lavalle den Schal vom Hals des Opfers und steckte ihn in die Tasche. Dann kehrte er an Deck zurück, wo seine Männer auf ihn warteten. Wie befohlen, waren auch die beiden Wachen stranguliert worden; ihre Leichen lagen in einem Staukasten versteckt. Lavalle gab ein Signal an den zweiten Mercedes. Zwei Männer sprangen heraus und eilten mit je einer Reisetasche auf die Yacht zu. Gleich darauf starteten die beiden Limousinen und fuhren in der Dämmerung davon. Die Reisetaschen wurden geöffnet und die darin liegenden Waffen verteilt: Sechs Maschinenpistolen der Marke Heckler & Koch sowie fünf CZ75-Repetiergewehre. Lavalle war bereits mit seiner Walther P5 bewaffnet.

Nachdem die Alarmanlage desaktiviert worden war, legten zwei Männer Tauchausrüstung an und stiegen ins Wasser, um den Rumpf zu untersuchen. Fünf Minuten später kamen sie wieder zum Vorschein. Mit erhobenem Daumen gaben sie Lavalle zu verstehen, daß alles in Ordnung sei. Er reichte einem der Männer den Zündschlüssel und ging zurück in die Kabine des Kapitäns, um Drago anzurufen und zu sagen, daß die erste Phase der Operation erfolgreich abgeschlossen war.

Kolchinsky und Whitlock standen an Deck der sechzig Fuß langen *Copacabana Queen*, als die Motoren der *Golconda* ansprangen. Kolchinsky setzte ein Nachtglas an die Augen und konnte beobachten, wie den beiden Tauchern die Preßluftflaschen vom Rücken genommen wurden. Dann reichte er den Feldstecher an Whitlock weiter.

»Wieviel Vorsprung wollen wir ihnen geben?« fragte Whitlock.

»Ein paar Meilen. Nicht nötig, daß wir uns aufdrängen.«

Whitlock richtete das Fernglas auf die schimmernden Lichter der Stadt. »Ich bin gespannt, was Mike und Sabrina auf Schraders Party so treiben.«

Kolchinsky hob eine Dose Cola wie zum Toast in die Höhe. »Bestimmt haben sie mehr Spaß als wir.«

Der Rolls-Royce hielt vor einem drei Meter hohen, schmiedeeisernen Doppeltor an. Felipe meldete sich über Funk im Kontrollraum des Anwesens. Eine Videokamera schwenkte auf den Wagen, und dann öffneten sich die Torflügel. Die Auffahrt schlängelte sich durch eine weite, von kraftvollen Bodenleuchten erhellte Rasenfläche, auf der bewaffnete Männer mit Hunden patrouillierten. Nach einer Meile endete der Weg vor einem zweiten kleineren Tor, über dem in Goldbuchstaben der Namen ›Danaë‹ prangte. Auch dieses Tor wurde vom Kontrollraum aus elektronisch geöffnet, und als der Wagen in einen großen, kreisrunden Hof einbog, tauchte vor ihnen der Berg auf wie ein riesiger, monolithischer Wächter. Felipe brachte den Rolls vor der gläsernen Eingangshalle zum Stehen. Ein Mann in goldglitzernder Uniform und Zylinder eilte herbei und öffnete die Fahrgasttür.

Felipe ließ das Seitenfenster herunter. »Mr. Graham, sagen Sie irgendeinem Dienstboten Bescheid, wenn Sie wieder aufbrechen möchten. Dann werde ich sofort benachrichtigt. Ich hoffe, die Party gefällt Ihnen.« Er legte den Gang ein und steuerte den Rolls zurück zur Auffahrt.

»Ich sehe, Sie bewundern Mr. Schraders Berg«, sagte der Mann in der glitzernden Uniform mit unverkennbar jamaikanischem Akzent.

»Der scheint ja aus dem Nichts hervorzuspringen«, bemerkte Sabrina und warf den Kopf in den Nacken beim Blick auf die strahlend hell erleuchtete Felsfront.

»Das kommt durch die besondere Anlage der Auffahrt, die Mr. Schrader entworfen hat. Er liebt Überraschungen.« Der Mann wies auf die schwarzweiß gekachelte Eingangshalle. »Wenn Sie mir bitte folgen würden.«

Die automatischen Türen teilten sich vor ihnen, und sie gingen auf eine kleine, halbrunde Theke zu, wo ihnen eine wunderschöne, hellhäutige Carioca ein freundliches Lächeln schenkte und um das Einladungsschreiben bat. Graham reichte ihr die Karte, und sie tippte den Namen in einen Computer ein. Sogleich tauchte der Name auf dem Bildschirm auf mit dem Kürzel VIP/AD in Klammern dahinter. Drago hatte die beiden als besondere Gäste aufgelistet. Die Ankunft von VIPs mußte telefonisch ins Haus weitergeleitet werden, damit entweder Schrader oder Drago zur persönlichen Begrüßung erscheinen konnten. Die Empfangsdame übergab dem Jamaikaner die Karte und nahm den Telefonhörer in die Hand, als der Diener die Gäste zum Fahrstuhl führte. Der Lift trug sie fast hundert Meter hoch in den Berg, bevor er sie auf einer zweiten Empfangsebene aussteigen ließ. Der Jamaikaner überreichte der dort postierten Empfangsdame die Einladungskarte, verbeugte sich höflich vor Graham und Sabrina und ging zum Lift zurück.

Rechts vom Empfangsschalter glitt eine Stahltür auf. Drago erschien mit aufgesetztem Lächeln. Die Tür schloß sich hinter ihm. Er gab Graham die Hand und nickte Sabrina anerkennend zu. »Ich bin froh, daß Sie kommen konnten. Mr. Schrader läßt sich entschuldigen. Er hätte Sie gern persönlich willkommen geheißen, wurde aber auf dem Weg hierher von der Frau des Majors festgehalten. Sie bestand darauf, mit ihm zu tanzen. Was blieb ihm anderes übrig?«

»Das sind nun mal die Gefahren des Gastgebers«, kommentierte Sabrina schmunzelnd.

Beim Versuch zu lächeln zuckten Dragos Mundwinkel. »So ist es, Mrs. Graham. Nun, Sie wollen sich bestimmt ins Party-Gewühl stürzen. Ich zeige Ihnen den Weg.« Er schob seine Magnetkarte in den Schlitz neben der Stahltür, die sich vor einem weiteren Fahrstuhl öffnete.

»Wie hoch ist der Berg?« fragte Sabrina.

Drago drückte einen Knopf und brachte damit die Tür zum Schließen. »Exakt zweihundertachtzig Meter überm Meeresspiegel. Die Empfangsebene, die wir gerade verlassen haben, liegt neunzig Meter hoch.«

»Und wie weit fahren wir jetzt nach oben?« wollte sie wissen.

»Der Garten liegt knapp zweihundertfünfzig Meter überm Meeresspiegel. Dort findet die Party statt.«

Der Lift stoppte, die Tür glitt auf vor einem Patio, dessen Boden mit einem Mosaik ausgelegt war. Drago zeigte auf eine Glastür, die hinausführte auf einen sauber getrimmten Rasen und zu einem riesigen Swimmingpool, den Dutzende von buntgekleideten Gästen umringten. Unter einer rotweiß gestreiften Markise spielte eine siebzehnköpfige Percussion-Band, die, wie Drago erklärte, auf Karnevalmusik spezialisiert war. Davor fanden bis zu zweihundert Personen genügend Platz zum Tanzen. Drago öffnete mit seiner Magnetkarte einen Flügel der schalldichten Glastür, und der Lärm von draußen flutete ihnen entgegen. Sie stiegen über ein paar Stufen hinab auf den Rasen, wo ein Kellner mit zwei Gläsern auf einem Tablett auf sie wartete.

»Ich war so frei und habe Ihnen schon zu trinken bestellt, als ich von Ihrer Ankunft erfuhr«, sagte Drago und deutete auf das Tablett. »Ein trockener Weißwein und ein Glas Perrier. Wenn Sie etwas anderes wünschen, so sagen Sie es nur.«

»Aber nein«, entgegnete Graham, nahm die beiden Gläser vom Tablett und reichte Sabrina den Wein.

»Ah, da kommt ja Mr. Schrader. Wenn Sie mich jetzt entschuldigen; ich habe eine Menge zu tun. Sicher werden wir im Verlauf des Abends noch öfter Gelegenheit haben, miteinander zu reden.« Drago lächelte Schrader zu und ging dann einer Gruppe von Geschäftsleuten entgegen, die am Rand des Pools zusammenstanden.

Schrader trug weiße Shorts und ein geblümtes Hemd. Er schüttelte den beiden überschwenglich die Hände. »Ich freu' mich so, daß Sie gekommen sind. Hoffentlich hat mich André bei Ihnen entschuldigt.«

»Ja, wenn ich recht verstanden habe, wollte die Frau des Majors unbedingt mit Ihnen tanzen.«

»O ja, sie läßt nicht locker, Mr. Graham. Versuchen Sie ja, ihr aus dem Weg zu gehen. Sie ist ganz närrisch auf junge Millionäre.«

»Woran ist sie zu erkennen?«

»Man kann sie hören, lange bevor man sie sieht.« Schrader musterte Sabrinas Kostüm. »Sie sehen umwerfend aus, Mrs. Graham.«

»Danke«, antwortete Sabrina lächelnd.

»Ich hoffe, Sie gönnen mir ein paar Tänze mit Ihrer bezaubernden Frau«, sagte Schrader zu Graham.

»Aber sicher. Sie ist bestimmt froh, mal mit einem Mann tanzen zu können, der nicht zwei linke Füße hat; denn ich bin, so leid es mir tut, alles andere als Fred Astaire.«

Schrader lachte, zog dann zwei identische Silberamulette aus der Tasche und schenkte jedem der beiden eins. Es hatte die Form einer geballten Faust, deren Daumen zwischen dem zweiten und dritten Finger hervorragte. »Das ist eine sogenannte *figa*«, erklärte er. »Sie wurde ursprünglich von Sklaven getragen und sollte Fruchtbarkeit und Glück garantieren. Jetzt ist sie ein Souvenir für Touristen, aber manche sagen, daß sie immer noch wirkt, wenn man nur fest genug daran glaubt. Ich trage ein Exemplar, seit ich hier in Rio bin, und wie Sie sehen, hat es mir nicht geschadet.«

»Sie glauben also an Zauberkraft?« fragte Graham und betrachtete das Amulett in seiner Hand.

»Natürlich. Als ich das erstemal davon hörte, war ich allerdings genauso skeptisch wie Sie. Erst seit ich hinter die Bedeutung der *figa* gekommen bin, glaube ich an ihre Kraft.«

Graham zuckte mit den Schultern und legte die Kette um

den Hals. »Hauptsache, die Frau des Majors läßt sich damit abwehren.«

»Veralbern Sie bloß nicht den Voodoo-Kult, Mike, nicht hier in Brasilien«, sagte Siobhan, die von hinten herangekommen war. Wie die meisten Frauen des Festes trug sie ein Kostüm, das weniger ausgefallen als aufreizend war. Es bestand aus einer schwarzen Satin-Baskine, schwarzen Strümpfen und einem schwarzweiß gestreiften Tanga.

Graham war sichtlich beeindruckt von ihr, dann sah er ihr in die Augen und sagte: »Sie mögen ja ruhig daran glauben, aber im Grunde ist das Ganze nichts weiter als Hokuspokus.«

»Für Sie vielleicht. Sie sind möglicherweise ein Freidenker. Aber ich hab schon zu viele Tote gesehen, die dem Voodoo zum Opfer gefallen sind, als daß ich darüber hinwegsehen könnte.«

»Das reden Sie sich womöglich nur ein, weil es Ihnen paßt, daran zu glauben. In Wirklichkeit wird's für all diese Todesfälle eine ganz logische Erklärung geben.«

Sabrina legte eine Hand auf Grahams Arm. »Komm, wir sind auf einer Party und sollten uns amüsieren.«

»Na schön, kein Wort mehr über Voodoo«, stimmte Graham zu.

»Mrs. Graham …«

»Warum so förmlich? Das sind Mike und Sabrina.« Siobhan sah die beiden an. »Hab ich nicht recht?«

»Klar«, antwortete Sabrina schulterzuckend.

Schrader versuchte es noch einmal: »Also, Sabrina, möchten Sie gern tanzen?«

»Und wie …«

Siobhan schaute Sabrina und Schrader nach, die auf die Tanzfläche zu schlenderten. »Sabrina hält große Stücke auf Sie.«

»Es scheint, Sie haben heute ein interessantes Gespräch mit ihr geführt.«

»Stimmt, aber nicht über das, was Sie vermuten. Sie beide sind zu beneiden. Weil ich ein Filmstar bin, glaubt jeder, daß ich auch eine Menge Freunde habe. Aber wahr ist, daß ich noch nie so einsam war wie jetzt.«

Graham blickte starr in sein Glas. »Sabrina sagte, daß Sie verheiratet sind.«

»Jeff ist tot«, antwortete sie leise.

»Das tut mir leid.«

»Vor sechs Jahren wurde er vor einem Nachtclub in Paris niedergestochen, und zwar von einem Drogendealer, der ihn fälschlicherweise für einen Rivalen gehalten hat.« Sie zog die Schultern ein, lächelte flüchtig und reichte ihm ihr Glas. »Zu einem neuen Drink würde ich nicht nein sagen.«

»Was darf ich Ihnen bringen?«

»Dasselbe wie Sie. Die Bar ist unten beim Pool. Ich begleite Sie.«

»Ich dachte immer, zu Karneval zieht man lustige Kostüme an«, sagte er, als sie den Rasen überquerten. »Die meisten Frauen hier sehen aus, als hätten sie im Strippoker verloren.«

Sie lächelte. »*Bailes* sind etwas ganz anderes als die *Passarela do Samba* …«

»Ich versteh kein Wort«, unterbrach er.

Sie wies mit der Hand in die Runde. »Das ist eine *baile,* ein Ball. Dabei ist immer viel Sex im Spiel, besonders wenn sie in exklusiven Hotels oder Nachtclubs gefeiert werden. An diesen Orten kommt nicht selten ein Mann auf drei Frauen. Aber Martin ist kein Freund von offener Promiskuität und erlaubt nur wenigen, ohne Begleitung auf seiner *Carnaval baile* zu erscheinen.

Die *Passarela do Samba* oder Samba-Parade ist die Veranstaltung, die auch vom Fernsehen aufgenommen wird, eine Touristenattraktion, die wegen ihrer geschmückten Wagen und Kostüme die Massen anzieht. Je farbenfroher und einfallsreicher, desto größer ist der Erfolg beim nächsten Umzug.«

Graham erkannte den Mann, der auf ihn zukam, als Raoul Lajes wieder, der in der vergangenen Nacht mit ihm am Black-JackTisch gesessen hatte. Lajes trug ein helles, geblümtes Hemd und karierte Shorts. Um den schweißnassen Hals hatte er eine Papiergirlande geschlungen. Auf portugiesisch bat er Siobhan um einen Tanz. Sie schüttelte den

Kopf, aber als sie sich an ihm vorbeidrücken wollte, packte er sie am Arm und wiederholte seinen Wunsch mit Nachdruck.

Graham löste Lajes Griff von Siobhans Arm und drohte ihm mit dem Finger. »Ich spreche zwar kein Portugiesisch, habe aber sehr wohl verstanden, daß sie Ihnen nicht folgen will. Lassen Sie die Frau also in Frieden.«

»Der wohltätige Spieler«, feixte Lajes. »Was haben Sie überhaupt mit der Frau zu tun? Sie ist nicht mit Ihnen hier. Oder doch? Vielleicht sollte ich mal mit Ihrer Gattin reden. Falls sie gerade frei ist ...«

Grahams Fausthieb traf Lajes vor den Kopf. Er taumelte zurück und stürzte in den Pool. Drago löste sich aus einer Gruppe von Leuten, mit denen er gesprochen hatte, und eilte an den Beckenrand, wo er zwei Kellner mit scharfen Befehlen in Bewegung setzte. Sie rannten herbei und zogen Lajes aus dem Wasser. Dessen linke Braue war aufgeplatzt. Blut rann ihm übers Gesicht. Eine Frau untersuchte die Verletzung und forderte einen Kellner auf, Verband und Eiswürfel zu bringen. Aber Drago machte ihren Auftrag rückgängig, winkte Graham und Siobhan zu sich. Schrader und Sabrina hatten den Lärm gehört, verließen die Tanzfläche und drängten sich durch die Menge der Gaffer. Siobhan klärte sie über den Zwischenfall auf.

Drago sprach mit drei Augenzeugen und wandte sich dann an Lajes. »Wenn Sie nicht in fünf Minuten das Grundstück verlassen haben, rufe ich die Polizei.«

»Und was ist mit ihm da ...?«

»Halt den Mund, Maria!« fauchte Lajes seine Frau an, die mit ausgestrecktem Arm auf Graham zeigte. Mit Blick auf Schrader sagte er: »Bitte, lassen Sie unsere Freundschaft nicht so zu Ende gehen, Martin.«

»Kommen Sie mir nicht mit Freundschaft. Sie sind es, der meine Gastlichkeit mißbraucht hat«, antwortete Schrader verärgert. »Sie haben gehört, was André gesagt hat. Verlassen Sie mein Haus!«

»Sie waren nicht einmal dabei, Martin«, keifte Maria. »Sie glauben wohl alles, was Drago Ihnen erzählt.«

»Maria, das reicht!« rief Lajes.

»Nein, jetzt werde ich mal sagen, was ich wirklich denke. Sonst hat ja keiner den Mumm dazu.« Maria musterte Schrader mit wütendem Blick. »Drago führt Sie doch an der Nase herum. Merken Sie das nicht? Sie haben ihm so viel Macht übertragen, daß er sich zum Größenwahn verstiegen hat. Je schneller Sie ihn loswerden, desto eher werden Sie wieder so respektiert wie früher. Setzen Sie ihn vor die Tür, bevor er Sie ruiniert.« Sie nahm ihren Mann beim Arm und ging auf das Haus zu.

Kopfschüttelnd und traurig blickte Schrader ihnen hinterher, bis sie im Fahrstuhl verschwanden. »Maria hatte schon immer einen vorlauten Mund. Raoul wird ihretwegen noch große Schwierigkeiten bekommen.«

»Nach ein paar Drinks hat er sich nicht mehr unter Kontrolle«, fügte Drago hinzu.

»Mir ist gar nicht aufgefallen, daß er betrunken war«, sagte Graham.

»Trotzdem hat er schon eine Menge intus«, entgegnete Schrader. »Raoul gehört zu denen, die sich nichts anmerken lassen. Man sieht's nur an seiner Angriffslust, vor allem Frauen gegenüber.«

»Maria hat ihn genau da, wo sie ihn haben wollte«, erklärte Siobhan. »Er kann bloß im betrunkenen Zustand aus sich herausgehen. Dann hat er Mut, ihr zu widersprechen und zu beweisen, wie männlich er ist.«

»Wir sollten das Thema wechseln«, sagte Schrader und sah Siobhan an. »Tanzt du mit mir?«

»Gern.« Sie zwinkerte Sabrina zu. »Bis später.«

Drago entschuldigte sich und steuerte auf die Bar zu.

»Mußtest du ihn unbedingt schlagen?« wollte Sabrina von Graham wissen, als sie allein waren. »Konntest du dich nicht einmal zurückhalten?«

»Ich hatte meine Gründe. Dabei sollten wir es belassen. Ich hole jetzt den Schlüssel aus dem Safe. Sieh zu, daß Schrader beschäftigt bleibt.«

»Du hast mir immer noch nicht gesagt, wie du in sein Zimmer kommen willst. Du kannst nicht einfach durch die Tür gehen. Die läßt sich nur mit Fernbedienung öffnen.«

»Soviel wissen wir aus Silvas Skizze. Und nicht nur das. Im Haus wird fast jeder Winkel per Videokamera überwacht. Durch die Tür käme ich sowieso nicht.«

»Du weichst meiner Frage aus.«

»Ich erklär's dir später«, antwortete er.

Sie streckte die Arme in flehender Geste aus. »Ich bin deine Partnerin, Mike. Warum vertraust du mir nicht endlich?«

Er überlegte eine Weile und antwortete dann: »Na schön. Ich gehe davon aus, daß weder die Toiletten noch Schraders Suite bewacht werden. Irgendwo muß er ja eine Grenze ziehen. Auf Silvas Skizze ist direkt neben Schraders Suite eine Toilette eingetragen. Ich könnte also theoretisch von da aus in die Wohnung gelangen, ohne entdeckt zu werden.«

»Womöglich ist meine Frage dumm, aber wie willst du das anstellen? Soviel ich sehen kann, führt der einzige Weg …« Sie stockte und schüttelte den Kopf, als sie das, was sie sagen wollte, überdachte.

»Es gibt nur einen Weg. Durchs Badezimmerfenster, quer über die Felswand auf den Balkon vor dem Schlafzimmer.«

»Das ist doch glatter Wahnsinn!«

»Nicht so laut«, zischte er. »Weißt du jetzt, warum ich die Sache nicht mit dir besprechen wollte? Du verhältst dich wie eine überbesorgte Mutter, die schreckliche Angst hat, daß sich ihr kleiner Junge das Knie aufschürfen könnte.«

»Na und? Ich mach' mir halt Sorgen um dich.« Sie seufzte und fuhr dann mit ruhiger Stimme fort: »Du hast kein Seil zum Absichern. Ein Fehler, und du stürzt unweigerlich ab.«

»Sinn meiner Übung ist es, keinen Fehler zu machen«, erwiderte er mit kaum verhohlenem Spott. »Als ich noch bei Delta war, hab ich solche Manöver des öfteren durchgeführt. Ich hing dann zwar am Seil, war aber nie darauf angewiesen.«

»Aber immerhin warst du für alle Fälle gesichert.«

»Das ist nicht der entscheidende Punkt, Sabrina. Ich hätte kein Seil nötig gehabt, verstehst du nicht? Das ist eine psychologische Frage. Du hast das Wort ›Fehler‹ gebraucht. Fehler entstehen durch zu langes Zögern, durch Unsicherheit und Dummheit, kurzum durch Angst. Und wie ich dir schon einmal gesagt habe, halte ich die Angst für eine Einbildung, die man loswerden kann, wenn man nur fest genug an sich glaubt. Und das tue ich. Ich glaube auch, daß ich über die Felswand klettern kann, ohne abzustürzen. Hätte ich den leisesten Zweifel, würde ich den Versuch nicht mal erwägen.« Er grinste. »Es wird schon schiefgehen. Das verspreche ich dir.«

»Sei vorsichtig«, sagte sie und küßte ihn sanft auf die Wange.

»Und ob. Jetzt geh und laß Schrader nicht aus den Augen.«

»Was ist mit Drago?«

»Der wird bestimmt auf mich aufpassen. Darauf kannst du Gift nehmen.«

Drago hatte die beiden von der Bar aus beobachtet, und kaum daß sie sich getrennt hatten, schnallte er ein Sprechfunkgerät vom Gürtel, um dem wachhabenden Angestellten im Kontrollraum den Auftrag zu geben, Graham auf Schritt und Tritt im Auge zu behalten.

Graham erreichte den rotweiß gekachelten Patio, der nach Silvas Skizze an ein Billardzimmer grenzte. Obwohl beide Tische besetzt waren, blickte keiner der Spieler auf, als er den Raum durchquerte und durch eine Schiebetür in einen cremefarbenen Saal schlüpfte, an dessen Wänden eine Reihe von Rembrandt- und Vermeer-Gemälden hingen – zwar keine Originale, aber perfekte Kopien. Graham versuchte, sich an Silvas Skizze zu erinnern: Eine Wendeltreppe führte hinunter in einen noch größeren Saal, an dessen Ende Schraders Schlafzimmer lag. Er mußte sich an einem Pärchen vorbeizwängen, das Hand in Hand auf halber Treppe hockte. Die beiden verrieten durch ihr verlegenes Grinsen, daß sie sich heimlich von ihren jeweiligen Partnern zurückgezogen hatten. Deutlicher noch wurde der Mann, als er den Zeigefinger auf die Lippen preßte und Graham zum Stillschweigen aufforderte. Der war bereit mitzuspielen, schaute sich hektisch um, preßte seinerseits den Finger auf die Lippe und ging auf Zehenspitzen die Treppe hinunter. Die beiden fingen zu kichern an. Unten angelangt, steckte er die Hände in die Taschen und tat so, als interessierten ihn die Gemälde an den Wänden. Er mußte einen möglichst natürlichen Eindruck machen, denn ihm war klar, daß mindestens eine der versteckten Kameras auf ihn zielte. Langsam schlenderte er durch die gewölbte Halle, blieb ab und zu stehen, um eins der Bilder genauer anzusehen, und mühte sich redlich, Kunstinteresse zu mimen, was ihn an die ersten Rendezvous mit Carrie erinnerte. Sie liebte das Ballett und die Oper, doch er hatte für beides nur wenig Sinn. Weil er aber fest entschlossen war, sie zu beeindrucken, hatte er mehrere langweilige Abende im New York State Theatre und Metropolitan Opera House zugebracht, bis er schließlich kapitulierte und sich zu seinem Banausentum bekannte. Es zeigte sich, daß sie die ganze Zeit darüber im Bilde gewesen war, sich aber nichts hatte anmerken lassen. Statt dessen machte sie ihm den Vorwurf, nicht ehrlich gewesen zu sein. Danach kamen sie zu einer Übereinkunft: Er ging mit seinen Sportfreunden ins Stadion, und sie folgte ihren Kunstfreunden ins Ballett oder in die Oper. Wie sich zeigte, war dies die perfekte Regelung.

Er kam ans Ende der Halle und stand vor einer doppelflügeligen, mit Schnitzmustern verzierten Holztür. Rechts davon war eine schlichte weiße Tür, die nicht so recht ins Bild zu passen schien. Er öffnete diese Tür und zog sie hinter sich zu. Der Raum, in den er trat, war klein und mit Toilette und Waschbecken ausgestattet. Graham wunderte sich, warum Schrader die Wand nicht eingerissen und den Raum mit seiner Suite zusammengelegt hatte. Wer mochte ihn überhaupt benutzen? Er ließ den Gedanken fallen und ging ans Fenster, schob die Gardine zur Seite, machte das Fenster auf, kniete sich auf den Toilettendeckel und blickte hinab auf die Wellen, die tief unten vor den Fuß des Felsens klatschten. Der Raum schien mindestens zweihundert Meter über dem Meeresspiegel zu liegen. Graham reckte den Kopf durchs offene Fenster, um den Abstand zu Schraders Schlafzimmerbalkon zu schätzen – es waren mindestens sechs Meter zu überwinden. Dann, bei näherer Betrachtung, stellte er fest, daß die Felsoberfläche zerklüftet und uneben war, perfekt zum Klettern. Weiter oben flachte der Berg ein wenig ab. Das Gefälle war höchstens zwanzig Grad, doch das mußte reichen. Problematisch war nur der Mangel an Licht. Er konnte sich bloß auf den Mondschein verlassen.

Graham zog die Jeans aus. Darunter trug er eine engsitzende Neopren-Hose. Nachdem er auch das T-Shirt und das Halstuch abgelegt hatte, stieg er auf den Rand des Waschbeckens und schwang sich herum, so daß er rücklings vor dem Fenster hockte. Vorsichtig ließ er die Beine nach unten, bis er Halt in der Felswand fand. Stück für Stück rückte er vom Fenster ab. Der Fels war kalt und rauh unter den Händen. Mit der Fußspitze tastete er suchend nach einem sicheren Tritt, bevor er das andere Bein nachzog. Plötzlich schob sich eine Wolke über den Mond und verdunkelte die einzige Lichtquelle. Graham fluchte im stillen, wagte keinen Schritt mehr weiter und preßte den Körper an den Fels. Dann schreckte ihn eine Folge von Explosionen auf. Er warf einen Blick über die Schulter und sah Feuerwerksraketen über der Ipanema-Bucht zu einem Kaleidoskop greller Farben aufleuchten, um gleich darauf wieder mit der Dunkelheit zu verschmelzen. Der Mond tauchte so plötzlich auf, wie er verschwunden war, und Graham konnte weiterklettern. Langsam und methodisch näherte er sich dem Balkon.

Er war bis auf zwei, drei Meter an ihn herangekommen, als sein Fuß auf einem losen Stein ausrutschte. Er langte mit der rechten Hand nach einem Felsvorsprung, der jedoch unter seinem Griff zerbröckelte. Die Finger kratzten über den Stein und hakten schließlich in einer engen Spalte dicht vor seinem Gesicht ein. Bei dem Versuch, sicheren Halt zu finden, streifte er mit der Hand über den Leib einer Fledermaus, die in der Spalte hing. Sie floh und fuhr ihm mit der Flügelspitze übers Gesicht. Unwillkürlich warf er den Kopf zurück, verlor dabei den Halt in der Spalte, glitt auch mit dem Fuß ab und konnte sich einen schrecklichen Augenblick lang nur noch mit der Linken an der Felswand festklammern. Die Beine baumelten bedrohlich hin und her, und er mußte sich einen Schrei verkneifen, als das linke

Knie vor den Fels prallte. Es gelang ihm, die Finger wieder in die Spalte zu stecken und an der Felswand Halt zu finden. Größer als der Schmerz im Knie war seine Wut darüber, daß er in Panik geraten war. Und Panik entsprang der Angst. Dabei hatte er sich eingeredet, frei davon zu sein! Der Schweiß brannte in seinen Augen, rann ihm übers Gesicht und auf die Brust. Mit einem Kopfschlenker schüttelte er den Schweiß von der Stirn, der aber Sekunden später wieder die Sicht behinderte. Trotzdem schaffte er die letzten Meter ohne Zwischenfall, bekam das Geländer zu packen und kletterte auf den Balkon, wo er niedersank, den Kopf erschöpft an eine Geländerstrebe lehnte und die Augen schloß.

Fast eine Minute lang verharrte er dort, ohne sich zu rühren. Der Wind strich ihm über den schweißnassen Körper. Schließlich öffnete er die Augen wieder und untersuchte sein Knie. Die Wunde war nicht tief, aber das Blut strömte über die Gummihaut der Hose auf die Leinenschuhe, die jedoch so dunkel waren, daß die Flecken kaum auffielen. Er stand auf, ging zur offenen Schiebetür und wollte gerade ins Zimmer treten, als ihm die Infrarotsicherung an der Luke der *Golconda* einfiel. Hatte Schrader hier womöglich einen ähnlichen Schutz einbauen lassen? Die Tür führte hinaus auf einen Balkon, der zweihundert Meter hoch an der Felswand klebte. Da kam keiner hoch. Ausgenommen er selber, dachte er schmunzelnd. Eine Alarmanlage wäre hier fehl am Platz. Er betrat also das Zimmer, nahm ein Handtuch vom Boden auf, wischte das Blut vom Neopren-Anzug und verband die Wunde, um keine Spuren auf dem Teppich zu hinterlassen. Dann ging er ins Badezimmer, schloß die Tür hinter sich und schaltete das Licht ein. Blickfang in diesem Raum war eine Marmorwanne mit goldenen Armaturen und Haltegriffen, extravagant, aber zweckmäßig. Er fand in einem der Wandschränke Verbandszeug, löste das blutverschmierte Handtuch vom Knie, tupfte Desinfektionsmittel auf die Wunde und legte einen Verband an. Das Handtuch stopfte er zur dreckigen Wäsche, die in einem Korb in der Ecke deponiert wurde. Dann machte er das Licht aus und steuerte geradewegs auf die Van-Gogh-Fälschung im Schlafzimmer zu.

Das Gemälde, hinter dem sich nach Silvas Auskunft Schraders Safe befand, hing rechts neben einer Schiebetür an der Wand – exakt dem Lageplan entsprechend. Graham tastete am Rahmen entlang, der sich, wie er feststellte, über ein Scharnier von der Wand wegdrehen ließ. Er schwenkte das Bild zur Seite und entdeckte den Safe. Doch seine Freude darüber war schnell vergessen. Silva hatte von einem Kombinationsschloß gesprochen, das für Graham dank seiner Delta-Schulung kein Problem gewesen wäre. Aber dieser Safe hier wurde mit einem Schlüssel geöffnet. Wütend schlug er mit der Faust vor die Wand und fuhr mit den Fingern durch die feuchten Haare. Schrader hatte den Safe nach Silvas Entlassung ausgewechselt. Graham klappte das Gemälde wieder zurück und ging hinaus auf den Balkon, wo er sich mit dem Rücken ans Geländer lehnte und auf das Fenster schaute, das helleuchtend aus der schroffen, dunklen Felswand hervorsprang. Würde er noch länger von der Party fernbleiben, mußte Drago Verdacht schöpfen; und dem war sogar zuzutrauen, daß er unter dem Vorwand der Sorge um Graham die Toilettentür aufbrach.

Je eher er zurück sein würde, desto besser.

Schrader tupfte mit einem Taschentuch, in das sein Monogramm gestickt war, den Schweiß von der Stirn, als er und Siobhan die Tanzfläche verließen. Mit einer Handbewegung schickte er einen herbeieilenden Kellner weg und lächelte Sabrina zu. »Ihr zwei gebt mir noch den Rest«, sagte er außer Atem. »Ich bin geschafft.« »Und ich habe schon gehofft, Sie könnten mir noch ein paar Samba-Schritte beibringen«, entgegnete Sabrina mit lächelndem Seitenblick auf Siobhan.

»Später«, erwiderte Schrader und steckte das Taschentuch ein. »Viel später. Und außerdem brauchen Sie keinen Unterricht mehr; Sie sind ein Naturtalent.«

»Daran zweifle ich, seitdem ich Siobhan auf der Tanzfläche gesehen habe.«

»Du darfst nicht vergessen, daß ich mit Samba groß geworden bin. Martin hat recht, du hast ein ganz natürliches Rhythmusgefühl. Die entsprechenden Schritte zu lernen wird dir nicht schwerfallen.«

»Wo ist Mike?« fragte Schrader und sah sich im Garten um.

»Er geht spazieren.«

»Ich hoffe, Sie haben sich nicht gestritten.«

Sabrina lächelte. »I wo. Ab und zu zieht er gerne alleine los. Er liebt seine Unabhängigkeit.«

Siobhan entschuldigte sich und ging auf eine Gruppe von Freunden zu, die gerade angekommen waren.

Sabrina schaute ihr nach. »Siobhan hat mir anvertraut, daß Sie ein Kunstkenner sind.«

»Sie übertreibt. Ich bin leidenschaftlicher Sammler, kann mich aber kaum als Kenner bezeichnen. Interessieren Sie sich für Malerei?«

»Auf sehr bescheidenem Niveau. Ich komme nur selten dazu, eine Ausstellung zu besuchen. Wer wie ich mit einem Sportfanatiker liiert ist, muß sich in der Hinsicht beschränken.«

»Das glaube ich Ihnen gerne. Mike scheint auch ein sehr sportlicher Typ zu sein.«

»Sind Sie als Sammler an einer bestimmten Epoche besonders interessiert?«

»Renaissance«, antwortete er spontan. »Schade ist nur, daß alle großen Werke dieser Epoche entweder im Besitz von Museen oder privaten Sammlern sind, die zu keinem Preis verkaufen. Also muß ich mit der zweiten Wahl vorliebnehmen. Aber wie sagt man so schön: Nachahmung ist die ernsthafteste Form der Schmeichelei.«

»Sprechen Sie von Fälschungen?« fragte sie mit gespieltem Erstaunen.

»Aber da ist nichts Verbotenes dran, das versichere ich Ihnen«, sagte er beschwichtigend. »Gegen das Gesetz wäre es nur, wenn ich versuchte, sie in der Öffentlichkeit als Originale auszugeben.«

»Ihre Sammlung besteht also ganz und gar aus Fälschungen?«

»Nur ein Teil. Hat Siobhan Ihnen von meinem Allerheiligsten erzählt?«

»Sie hat etwas in der Art erwähnt, ohne daß mir klar war, was sie damit meinte.«

»Möchten Sie es sehen?«

»Aber gern. Warum nicht?«

»Ich werde André bitten, Mike zu sagen, wo wir sind, falls er uns vermißt.«

»Nein, nicht nötig.« Sie zwinkerte Schrader verschwörerisch zu. »Er hat mich allein gelassen. Das soll er ruhig büßen.«

»Recht so.« Er wies in Richtung Haus. »Wollen wir gehen?«

Sie war erleichtert. Von Drago gesucht zu werden, hätte Mike jetzt am allerwenigsten gepaßt.

»Wo haben Sie Ihren Mann kennengelernt?«

»Bei den Vereinten Nationen«, antwortete sie wahrheitsgemäß. »Ich bin dort beschäftigt.«

»Wirklich? Als was?«

»Ich bin Übersetzerin. Für Französisch hauptsächlich.«

»Klingt interessant«, sagte er und nahm eine Magnetkarte aus der Tasche, um eine metallene Schiebetür damit in Gang zu setzen. Dahinter kam ein Fahrstuhl zum Vorschein.

Sie stiegen ein. »Das ist es auch manchmal, besonders dann, wenn sich die Supermächte in den Haaren liegen.«

Er drückte einen Knopf, trat an die Wand zurück und verschränkte die Arme vor der Brust. »Ich habe meine Frau an der Universität getroffen.«

»Ich wußte gar nicht, daß Sie verheiratet sind.«

»Rechtlich ja, aber Katerina und ich leben seit zehn Jahren getrennt. Sie ist eine strenggläubige Katholikin; deshalb kommt eine Scheidung für sie nicht in Frage. Aber noch einmal heiraten will ich sowieso nicht. Dafür genieße ich meine Freiheit zu sehr.«

»Ich wette, Sie haben, seit Sie hier sind, jede Menge Anträge abzuwehren gehabt«, sagte sie mit einem Grinsen.

Seine Miene verdüsterte sich für einen Augenblick. »Natürlich, aber das ist ja zu erwarten. Rio wimmelt von Frauen, die auf reiche Beute aus sind. Aber denen schenke ich nicht mal einen Blick.«

Der Lift hielt an, und sie traten hinaus in einen kleinen, mit rotem Teppich ausgelegten Korridor, der vor eine weiß gepolsterte Tür führte. Schrader öffnete sie mit seiner Magnetkarte, trat zur Seite und machte Sabrina den Weg frei. In dem weißen Raum hingen sieben Gemälde: drei links, drei rechts und eins in der Mitte der gegenüberliegenden Wand, auf das der Blick zuerst fiel: ein Stilleben mit einem alten Tisch; darauf zwei lange Pfeifen, ein umgestoßenes Glas, eine Flöte, eine ausgebrannte Kerze, ein Stoß zerfledderter Geschichtsbücher und in der Mitte, auf dem Bücherstoß plaziert und alles überragend, ein Totenschädel.

»Fantastisch, nicht wahr?« kommentierte er leise. »Hendrik Steenwijks ›Vanitas‹. Das Original wurde um 1640 gemalt. Es hängt heute im De Lakenhal-Museum in Leiden.«

»Wie vom Tod besessen«, sagte sie, ohne den Blick abzuwenden.

»Eine perfekte Beschreibung.« Er legte seine Hand auf ihren Arm, doch sie zuckte instinktiv zurück.

»Entschuldigung, ich wollte Sie nicht erschrecken. Sehen Sie sich die anderen Bilder im Kontext zu diesem einen an. Sie umschreiben allesamt ein Thema, wenn auch ein sehr persönliches. Links hängen Rembrandts ›Die Rechtsberater‹, Ferdinand Bols ›Regenten des Leprosenhauses‹ und Mathieu Le Nains ›Réunion d'amateurs‹. Die drei auf der rechten Seite sind alle von Constable: ›Hampstead Heath‹, ›West Ende Fields‹ und ›Salisbury Cathedral from the Meadows‹. Und dann in der Mitte ›Vanitas‹.«

»Sind das alles Fälschungen?«

»Leider ja. Unter jedem Gemälde ist eine Messingtafel angebracht, auf der zu lesen ist, wo das jeweilige Original hängt.«

Sabrina verschränkte die Arme vor der Brust und studierte die Bilder. »Die drei zur Linken stellen allesamt Gruppen von Personen dar, die miteinander reden. Die Rechtsberater: Hechts Direktorenrunde; und die Leprakranken: Ausgestoßene, die die Arbeiter aus Ihren ehemaligen Waffenschmieden repräsentieren könnten. Und die Amateure, das sind die Staatsbeamten, die Sie zum Verkauf Ihres Unternehmens gezwungen haben. Und dann zur Rechten: Die Landschaften. Natur. Mensch und Natur, die beiden größten Kräfte unserer Erde. Doch beide müssen sich der allergrößten Macht beugen: dem Tod.« Sabrina richtete ihren Blick auf Schrader. »Na, wie finden Sie das, abgesehen davon, daß ich womöglich ein bißchen zu theatralisch war.«

Er war völlig verdutzt. »Bisher hat noch niemand das Puzzle so genau zusammensetzen können. Als hätten Sie meine Gedanken gelesen. Aber woher wissen Sie Bescheid über meine Verwicklung in den Hecht-Skandal?«

»Das hat mir Mike erzählt. Ich hoffe, Sie nehmen mir nicht übel, diese alte Sache aufgerührt zu haben.«

»Um Himmels willen, nein. Es überrascht mich bloß, daß sich Mike an eine so lange zurückliegende Geschichte erinnert. Seither sind zehn Jahre vergangen.«

»Er hat ein Langzeitgedächtnis, für das ihn die meisten Leute beneiden würden. Und womit stopft er es? Mit Sportrekorden und Zahlen. Welche Verschwendung.«

»Ich komme nicht drüber weg. Wie gesagt, bisher hat keiner das Puzzle so gut zusammensetzen können wie Sie.«

»Für alles muß es ein erstes Mal geben«, erwiderte sie bescheiden und zuckte mit den Schultern. »Ich würde nur gern wissen, warum Sie diesen Raum Ihr ›Allerheiligstes‹ nennen?«

»Wenn Sie in dem Sessel dort Platz nehmen, kann ich es Ihnen besser erklären.«

»Sessel?« Sie sah sich verwundert um.

Der lederne Polstersessel und das Holzschränkchen daneben waren beide so weiß wie die Wände. Bisher hatte Sabrina die Möbelstücke glatt übersehen.

Sie nahm das Cape von der Schulter und setzte sich in den Sessel. Ihr war, als würde sie auf einem Luftkissen Platz nehmen. Schrader ging neben ihr in die Knie und öffnete das Schränkchen. Darin steckten ein CD-Player, ein Verstärker und weiße Kopfhörer, alles von edelstem Fabrikat. Das Fach darüber enthielt eine umfangreiche Sammlung von

Klassik-CDs. Er bat sie, die Auswahl zu treffen. Sie fuhr mit dem Fingernagel über die Plastikkassetten in der Hoffnung, ihr Lieblingswerk zu finden – Prokofieffs ›Aschenputtel-Suite‹. Sie hatte Glück, zog die Kassette aus dem Fach und überflog den Klappentext. Es war eine Aufnahme des St. Louis Symphony Orchestra unter der Leitung von Leonard Slatkin. Sowohl das Orchester als auch den Dirigenten hatte sie schon einmal im Konzert erlebt, allerdings zu verschiedenen Anlässen. Ihre Eltern waren begeisterte Konzertbesucher, und jedesmal, wenn sie aus Miami zu Besuch waren, besorgte Sabrina Eintrittskarten entweder für die Carnegie Hall oder die Avery Fisher Hall. Obwohl sie auch selber großes Vergnügen an klassischer Musik hatte, ging sie nie allein (und auch nicht in Begleitung) dorthin. Statt dessen besuchte sie lieber mit ihren Freunden den einen oder anderen Jazzclub.

Schrader nahm ihr die CD aus der Hand, nickte in Anerkennung ihrer Wahl und steckte die Scheibe in das Abspielgerät. Dann reichte er ihr den Kopfhörer, erklärte ihr den Umgang damit und zog sich in eine Ecke des Zimmers zurück, wo er das Licht abdrehte, bis es völlig dunkel war. Sie setzte den Kopfhörer auf, schloß die Augen und versuchte abzuschalten. Doch das gelang ihr nicht. Eine schemenhafte Gestalt spukte ihr durch den Hinterkopf, und in ihrer Vorstellung sah sie deren Silhouette an der schwarzen, gefährlichen Felswand hängen. *Glaub an ihn, so wie er an sich selber glaubt,* beschwor sie ihre Sorge immer wieder, und die Vision wurde blasser wie eine Illusion auf Zelluloid. Schließlich, als sie völlig entspannt war, setzte sie den CD-Player in Gang. Dann, nach ein paar Sekunden der musikalischen Einführung, langte sie unter die Armlehne des Sessels und bediente einen darin eingebauten Schalter, der ein Dutzend vielfarbener Laserstrahler aufleuchten ließ, deren Quelle in der Zimmerdecke verborgen war. Erst jetzt öffnete sie die Augen und ließ sich bezaubern von dem Licht, das über die Wände flutete und ein buntes Kaleidoskop um sie herum entwarf.

Sie fühlte sich an Schraders Worte erinnert: »Ich finde das

äußerst therapeutisch. Mir ist dann, als hätte ich die Zeit zwischen Vergangenheit und Gegenwart überbrückt und würde mit den großen Meistern zusammentreffen, die ich seit so vielen Jahren verehre. Mein ›Allerheiligstes‹ könnte man wohl auch eine Zuflucht nennen, Zuflucht vor den Problemen des Alltags. Jeder, der in diesem Sessel sitzt, macht eine ähnliche Erfahrung. Das Unterbewußte und Verdrängte reagiert.«

Mit starrem Blick betrachtete Sabrina die ›Vanitas‹. Den Schädel. Die Lichter glitten darüber hinweg, warfen bizarre Strahlen über das Gemälde und verzerrten den Schädel zu scheußlichen Formen, die eine lebendige Gestalt anzunehmen schienen. Sabrina spürte, wie sie sich verkrampfte, konnte aber ihren Blick nicht abwenden von diesem Bild. Die Situation entglitt ihrer Kontrolle. Und dann, ohne Vorwarnung, brach die schemenhafte Gestalt wieder in ihren Gedanken ein, stürzte in endlose Tiefen, stürzte und stürzte …

»Nein«, schrie Sabrina auf und riß den Kopfhörer herunter.

Schrader schaltete das Licht an und eilte auf sie zu. »Sabrina, ist alles in Ordnung?«

Sie wischte sich mit dem Handrücken über die feuchte Stirn. »Entschuldigung, ich weiß nicht, was über mich gekommen ist.«

»Das Bild ist schuld daran. Es übt auf viele diese Wirkung aus. Wie gesagt, das Unterbewußte und Verdrängte reagiert. Es tut mir leid.«

»Warum? Sie sind doch nicht für meine Gedanken verantwortlich.« Sie nahm den Kopfhörer in die Hand und musterte ihn von allen Seiten. »Ich hoffe, er ist nicht kaputtgegangen.«

»Unwichtig«, entgegnete er, nahm ihr das Teil aus der Hand und legte es zurück in den Schrank. »Sie können jetzt bestimmt einen Brandy vertragen.«

Sie verzog das Gesicht und schüttelte den Kopf. »Nur keinen Brandy. Aber frische Luft wäre jetzt nicht schlecht. Ich komme mir hier langsam vor wie in der Sauna.«

»Sofort. Ich muß nur noch alles ausstellen.«

Sabrina ging auf die ›Vanitas‹ zu. Bei vollem Licht sah das Gemälde anders aus. Ganz anders.

»Sind Sie fertig?«

»Ja.«

»Mike wird inzwischen bestimmt zurück sein«, sagte er, als sie den Fahrstuhl bestiegen.

»Das hoffe ich sehr«, antwortete sie leise.

Graham kletterte zurück in die Toilette, sprang erschöpft auf den Boden und schloß das Fenster hinter sich. Dann spritzte er kaltes Wasser über Gesicht und Brust und nahm auf dem Toilettenrand Platz, um sich abzutrocknen. Das Knie pochte, aber die Schmerzen sorgten ihn weniger als das Blut. Noch war es nicht durch den Verband gesickert, und er hoffte, daß die Blutung aufgehört hatte. Er zog den Reißverschluß der Jeans zu, schlüpfte ins T-Shirt und knotete das Halstuch fest, bevor er noch einmal nach dem Handtuch langte und den Schweiß vom Gesicht wischte.

Plötzlich klopfte es energisch an der Tür.

»Mr. Graham?« Es war Drago.

»Bin gleich soweit«, rief Graham und putzte die Spuren vom Fensterbrett.

»Geht's Ihnen nicht gut?«

»Doch. Mir grummelt bloß der Magen ein bißchen.« Graham sah sich noch einmal um, ging dann zur Tür und öffnete sie.

»Gütiger Himmel, Sie sehen schrecklich aus«, rief Drago. »Wir haben mehrere Ärzte hier zu Gast. Ich hole einen. Der wird nach Ihnen sehen.«

»Mir geht's gut. Wirklich. Ich fühl' mich nur etwas schwach, mehr nicht.« Vor der Treppe blieb Graham einen Augenblick stehen. »Woher wußten Sie, daß ich auf der Toilette bin?«

»Das ganze Haus wird von Kameras überwacht, aus Sicherheitsgründen, Sie verstehen. Der diensthabende Überwachungsangestellte sah Sie auf Mr. Schraders Suite zusteuern, die über die Tür links von der Toilette zu erreichen ist. Er hat Sie also im Auge behalten, und als Sie zehn Minuten später immer noch in der Toilette steckten, hat er geglaubt, daß etwas passiert sei, und mich gerufen. So einfach ist das.«

»Aber woher kannte dieser Mann meinen Namen?«

»Er als Sicherheitsangestellter kennt wie ich alle Gäste beim Namen.«

»Ich bin beeindruckt«, sagte Graham.

»Das ist weniger erstaunlich als Sie meinen, glauben Sie mir. Neunundneunzig Prozent unserer Gäste sind bei jeder Party von Mr. Schrader dabei. Und wie Sie vielleicht schon von Miss St. Jacques gehört haben, gibt Mr. Schrader eine Menge Partys. Unten in der Empfangshalle ist eine Kamera installiert. Wenn ein neuer Gast ankommt, tippt die Empfangsdame dessen Namen in den Computer, der wiederum mit einem Terminal im Kontrollraum verbunden ist. Der Name erscheint auf beiden Bildschirmen. Dann kommt es im Falle eines völlig fremden Gastes nur noch darauf an, das Gesicht mit dem Namen zu verbinden.«

»Ich kann mir jetzt vorstellen, warum Mr. Schrader so große Stücke auf Sie hält. Sie verstehen was von Ihrem Geschäft.«

»Das ist auch wichtig, Mr. Graham. Mr. Schrader hat, wie jeder andere in vergleichbarer Position, etliche Feinde. Eine Lücke im Sicherheitssystem würde von denen sofort ausgenützt, und diese Lücke könnte ihn das Leben kosten.«

»Mag sein«, pflichtete Graham bei. »Ach, übrigens, Sie haben vorhin etwas gesagt, was ich nicht verstehe. Sie sagten, daß die Tür neben der Toilette zu Mr. Schraders Suite führt.«

»Ja, so ist es«, antwortet Drago zögernd.

»Warum läßt er die Wand nicht einreißen und die Toilette in die Suite integrieren? So oft wird sie doch bestimmt nicht benutzt.«

»In der Tat. Aber hat Ihnen Miss St. Jacques noch nichts von Roberto erzählt?«

»Nein. Nicht, daß ich mich erinnere.«

»Mr. Schrader hat einen Jungen adoptiert …«

»Ja, davon weiß ich«, antwortete Graham und erinnerte

sich an das, was Whitlock erwähnt hatte. »Der Junge, der an einer Überdosis Heroin gestorben ist.«

»Und die Spritze hat er sich in dieser Toilette gesetzt. Mr. Schrader hing sehr an dem Jungen, vielleicht stärker als es bei Vätern und ihren leiblichen Kindern der Fall ist. Er hat beim Begräbnis geschworen, daß dieser Ort in seinem alten Zustand verbleibt, solange er hier lebt.« Drago führte Graham durch das Billardzimmer und den Patio hinaus in den Garten, wo er mit der Hand auf die Tanzfläche wies. »Da drüben ist Ihre Frau. Sehen Sie?«

»Ja, ich seh' sie.«

»Wenn es Ihnen wieder übel wird, zögern Sie bitte nicht, entweder mir oder Mr. Schrader Bescheid zu sagen. Wir werden Ihnen die bestmögliche Behandlung garantieren. Wenn Sie mich jetzt entschuldigen wollen ...« Drago steuerte auf die Bar zu.

Graham spürte genau, daß Drago längst seine Fassade durchleuchtet hatte und ihm bald auf die Schliche kommen würde. Dabei waren sie, die UNACO-Agenten, von der Erfüllung ihres Auftrags noch weit entfernt, und die Chancen, das Gemälde zurückzuholen, standen denkbar schlecht. Er nahm Sabrina beiseite und erzählte ihr von dem Safe.

»Wir stehen also wieder am Anfang«, kommentierte sie enttäuscht.

»Scheint so. Wir müssen uns noch heute nacht mit Sergei und Whitlock an einen Tisch setzen, um für die nächsten vierundzwanzig Stunden einen Alternativplan festzulegen.«

»Und was machen wir jetzt?«

»Hierzubleiben ergibt wenig Sinn ...« Er stockte, als sein Blick auf den Mann fiel, der mit Drago an der Bar stand und redete.

»Was ist los, Mike?« fragte Sabrina und versuchte, seinen Augen zu folgen.

»Das kann nicht wahr sein«, sagte er, ohne seinen Blick vom Gesicht des Mannes abzuwenden.

Der Mann schaute jetzt in Richtung Tanzzelt. Um nicht erkannt zu werden, hob Graham die Hand vor den Mund und täuschte einen Hustenkrampf vor. Drago wies mit der Hand nach vorn, und die beiden Männer bewegten sich auf das große Zeltdach zu, ohne ihr Gespräch abreißen zu lassen. Graham sah sich nach einem Fluchtweg um. Er konnte sich nicht unter die Tanzenden mischen, ohne aufzufallen, und bliebe er an Ort und Stelle stehen, würde er wahrscheinlich von dem Mann entdeckt und wiedererkannt werden.

»Küß mich«, forderte er Sabrina auf.

»Wie bitte?« fragte sie verdutzt.

»Küß mich und sorg dafür, daß es echt aussieht.«

Er zog sie an sich und küßte sie. Mit der einen Hand stützte er ihren Nacken, die andere fuhr streichelnd über den Rücken. Sie schmiegte sich an ihn und durchwühlte sein feuchtes Haar.

»Dafür würde man in Rußland festgenommen«, bemerkte der Mann, der mit Drago vorbeischlenderte, in ukrainischem Akzent.

»Ein frischgebackenes Ehepaar aus Amerika«, erklärte Drago amüsiert.

»Typisch«, knurrte der Mann.

Graham küßte Sabrinas Hals und flüsterte ihr ins Ohr: »Sind sie weg?«

Sie schlug verlegen die Augen auf. »Sie stehen vor dem Zeltdach.«

»Mit dem Gesicht zu uns?«

»Nein.«

Er löste sich von ihr. »Hol Siobhan!«

»Mike, was ist los …?«

»Tu, was ich dir sage, Sabrina!« fauchte er.

Sie warf ihm einen wütenden Blick zu und lief zur Bar. Graham verzog sich um die Ecke des Zeltdaches und wartete.

»Mike, was soll das Theater?« fragte Sabrina nach ihrer Rückkehr.

»Warum fragst du nicht sie?« entgegnete Graham und musterte Siobhan mit eisigen Blicken.

»Was soll sie mich fragen?« Siobhan war sichtlich irritiert.

»Warum haben Sie uns nicht vor Dragos *Freund* gewarnt?«

»Freund. Was für ein Freund?«

»Soll ich Ihrem Gedächtnis mit einer Personenbeschreibung auf die Sprünge helfen? Mitte Fünfzig, kurze schwarze Haare, grauer Schnauzbart, deutlich russischer Akzent. Muß ich fortfahren?«

»Ich kann mir denken, wen Sie meinen. Er ist angekommen, als Sie im Haus waren; ich weiß aber nicht, um wen es sich handelt.«

»Und ich dachte, Sie kennen sich aus in der KGB-Hierarchie«, erwiderte Graham in zynischem Tonfall.

»Ich kenne nur die, die regelmäßig in Rio aufkreuzen. Den Mann hab ich noch nie gesehen.«

»Wer ist es, Mike? Du weißt offenbar mehr als wir«, fragte Sabrina, um Siobhan zu helfen.

»Sagt euch der Name Yuri Leonov nichts?«

Beide nickten.

»Das soll Leonov sein?« Sabrina zeigte sich skeptisch.

»Yuri Leonov, Leiter der Abteilung K, verantwortlich für die Enttarnung ausländischer Geheimdienste. Sicherlich einer der mächtigsten Männer im KGB.«

»Ich dachte immer, daß er zu den Hardlinern zählt und nie einen Fuß ins Ausland setzt«, bemerkte Siobhan, die nun Grahams Blicken standhielt. »Sind Sie sicher, daß er es ist?«

»Natürlich bin ich mir sicher. Als ich noch für Delta gearbeitet habe, stand er mir einmal vis-à-vis an der finnisch-sowjetischen Grenze gegenüber.« Graham legte die Hand auf Sabrinas Arm. »Deshalb wollte ich, daß du mich küßt. Hätte er mich erkannt, wären wir aufgeflogen.«

Sabrina nickte verständnisvoll. »Was treibt er wohl hier?«

»Vielleicht kann Sergei darüber was in Erfahrung bringen.« Graham wandte sich an Siobhan. »Ich muß so schnell wie möglich von hier verschwinden. Können Sie unserem Fahrer …«

»Felipe«, soufflierte Sabrina.

»Ja, Felipe. Können Sie veranlassen, daß er uns am Eingang erwartet? Sie müssen uns auch bei Schrader entschuldigen. Sagen Sie ihm, daß ich mich nicht wohl fühle. Drago wird das bestätigen.«

»Lassen Sie mich nur machen. Verschwinden Sie einfach.«

»Besten Dank«, sagte Graham.

»Keine Ursache. Ich werde Sie morgen anrufen. So gegen Mittag. Ich weiß nicht, wie's Ihnen geht, aber ich werde vorher nicht aus dem Bett zu holen sein.«

Graham und Sabrina traten hinter der Ecke des Zeltdaches hervor und standen plötzlich direkt vor Drago und Leonov.

Drago blickte auf. »Wie geht's Ihrem Magen, Mr. Graham?« »So lala«, antwortete Graham mit mühevollem Lächeln.

»Amerikaner«, brummte Leonov verächtlich und setzte seine Unterhaltung mit Drago fort.

»Bist du sicher, daß er es war?« fragte Sabrina, als sie sich genügend weit entfernt hatten.

»Absolut. Das ist Leonov.«

»Aber warum hat er nichts gesagt? Die Gelegenheit war günstig. Er hätte uns vor Drago bloßstellen können.«

»Ich versteh's auch nicht«, murmelte er und stieg über die Stufen nach oben. »Das ergibt einfach keinen Sinn.«

Siobhan sah die beiden im Fahrstuhl verschwinden und wandte sich dann an Leonov. Er also war Dragos Kontaktmann. Also sollte der Austausch tatsächlich hier während der Party stattfinden. Und daraus war zu schließen, daß Drago den Umschlag bei sich hatte. Aber in welcher Tasche mochte er stecken? Sie würde nur eine einzige Chance haben, den Umschlag an sich zu nehmen. Es durfte also kein Fehler passieren. Wahrscheinlich steckte der Brief in der Hemdtasche. Und wenn nicht? *Es muß einfach so sein*, dachte sie im stillen und sprach sich Mut zu. Sie nahm einen Schluck Perrier, um die trockene Kehle zu befeuchten, und schlenderte auf die beiden Männer zu.

»Kommen Sie, André, Sie haben den ganzen Abend noch nicht getanzt.«

»Sie wissen doch, daß ich nicht tanzen kann«, entgegnete Drago verunsichert.

»Dann wird's Zeit, daß Sie es lernen.«

Sie streckte die Hand aus, rutschte mit Absicht auf dem Rasen aus und stürzte ihm in die Arme. Das Glas flog ihm aus der Hand. *Jetzt oder nie*, dachte sie. Blitzschnell hatte sie den Umschlag aus der Brusttasche gezogen, und als er zupackte, um sie am Fallen zu hindern, hatte sie den Brief bereits in ihrem Kostüm verschwinden lassen.

»Entschuldigen Sie, André«, sagte sie zerknirscht und hob das Glas auf. »Ich besorge Ihnen einen neuen Drink.«

»Nur keine Umstände«, entgegnete Drago und nahm ihr das Glas ab. »Ist mit Ihnen alles in Ordnung?«

»Sicher. Es ist mir nur so peinlich.« Sie entdeckte eine breite Laufmasche im Strumpf. »Ich werde mich wohl besser umziehen. Entschuldigen Sie mich.«

»Und solche Frauen findet man hier im Westen attraktiv?« fragte Leonov und blickte ihr nach, als sie über den Rasen auf die Treppe zuging.

»Ich vermute, daß jeder Mann, der heute hier auf der Party ist, bereitwillig seine Ehe aufs Spiel setzen würde, um mit ihr eine Nacht verbringen zu können.« Drago schnappte mit den Fingern einem vorbeieilenden Kellner zu. »Sodawasser ohne Eis.«

»Schließen Sie sich in der Beziehung ein?« Leonov schaute geringschätzig auf die Musikband unter dem Zeltdach, die sich nach einer zehnminütigen Pause wieder zusammengefunden hatte und nun einen lautstarken Samba anstimmte. Die Gäste strömten zu Dutzenden auf die Tanzfläche.

»Ich bin nicht verheiratet, Genosse Leonov«, erwiderte Drago und führte Leonov einem stillen Winkel im Garten entgegen.

»Sie weichen meiner Frage doch bloß aus.«

»Im Ernst«, entgegnete Drago. »Ich bin weder verheiratet noch einer dieser Westler.«

»Aber es gefällt Ihnen hier.«

»Was bleibt mir anderes übrig? Entweder ich versuche mein Glück hier, oder ich kehre nach Hause zurück und werde eingesperrt.« Drago nahm ein Glas vom Tablett, das ihm der Kellner reichte, sah sich kurz um und sagte dann zu Leonov: »Ich gehe davon aus, daß Sie die Handelsware bei sich haben.«

»Natürlich. Haben Sie auch den Brief?«

Drago langte an die Brusttasche. Sie war leer. Hektisch

durchsuchte er die anderen Taschen und sah Leonov mit entsetzter Miene an. »Weg. Ich hatte ihn … « Wütend warf er das Glas zu Boden. »Dieses Weibsstück!«

Leonov packte Dragos Arm. »Was ist passiert?«

»Dieses Luder hat mir bei der Rempelei den Brief gestohlen.«

Drago nahm das Sprechfunkgerät vom Gürtel und hielt es an die Lippen. »Hat St. Jacques das Haus schon verlassen?«

»Ja, Sir, vor einer Minute.«

»Larrios soll sofort mit dem Wagen zum Eingang kommen. Außerdem brauche ich zwei Männer, bewaffnet.«

»Ja, Sir … «

Drago schaltete das Gerät aus und wandte sich Leonov zu. »Ich bin in einer Stunde zurück. Mit dem Brief.«

»Ich warte doch nicht, bis Sie Ihre Probleme gelöst haben. Ich hätte gar nicht erst zustimmen sollen, mich mit Ihnen hier zu treffen. Morgen nacht treffen wir uns an der ursprünglich verabredeten Stelle. Wenn Sie dann nicht aufkreuzen, ist das Geschäft geplatzt, und ich fliege nach Moskau zurück. Ich brauche Ihnen wohl nicht zu sagen, was passiert, wenn ich mit leeren Händen zurückkomme.«

»Genosse Leonov, geben Sie mir nur eine Stunde«, bettelte Drago.

»Nicht eine Minute. Morgen nacht ist Ihre letzte Chance, mir den Umschlag zu geben.« Leonov winkte einen Kellner herbei und gab ihm den Auftrag, den Wagen vorfahren zu lassen.

Drago eilte über die Stufen nach oben, überquerte den Mosaikboden des Foyers und stieg in den Fahrstuhl. Im Hof wartete ein schwarzer Mercedes, den Larrios mit quietschenden Reifen beschleunigte, kaum daß Drago eingestiegen war. Die Tore standen bereits offen, um jede Verzögerung zu vermeiden. Drago klappte das Handschuhfach auf, holte die CZ75 daraus hervor und schraubte den Schalldämpfer auf. Erst jetzt warf er einen Blick auf die beiden Begleiter, die hinter ihm saßen: Santin, ein stämmiger Ex-Polizist, der vom Dienst suspendiert worden war, weil er Schmiergelder – vor allem von Drago – angenommen hatte;

und Canete, ein ehemaliges Mitglied der uruguayischen *Ejército Revolucionario del Pueblo,* einer linksgerichteten Guerilla-Bewegung. Er hatte fliehen müssen, weil er als Polizeispitzel aufgeflogen war. Die beiden ließen sich für das, was Drago vorhatte, bestens gebrauchen.

Drago erklärte ihnen die Situation in knappen Worten, nahm dann das Funkgerät vom Armaturenbrett und erfragte in der Zentrale die Zulassungsnummer von Siobhans goldfarbenem Porsche-Cabrio. Die Nummer wiederholte er laut für seine Begleiter im Wagen und steckte mit zufriedenem Grinsen das Gerät zurück in die Halterung. Siobhan hatte Vorsprung und ein schnelleres Auto, aber Larrios kannte sich auf den Straßen besser aus als jeder andere. Er hoffte, sie am Strand abfangen zu können, wo die Straßenpartys der *Carnaval bandas* den Verkehr zum Stillstand brachten. Dort würde er sie töten.

Siobhan dachte auch an die *bandas, als* sie sich der Meeresbucht näherte. Sie hatte schon oft genug daran teilgenommen, um zu wissen, daß sie den Autoverkehr fast völlig zum Erliegen brachten. Nervös fuhr sie bis auf hundert Meter an das Ende des Festzuges heran, blieb mit ihrem Cabrio stehen und steckte den Kopf aus dem Fenster. Die *banda* war groß; an die zweihundert Leute schienen an ihr beteiligt zu sein. Siobhan mußte sich auf eine längere Wartezeit gefaßt machen. Drago würde nach ihrem Verschwinden von der Party schnell gemerkt haben, was passiert war, und die Verfolgung aufnehmen, nicht nur um den Brief zurückzuholen, sondern auch um sich an ihr zu rächen, daß sie ihn vor Leonov lächerlich gemacht hatte. Sie schaute in den Rückspiegel, sah hinter sich aber nur einen verbeulten VW Käfer mit einem alten Carioca am Steuerrad. Sollte sie es riskieren, an Ort und Stelle zu bleiben? Konnte Drago ihren Vorsprung einholen, bevor die *banda* vorbeigezogen sein würde? Sie hatte sich mit Casey Morgan, ihrem Kontaktmann, um halb elf in einer Seitenstraße der Avenida Niemeyer verabredet, um ihm dort den Umschlag zu überreichen. Sie warf einen Blick auf die Armbanduhr – das letzte Geschenk ihres Ehemannes: ein Schmuckstück aus neunkarätigem Gold. Es blieben ihr nur noch sechs Minuten. Wenn die *banda* sich gleich in Bewegung setzte, würde sie es noch rechtzeitig schaffen. Wenn nicht, mußte sie ihr geliebtes Cabrio verlassen und sich den Rest des Wegs zu Fuß durchschlagen. Nervös trommelte sie mit den Fingern aufs Lenkrad. *Komm schon, komm schon*, drängte sie und sah wieder zum Fenster hinaus. Die *banda* machte keine Anstalten, sich in Bewegung zu setzen.

Dann sah sie den schwarzen Mercedes im Seitenspiegel. Er hielt vier Autos hinter ihr an. Larrios saß am Steuer; also war Drago bei ihm, denn Larrios fuhr für keinen anderen. Siobhan warf sich in die Lehne zurück. Gleich würden die Kerle ihr Auto entdeckt haben. Ihr blieb nicht mehr viel Zeit. Sie zog die Stöckelschuhe aus, die sie nur behindern konnten. Die Turnschuhe – sie mußten irgendwo im Auto liegen, weil sie noch am Morgen den Aerobics-Kurs mitgemacht hatte. Nach hastigem Suchen fand sie die Schuhe, im Trainingsanzug eingewickelt, hinterm Beifahrersitz liegen. Sie schlüpfte in die Schuhe und bemerkte, wie sich eine der hinteren Türen des Mercedes öffnete. Canete stieg aus und schaute mit gebeugtem Rumpf durchs Fahrerfenster. Wahrscheinlich nahm er Dragos letzte Instruktionen entgegen. Drago selbst konnte sie nicht sehen; der Blick auf den Beifahrersitz war durch die hinter ihr stehenden Autos verstellt. Im Augenblick war an Flucht nicht zu denken. Bei der ERP hatte Canete unter anderem das Schießen gelernt. Sie mußte ihn herankommen lassen. Er sah ihren Wagen, als er einen Schritt zur Seite trat, und zeigte Drago den aufgerichteten Daumen. Daß sie Drago nicht sehen konnte, beunruhigte Siobhan am meisten. Er konnte von ihr unbemerkt das Auto verlassen. Doch dieses Risiko mußte sie eingehen. Canete näherte sich. Sie drehte den Motor ab und legte die Finger um den Türöffner. Immerhin hatte sie ein Überraschungsmoment auf ihrer Seite, aber das war ihr einziger Vorteil. Als er das Cabrio erreichte, steckte Canete die Hand in die Tasche und forderte sie zum Aussteigen auf. Sie nickte, mimte Unsicherheit und blickte von ihm auf den Zündschlüssel. Er spielte ihr voll in die Hände, als er sich vornüberbeugte und nach dem Zündschlüssel langte. Mit aller Gewalt rammte sie ihm die Tür in den Bauch. Er taumelte zurück und rang mit verzerrtem Gesicht nach Luft. Sie sprang aus dem Wagen und rannte auf die *banda* zu, die ihr fürs erste Schutz bieten konnte.

Drago und Santin hatten den Mercedes verlassen und setzten ihr nach. Zwanzig Meter vor ihnen tauchte sie in der Menge des Festzuges unter. Die prachtvollen Kostüme schirmten sie vor den Blicken ihrer Verfolger ab. Santin blieb in einem Knäuel von Tänzerinnen stecken, und kaum hatte er sich mit Gewalt daraus befreit, da wurde er von der nächsten Tanzgruppe aufgehalten. Drago kam schneller voran; im Durcheinander aller Beine orientierte er sich an der Laufmasche, die in Siobhans Strumpfhose auffiel. Als Canete angehumpelt kam, forderte Drago ihn auf, an die Spitze des Umzuges vorzulaufen, um die Flüchtige dort abzufangen. Santin, der sich bis an den Rand der *banda* durchgeschlagen hatte, kam jetzt von der Seite auf sie zu.

Siobhan erreichte die Seitenstraße, in der Morgan wartete. Er ließ den Motor seines weißen Audi anspringen. Santin war ihr schon fast auf den Leib gerückt und wollte sie gerade packen, als sie zur Seite sprang und ihm mit voller Wucht zwischen die Beine trat. Schreiend sackte er zu Boden und krümmte sich vor Schmerzen. Siobhan lief auf den Audi zu. In diesem Augenblick durchschlug eine Kugel die Windschutzscheibe, und ein Blutstropfen lief aus einem Loch in der Stirn über Morgans Nasenrücken. Siobhan wirbelte herum mit schreckhaft aufgerissenen Augen. Drago stand mit eiskaltem Grinsen neben einer Hausmauer am Eingang der Seitenstraße, die schallgedämpfte CZ75 lose in der Hand haltend. Eine Gruppe von lachenden Frauen kam vorbei und zerrte ihn rücklings in die *banda*. Siobhan sah die Wut in seinen Augen, bevor er hinter der Häuserecke verschwand. Sie lief aus der Seitenstraße heraus und stieß ein paar betrunkene Touristen zur Seite, die sie zu betatschen versuchten und lachend zurück in die *banda* torkelten. *Ich muß telefonieren*, war Siobhans erster Gedanke. Aber sie hatte keine *fichas* und auch kein Geld, um welche zu kaufen. Sie rannte auf den nächsten Zeitungskiosk zu und warf einen Blick über die Schulter, um nach den Verfolgern Ausschau zu halten, was jedoch in dem Menschengewimmel kaum möglich war.

»Wollen Sie was oder nicht?« fragte der Kioskbesitzer auf portugiesisch.

»Ich brauche eine *ficha,* hab aber kein Geld.« Sie nahm die Uhr vom Handgelenk und legte sie auf die Theke. »Ich zahle damit, Sie müssen mir eine geben. Eine einzige bloß.«

Er nahm die Uhr in die Hand und begutachtete sie. »Stekken Sie in Schwierigkeiten?«

»Bitte, geben Sie mir die »*ficha*«, flehte sie und sah sich ängstlich um. Von Drago und seinen Männern war nichts zu sehen.

»Eine *ficha* für diese Uhr? Da muß doch ein Haken dran sein.«

Aus ihrem Auge kullerte eine Träne, die sie mit dem Handrücken wegwischte. »Da ist kein Haken dran. Himmel, warum helfen Sie mir nicht?«

Er drehte die Uhr mit den Fingern hin und her, langte dann unter die Theke und reichte ihr eine Rolle *fichas,* die sie ihm hastig aus der Hand riß und auf eine Reihe von Telefonzellen auf der gegenüberliegenden Straßenseite zurannte. Im Telefonbuch fand sie die Nummer des Meredien. Dann riß sie die Rolle auf, ließ dabei ein paar *fichas* auf den Boden fallen, steckte eine in den Schlitz und wählte mit zitternden Fingern die Nummer des Hotels.

»Mr. Graham, bitte«, platzte es aus ihr heraus, als am anderen Ende abgehoben wurde.

Die Telefonistin verband sie mit seinem Zimmer.

»Hallo?«

»Ich bin's, Siobhan. Sie müssen mir helfen. Casey ist tot, und jetzt sind sie hinter mir her ...«

»Siobhan!« unterbrach Graham. »Immer mit der Ruhe. Erzählen Sie mir, was passiert ist?«

»Drago hat Casey umgebracht, meinen Kontaktmann im Konsulat. Er hat ihn kaltblütig erschossen. Jetzt ist er hinter mir her, weil ich den Umschlag habe.«

»Umschlag? Na, egal. Wo sind Sie?«

»Auf der Avenida Niemeyer. Aber hier kann ich nicht bleiben. Drago ist mir auf den Fersen.«

»Okay. Wo können wir uns treffen?«

Sie sah sich um. »Nicht weit von hier ist ein Hotel mit Namen Valencia. Ich warte da auf Sie. Und, Mike, bitte beeilen Sie sich. Ich hab Angst. Daß die Sache so gefährlich wird, hat man mir verschwiegen.«

»Wir sind schon unterwegs.«

Sie legte den Hörer auf und mischte sich unter eine zweite *banda*, die in Richtung des Hotels Valencia zog.

Larrios, der das Gespräch von der benachbarten Telefonzelle aus belauscht hatte, lief mit zufriedenem Grinsen zurück zu der Stelle, wo der Mercedes abgestellt war. Er sagte Drago, was er gehört hatte.

»Schön zu wissen, daß es noch Leute gibt, die tun, was man ihnen sagt«, bemerkte Drago mit verächtlichem Seitenblick auf Santin und Canete.

»Sie hat uns überrascht«, versuchte sich Canete zu verteidigen. »Ach, so nennt man das?« entgegnete Drago sarkastisch und drohte dann mit dem Finger. »Ein Fehler noch von einem von euch beiden, und ihr könnt für die nächsten sechs Monate die Hunde ausführen. Hab ich mich klar ausgedrückt?«

Sie nickten und konnten seinen bohrenden Blicken nicht länger standhalten.

»Wie lange braucht man vom Meridien bis zum Valencia?« fragte Drago seinen Fahrer.

Larrios überlegte. »Mindestens zwanzig Minuten, vorausgesetzt, sie nehmen ein Taxi. Wenn sie selber fahren, brauchen sie bestimmt eine Viertelstunde länger. Wer sich in dieser Gegend nicht auskennt, wird das Valencia auf Anhieb kaum finden.«

»Was für ein Hotel ist das?«

»Hotel kann man das kaum bezeichnen, Mr. Drago. Es wird hauptsächlich von Huren aufgesucht.«

»Und wie weit ist das von hier?«

»Mit dem Auto ein paar Minuten«, antwortete Larrios.

Drago sah auf die Uhr. »Angenommen, sie haben zwei bis drei Minuten nach dem Anruf ein Taxi genommen. Inzwischen sind acht Minuten vergangen. Fahr los, Larrios ! Es wird Zeit, daß wir das Problem ein für allemal klären.«

Als Siobhan anrief, war Sabrina im Badezimmer, um ihre Sachen zu wechseln. Sie zog Jeans und ein weißes T-Shirt an und eilte hinunter ins Foyer, wo Graham schon wartete. Beide trugen Waffen; die Berettas steckten jeweils im hinteren Hosenbund und waren nicht zu sehen. Graham winkte ein Taxi herbei, und als Sabrina das gewünschte Fahrtziel angab, warf ihnen der Fahrer einen argwöhnischen Blick zu, ließ sie aber einsteigen. Bis zum Valencia brauchten sie eine halbe Stunde. Sabrina zahlte die Taxe und folgte Graham in einen geschmacklos ausgestatteten Empfangsraum, Es stank nach Zigaretten, Räucherstäbchen und billigem Parfüm. Ein aknenarbiger junger Mann stand hinterm Schalter, steckte einen Kaugummi in den Mund und fing zu schmatzen an. Seine Augen waren auf Sabrina gerichtet.

Graham mußte dicht vor der Nase des Jungen mit den Fingern schnippen, um dessen Aufmerksamkeit zu gewinnen. »Miss St. Jacques. Welches Zimmer?«

Widerwillig wendete der Junge die Augen ab von Sabrina und zeigte auf einen Umschlag, der vor ihm auf dem Tisch lag. »Sind Sie Gray-ham?«

Graham nahm den Umschlag und riß ihn mit dem Finger auf. Darin steckte ein Zettel, auf dem zu lesen stand:

Mike, Sabrina,
ich bin in Zimmer 8, am Ende des Flurs im 1. Stock. Klopft zwei-
mal und dann, nach einer Pause, drei weitere Male, damit ich
weiß, daß ihr es seid.

Siobhan

Graham reichte Sabrina den Zettel und zeigte ihr den Umschlag, auf dem sein Name geschrieben stand.

»Die Schrift ist anders«, sagte sie.

»Genau. Wieso sollte Siobhan einen Zettel schreiben und

dann den Umschlag von einem anderen adressieren lassen?«

»Vielleicht hat der Zettel vorher in einem anderen Umschlag gesteckt«, mutmaßte sie.

»Das denke ich auch. Außen führt eine Feuertreppe an der Hauswand entlang. Steig da hoch. Ich geh durch die Zimmertür.« Als sie sich dem Ausgang zuwandte, hielt er sie am Arm fest. »Nicht da lang. Der Bursche hier hat bestimmt Anweisung erhalten, im Zimmer anzurufen, sobald wir außer Sicht sind. Wir müssen ganz arglos tun. Das heißt, verhalte dich normal. Auf die Feuertreppe kommst du auch vom ersten Stock aus.«

Sie nickte, verärgert über den Schnitzer, den sie sich beinahe geleistet hätte. Sie mußte unbedingt ihr Temperament besser unter Kontrolle bekommen.

Sie stiegen durch ein schäbiges, violett tapeziertes Treppenhaus nach oben, zogen die Berettas aus dem Hosenbund und schlichen ans Ende des Flurs, wo Sabrina leise den Notausgang öffnete und hinaussah auf die Metalltreppe an der Außenwand des Hotels.

Von dort aus ans Zimmerfenster heranzukommen, war kein Problem. Sie erbat sich einen Vorsprung von zwanzig Sekunden, trat auf den Treppenabsatz hinaus und zog vorsichtig die Tür hinter sich zu.

Die Beretta fest in der rechten Hand, schmiegte sich Graham an die Wand neben der Zimmertür und zählte bis zwanzig. Dann klopfte er zweimal, hielt einen Moment lang inne und gab drei weitere Klopfzeichen von sich.

Die gegenüberliegende Tür ging einen Spaltbreit auf, und die Mündung von Santins schallgedämpfter UZI kam zum Vorschein. Graham warf sich mit der Schulter gegen die Tür. Santin schrie vor Schmerzen auf, als ihm die Türkante ins Gesicht schlug und er ins Zimmer zurückgeschleudert wurde. Die UZI flog ihm aus der Hand.

Graham schob die Tür auf und schlüpfte ins Zimmer. Er sah Santin erst im letzten Augenblick und konnte dem Schlag, der auf seine Schulter zielte, nicht mehr ausweichen. Santin ließ die Schlagwaffe, einen Lampenständer, fallen und rannte auf den Balkon hinaus, wälzte sich übers Geländer und kletterte über ein Gitter nach unten. Als Graham den Balkon erreichte, sah er Santin nur noch auf der Straße inmitten einer vorbeiziehenden *banda* verschwinden.

»Mike, bist du in Ordnung?« fragte Sabrina von der Tür aus.

»Ja«, antwortete Graham und massierte sich die Schulter.

»Was ist passiert?«

»Er ist abgehauen. Was ist mit dir?«

Sie hielt eine UZI in der Hand und zeigte auf das Zimmer hinter sich. »Der andere ist da drin. Ich konnte mich anschleichen, als du an die Tür geklopft hast. Er schläft tief und fest.«

Graham fand Santins UZI unterm Bett und nahm sie mit sich ins gegenüberliegende Zimmer. Dort schleifte er Canete weg von der Tür und ließ sie ins Schloß fallen.

»Mike«, rief Sabrina aus dem Badezimmer.

Graham eilte zu ihr. Siobhan war durchs Herz geschossen worden. Sie lag tot in der Badewanne. Graham zog das Laken vom Bett und deckte Siobhans Leiche damit zu. Erst jetzt sah er Sabrina, wehrte sie ab und setzte sich, die Beretta mit beiden Händen haltend, auf den Badewannenrand. Nach einer Weile stand sie plötzlich auf und ging zur Tür.

Er verstellte ihr den Weg. »Ihn umzubringen ist keine Antwort, Sabrina. Das weißt du. Und überhaupt – der Kerl hier hat's gar nicht getan. Erinnerst du dich noch daran, was Siobhan über Dragos Exekutionsmethode gesagt hat? Ein einziger Schuß durchs Herz.«

Sie starrte auf die bewußtlose Gestalt von Canete und ließ die Hand, mit der sie die Waffe hielt, schlaff zur Seite herabfallen. »Nach dem Tod ihres Vaters waren wir die ersten, mit denen sie ungezwungen zusammensein konnte. Das hat sie mir heute nachmittag anvertraut. Ich bin sicher, wir wären mit der Zeit gute Freunde geworden. Jetzt ...« Sie stockte und sah Graham an. »Wir haben einen Gefangenen und sollten ihn verhören.«

»Ja. Hol Wasser. Ich lehne ihn an die Wand.«

Als sie mit einem Glas Wasser aus dem Badezimmer zurückkehrte, hockte Canete aufrecht im Einbauschrank. Sein

Kopf hing schlaff auf der Brust. Über den Hals rann Blut aus einer Wunde, die Sabrina ihm mit einem Hieb verpaßt hatte. Sie spritzte ihm Wasser ins Gesicht. Canetes Kopf schnellte in die Höhe, und als er die Augen öffnete, sah er den Lauf von Grahams Beretta auf sich gerichtet. Trotz der Schmerzen, die er spüren mußte, rührte er sich nicht aus Angst, daß eine plötzliche Bewegung Graham zum Abdrücken provozieren könnte. Graham fragte ihn nach seinem Namen. Er antwortete.

»Für wen arbeitest du?« Grahams Stimme klang schneidend scharf.

Canete schwieg.

Graham stieß ihn mit der Hand vor die Stirn, daß sein Kopf krachend gegen die Schrankwand prallte. Canete brüllte auf und hielt den Kopf mit beiden Händen. Graham stieß noch einmal zu, härter als zuvor. Canete schlug die Arme über dem Kopf zusammen und verzog das Gesicht vor Schmerzen.

»Ich kann ja verstehen, daß du nichts sagen willst, bevor dein Anwalt da ist. Eine Anklage wegen dreifachen Mordes ist schließlich kein Pappenstiel. Es sei denn, Drago schafft's, dich da rauszuboxen. Aber ich glaube, für dich macht er keinen Finger krumm. Du bist der geborene Sündenbock.«

»Mr. Drago werden schon helfen.«

»Sie geben also zu, für Drago zu arbeiten?« hakte Sabrina nach.

Canete schnitt eine verächtliche Grimasse.

Graham schlug mit dem Lauf der Beretta quer über sein Gesicht und riß ihm die Wange auf. Canete kreischte und preßte die Hand auf die Wunde. Blut sickerte durch die Finger.

»Beantworte meine Frage, oder ich brech dir die Finger, einen nach dem anderen.«

»Ich für Drago Arbeit«, rief Canete und blickte mit schmerzverzerrtem Gesicht zu Sabrina auf. »Brauch Handtuch. Ich blute.«

»Du bekommst dein Handtuch. Aber erst will ich mehr von dir hören«, zischte Graham. »Was ist mit dem Umschlag?«

Canete wollte sich dumm stellen, bemerkte aber dann, daß Graham den Knauf der Beretta rhythmisch auf die Handfläche klatschen ließ. Mit jedem Takt nahm die Wucht des Schlages zu. »Umschlag? Der gehören Mr. Drago. Was drin, weiß nicht.« Er begegnete Grahams Blick und schüttelte verängstigt den Kopf. »Weiß nicht.«

»Woher wußte Drago, daß Miss St. Jacques hier ist?«

»Larrios hat gehört …«

»Wer ist Larrios?« wollte Graham wissen.

Canete ließ lange mit der Antwort auf sich warten. »Fahrer von Mr. Drago.«

»Weiter«, drängte ihn Sabrina.

»Larrios hat Telefon gehört. Mr. Drago gesagt. Wir herkommen. Larrios, er kennen Junge von *recepçãо*; ich nicht weiß auf *inglês*.«

»Rezeption.«

Canete sah Sabrina an. »*Fala portugês?*«

»Sprich Englisch!« tauchte Graham.

»*Sim*, ich sprechen *inglês*«, antwortete Canete eifrig. »Mr. Drago für Junge geben Geld, um zeigen Brief. Wir in Zimmer hier rein. Mr. Drago will Umschlag. Sie sagen, hab nicht. Er sagen, wenn nicht geben, er sie totmachen. Sie ihm Umschlag geben.«

»Was dann?« fragte Sabrina.

»Sie Schuß von Pistole kriegen.«

»Wer hat geschossen?« fragte Graham.

Canete wischte sich den Schweiß von der Stirn und verschmierte das Blut an der Hand. »Mr. Drago. Er zu mich und Santin befehlen, Leiche in Badewanne und warten für Sie.«

»Sollten wir auch umgelegt werden?« fragte Sabrina.

»*Sim*.«

Graham richtete sich auf, führte Sabrina ein paar Schritte zur Seite und flüsterte: »Er kann uns nicht weiterhelfen. Wir brauchen Drago.«

»Mike, mit ihm können wir Drago festnageln. Canetes Aussage reicht aus, um Drago für den Rest seines Lebens hinter Gitter zu bringen.«

»Und was glaubst du, wie lange Canete im Polizeigewahrsam überleben würde mit dem, was er weiß? Bevor er eine Aussage machen kann, hat Drago ihn kaltmachen lassen.«

Canete warf sich auf sie, stieß Sabrina zu Boden und langte nach der UZI, die hinter ihr auf einem Sessel lag. Er wollte sich gerade umdrehen, als ihn zwei Kugeln fast gleichzeitig in die Brust trafen. Die UZI fiel ihm aus der Hand, als er rücklings durch das offene Fenster stürzte.

Graham und Sabrina liefen herbei. Canete lag mit dem Gesicht nach unten auf der Feuertreppe. Der rechte Arm war verdreht und schien mehrmals gebrochen zu sein. Graham stieg nach draußen auf den Treppenabsatz, hielt Canete die Beretta an den Hals und fühlte nach dessen Puls. Er schüttelte den Kopf und kletterte zurück ins Zimmer.

»Wir sollten machen, daß wir wegkommen«, sagte er und steckte die Beretta in das Halfter zurück. »Drago schickt bestimmt bald seine Männer los, wenn er erfährt, was passiert ist. Ich hab keine Lust hier auf sie zu warten, besonders dann nicht, wenn Bullen dabei sind.«

Sie zogen die Tür hinter sich zu, gingen den verlassenen Flur entlang und durch das schmale Treppenhaus nach unten.

»Ich hab was für dich von der Dame in Zimmer 8«, sagte Graham und winkte den Jungen herbei.

Er stand auf und kam an den Schalter, ohne sein schmatzendes Kauen einzustellen.

Graham zog die Beretta und schlug ihm den Knauf auf die Nase. Der Junge schrie vor Schmerzen auf und taumelte zurück bis zur Wand. Graham steckte ruhig die Beretta weg und führte Sabrina nach draußen.

»Was steckt nur in dem Umschlag, und warum ist er so verdammt wichtig für Drago?« sagte Graham, als sie die Avenida Niemeyer überquerten.

»Was es auch ist, die CIA scheint sich dafür genauso zu interessieren wie Drago.«

»Und der KGB«, fügte Graham hinzu.

»Das wissen wir noch nicht mit Sicherheit.«

»Ach, und wieso ist Leonov hier? Ich glaube nicht, daß ihn der Karneval gelockt hat.«

Ein herbeigewunkenes Taxi brachte sie zum Hotel zurück.

ELF

Kolchinsky schnippte die Zigarettenkippe über die Reling der *Copacabana Queen* und schaute auf die Leuchtziffern seiner Uhr: 23:07. Und immer noch keine Zeichen von der *Palmira*. Er gönnte sich noch eine Zigarette, steckte sie an und sah zu Whitlock hinüber, der, in Gedanken versunken, an der Reling lehnte. Irgend etwas schien ihn zu quälen, aber Kolchinsky zählte nicht zu den Leuten, die sich unaufgefordert in die Sorgen anderer einmischten. Wenn Whitlock ihm sein Herz ausschütten wollte, würde er zur Stelle sein. Es gab nichts Leidigeres als einen naseweisen Amateurpsychiater, der im Kummer eines anderen herumbohrte in der irrigen Annahme, nur er allein könnte helfen.

»Sie sind ziemlich still«, rief Whitlock.

»Das gleiche kann man von Ihnen sagen«, erwiderte Kolchinsky, stand von der Bank auf und ging auf Whitlock zu.

»Da mögen Sie recht haben.« Whitlock stierte ins Wasser. »Sergei, hat Vasilisa Sie in Ihrer Arbeit eigentlich unterstützt?«

Kolchinsky legte die Arme auf den Handlauf der Reling und dachte über die Frage nach. »Ich will's mal so sagen: Sie haßte den Westen.« Er bemerkte die Irritation in Whitlocks Gesicht. »Sie hing an ihrem Zuhause und litt darunter, über längere Zeit von der Familie getrennt zu sein. Sie können sich vorstellen, wie sehr ihr sechzehn Jahre im Westen zugesetzt haben.«

»Hat sie je darüber gesprochen?«

»Vasilisa stammte aus einer Soldatenfamilie. Sie wuchs in der Überzeugung auf, daß eine Frau an die Seite ihres Mannes gehört, egal wohin er geht. Natürlich habe ich versucht, mit ihr darüber zu reden, doch sie hat dann entweder das Thema gewechselt oder behauptete, stolz darauf zu sein, daß der KGB mich ausgewählt habe, ihn bei der UNACO zu vertreten. Wie sie wirklich fühlte, ist mir nun klargeworden durch ihre strikte Weigerung, Kinder zu haben, solange ich im Westen stationiert sein würde. Sie war entschlossen, daß ihre Kinder im Kreise der Verwandtschaft in

Rußland aufwachsen sollten. Wir hatten immer vorgehabt, eine Familie zu gründen, aber ein Monat nach unserer Rückkehr stellte ein Arzt Magenkrebs bei ihr fest. Ein Jahr später war sie tot.«

»Das Leben ist manchmal widerlich zu einem.«

»Es hängt davon ab, wie man die Dinge sieht. Vasilisa war eine wundervolle Frau. Unsere Ehe habe ich nie bereut.«

»Ich könnte dasselbe über Carmen sagen«, sagte Whitlock nach langem Zögern. »Ich wünschte mir nur, daß ich sie besser verstehen könnte.«

»Wollen Sie darüber reden?«

»Eigentlich gibt's nicht viel dazu zu sagen, Sergei. Sie will, daß ich aus der UNACO austrete. Ich bin dagegen. Das ist unser Problem.«

Kolchinsky blieb still. Er spürte, daß Whitlock nach Worten rang, und wollte ihn nicht unterbrechen.

»Ich habe nur noch vier Jahre im Außendienst vor mir. Wenn diese Zeit vorüber ist, möchte ich bei der UNACO bleiben. Aber das kann sie nicht verstehen. Sie möchte, daß ich meinen Dienst sofort quittiere und einen Posten als Sicherheitsberater annehme. Aber ich will nicht für den Rest meines Lebens Alarmanlagen in Boutiquen auf der Fifth Avenue installieren müssen. Können Sie mich wenigstens verstehen?«

»Und wenn Ihnen in den nächsten Jahren noch etwas zustößt? Glauben Sie, daß Ihre Frau den Rest ihres Lebens als Witwe verbringen möchte?«

»Sie ist also nach Ihrer Meinung im Recht«, sagte Whitlock beleidigt. »Und ich dachte, daß wenigstens Sie meine Lage verstehen könnten.«

»Ich spiele nur den Advocatus Diaboli«, entgegnete Kolchinsky und warf die Zigarette ins Wasser. »Ich will bloß, daß Sie auch die Perspektive Ihrer Frau zur Kenntnis nehmen. Ein Urteil zu fällen, ist nicht meine Angelegenheit; das bleibt allein Ihnen und Carmen überlassen. Eine Lösung des Problems sehe ich nur darin, daß Sie beide sich hinsetzen und darüber sprechen.«

Whitlock drehte sich um, lehnte sich mit dem Rücken an

die Reling und verschränkte die Arme vor der Brust. »Was ist besser als Weisheit? Eine Frau. Und was ist besser als eine gute Frau? Nichts.«

Kolchinsky zog die Stirn kraus.

»Von Chaucer, einem Dichter aus dem vierzehnten Jahrhundert.«

»Ich weiß, wer Chaucer ist, und kann verstehen, was er meint.«

»Das kann ich auch, manchmal.« Whitlock schüttelte den Kopf. »Sie will einfach nicht nachgeben, Sergei. Und das fuchst mich am meisten.«

»Beruht das nicht auf Gegenseitigkeit?«

»Was soll das heißen?«

»Carmen denkt genau wie Sie. Und nach dem, was Sie mir von ihr erzählt haben, scheint sie eine Frau zu sein, die vor allem in Herzensfragen sehr verwundbar ist.«

»Sie glauben also, daß Carmen die erste ist, die nachgibt.«

»Das ist Ihre Interpretation. Wie gesagt, ich bin unparteiisch.« Kolchinsky merkte auf, als am Himmel über Leblon Feuerwerkskörper zerplatzten. »Aber hüten Sie sich vor einer Entscheidung, über die Sie für den Rest Ihres Lebens unglücklich wären. Es könnte Sie beide noch weiter auseinanderbringen.«

»Ich weiß, was Sie sagen wollen, Sergei. Besten Dank.«

Kolchinsky kehrte wieder zur Bank zurück und nahm das Fernglas zur Hand. Er richtete es auf die *Golconda* und entdeckte, daß es an Bord inzwischen geschäftig zuging. Zwei Männer der Besatzung hockten vor der Reling und waren bereit, eine Strickleiter über die Außenwand nach unten zu werfen. Auf der Steuerbordseite, fünfhundert Meter von der *Golconda* entfernt, lag die *Palmira* vor Anker. Ein Boot wurde zu Wasser gelassen. Kolchinsky rief Whitlock zu sich, reichte ihm das Fernglas und setzte den leisen Motor des mobilen Krans in Gang. Whitlock kam hinzu und half, das Unterwasserfahrzeug über die Reling zu schwingen und langsam zu Wasser zu lassen. Nachdem Kolchinsky die Bremse des Krans angezogen hatte, beschäftigten sich beide gemeinsam mit der Tauchausrüstung. Sie bestand unter anderem aus einem Atmungsgerät, das die verbrauchte Luft auffing und wiederaufbereitete. Auf diese Weise konnte der auffällige Luftblasenausstoß vermieden werden. Kolchinsky und Whitlock schnallten sich den Luftbeutel um die Brust und halfen sich gegenseitig, die Zwei-Liter-Sauerstoffflaschen auf dem Rücken des anderen zu befestigen. Dann streiften sie Gummihandschuhe über und stiegen ins Wasser. Die Tauchbrillen wurden mit Speichel gesäubert und im Meer ausgespült, um ein Beschlagen des Glases zu verhindern. Dann setzten sie die Brillen auf und schwammen zum Unterwasserfahrzeug. Kolchinsky nahm im vorderen Teil Platz, Whitlock setzte sich dahinter, ganz vorsichtig, denn vor seinen Füßen lagen drei fünfzehnpfündige Haftminen. Er steckte das Mundstück zwischen die Lippen und öffnete das Flaschenventil. Ein paarmal atmete er durch, bevor er den reinen Sauerstoff schmeckte. Dann beugte er sich nach vorn, tippte Kolchinsky auf die Schulter und signalisierte mit erhobenem Daumen, daß er bereit war. Kolchinsky drückte den Knopf auf der vor ihm angebrachten Konsole und klinkte das Fahrzeug vom Kran. Er startete den Motor, tauchte langsam ab und schaltete die Lichter ein.

Lavalle verließ die Brücke, stieg die Stufen nach unten aufs Deck und zündete sich eine Zigarette an. Rauchend sah er zu, wie das Beiboot der *Palmira* längs der *Golconda* andockte. Ein Seil wurde aus dem Beiboot hinaufgeworfen, von einem der Männer an Deck aufgefangen und an die Reling geknotet. Drei Männer kletterten über die Strickleiter nach oben. Einer von ihnen hatte kurze, drahtige Haare und ein ledernes, sonnengegerbtes Gesicht. Er hielt eine graue Tasche in der Hand.

»Ich bin Lee O'Brien, Kapitän der *Palmira*«, stellte er sich mit breitem australischen Akzent vor. »Sind Sie Drago?«

Lavalle glaubte, im Vorteil zu sein, wenn er sich als Drago ausgeben würde, und nickte. Er ignorierte O'Briens ausgestreckte Hand und zeigte auf die Tasche. »Ist die Ware da drin?«

O'Brien warf sie ihm vor die Füße.

»Nachprüfen«, forderte Lavalle einen seiner Männer auf. »Achtzehn Kilo müssen's sein. Ich will, daß der Stoff aufs Gramm genau nachgewogen wird.«

Der Mann verschwand in einer Luke.

»Wenn was fehlen sollte, wüßte ich nicht, wo's geblieben ist«, knurrte O'Brien.

»Dann brauchen Sie sich ja keine Sorgen zu machen. Auf die Kolumbianer ist Verlaß.« Lavalle wies mit der Hand zum Salon. »Inzwischen können wir ja was trinken.«

O'Brien folgte Lavalle in den Salon und sah sich staunend darin um. »Alle Achtung, nicht übel, was Sie da haben.«

»Was möchten Sie trinken?« fragte Lavalle, der nun hinter der Bar stand.

»Bier.« O'Brien nahm auf einem Barhocker Platz und stemmte die Ellbogen auf den Tresen. »Drogen hab ich vorher noch nie befördert. Nur Schmuggelware. Vor ein paar Jahren bin ich zwischen Havanna und Miami hin und her gependelt und hab illegale Einwanderer in die Staaten geschleust.«

»Drogentransport ist riskanter.«

»Das glaub' ich. Sie sind wohl auch nicht von hier, oder?«

»Nein.«

O'Brien quittierte Lavalles schroffe Antwort mit einem Schulterzucken und nahm einen Schluck vom eiskalten Bier. »Na, wie ist Karneval eigentlich wirklich. Ich hab Unglaubliches darüber gehört.«

»Nicht schlecht fürs Geschäft.«

»Bestimmt«, sagte O'Brien grinsend.

Einer von der Besatzung kam in den Salon und wechselte ein paar Worte mit Lavalle auf portugiesisch.

»Zwei Männer sollen sich in Bereitschaft halten. Und macht meine Ausrüstung klar«, antwortete Lavalle auf englisch. Dann zog er seine Walther und richtete sie auf O'-Brien. »Was für'n Ding wollen Sie hier abziehen?«

»Ich weiß nicht, wovon Sie reden«, entgegnete O'Brien mit verängstigter Miene. »Ich hab doch gesagt, daß ich das Zeug nicht angerührt habe.«

»Davon rede ich nicht. Meine Leute haben in der Nähe der *Golconda* ein Licht unter Wasser gesehen. Was soll das?«

»Keine Ahnung. Ehrlich.«

Lavalle drückte den Pistolenlauf zwischen die Augen von O'Brien. »Ich stell die Frage nicht noch mal.«

»Um Himmels willen, Mr. Drago, ich schwöre, ich weiß von nichts. Glauben Sie mir doch.«

»Mit Ihnen werde ich mich später beschäftigen«, zischte Lavalle, kam hinterm Tresen hervor und ging hinaus an Deck, wo er auf die beiden Begleiter von O'Brien zeigte und sagte: »Schafft sie in den Salon und paßt auf sie auf.«

Einer von Lavalles Männern nickte und stieß sie unsanft in den Rücken. Die beiden wandten sich wütend an Lavalle und protestierten über die Art der Behandlung.

»Wer noch mal die Klappe aufmacht, wird abgeknallt«, donnerte Lavalle.

Wortlos ließen sie sich abführen.

Lavalle blickte hoch zu dem Mann auf der Brücke und deutete auf die beiden Besatzungsmitglieder, die mit Harpune und Tauchausrüstung an der Reling standen. »Sobald sie ins Wasser steigen, will ich, daß die Rumpfbeleuchtung eingeschaltet wird.«

»Ja, Sir.«

»Fertig?« fragte Lavalle die Taucher.

Sie nickten.

»Also los!«

Whitlock leuchtete mit einer Halogenlampe, die auf der Stirn saß und durch ein Gummiband festgehalten wurde. Er brachte gerade die letzte der drei Haftminen am Rumpf der *Golconda* an, als die beiden mächtigen Unterwasserscheinwerfer eingeschaltet wurden. Ihm blieb kaum Zeit zu reagieren. Schon sah er die zwei Taucher auf sich zu schwimmen. Er bastelte immer noch am Zeitzünder herum; die kleinste Ungeschicklichkeit konnte zur Explosion führen.

Wo steckte Kolchinsky? Einer der Taucher hatte die Mine am Schaft der Schiffsschraube entdeckt und zeigte seinem Partner an, daß er sich die Sache aus der Nähe ansehen wollte. Der andere tauchte weiter auf Whitlock zu, die Harpune aufs Ziel gerichtet.

Kolchinsky zog eine Harpune aus dem Tauchgerät und sah sich vor ein Dilemma gestellt: Auf wen sollte er zuerst schießen? Auf den einen, der die Mine auszulösen drohte, falls er sie vom Rumpf zu reißen versuchte, oder auf den zweiten, dem Whitlock wehrlos ausgesetzt war? Die Entscheidung wurde ihm abgenommen, als sich der erste Taucher mit einem Messer an den Haftkissen der Mine zu schaffen machte. Kolchinsky schoß, aber der Pfeil ging weit daneben. Der andere Taucher wirbelte herum und richtete den Blick auf Kolchinsky, der verzweifelt versuchte, die Harpune neu zu laden. Er ahnte, daß ihm die Zeit dazu fehlen würde.

Plötzlich sprangen die Motoren der Yacht an und saugten den ersten Taucher in die rotierenden Schraubenblätter. Whitlock wandte ruckartig den Kopf ab und kämpfte gegen seinen rebellierenden Magen an, als sich das hell erleuchtete Wasser ringsum mit Blut vermischte. Der zweite Taucher war vor Schreck erstarrt und bot Kolchinsky wertvolle Sekunden, sich neu zu bewaffnen. Er löste den Schuß. Der Pfeil durchbohrte die Brust des Tauchers; der ließ mit gekrümmtem Rücken die Harpune fallen und sank leblos in die Tiefe.

Whitlock setzte den Zeitzünder in Gang – sieben Minuten bis zur Detonation. Alle drei Minen waren so geschaltet worden, daß sie etwa gleichzeitig explodierten. Die Motoren wurden unvermittelt wieder ausgestellt, und Sekunden später tauchte Lavalle ins Wasser. Er hielt ein langes Messer mit Gummigriff in der rechten Hand. Kolchinsky schoß ihm den letzten Pfeil entgegen, doch Lavalle konnte ausweichen, schwamm auf Whitlock zu und stach mit dem Messer auf ihn ein. Whitlock konnte zwar den Angriff parieren, verlor aber dabei das eigene Messer. Er war jetzt unbewaffnet. Kolchinsky wollte gerade seinem Mann zu Hilfe eilen, als er am Rand des Blickfeldes eine Bewegung wahrnahm. Ein vier Meter langer weißer Hai schwebte, vom vergossenen Blut angelockt, aus der Dunkelheit herbei und steuerte genau auf ihn zu. So schnell er konnte, zog er die Plexiglaskuppel des Unterwasserfahrzeugs über sich zu. Der Hai strich darüber hinweg, und Kolchinsky sah ein dichtes Netz von Narben unter dem gräulichen Bauch des Tieres. Er konnte seinen Blick davon nicht losreißen und zitterte vor Entsetzen. Der Hai verschwand in der Dunkelheit, würde aber, wie Kolchinsky wußte, bald wieder umkehren. Hatte Whitlock ihn gesehen?

Der Hai kam zurück und schoß pfeilschnell auf die beiden Männer zu. Erst jetzt schien ihn Whitlock bemerkt zu haben. der aufgesperrte Kiefer enthüllte eine Reihe gezackter Zähne, die durchaus geeignet waren, einen Menschen in zwei Hälften zu zerteilen. Mit einer schierer Angst entfesselten Kraftanstrengung zerrte Whitlock die Tauchmaske von Lavalles Gesicht und wälzte sich zur Seite, denn er wußte, daß der Hai nicht so schnell die Richtung ändern konnte. Lavalle, der den Hai noch nicht bemerkt hatte, versuchte gerade verzweifelt, die Maske wieder aufzusetzen, als er hinterrücks angefallen wurde. Whitlock schwamm zurück zum Tauchgefährt, stieg ein und klappte die Plexiglaskuppel über seinem Platz zu. Da schwebte ein zweiter großer Hai ins Licht und fiel über die Reste des zerstümmelten Körpers von Lavalle her.

Kolchinsky war von dem Anblick fasziniert und zugleich angewidert – fasziniert von den schlanken, stromlinienförmigen Leibern der Haie, die durchs Wasser peitschten, sich gemeinsam in ein Fleischstück verbissen und nicht bereit waren, dem jeweils anderen nachzugeben; und angewidert sowohl von der wilden Gier des Angriffs als auch von der Vorstellung, daß er fast selber Opfer dieser Haie geworden wäre. Whitlock stieß ihn von hinten an. Er sah sich um. Whitlock signalisierte mit den Fingern, daß nur noch vier Minuten bis zur Explosion blieben. Kolchinsky ließ den Scheinwerfer aufleuchten und wendete das Fahrzeug, bis der Kompaß in südwestliche Richtung zeigte. Die Fahrt erschien quälend langsam, aber sie hatten einen sicheren Abstand erreicht, als die Minen unter der *Golconda* detonierten. Das Tauchgefährt wurde von der Druckwelle geschüttelt und Kolchinsky ließ es zur Wasseroberfläche aufsteigen, wo sie die Glaskuppel zurückklappten, die Mundstücke ausspuckten und die Masken vom Gesicht nahmen.

Die *Golconda* hing stark gekrängt zur Steuerbordseite hin, und obwohl das Heck in lodernden Flammen stand, wurde auf der *Palmira* kein Versuch unternommen, das Feuer zu bekämpfen. Es wäre auch sinnlos gewesen. Die *Golconda* war nicht mehr zu retten.

»Ich würde zu gern Dragos Gesicht sehen, wenn er erfährt, was mit seiner kostbaren Fracht passiert ist. Und wie wohl Schrader auf den Untergang seiner geliebten Yacht reagiert? Die Nachricht müßte doch reichen, um die Party so richtig in Schwung zu bringen.«

»Bestimmt«, murmelte Kolchinsky, dem immer noch der Angriff der Haie durch den Kopf ging.

»Sergei, ist mit Ihnen alles in Ordnung?«

»Ja«, antwortete er schnell. »Wir sollten uns beeilen, zurück zur Yacht zu kommen. Wir haben hier alles erledigt!«

»Was ist passiert?« fragte Schrader besorgt, als er Dragos Büro betrat. »Sie haben sich am Telefon sehr erregt angehört.«

Drago nahm die angerauchte Zigarette vom Rand des Aschenbechers, nahm einen tiefen Zug und drückte die Kippe aus. »Die Küstenwache hat angerufen.«

»Und?«

Drago blickte betreten zu Boden. »Die *Golconda* ist heute abend ausgelaufen.«

»Auf wessen Befehl? Ich habe doch angeordnet, daß sie in der Botafogo Bay bleibt, bis wir nach Florida reisen.«

»Ich weiß, Sir.«

»Verdammt, was ist passiert, André?« polterte Schrader, dessen Geduld am Ende war.

»Es hat eine Explosion an Bord gegeben. Sie ist gesunken.«

Schrader ging ans Fenster und starrte hinaus aufs Meer. »Hab ich richtig gehört? Die *Golconda* ist gesunken?«

»Ja, Sir«, antwortete Drago kleinlaut. »Ich kenne die genauen Umstände noch nicht ...«

Schrader packte Drago und stieß ihn gegen die Wand. »Dann informieren Sie sich, aber schnell!«

»Ja, Sir.«

»Ich dachte, Sie sind hier für die Sicherheit verantwortlich. Wo steckten die verfluchten Wachposten? Wo? Wie konnten sie es zulassen, daß andere mit meiner Yacht einen Ausflug machen?«

»Das werde ich sofort untersuchen, Sir. Wenn sich einer von ihnen nachlässig verhalten hat ...«

»Was soll das heißen – ›wenn‹?« Schrader wandte sich wieder dem Fenster zu. »*Wenn* sie nicht nachlässig gewesen wären, würde meine Yacht immer noch in der Botafogo Bay liegen. Oder nicht?«

»Ja, Sir.«

»Ja, Sir«, äffte Schrader Drago nach und schlug mit der Faust auf den Schreibtisch. »Ich will genaue Antworten, und zwar schnell.«

»Die bekommen Sie, Sir. Das verspreche ich.«

Schrader ging zur Tür, öffnete sie mit seiner Magnetkarte, drehte sich noch einmal um und zeigte mit dem Finger auf Drago. »Wenn Sie die Sache nicht klären, sind Sie fertig hier. Erledigt. Das verspreche *ich* Ihnen.«

Als Schrader das Büro verlassen hatte, sackte Drago in seinem Sessel hinterm Schreibtisch in sich zusammen. Er warf die Brille auf die Schreibunterlage, massierte die Augen mit beiden Händen und steckte sich dann eine weitere Zigarette an. Was zum Teufel war wirklich passiert? Die ersten Meldungen waren vage gewesen, aber er wußte, daß nur Sabotage hinter dem Unfall stecken konnte. Graham oder die Frau schieden als Täter aus. Übrig blieb also nur Whitlock. Doch eigentlich interessierte sich Drago schon nicht mehr für die Sache. Na schön, er hatte eine Ladung Stoff verloren, aber die war ja von Schrader finanziert worden. Er, Drago, hatte schließlich noch den Umschlag, seinen Paß in die Freiheit, und er wollte Leonov in der kommenden Nacht treffen, um das Geschäft perfekt zu machen. Dann würde er Rio so weit wie möglich hinter sich lassen, mit Schrader und den Sicherheitstrupps der *favelas* nichts mehr zu tun haben und endlich frei sein von der Angst, von einem Killer meuchlings erschossen zu werden.

Nein, die *Golconda* kümmerte ihn nicht mehr.

»Unmöglich«, sagte Kolchinsky zu Graham und Sabrina, nachdem sie von den Ereignissen und Schraders Party berichtet hatten. »Sie müssen sich irren, Michael. Yuri Leonov hat Rußland noch nie in seinem Leben verlassen. Und wenn er es doch mal täte, wäre Rio der letzte Ort, den er besuchen würde.«

»Er war's, Sergei. Das kann ich beschwören.«

Kolchinsky blieb unbeeindruckt. »Das glaube ich nicht. Nicht Yuri.«

Sabrina nahm den Telefonapparat vom Beistelltisch und stellte ihn auf die Couch neben Kolchinsky. »Im Unterschied zu Ihnen hat Mike ihn gesehen. Ich finde, Sie schulden ihm zumindest einen kleinen Zweifel.«

»Okay, ich telefoniere ein bißchen herum, wenn Sie das glücklich macht. Vielleicht sehen Sie dann ein, daß ich recht habe.«

Graham legte die Hand auf den Apparat, bevor Kolchinsky den Hörer abheben konnte. »Wenn Sie recht haben, zahle ich für die Anrufe aus eigener Tasche.«

»Sie können mit Ihrem Geld machen, was Sie wollen«, entgegnete Kolchinsky und nahm den Hörer ab.

Es klopfte an der Tür.

»Das Essen«, sagte Whitlock und öffnete.

Der Zimmerkellner setzte ein Tablett auf den Tisch und zog sich, nachdem Sabrina die Rechnung quittiert hatte, wieder zurück.

»Will noch jemand was zu trinken?« fragte Graham und öffnete den Kühlschrank.

»Was hast du anzubieten?«

»Sei nicht albern, C. W. Was willst du? Ich seh' dann nach, ob's da ist.«

Whitlock nahm ein getoastetes Rindfleisch-Sandwich vom Tablett. »Ich möchte ein Bier.«

»Kannst du haben. Sabrina?«

»Das übliche, danke.«

»Und Thomas, der Ungläubige?« fragte Graham mit Blick auf Kolchinsky.

Die Telefonverbindung kam zustande, bevor Kolchinsky Grahams Anspielung parieren konnte.

Whitlock nahm ein Bier von Graham entgegen und trat zu Sabrina auf den Balkon hinaus. »Ein herrlicher Ausblick.«

»Schließlich wohnen wir in der Flitterwochen-Suite«, antwortete sie, als Feuerwerksraketen den Himmel über der Ipanema-Bucht aufleuchten ließen.

»Ein frisch verheiratetes Pärchen hat doch anderes im Sinn, als schöne Panoramen zu genießen, oder?«

»Das muß ich wohl glauben. Immerhin sprichst du aus Erfahrung«, sagte sie schmunzelnd.

Whitlock nahm den letzten Bissen seines Sandwiches und wischte sich die Finger an einer Papierserviette ab. »Es tut mir schrecklich leid um Siobhan. Ihr zwei seid sofort gut miteinander ausgekommen, nicht wahr?«

»Ja«, antwortete sie leise. »Ich hoffe nur, der Colonel kann aus Langley was erfahren über den Umschlag, der für Drago offenbar so wichtig ist. Wir haben ein Recht darauf, informiert zu werden. Immerhin ist der Fall ein Teil unseres Auftrags geworden.«

»Der Colonel hat Sergei telefonisch zugesichert, der Sache auf den Grund zu gehen. Und wenn einer der Langley-Burschen die Wahrheit aus der Nase ziehen kann, dann ist es der Colonel.«

»Stimmt.«

Graham tauchte hinter den beiden auf und reichte Sabrina ein Glas Cola, das er für sie eingeschenkt hatte. »Ihr müßt euer Gespräch nicht unterbrechen, nur weil ich da bin.«

Schulterzuckend antwortete Sabrina: »Wir haben bloß über Dragos Umschlag gesprochen.«

Graham biß ein Stück von seinem Sandwich ab und schaute hinunter auf eine farbenfrohe *banda*, die das Hotel passierte. »Drago. Ich werde aus dem Kerl nicht schlau. Ich glaube, Siobhan hatte recht. Er war bestimmt nicht der kleine Dechiffrierbeamte, für den wir ihn gehalten haben. Und was ist wohl so verdammt wichtig an dem Umschlag, daß CIA und KGB gleichermaßen scharf darauf sind?«

»Ob der KGB scharf darauf ist, wissen wir noch nicht«, korrigierte Whitlock.

»Und warum sollte sich Leonov in Rio rumtreiben?« entgegnete Graham.

»Wenn es denn Leonov ist, den du gesehen hast«, bemerkte Whitlock vorsichtig.

»Es ist tatsächlich Leonov«, sagte Kolchinsky von der Balkontür aus. »Michael, ich muß mich entschuldigen.«

»Schon gut. Was haben Sie herausgefunden?«

»Nur, daß er sich offiziell als Geschäftsmann in Rio aufhält. Ich werde heute nacht noch ein paar Telefongespräche führen, um mehr zu erfahren. Ich kann's immer noch nicht glauben. Yuri, hier in Rio.«

»Für uns alle ist der Balkon zu klein«, meinte Graham. »Kommt, wir gehen ins Zimmer.«

»Wir sind noch keinen Schritt weiter in der Gemälde-Sache«, sagte Whitlock, als er sich neben Kolchinsky auf die Couch setzte.

»Wir haben getan, was wir tun konnten«, ereiferte sich Graham. »Woher zum Teufel sollte ich wissen, daß das Safeschloß ausgewechselt wurde?«

»Beruhige dich, Mike«, entgegnete Whitlock. »Ich weiß, daß ihr euer Bestes gegeben habt. Ich habe bloß eine Feststellung getroffen, mehr nicht.«

»Ach ja?« erwiderte Graham immer noch ärgerlich.

»Mike, du hast mir den Rest deines Plan noch nicht erzählt«, sagte Sabrina, bemüht, die Spannung zu lösen.

»Der ist sowieso geplatzt ohne den Sender, der in Schraders Privatgalerie führt.«

»Komm schon, Mike, so schnell wirst du doch nicht aufstecken.«

Graham zuckte mit den Achseln. »Schon mal was von einem *Motodeltoplan* gehört?«

»Natürlich. Das ist ein motorisierter Drachen, entwickelt von Spetsnaz.«

»Unser Testzentrum hat sich die Blaupause unter den

Nagel gerissen und eine formgetreue Eigenversion hergestellt.«

»Tatsächlich?« fragte Whitlock. »Warum weiß ich davon
nichts, Sergei?«

Kolchinsky rutschte unruhig auf den Polstern herum.
»Das Ding ist erst vor zwei Wochen geliefert worden und
noch gar nicht ausgepackt. Aber als mir Michael heute nachmittag seinen Plan erzählte, habe ich vorgeschlagen, den
Flieger zu benutzen. Drei davon werden uns zugeschickt.
Morgen früh müßten sie ankommen. Wer weiß, vielleicht
können wir sie doch noch gebrauchen.«

»Du wolltest also, wenn ich das richtig verstanden habe,
mit dem Gleiter die Sicherheitssperren überwinden, um
dann mit Hilfe des Senders an das Gemälde heranzukommen.« Sabrina zog die Stirn kraus. »Aber wie hätten wir ins
Haus gelangen sollen, ohne ...« Sie stockte, als Graham eine
Magnetkarte aus der Tasche zog und sie auf den Tisch warf.

»Die hab ich einer der Wachen abgeluchst.«

Whitlock nahm sie in die Hand und sah sie sich genau an.
Es war eine ganz normale Karte mit Magnetstreifen, samt
Namen und Paßbild des Wachpostens. »Nichts Besonderes.
Bei dem Sicherheitsapparat hätte ich was Subtileres erwar-
tet.«

»Man muß erst mal ins Haus gelangen, um die Karte einsetzen zu können«, entgegnete Sabrina. »Und das dürfte für
einen einfachen Einbrecher ziemlich unmöglich sein.«

»Tja, hat jemand einen anderen Plan?« fragte Graham und
blickte in die Runde.

»Am besten wär's, wenn wir einfach ins Haus spazieren
und das Gemälde abhängen könnten«, meinte Sabrina.

Kolchinsky trank einen Schluck Bier und setzte die Flasche
auf dem Tisch ab. »Genau das werden wir tun. Ich zumindest.«

»Ach, Sergei. Wir wollen doch ernst bleiben.«

»Das bin ich, C. W.« Dann wandte sich Kolchinsky an
Graham. »Als Sie mir Ihren Plan vorstellten, hatte ich zunächst meine Bedenken. Er war mir irgendwie zu ... toll-
dreist. Aber ich habe mich einverstanden gezeigt, weil keine

andere Möglichkeit in Sicht war. Doch jetzt ist mir selber eine Idee gekommen, eine ganz einfache.Ich tauche unangemeldet vor Schraders Haus auf und behaupte, Toysgen zu sein. Schrader weiß nicht, daß Toysgen tot ist ...«

»Da ist schon ein Haken, Sergei.«

»Lassen Sie mich erst zu Ende sprechen, Michael, dann können Sie den Plan zerpflücken, wie Sie wollen. Wenn Schrader davon überzeugt ist, daß ich Toysgen bin, beklage ich mich darüber, von van Dehn und Keppler geleimt worden zu sein. Außerdem behaupte ich, daß die beiden ihm die Fälschung ausgeliefert und das Original selber behalten hätten, um es zu einem späteren Zeitpunkt noch einmal verkaufen zu können. Dann werde ich einen chemischen Test vortäuschen, um meine Behauptung zu beweisen und vorschlagen, daß ich mit dem Gemälde nach Amsterdam zurückkehre und es gegen das Original austausche. Das Original würde ich ihm zuschicken und die Fälschung an van Dehn und Keppler verkaufen für die Summe, die sie mir angeblich schulden. Wenn sich Schrader darauf einläßt, ist unser Auftrag erledigt. Morgen nachmittag könnte das Bild im Met hängen.«

»Drago kennt Toysgen. Er hat ihn in Amsterdam getroffen. Wie wollen Sie damit klarkommen?«

»Drago wird nicht da sein, Michael. Ursprünglich hatte ich vor, ihn unter irgendeinem Vorwand aus dem Haus zu locken. Daß sich Yuri in Rio aufhält, erleichtert die Sache ungemein. Ich rufe an, gebe mich als Yuri aus und schlage vor, ihn in einer Stunde irgendwo in der Stadt zu treffen. Wenn Drago weg ist, werden C. W. und ich am Haupttor vorfahren und nach Schrader fragen.«

»Welche Rolle spiele ich dabei?« fragte Whitlock.

»Sie sind mein Fahrer.«

»Und was ist, wenn Schrader im Met anruft und nach van Dehn verlangt?« wollte Sabrina wissen.

»Ich habe veranlaßt, daß Pieter de Jongh aus Amsterdam einfliegt. Er wird morgen früh in New York sein, falls Schrader wirklich anruft.«

»Der Plan hat was für sich«, sagte Whitlock nach einer

Weile. »Aber er steht und fällt mit der Frage, ob Schrader wirklich bereit ist, das Gemälde abzugeben.«

»Versetzen Sie sich in seine Lage«, erwiderte Kolchinsky. »Er hat eine Menge Geld eingesetzt, um das Original der ›Nachtwache‹ in seine Privatgalerie hängen zu können. Dann wird ihm von einer Person, die es wissen muß, eröffnet, daß sein Gemälde eine Fälschung ist. Ich glaube kaum, daß ihm eine andere Möglichkeit bleibt, als auf meinen Vorschlag einzugehen. Was nützt ihm die Fälschung?«

»Zuerst muß er Ihnen glauben.«

»Er wird mir glauben, C. W. Wenn's sein muß, kann ich sehr überzeugend wirken. Das wissen Sie.«

»Der Versuch lohnt sich«, stimmte Graham zu. »Was sollen Sabrina und ich unterdessen tun?«

»Nichts. Schrader kennt Sie.«

»Wann brechen wir morgen auf?« fragte Whitlock.

»Wir treffen uns um halb neun im Foyer.«

»Es ist schon nach zwei.« Whitlock stand auf und gähnte. »So leid es mir tut, die Party zu verlassen, aber ich geh jetzt ins Bett.«

»Und ich fahre besser gleich in mein Hotel zurück, denn da sind noch ein paar Anrufe zu erledigen, bevor ich ins Bett gehe.«

Sabrina schloß die Tür hinter den beiden, wandte sich dann Graham zu und zeigte auf dessen Bein. »Mir ist aufgefallen, daß du humpelst. Was fehlt dir?«

»Ich hab mich am Berg verletzt. Ist nicht so schlimm.«

»Das kenn ich schon. Laß mich mal nachsehen.«

»Nicht nötig«, entgegnete er unwirsch. »Unter der Dusche werfe ich selber einen Blick drauf. Hör auf, mich zu bemuttern.«

»Ich wollte doch bloß helfen«, sagte Sabrina beleidigt. »Aber daß du so reagierst, hätte ich mir ja denken können.«

»Allerdings. Ich kann mich schon selber um meine Verletzungen kümmern.« Er stürmte ins Badezimmer und knallte die Tür hinter sich zu.

Sie warf verzweifelt die Hände in die Luft, aber kaum hatte sie sich auf die Couch fallen lassen, als ein qualvoller

Schrei im Badezimmer zu hören war. Sie sprang zur Tür und stieß sie auf. Graham saß mit heruntergelassener Hose auf einem Hocker und hielt sich den Schenkel. Der Knieverband war blutdurchtränkt.

»Was ist passiert?« fragte sie besorgt.

»Die Hose ist am Verband hängengeblieben, als ich sie ausgezogen habe. Verflucht tut das weh.«

»Du mußt die Neoprenhose abschneiden und dann den Verband unter der Dusche aufweichen.« Sie nahm eine Schere vom Fensterbrett. »Nimm die hier. Ich verbinde das Knie wieder, wenn du fertig bist. Es sei denn, du willst nicht bemuttert werden.«

Er lächelte gequält, sagte aber nichts. Sie machte die Tür hinter sich zu und schaltete das Radio ein. Nachdem sie die ›Stimme Amerikas‹ gefunden hatte, legte sie sich aufs Bett und schloß die Augen.

Ein paar Minuten später kam Graham aus dem Badezimmer. Er trug ein weißes Unterhemd und blaue Shorts und frottierte die nassen Haare mit einem Handtuch. Sabrina schien zu schlafen.

»Ist der Verband runter?« fragte sie ohne die Augen zu öffnen.

»Ja«, antwortete er und setzte sich aufs Bett.

Sie schwang die Beine über die Bettkante und holte aus ihrem Koffer einen blauen Leinenbeutel mit Erste-Hilfe-Utensilien, mit denen sich jeder UNACO-Agent vor seinem Einsatz ausrüsten mußte. Sie kniete vor Graham auf dem Boden und untersuchte die Verletzung. Eine gut vier Zentimeter lange Platzwunde verlief quer über das Knie.

»Na, werd' ich das überleben?« fragte er und schlang das Handtuch um den Hals.

»Wenn du Glück hast.« Sie zog den Leinenbeutel auf und entnahm ihm eine Flasche Desinfektionsmittel, einen Wattebausch und einen Verband. »Mach dich auf ein paar Schmerzen gefaßt«, warnte sie, nachdem sie den Wattebausch mit dem Desinfektionsmittel getränkt hatte.

»Okay«, antwortete er und zuckte zusammen, als sie die Watte in die Wunde tupfte.

»Es wird eine schöne Narbe zurückbleiben.«

»Manche Leute sammeln Fotos zur Erinnerung an die Länder, die sie besucht haben. Ich sammle Narben.«

Sabrina glaubte, Graham noch nie so entspannt erlebt zu haben. Bevor er unter die Dusche gegangen war, hatte er sich in einer viel schlechteren Laune gezeigt. Ein Rätsel, dieser Mann, typisch für Mitarbeiter der UNACO. Lächelnd wickelte sie den Verband ums Knie, steckte ihn mit einer Sicherheitsnadel fest und verstaute den Beutel wieder im Koffer. Als sie aufblickte, stellte sie überrascht fest, das sich Graham anhaltend im Wandspiegel betrachtete. Dabei haßte er Spiegel, denn seiner Meinung nach förderten sie die Eitelkeit. Was also war in ihn gefahren?

Er spürte ihren Blick und sagte: »Das Gerede von den Narben hat ein paar Erinnerungen in mir ausgelöst. An Vietnam vor allem.«

Sabrina fühlte sich plötzlich stark erregt. Graham hatte noch nie mit jemandem bei der UNACO über seine Zeit in Vietnam gesprochen. Das war immer sein ›Tabu-Thema‹ gewesen, wie Whitlock das einmal treffend formuliert hatte.

»Die Narbe hier stammt von einem Treffer, der meiner Football-Karriere ein Ende gemacht hat«, sagte er und fuhr mit dem Finger über ein blasses Wundmal auf der rechten Schulter.

»Wie ist es dazu gekommen?« fragte sie.

Er hockte sich aufs Bett und ballte die Fäuste. »Eine Splittergranate. Drei Monate lang konnte ich den Arm nicht mehr bewegen. So elend wie damals habe ich mich noch nie gefühlt. Ich mußte jeden Tag angezogen werden und mir das Fleisch auf dem Teller klein schneiden lassen. Himmel, ich mußte mir sogar von einer Schwester helfen lassen, wenn ich zum Klo wollte. Und dann eröffnete mir eines Tages so ein Quacksalber, der gerade die Schule hinter sich hatte, daß ich den Arm nie mehr würde bewegen können. Das hatte genügt, um mich aufzuscheuchen. Ich wollte diesem aufgeblasenen Kerl doch nicht gönnen, recht zu behalten. Also bin ich zur Physiotherapie gegangen. Acht Monate später wurde ich als Militärberater nach Thailand versetzt, um die Meo-Söldner auszubilden. Ich kann den Arm immer noch nicht voll bewegen.« Er streckte den Arm nach vorn und schwenkte ihn zur Seite, bis er eine Linie mit der Schulter bildete. »Weiter geht's nicht. Mit dem Gelenk stimmt was nicht. Dafür gibt's auch einen medizinischen Ausdruck, aber den hab ich vergessen. Meine Hoffnungen, ein zweiter Dan Marino oder Jim McMahon zu werden, waren somit schon im Alter von neunzehn Jahren dahin.«

»Waren das Football-Spieler?« fragte sie zögernd.

»Ja, zwei der besten Quarterbacks, die es je gab.«

»Ich kenne mich in dem Sport nicht aus«, sagte sie mit entschuldigendem Lächeln. »Ich hab mir noch nie ein Spiel angesehen.«

»Noch nie?« Graham war sichtlich überrascht.

Sie schüttelte den Kopf. »Dabei bin ich mal mit einem Jungen gegangen, der ein genauso begeisterter Anhänger war wie du. Er hat mich immer zu überreden versucht, mit ihm ins Shea-Stadion zu gehen. Aber ich hatte einfach kein Interesse daran.«

»Das kann ich verstehen. Ins Shea-Stadion wäre ich auch nicht mitgegangen. Wer will sich auch als Anhänger der Jets ausgeben?«

Sie lachte. »Männer und Football. Er hat von den Giants ebensowenig gehalten wie du von den Jets.«

»Ich hoffe, du bist den Kerl endgültig los«, sagte er lächelnd und gähnte. »Für heute reicht's mir. Ich gehe jetzt ins Bett.«

»Ich auch. Stell dir vor, vielleicht können wir morgen um diese Zeit schon zu Hause sein.«

»Das hängt wohl einzig und allein von Sergei ab, oder?«

»Wohl oder übel.«

»Bis morgen.« Er ging zur Couch und machte sich sein Bett zurecht.

»Übel«, murmelte sie und verschwand im Badezimmer.

ZWÖLF

»Zu mehr hat's nicht gereicht, Sergei?« fragte Whitlock geringschätzig und ging langsam um den verbeulten weißen Lieferwagen herum, der vor dem Hotel parkte. »In New York würde der Blechhaufen sofort stillgelegt werden. Warum ausgerechnet so eine Kiste?«

»Weil Sie ein armer *favelado* sind, den ich angeheuert habe, damit er mich zu Schrader bringt. Wir können da doch nicht in einem polierten Transporter von Hertz auftauchen. Der Wagen ist genau richtig. Ich habe ihn für hundert Dollar gekauft.«

»Daß ich einen *favelado* spielen soll, wußte ich noch gar nicht. Für die Rolle bin ich kaum richtig angezogen.«

»Sie finden ein paar Sachen hinten im Wagen. Ich bin sicher, die werden passen.«

Whitlock öffnete die Hecktür und stieg in den Laderaum. Wenig später sprang er mit angewidertem Gesichtsausdruck nach draußen. »Die Sachen stinken ja entsetzlich.«

»Das wundert mich nicht. Ich habe sie heute morgen einem Penner abgekauft. Sie müssen überzeugend auftreten, C. W. Nur so können wir Schrader austricksen.«

»Na schön, ich besorge ein paar Klamotten in einem Secondhandladen und trage die.«

Kolchinsky schüttelte den Kopf.

»Sergei, die Lumpen zieh ich nicht an. Ich will mir doch keine Flöhe und Läuse einfangen. Wer weiß, was da noch alles drinsteckt. Und außerdem ist der Gestank …«

»Ich kann Sie nicht zwingen«, unterbrach Kolchinsky. »Dann müssen wir die Sache halt abblasen und uns einen neuen Plan ausdenken. Kommen Sie, wir wecken Sabrina und Mike auf und sehen, was sich machen läßt.«

»Sie wollen tatsächlich den Plan wegen dieser Lappalie aufgeben?«

»Das ist keine Lappalie, C. W. Toysgen war jemand, der einen *favelado* angeheuert hätte und nicht irgendeinen geschwätzigen Taxifahrer. Wenn Sie nicht gehörig stinken, wird das den Wachen gleich auffallen, und die informieren Schrader.«

»Na gut, ich zieh die Klamotten an«, knurrte Whitlock und verschwand im Laderaum des Lieferwagens.

Kolchinsky grinste und setzte sich auf den Beifahrersitz.

Whitlock schlüpfte in das schweißdurchtränkte Hemd, zog die durchgescheuerte Hose an und ausgetretene Schuhe, knallte dann die Hecktür zu und stieg hinters Steuer. »Jetzt weiß ich endlich, was unter methodischem Vorgehen zu verstehen ist«, brummte er und verzog das Gesicht.

Kolchinsky kurbelte das Seitenfenster herunter und verzichtete darauf, sich über Whitlock lustig zu machen. Ob der es ihm danken würde, blieb fraglich.

»Ich hoffe, Sie kennen den Weg«, meinte Whitlock und startete den Motor.

»Heute früh bin ich schon einmal die Strecke abgefahren.« Kolchinsky nahm eine Straßenkarte aus dem Handschuhfach und faltete sie auf den Knien auseinander. »Wir müssen von der Avenida Niemeyer abbiegen.«

»Das sagt mir nicht viel.«

»Sie fahren. Ich lotse.«

Zwanzig Minuten später erreichten sie die Abzweigung.

»Nach einem Kilometer kommen wir an einem kleinen Café vorbei«, sagte Kolchinsky nach langem Schweigen. »Von dort aus werde ich Drago anrufen.«

Als die Straße steiler wurde, schaltete Whitlock in einen kleineren Gang zurück und gab den nachfolgenden Autos Gelegenheit zu überholen. Vor dem Café stieg Kolchinsky aus und ging zum Telefon, das mit einer gelben Kuppel überdacht war. Er steckte eine *ficha* in den Einwurf und wählte die Nummer.

»Danaë. *Bon dia*, guten Morgen«, antwortete eine freundliche Frauenstimme.

»Ich möchte André Drago sprechen.«

»Darf ich fragen, wer am Apparat ist?«

»Leonov.«

»Augenblick, Sir. Ich will sehen, ob Mr. Drago im Hause ist.«

Nach einer Weile meldete sich Drago.

»Hier Leonov. Ich muß Sie sofort treffen.«

»Was ist los? Ich dachte, wir haben uns für heute abend im Strandhaus verabredet.«

»Warum posaunen Sie unseren Treffpunkt nicht gleich auf offener Straße aus?« keifte Kolchinsky in typischer Leonov-Manier.

Drago stöhnte hörbar. »Tut mir leid. Ich hab im Augenblick eine Menge Ärger am Hals.«

»Ich will Sie in dreißig Minuten vor dem Carmen Miranda-Museum sehen.«

»Soll ich den Umschlag mitbringen?« fragte Drago zögernd.

»Natürlich.« Kolchinsky legte den Hörer auf und ging zurück zum Wagen.

»Ist er Ihnen auf den Leim gegangen?« fragte Whitlock.

»Er glaubt, Leonov in einer halben Stunde am anderen Ende der Stadt zu treffen. Das verschafft uns genügend Zeit.«

»Woher sollen wir wissen, wann Drago das Haus verläßt?«

Kolchinsky nahm ein Fernglas aus dem Handschuhfach. »Kommen Sie. Ich zeig's Ihnen.«

Whitlock folgte Kolchinsky an den Rand des umzäunten Parkplatzes. Die Aussicht war fantastisch: Ipanema und Leblon breiteten sich unter ihnen aus wie das Hochglanzfoto eines Reiseprospekts.

Kolchinsky reichte Whitlock das Fernglas und deutete auf den Berg jenseits des Strandes von São Conrado. »Richten Sie das Glas auf den Weg dahinter. Sehen Sie was?«

»Bäume und nochmals Bäume«, antwortete Whitlock.

»Ja, die säumen die Straße. Schauen Sie weiter höher.«

»Ich weiß nicht, was ... Augenblick, ich kann das Tor sehen. Drei Meter hoch, schätze ich.« Whitlock senkte das Fernglas. »Ist das der Eingang?«

Kolchinsky nahm das Fernglas und setzte es an die Augen. »Das ist das einzige Tor zu Danaë. Drago muß da durch.«

»Woher wußten Sie von dem Ausblick hier?«

»Den habe ich durch Zufall entdeckt. Heute morgen bin ich bis zum Tor vorgefahren; auf dem Rückweg ist mir dann aufgefallen, daß man die Einfahrt von hier aus gut überblikken kann.«

Eine Bewegung ließ Whitlock aufmerken. Er stieß Kolchinsky an und sagte: »Die Zeit wird wohl doch knapp werden.«

Kolchinsky richtete das Fernglas nach oben. Ein weißer Gazelle-Hubschrauber stieg vom Berggipfel auf und flog nach einer scharfen Kurve dem Strand von São Conrado entgegen. Kolchinsky fokussierte auf das Cockpit. Kein Zweifel – neben dem behelmten Piloten war der weißhaarige Kopf von Drago zu erkennen.

»Sollen wir jetzt weitermachen wie geplant?« fragte Whitlock.

»Natürlich. Wir haben immer noch einen Vorsprung von gut dreißig Minuten. Das reicht.«

Sie setzten den Weg fort und bogen zwei Kilometer später in die beschilderte Zufahrt von Danaë ein. Die Straße stieg in Serpentinen den Berg hinauf und flachte auf den letzten zweihundert Metern ab.

Vor dem Tor angekommen, stieg Kolchinsky aus dem Wagen, warf einen Blick auf die Überwachungskamera, ging dann zur Gegensprechanlage und drückte den Knopf. »Ich möchte Mr. Schrader sprechen.«

»Haben Sie eine Verabredung mit ihm?« fragte eine Männerstimme.

»Nein, aber er wird mich auch so empfangen.«

»Mr. Schrader empfängt keinen unangemeldeten Besuch.«

»Ich hatte bisher keine Gelegenheit, mich anzumelden. Ich bin heute morgen mit dem Flugzeug aus Amsterdam eingetroffen.«

»Wie gesagt ...«

»Ich weiß, Mr. Schrader empfängt nicht ohne Verabredung. Aber hören Sie mir genau zu. Um ein Uhr heute mittag fliege ich nach Amsterdam zurück, und wenn ich bis dahin Mr. Schrader nicht gesehen habe, kann er sich ein Millionengeschäft an die Backe schmieren. Und das wird Ihre Schuld sein.«

Nach längerer Pause: »Na gut. Ich werde Mr. Schrader fragen, ob er Sie treffen will. Wie ist Ihr Name?«

»Toysgen.«

»Buchstabieren Sie bitte.«

Kolchinsky tat ihm den Gefallen. »Sagen Sie Ihrem Chef, daß es sich um das Gemälde handelt. Er weiß dann Bescheid.«

Eine Minute später war ein metallisches Klicken zu hören. Das Tor schwang auf. Kolchinsky steig in den Wagen zurück, und Whitlock fuhr los. Das Tor klappte hinter ihnen zu. Vor dem zweiten Tor wurden sie von einer bewaffneten Wache angehalten. Der Mann warf einen mißbilligenden Blick auf den Wagen, trat ans Fahrerfenster und schaute hinein.

»Stimmt was nicht?« fragte Kolchinsky.

Vom Gestank aus Whitlocks Sachen vertrieben, ging die Wache um den Wagen herum, stellte sich vors Beifahrerfenster. »Ich will mal einen Blick nach drinnen werfen«, sagte die Wache und klopfte an die Seitenwand.

»Ist offen«, entgegnete Kolchinsky.

Die Wache öffnete die Heckklappe. Der Laderaum war leer. Der Posten schloß die Tür wieder und winkte die Besucher durch. Whitlock steuerte den Wagen in den großen Hof und hielt vor der Empfangshalle an. Kolchinsky zog seinen Aktenkoffer unter dem Sitz hervor.

»Was ist da drin?«

»Genug, hoffe ich, um Schraders Einverständnis zu gewinnen, das Gemälde abzutreten.« Kolchinsky stieg aus und ging zur Glastür, die sich vor ihm teilte.

Die Frau an der Rezeption lächelte ihm entgegen. »Guten Morgen, Mr. Toysgen.Mr. Schrader hat mich gebeten, Sie sofort zu ihm hochzuschicken. Der Fahrstuhl ist dort drüben.«

»Welcher Stock?«

»Es gibt nur einen Knopf«, antwortete sie.

Kolchinsky stand wartend vor dem Fahrstuhl und ahnte nicht, daß der Inhalt des Aktenkoffers vom Kontrollraum aus durchleuchtet wurde, und zwar mit Hilfe einer Röntgenkamera, die in die Wand eingebaut war. Ein grünes Licht blinkte am Rezeptionsschalter auf, und die Empfangsdame öffnete per Knopfdruck die Lifttür. Kolchinsky klemmte den

Koffer unter den Arm und starrte auf die Schuhspitzen, als der Aufzug knapp hundert Meter hoch in den zweiten Empfangsraum hinauffuhr, wo ihn eine andere Rezeptionistin zu einer Stahltür führte, die sie mit einer Magnetkarte öffnete. Sie drückte einen Knopf, ein zweiter Fahrstuhl brachte sie beide zur nächsten Ebene hinauf. Die Tür öffnete sich vor einer sonnigen Lounge. Schrader stand am Fenster.

»Mr. Toysgen ist hier, Sir«, meldete die Frau vom Empfang.

Schrader drehte sich um. »Vielen Dank, Clara.«

Sie verschwand im Aufzug.

Schrader gab Kolchinsky die Hand und forderte ihn mit einer Handbewegung auf, in einem der Rattansessel Platz zu nehmen. »Bitte setzen Sie sich. Darf ich Ihnen etwas anbieten? Tee? Kaffee? Ein kleines Frühstück?«

»Nein, danke. Mir bleiben nur ein paar Stunden in Rio. Ich will deshalb sofort zur Sache kommen, wenn ich darf.«

»Bitte tun Sie das.«

Kolchinsky gab sich nervös und fingerte am Griff des Aktenkoffers herum. »Ich weiß nicht, wie ich's sagen soll, Mr. Schrader. Sie waren nämlich bisher immer sehr gut zu mir.«

»Sagen Sie es frei heraus. Dadurch lassen sich Mißverständnisse ausschließen.«

»Nun gut.« Kolchinsky feuchtete die Lippen an. »Ich habe Grund zur der Annahme, daß die ›Nachtwache‹, die Sie von van Dehn erhalten haben, eine Fälschung ist.«

Schrader blickte starr auf den Teppich und ging ans Fenster. »Erzählen Sie weiter.«

»Er hat zusammengearbeitet mit einem Mann namens Keppler …«

»Keppler?« unterbrach Schrader unwirsch. Aber dann schenkte er Kolchinsky ein entschuldigendes Lächeln und bat ihn fortzufahren.

»Ich vermute, Sie kennen den ursprünglichen Plan, der für den Austausch der Gemälde vorgesehen war, oder?«

»Ich habe ihn entworfen.«

»Das wußte ich nicht«, sagte Kolchinsky der Wahrheit entsprechend. »Die erste Phase des Austauschs verließ plangemäß. Van Dehn vertauschte die Fälschung mit dem Original im Laderaum des Lieferwagens und fuhr anschließend damit nach Wien. Keppler aber ist in sein Büro zurückgekehrt und hat das Original gegen eine zweite Fälschung ausgetauscht, die dann an Sie verschickt worden ist.«

»Es gab eine zweite Fälschung?« fragte Schrader verwundert.

»Beide stammen von mir. Aber ich hätte mich nie dafür hergegeben, wenn ich gewußt hätte, daß van Dehn Sie damit betrügen wollte. Das müssen Sie mir glauben, Mr. Schrader.«

»Und wo steckt das Original jetzt?«

»In Kepplers Lagerhaus. Das heißt, falls es sich tatsächlich um das Original handelt. Deshalb bin ich hergekommen, um ganz sicher sein zu können.«

Nachdenklich massierte Schrader die Nase. »Wie sind Sie an diese Information gekommen?«

»Über de Vere und Oosterhuis, die beiden Angestellten von Keppler, die an dem Austausch beteiligt waren. Seine ehemaligen Angestellten, müßte ich richtigerweise sagen. Keppler hat sie entlassen, ohne ihnen den versprochenen Anteil zu bezahlen. An die Polizei konnten sie sich wegen ihrer langen Vorstrafenliste nicht wenden, also sind sie statt dessen zu mir gekommen. Wir haben alle Möglichkeiten durchgesprochen und haben beschlossen, daß ich nach Rio fahre, um zu prüfen, ob es sich bei Ihrem Gemälde um das Original handelt oder nicht.«

Schrader schenkte sich einen Scotch ein. »Wissen Sie, was van Dehn und Keppler mit dem Original vorhaben? Wenn es das Original ist?«

»Oosterhuis behauptet, ein Telefongespräch von Keppler mitgehört zu haben. Es scheint, als habe der Anrufer zugesichert, Ihr Angebot an van Dehn zu verdoppeln. Oosterhuis meint, daß der Name des Anrufers so ähnlich wie ›Averheart‹ geklungen hat.«

Schrader biß die Zähne aufeinander, und die Hand, mit der er das Glas umfaßte, wurde an den Knöcheln weiß.

»Eberhart. Ralph Eberhart. Solche Gaunereien passen zu

ihm, und daß er mich dabei übers Ohr hauen kann, macht ihm besonders viel Spaß. Was kann ich tun?«

»Wir müssen zuerst einen Test machen, um zu sehen, ob Sie wirklich nur die Fälschung haben.« Kolchinsky klopfte auf seine Aktentasche. »Ich hab die für den Test notwendigen Mittel mitgebracht. Ich brauche nur zwei Proben, die ich mit der Lösung analysieren kann. Eine solche Probe braucht nicht größer als ein Quadratzentimeter zu sein: ein Stück von der ›Nachtwache‹ und eins von einem Gemälde, das mit Sicherheit aus dem sechzehnten oder siebzehnten Jahrhundert stammt. Läßt sich das machen?«

»Natürlich.«

Kolchinsky trat ans Fenster, nachdem Schrader den Raum verlassen hatte. Er schaute auf die Uhr. Drago war schon seit achtzehn Minuten unterwegs.

Als Schrader zurückkehrte, brachte er zwei Briefumschläge mit; der eine war mit A, der andere mit B gekennzeichnet. In ihnen steckte je eine Probe. Kolchinsky öffnete seinen Aktenkoffer und entnahm ihm einen Holzständer mit zwei Reagenzgläsern. Er stellte sie auf dem Tisch ab und brachte eine Flasche zum Vorschein, die mit einer klaren Flüssigkeit gefüllt und mit einem Korkstopfen verschlossen war. Um seinen Auftritt schauspielerisch zu verfeinern, hielt Kolchinsky die Flasche gegen das Licht.

»Was ist da drin?« wollte Schrader wissen.

»Verdünnte Salzsäure.« Kolchinsky entkorkte die Flasche und schüttete in die beiden Reagenzgläser ein jeweils gleich großes Quantum Flüssigkeit. Als er bemerkte, daß Schrader die Stirn kraus zog, fragte er: »Kennen Sie den Test nicht?«

»Ich würde lügen, wenn ich was anderes behauptete.«

»Oh, ich dachte, Sie wüßten Bescheid. Die Sache ist ganz einfach. Je älter die Farbe, desto langsamer löst sie sich von der Leinwand ab. Wenn also die ›Nachtwache‹, die Keppler Ihnen geschickt hat, eine Fälschung ist, wird sich die Farbe schneller in der Säure auflösen als bei dem älteren Vergleichsmuster. Wissen Sie mit Sicherheit, daß das andere Gemälde ein Original aus dem sechzehnten oder siebzehnten Jahrhundert ist?«

»1641 ist sein nachgewiesen exaktes Entstehungsdatum.« Schrader nahm einen Schluck Scotch und zeigte dann auf die Reagenzgläser. »Werden sich die Leinwandstücke nicht auch auflösen?«

»Ein guter Hinweis. Sie halten sich länger in der Säure, die einen pH-Wert von 5 hat, also ziemlich schwach ist, stark genug allerdings, um die Farbe aufzulösen, vor allem wenn sie frisch ist.«

»Genial.«

»Bis zu einem gewissen Punkt, ja.« Kolchinsky nahm zwei Lackmusstreifen aus dem Aktenkoffer und tauchte sie in die Reagenzgläser. Beide wurden rot. »Sauer, stimmt's?«

Schrader nickte.

»Könnte ich was zu trinken haben? Mein Hals ist ausgetrocknet.«

»Was wünschen Sie?« fragte Schrader.

»Einen kleinen Scotch, bitte.« Kolchinsky zog eine Zigarettenschachtel aus der Tasche, die er öffnete, als Schrader ihm den Rücken zukehrte. Darin steckten ein Dutzend Zigaretten sowie ein verkorktes Reagenzglas mit Wasser. Er entfernte den Korken und vertauschte das Röhrchen mit dem im Reagenzglasständer. Dann steckte er sich eine Zigarette zwischen die Lippen und verstaute die Packung in der Tasche.

»Ihr Drink«, sagte Schrader und reichte ihm das Glas.

Kolchinsky steckte die Zigarette an, holte mit einer Pinzette die Probe von der ›Nachtwache‹ aus dem Umschlag und tunkte es in die verdünnte Salzsäure. Die andere Probe kam ins Wasser. Schrader ging in die Hocke und ließ die Augen zwischen den Reagenzgläsern hin und her gehen. Die Farbe in der Säure löste sich langsam auf. Wütend schlug er mit der Faust auf den Tisch, dann stopfte er die Hände in die Taschen und ging ans Fenster.

»Wie komm ich an das Original ran?« fragte er leise.

»Ich hätte da eine Idee, bin mir aber nicht sicher, ob Sie sich darauf einlassen würden.«

»Ich höre.«

Kolchinsky zog die Leinwandstücke aus den Glasröhrchen und steckte sie in den jeweiligen Umschlag, die er beide in den Aktenkoffer fallen ließ. »Ich bringe die Fälschung zurück nach Amsterdam. De Vere und Oosterhuis klauen das Original aus Kepplers Warenhaus, und dann bieten wir die Fälschung zum Verkauf an – als Original. Keppler hat keine andere Wahl; er muß von uns kaufen, weil sonst sein Geschäft mit Eberhart platzt.«

»Und das Original?«

»Bringe ich Ihnen nach Rio. Außerdem werde ich noch ein paar Tests vornehmen, um seine Echtheit sicherzustellen.«

»Woher weiß ich, daß ich Ihnen vertrauen kann?«

»Wir hätten das Original aus dem Lagerhaus klauen können, ohne Sie darin einzuweihen. Auf dem Schwarzmarkt bringt das Bild nicht weniger ein, als van Dehn und Keppler von Ihnen verlangt haben. Statt dessen aber sind Sie von uns eingeweiht worden. Wir wollen mit Ihnen quitt sein.«

Schrader massierte sich nachdenklich die Stirn und griff dann zum Telefon. »Carla, sagen Sie Ramon, er soll das Gemälde, das er mit mir vorhin ins Allerheiligste geschafft hat, wieder in die Originalkiste verpacken und ins Foyer bringen. Und zwar sofort.« Er legte den Hörer auf und ging mit Kolchinsky zum Fahrstuhl, öffnete mit der Magnetkarte die Tür, langte nach innen und drückte einen der Knöpfe.

»Versuchen Sie nicht, mich zu hintergehen, Toysgen. Ich würde Sie umbringen.«

Die Tür ging zu.

Kolchinskys Triumph wurde überschattet von einer dunklen Ahnung: Achtundzwanzig Minuten waren schon verstrichen, seit Drago das Haus verlassen hatte. Bald würde er dahinterkommen, daß er geleimt worden war. Wie würde er wohl reagieren?

Kolchinsky wußte, was er an Dragos Stelle täte, nämlich im Haus anrufen, um zu erfahren, ob in seiner Abwesenheit irgend etwas Ungewöhnliches passiert war; und wenn er dann von Toysgen und dessen Chauffeur erfuhr, würde er sie zurückhalten lassen und nach seiner Rückkehr persönlich unter die Lupe nehmen. Kolchinsky konnte nur hoffen, daß sich Drago anders verhalten würde.

Als er im Foyer ankam, sagte ihm die Empfangsdame, daß

es noch ein paar Minuten dauern würde, bis das Gemälde herbeigeschafft wäre. Er ging nach draußen zum Lieferwagen, um Whitlock über den Stand der Entwicklungen aufzuklären; doch bevor er ein Wort sagen konnte, tauchten vier Männer mit der verpackten ›Nachtwache‹ aus der Eingangshalle auf. Kolchinsky reichte Whitlock den Aktenkoffer und eilte ans Wagenende, um die Heckklappe zu öffnen. Die Kiste wurde an die Innenwand geschoben und mit Gurten gesichert. Dann schlug Kolchinsky die Klappe zu und stieg zu Whitlock in die Fahrerkabine.

Sie passierten das erste Tor und folgten der kurvigen Auffahrt.

Whitlock stieß einen Freudenschrei aus, als die Straße endlich einen geraderen Verlauf nahm, hundert Meter vor dem Haupttor, das sich bereits für sie geöffnet hatte.

Plötzlich setzten sich die Torflügel wieder in Bewegung und schwangen langsam zu.

»Das schaffen wir«, zischte Whitlock mit zusammengebissenen Zähnen.

Kolchinsky sperrte vor Schreck die Augen auf. »Nein, zu spät. Treten Sie die Bremse, C. W. Bremsen Sie!«

»Kommt gar nicht in Frage«, entgegnete Whitlock und drückte das Gaspedal bis zum Anschlag durch.

Die Außenspiegel flogen ab und der Lack wurde von den Seiten gekratzt, als sich der Lieferwagen durch die Öffnung zwängte. Whitlock mußte das Steuer herumreißen, um nicht in voller Fahrt an den Baum zu prallen, der auf der gegenüberliegenden Straßenseite stand.

»Sie sind wohl nicht ganz gescheit! Wenn wir vor das Tor …«

»Sparen Sie sich Ihre Lektion, Sergei. Jetzt geht's erst richtig los.«

Der weiße Hubschrauber tauchte kurz über ihnen auf und verschwand hinter den Wipfeln hoher Mahagonibäume.

»Wir müssen uns beeilen. Auf der Hauptstraße sind wir in Sicherheit.«

»Wenn wir's bis dahin schaffen«, bemerkte Kolchinsky. »Wer weiß, was Drago so alles an Bord der Maschine hat.«

»Von mir aus ein ganzes Waffenlager; es wird ihm nichts nützen. Wenn er den Wagen beschießt, riskiert er, das Gemälde zu beschädigen. Schrader würde ihn dafür kreuzigen.«

Der Hubschrauber folgte jetzt dem Wagen in gleichbleibendem Abstand. Drago brüllte durch ein Megaphon: »Halten Sie am Straßenrand an, und Ihnen wird nichts passieren. Ich wiederhole: Halten Sie an!«

Whitlock steuerte in rasender Fahrt in eine Kurve. Eine mit hohen Bäumen gesäumte Straße bot ihnen fürs erste Schutz. Ein Angriff von oben war jetzt nicht zu erwarten.

Kolchinsky schirmte die Augen vor dem flackernden Sonnenlicht ab und blinzelte durch die Windschutzscheibe nach oben. Er hörte das Dröhnen der Rotoren, konnte den Hubschrauber selber aber nicht sehen. Er warf sich in die Lehne zurück und tupfte mit seinem feuchten Taschentuch den Schweiß von der Stirn. Dann nahm er vier *fichas* aus dem Handschuhfach und steckte sie in Whitlocks Tasche. »Wenn Drago den Wagen zum Halten bringt, müssen Sie versuchen zu fliehen. Rufen Sie Michael an und erklären Sie ihm, was passiert ist.«

»Und was ist mit Ihnen?«

»Ich würde Sie bloß aufhalten.«

Als sie die schützende Baumreihe hinter sich ließen, stieß der Hubschrauber herab und folgte dem Wagen dicht über der Straße. Drago gab vier Schüsse kurz hintereinander auf die Hinterreifen ab. Eine Kugel traf ihr Ziel, und Whitlock mußte all sein fahrerisches Können aufbieten, um nicht von der Straße geschleudert zu werden. Er schaffte es, den Wagen unter Kontrolle zu bringen, und hielt an.

»Los!« rief Kolchinsky, als er Whitlocks Zögern bemerkte.

Whitlock stieß die Tür auf, tauchte nach unten ab und wälzte sich über den Boden, bis er das dichte Unterholz am Straßenrand erreichte. Drago sprang aus dem Hubschrauber, als die Landekufen den Asphalt berührten, und rannte auf das Dickicht zu, in dem Whitlock verschwunden war. Nichts rührte sich. Ein schwarzer Mercedes hielt mit quietschenden Reifen neben dem Hubschrauber an. Vier Männer sprangen heraus und eilten Drago zu Hilfe. Jeder war mit einer Maschinenpistole bewaffnet. Drago setzte drei von ihnen auf Whitlocks Spur und richtete dann seine Aufmerksamkeiten auf den Lieferwagen. Die Fahrerkabine schien verlassen zu sein, aber dann bemerkte er eine Schiebetür zwischen Kabine und Laderaum. Er befahl dem vierten Mann, die Schiebetür im Auge zu behalten, ging zur Heckklappe und rüttelte an dem klobigen Vorhängeschloß. Dann trat er einen Schritt zurück, feuerte einen gezielten Schuß ab, entfernte die verbogenen Reste des Schlosses und riß die Klappe auf. Kolchinsky starrte in die Mündung der CZ75 und hob langsam die Hände. Drago forderte ihn zum Aussteigen auf, stieß ihn vor die Seite des Wagens und filzte seine Kleidung. Kolchinsky war unbewaffnet. Mit Handschellen wurden ihm die Arme auf dem Rücken gefesselt.

»Ich lasse jemanden kommen, um die Reifen zu wechseln«, sagte Drago zur Wache. »Aber gnade dir Gott, wenn in der Zwischenzeit dem Gemälde was passiert.«

Die Wache schluckte nervös und fragte: »Und wenn der Fahrer zurückkommt?«

»Dann erschießt du ihn«, fauchte Drago, packte Kolchinsky beim Arm und führte ihn auf den wartenden Hubschrauber zu.

Whitlock kauerte tief im Gebüsch, als einer seiner Verfolger wenige Meter neben ihm stehenblieb, um sich mit dem Unterarm den Schweiß von der Stirn zu wischen. Unter anderen Umständen hätte er den Mann angefallen, aber der Gestank seiner Kleider war so durchdringend, daß er fürchten mußte, bei einer plötzlichen Bewegung buchstäblich gewittert zu werden. Als der Mann endlich weiterzog, kroch Whitlock in Richtung Straße zurück, wo er den parkenden Mercedes entdeckte. Ihm blieb nur diese eine Chance. Der Hubschrauber hatte abgehoben, und es war nur noch eine Frage der Zeit, wann Drago den Gefangenen zum Sprechen brachte; Kolchinsky würde nicht sehr lange dichthalten können.

Whitlock sah sich um; weil er nichts Verdächtiges entdeckte, sprang er aus seinem Versteck hervor und rannte auf den Mercedes zu. Er hatte fast den Rand des Dickichts erreicht, als er im äußersten Blickwinkel einen seiner Verfolger entdeckte. Im letzten Moment hechtete er zu Boden, und die auf ihn abgefeuerte Salve pflügte durch die hinter ihm stehenden Fichten. Vorsichtig näherte sich der Schütze und trat Whitlock, der wie leblos am Boden lag, in die Rippen. Whitlock rührte sich nicht. Doch als er auf den Rücken gewälzt wurde, packte er blitzschnell mit beiden Händen nach der MP5, riß den Lauf zur Seite und trat dem Angreifer mit voller Wucht in den Bauch. Dann riß er ihm die Maschinenpistole aus der Hand und rannte zum Mercedes. Ein zweiter Mann tauchte aus dem Gebüsch auf. Whitlock streckte ihn mit einem Schuß zu Boden, bevor er hinters Steuer stieg und die Zündung kurzschloß. Die Wache, die nun Drago zur Aufsicht des Lieferwagens abkommandiert worden war, feuerte auf den vorbeifahrenden Mercedes, aber die Kugeln ließen auf dem gepanzerten Seitenteil nur Dellen zurück. Nach wenigen Kurven steuerte Whitlock das Auto auf die Hauptstraße hinaus, wo er nach der nächsten Telefonzelle suchte.

Schrader wandte sich vom Fenster ab, als die Lifttür aufglitt und Drago den Gefangenen in die Lounge führte. »Nimm ihm die Handschellen ab, André.«

Drago ließ sich auf keine Diskussion ein und tat, was ihm der Chef aufgetragen hatte.

»Setzen Sie sich«, sagte Schrader und zeigte auf den Rattansessel, auf dem Kolchinsky schon am Morgen Platz genommen hatte.

Kolchinsky setzte sich und verschränkte die Arme über der Brust.

»Ich beglückwünsche Sie zu Ihrem Ganovenstück. Hervorragend ausgeheckt und fast gelungen. Zum Glück war André gescheit genug, mich anzurufen, als ihm klar wurde, daß man ihn unter falschem Vorwand aus dem Haus gelockt hat. Er konnte mich auch aufgrund meiner Beschreibung Ihrer Person darüber aufklären, daß Sie gar nicht Toysgen sind. Außerdem hat er mir von dem roten Punkt in der

Fälschung berichtet. Das war mir bislang nicht bekannt.« Schrader nahm in einem Sessel gegenüber von Kolchinsky Platz. »Seit wann wissen Sie von dem Austausch der Gemälde?«

Kolchinsky starrte auf den Teppich.

»Sie werden noch reden, so oder so. Ich versichere Ihnen, Sie ersparen sich eine Menge Ärger, wenn Sie mir freiwillig Auskunft geben.«

Kolchinsky blieb ungerührt.

Schrader beugte sich nach vorn und stützte die Ellbogen auf die Knie. »Zwingen Sie mich nicht, André einzuschalten. Er hat in der Vergangenheit schon härtere Brocken als Sie kleingekriegt. Ich weiß nicht, wie er das schafft, und will es auch gar nicht wissen. Ich hasse Gewalt, aber manchmal gehen meine Interessen vor. Wie in diesem Fall. Seien Sie vernünftig; beantworten Sie meine Fragen. Seit wann wissen Sie von dem Austausch?«

Kolchinsky schwieg immer noch.

Schrader ließ sich in den Sessel zurückfallen. »Ich habe Sie wirklich für vernünftiger gehalten. Sie wollen es nicht anders. André, schaffen Sie ihn weg.«

Kolchinsky mußte Zeit schinden, wußte aber, daß das, was er jetzt zu sagen vorhatte, ein Eigentor sein konnte. Das Risiko mußte er eingehen. Er schüttelte Dragos Hand ab. »Ich habe die *Golconda* versenkt.«

»*Sie?*« fragte Schrader verblüfft. »Warum?«

»Fragen Sie Drago.«

»Was soll Mr. Schrader mich fragen?« zischte Drago und zerrte Kolchinsky auf die Beine. »Auf jetzt, Sie haben Mr. Schrader genug Zeit gestohlen.«

»Moment mal, André. Lassen Sie ihn ausreden.«

»Sehen Sie nicht, daß er Sie bloß hinzuhalten versucht? Ich werde ihm reichlich Gelegenheit zum Sprechen geben.«

»Und dann?« sagte Kolchinsky. »Dann werden Sie mich umbringen müssen, nicht wahr? Schließlich darf Ihr Boß nicht erfahren, was Sie hinter seinem Rücken so alles treiben.«

»Jetzt reicht's aber ...«

»Halten Sie den Mund, André!« Schrader ging auf Kolchinsky zu. »Wer sind Sie?«

»Mein Name sagt Ihnen nichts.« Kolchinsky richtete den Blick auf Drago. »Beichten Sie Ihrem Chef, warum Sie letzte Nacht die *Golconda* haben ablegen lassen.«

»Sie wissen offenbar mehr als ich«, antwortete Drago in verächtlichem Ton. »Warum klären Sie uns nicht auf?«

»Nun?« drängte Schrader.

»Drago hat vor zwei Monaten mit kolumbianischen Drogenbossen ein Geschäft über achtzehn Kilogramm Heroin abgeschlossen«, sagte Kolchinsky und berichtete, was er von Philpott am Morgen per Telefonanruf erfahren hatte. »Die *Golconda* sollte die Ware von einem vorbeifahrenden Frachter übernehmen. Wer weiß, wie viele Menschenleben das Zeug zerstört hätte, wenn es in den Handel gelangt wäre.«

»Er saugt sich die ganze Geschichte doch nur aus den Fingern, um seine Haut zu retten. Sie wissen doch, Mr. Schrader, daß ich Drogen genauso verachte wie Sie.«

»Da ist noch viel mehr, was ich Ihnen über Drago erzählen könnte, aber für den Augenblick haben Sie wohl genug zum Grübeln. Ob Sie die Sache weiter verfolgen wollen, liegt ganz bei Ihnen.«

»Sie haben genug Lügen über mich verbreitet«, knurrte Drago und nahm die Handschellen vom Tisch. »Jetzt werden wir uns mal unterhalten. Aber allein.«

»Er bringt mich um, Mr. Schrader«, sagte Kolchinsky mit gefaßter Stimme. »Natürlich wird er einen Unfall vortäuschen, aber nur so kann er mich zum Schweigen bringen. Immerhin erfahren Sie auf diese Weise, daß ich die Wahrheit gesagt habe. Dann hat er seine Schuld bewiesen.«

Das Telefon läutete.

Schrader antwortete, reichte Drago den Hörer und wandte sich Kolchinsky zu. »Wenn ich herausfinde, daß Sie lügen, trete ich Sie mit Freuden an Drago ab, der dann mit Ihnen machen darf, was er will.«

»Und wenn Sie einsehen, daß ich nicht lüge?«

Schrader ging ans Fenster und fuhr langsam mit der Hand übers Gesicht.

»Würden Sie mich entschuldigen, Sir?« sagte Drago, nachdem er den Hörer aufgelegt hatte.

»Was ist los?«

»Das Gemälde ist unten im Foyer.«

»Lassen Sie es wieder ins Allerheiligste bringen. Ich werde mich später darum kümmern. Was ist mit dem Fahrer? Ist er gefaßt worden?«

Drago senkte den Blick. »Nein, Sir. Er konnte entkommen.«

Verärgert schüttelte Schrader den Kopf. »Zuerst die Sache mit der *Golconda* und dann das. Was zum Teufel geht hier vor, André?«

»Er hat meine Männer überrascht«, murmelte Drago.

»Ich will keine Entschuldigungen hören. Ich will Resultate. Verschwinden Sie jetzt, und schnappen Sie mir den Kerl.«

Drago warf einen finsteren Blick auf Kolchinsky und ging auf den Lift zu.

Schrader ließ den Gefangenen in eines der Schlafzimmer abführen und setzte sich dann vor den Telefonapparat, um einen Anruf zu führen, vor dem ihm bange war.

DREIZEHN

Graham reagierte sofort auf Whitlocks Anruf, mietete einen Lieferwagen und fuhr mit Sabrina hinaus zum Flughafen, um dort die drei von UNACO geschickten Kisten einzusammeln. Anschließend machten sich die beiden auf den Weg zu dem entlegenen Café, wo Whitlock auf sie wartete.

Sabrina sprang leichtfüßig aus dem Wagen, rümpfte die Nase und fragte: »Woher kommt dieser eklige Gestank?«

»Das bin ich«, antwortete Whitlock und schaute an ihr vorbei auf Graham, der gerade ausstieg. »Mike, hast du die Sachen dabei?«

»Ja, sie sind da drin.« Graham warf ihm einen Plastiksack zu. »Du hast mir immer noch nicht erklärt, was eigentlich los ist.«

»Später. Hol schon mal die Kisten raus. Ich bin in einer Minute wieder da.«

Graham und Sabrina zuckten mit den Schultern, als Whitlock hinter dem Mercedes wegtauchte, um sich umzuziehen. Dann machten sie sich daran, die Kisten aus den Lieferwagen zu hieven. Whitlock kehrte mit weißem Hemd und Jeans zurück, und gemeinsam bauten sie die drei sechs Meter langen, ultraleichten Drachenflieger zusammen, die von einem dreißig Kilowatt starken Motor angetrieben wurden und fast von der Stelle weg starten konnten. Jede Kiste enthielt außerdem eine kugelsichere Weste (Armourshield GPV/25), eine UZI mit drei Vierziger-Magazinen, eine Blendgranate und eine L2-Splittergranate sowie einen Helm mit eingebautem Kopfhörer und integrierter Zielvorrichtung für das Pfeilgeschütz.

Graham, von den dreien der erfahrenste Pilot, wollte als erster starten. Er schnallte sich ins Geschirr und schaltete den Motor ein. Dann zog er am Steuerrahmen, bis der Flügel in horizontaler Lage war, und lief ein paar entschlossene Schritte quer über den Parkplatz, wobei er gleichzeitig den Steuerrahmen in einen günstigen Anflugwinkel brachte. Nach wenigen Sekunden war er in der Luft und lehnte sich über den Steuerrahmen, um auf Fluggeschwindigkeit zu kommen. Sabrina und Whitlock folgten, indem sie dasselbe vorschriftsmäßige Startmanöver ausführten. Sie steuerten absichtlich landeinwärts, um den Massen der Drachenflieger über dem Strand von São Conrado auszuweichen, und schalteten den Motor aus, als sie die gewünschte Höhe von tausend Fuß erreicht hatten. Der Ausblick von da oben war noch spektakulärer als vom Zuckerhut, den sie aber kaum wahrnahmen, als sie auf die Bergfestung von Danaë zusegelten.

Graham sah die beiden Wachen am Hubschrauberlandeplatz als erster und flog in einer scharfen Linkskurve nach unten, um den Angriff auf sie zu starten. Whitlock und Sabrina folgten. Graham steuerte auf einen der beiden Männer zu, fand ihn im Fadenkreuz der Zielvorrichtung am rechten Auge und drückte den Auslöser am Steuerrahmen. Das Geschoß traf die Brust des Mannes; er wirbelte herum und stürzte zu Boden. Der andere feuerte mit der Maschinenpistole auf Graham, als der mit seinem Drachen über ihn wegglitt. Die Kugeln löcherten den Flügel. Graham bemühte sich verzweifelt, die Schlagseite seines Fluggeräts auszugleichen. Die Wache hob die Waffe, um eine zweite Salve auf den Eindringling abzufeuern. Whitlock blieb keine Zeit mehr für einen gezielten Schuß; er steuerte seinen Drachen steil nach unten und trat mit dem Fuß vor die Schulter des Wachpostens, der rücklings gegen die Brüstung prallte, über das Geländer kippte und schreiend in die Tiefe stürzte. Graham schaffte es gerade noch, die Hubschrauberplattform zu überfliegen, aber als er dem Garten entgegenschwebte, nahm die Schlagseite seines Drachens derartig zu, daß er geradewegs auf die rotweiße Markise zuraste. Er versuchte gegenzusteuern und lehnte sich so weit wie möglich nach rechts. Die linke Flügelspitze streifte das Zeltdach, bevor Graham schließlich sicher auf der Rasenfläche landete. Er stieg aus dem Geschirr und rannte zum Eingang des Vorzeltes, um Whitlock und Sabrina bei ihrer Landung Rückendeckung zu bieten. Der Garten lag verlassen vor ihm. Bestimmt wurde die Hubschrauberplattform vom Kontrollraum aus per Videokamera überwacht. Warteten die anderen Wachposten vielleicht im Haus auf sie? Whitlock und Sabrina liefen Graham entgegen, der auf den Fersen hockte und argwöhnisch Ausschau hielt.

»Was wird hier eigentlich gespielt?« fragte Sabrina. »Inzwischen wissen doch alle, daß wir hier sind.«

»Sicher«, antwortete Graham und wischte sich den Schweiß von den Augenlidern. »Du kannst darauf wetten, daß irgendeine Kamera auf uns zielt.«

»Kommen Sie mit erhobenen Händen raus! Und daß keiner vergißt, vorher seine Waffe abzulegen …«, dröhnte eine verstärkte Stimme durch den Garten.

»Drago«, flüsterte Whitlock und sah sich mit nervösen Blicken nach dem Megaphon um. »Auf die gleiche Masche hat er versucht, Sergei und mich auf unserer Flucht im Lieferwagen zu stoppen.«

»Ihnen bleibt genau eine Minute Zeit, die Waffen abzulegen und rauszukommen. Wenn Sie sich bis dahin nicht ergeben haben, wird das Vorzelt unter Beschuß genommen. Eine Minute.«

Graham zog sich vom Eingang zurück. »C. W., versuch zusammen mit Sabrina rauszufinden, wo Sergei festgehalten wird. Ich mach mich auf die Suche nach dem Umschlag.«

»Vergiß den Umschlag«, entgegnete Whitlock. »Wir sind hier, um Sergei zu finden und das Gemälde zurückzuholen.«

»Du erinnerst dich doch an das Dossier über Schrader. Er kann Gewalt nicht ausstehen und lehnt vor allem Schießereien ab. Bei ihm scheinen irgendwelche Komplexe aus seiner Zeit als Waffenhändler nachzuwirken. Er wird sich also mit Sicherheit in seine Privatgalerie verkrümelt haben. Und ohne den Sender kommen wir da nicht rein. Wenn ich aber den Umschlag habe, können wir damit vielleicht ein Tauschgeschäft anleiern. Das ist unsere einzige Chance.«

»Wie sollen wir denn ins Haus kommen?« fragte Sabrina. »Drago hat uns doch in der Falle sitzen.«

»Nicht ganz.« Graham zog zwei Rauchbomben aus einer Tasche, die er sich um die Hüfte geschnallt hatte.

»Woher hast du die denn?« fragte Whitlock verblüfft.

»Die Rauchbomben? Standen mit auf der Bestellung beim Testzentrum. Solche Dinger kommen manchmal sehr gelegen.«

»Ihnen bleiben noch zehn Sekunden. Lassen Sie die Waffen fallen und kommen Sie raus!«

Graham warf einen Blick auf die Uhr. »Ich treffe euch in zwanzig Minuten im Foyer.«

»Zwanzig Minuten«, bestätigte Whitlock.

Graham aktivierte beide Rauchbomben und warf sie so dicht vors Haus wie möglich. Whitlock und Sabrina rannten tief geduckt auf die Rauchwolke zu. Graham flüchtete in den Garten, Sekunden bevor ein Sperrfeuer die Zeltwand durchsiebte. Er wälzte sich über den Rasen bis zu einem Felsvorsprung, wo er darauf wartete, von dem quellenden, schwarzen Rauch eingehüllt zu werden. Dann kroch er, die

UZI fest an den Körper gepreßt, über den Rasen auf den rot-weißen Patio zu. Als er den Treppenrand erreichte, hörte er aufgeregte Stimmen, die aus dem Billardzimmer nach draußen drangen. Wieder krachten Schüsse. Graham schmunzelte. Die Gegner waren vom Rauch völlig durcheinandergebracht worden und feuerten blindlings in der Gegend herum in der Hoffnung, einen Zufallstreffer landen zu können. Die Knallerei nahm kein Ende, aber jetzt rückten die Schützen näher heran an den steinernen Brunnen, hinter dem sich Graham versteckt hielt. Er löste die Blendgranate vom Gürtel und schlich auf den Patio zu, bis er die Hauswand erreichte. Der Rauch verlor langsam an Dichte, was Graham zum eigenen Vorteil nutzte: Er schmiegte sich an die Mauer, tastete sich bis zur Schiebetür vor, zog den Sicherungsstift der Granate und schleuderte sie nach drinnen. Der schrille Warnruf eines der Männer im Innern kam zu spät; eine grell aufleuchtende Explosion schnitt ihm das Wort ab.

Graham wartete einen Moment, dann schnellte er vor und stürmte den Raum, die UZI zum Einsatz bereit. Einer der Wachposten lag ohnmächtig am Boden; er war mit dem Kopf auf den Rand des Billardtisches geschlagen, als die Granate platzte. Sein Kollege kniete geblendet in einer Ecke und hatte die Hände vors Gesicht geschlagen. Graham versetzte ihm einen Schlag hinters Ohr, sammelte die beiden Maschinenpistolen ein, entfernte die Magazine und warf die Waffen in den Garten hinaus. Die Magazine versteckte er in einer Vase auf dem Sideboard, dann schlich er zur Schiebetür, die zur Halle hinausführte. Als er, dicht an die Wand gepreßt, die Tür aufzog, war er darauf gefaßt, unter Beschuß zu geraten. Doch der blieb aus. Würde ihn jemand aufs Korn nehmen, sobald er sich in der Türöffnung zeigte? Graham überlegte; wenn ihm irgendwelche Schützen auflauerten, würden sie sicherlich auf dem oberen Treppenabsatz Position bezogen haben und so mindestens fünfzehn Meter von ihm entfernt sein. Er hechtete durch die Tür und rollte über den Boden in Deckung. Nichts rührte sich. An der gegenüberliegenden Wand entdeckte er eine Videokamera. Nachdem er sie mit einem gezielten Schuß außer Betrieb gesetzt hatte, robbte er auf die Treppe zu. Alle paar Sekunden versicherte er sich mit einem Blick über die Schulter, daß ihn niemand von hinten überraschte. Er erreichte das Ende der Wand, sprang hinter der Ecke hervor und richtete die UZI auf die Treppe. Kein Mensch war zu sehen. Hatte man ihn in eine Falle gelockt?

Er schlich zum Aufzug, steckte die Magnetkarte in den Schlitz und öffnete die Tür. Erst jetzt ahnte er, daß der Lift die Falle sein könnte. In dem engen Raum würde er ein nicht zu verfehlendes Ziel abgeben. Er hatte eine Idee: die Treppe zu nehmen und den Lift zum Schein zu benutzen. Der Einfall erschien ziemlich simpel. Zu simpel. Drago würde bestimmt damit rechnen. Graham ärgerte sich über seine stümperhaften Gedanken, betrat den Fahrstuhl und drückte den Knopf zum zweiten Stockwerk. Der Aufzug glitt durch den Berg nach unten. Graham preßte sich an die Seitenwand, um nicht gleich vom Flur aus gesehen zu werden, wenn der Lift sein Ziel erreichte. Dann bremste der Fahrstuhl allmählich ab, und als die Tür aufging, prallte ein Kugelhagel in die Stirnwand. Eine Stimme schrie auf portugiesisch, und dann tauchte der Lauf einer Heckler & Koch in der Tür auf. Graham langte mit der linken Hand danach, zerrte den überraschten Wachposten in den Fahrstuhl und versetzte ihm mit dem Knauf der UZI einen Schlag vor die Schläfe. Der Mann sackte zu Boden. Graham sprang in den Flur und schoß auf einen zweiten Wachposten, der die Treppe absicherte und über die Schulter blickte, um zu sehen, was mit seinem Kollegen passiert war. Graham sammelte die beiden Waffen ein und warf sie durch ein offenes Fenster ins Meer. Dann bewegte er sich vorsichtig auf die Stahltür am Ende des Korridors zu. Die glitt plötzlich auf. Er warf sich zu Boden, zielte mit der UZI auf die Öffnung. Zu sehen waren nur ein Schreibtisch aus Mahagoni und ein Sessel mit hoher Lehne, der zum Fenster gedreht war. Ob jemand darin saß, ließ sich aus Grahams Perspektive nicht erkennen. Er stand auf und beobachtete den Eingang. Wieder witterte er eine Falle.

»Kommen Sie herein, Mr. Graham.« Im Sessel saß Drago. »Ich habe Sie erwartet.«

Graham krümmte den Finger über dem Abzug, wider-
stand aber dem Impuls, in die Sessellehne zu feuern. Er
brauchte Drago lebend. Als er das Zimmer betrat, wurde
ihm von der Seite ein Pistolenlauf an den Kopf gepreßt.
Überrascht war er nicht. Genausowenig überraschte ihn, daß
Drago die Pistole hielt.

»Lassen Sie die UZI fallen und schieben Sie das Ding mit
dem Fuß zur Seite«, befahl Drago.

Graham gehorchte. Drago stieß ihn vor die Wand und
durchsuchte seine Sachen. Er löste die Splittergranate vom
Gürtel, hob dann die UZI auf, zog das Magazin heraus und
legte alles zusammen auf den Aktenschrank hinterm
Schreibtisch.

Graham warf einen Blick in den Sessel. »Ein Tonband?«

Drago drückte einen Schalter, der den Türmechanismus in
Gang setzte, drehte den Sessel herum und zeigte auf den
Kassettenrecorder. »Wie gesagt, ich habe Sie erwartet. Nach
dem dramatischen Auftritt im Garten war ich mir sicher,
daß Sie nach mir suchen würden. Sehr beeindruckend.« Er
steckte sich eine Zigarette an und nahm auf dem Schreib-
tischrand Platz. Die CZ75 zielte auf Grahams Brust. »Un-
glücklicherweise haben Ihre Kollegen den Russen befreien
können, und es sieht so aus, als wären sie schon auf dem
Weg in die Eingangshalle. Das ist wohl der verabredete
Treffpunkt, wie ich vermute.« Grahams Schweigen entlockte
ihm ein Grinsen. »Dachte ich's mir doch. Keine Angst, Sie
werden die Verabredung einhalten. Allerdings werden auch
ich und ein paar meiner Männer dabeisein.«

»Und? Sie glauben doch nicht, daß meine Partner ihre
Waffen fallen lassen, wenn ich auftauche und mit einer Pistole bedroht werde, oder? Das sind Profis, Drago; die reagieren nicht auf Einschüchterungen oder Erpressung.«

»Ich würde sagen, das hängt von der Art der Einschüchte-
rung oder Erpressung ab«, erwiderte Drago und nahm einen
tiefen Zug aus der Zigarette. »Die Rolle als Ehemann haben
Sie wirklich gut gespielt. Selbst ich bin zu Anfang darauf
reingefallen. Aber dann habe ich Sie durchschaut und
gründlicher beobachtet. Auf Blicke und Gesten, auf all die

kleinen Details kommt's an. Wirklich faszinierend. Wenn Ihre Partnerin nicht wirklich in Sie verliebt ist, hat sie zumindest eine kleine Schwäche für Sie. Ob Profi oder nicht, sie wird wie jede andere Frau fühlen und empfinden. Und Sie, Graham, sind ihre Achillesferse.«

»Blödsinn, und das wissen Sie auch«, antwortete Graham.

»Wir werden ja sehen.« Das Telefon läutete. Drago nahm den Hörer ab, ohne den Blick von Graham zu wenden. Schweigend nahm er die Meldung entgegen und legte auf. »Vielleicht freut es Sie zu hören, daß Ihre Kollegen unbeschadet das Foyer erreicht haben. Ich bin sicher, Sie wollen jetzt gerne zu ihnen.«

Graham stürzte sich auf Drago und schlug den Waffenlauf mit dem linken Arm zur Seite. Drago drückte instinktiv ab, traf aber nur die Wand. Beide zerrten an der Waffe, rollten über den Schreibtisch und fielen schließlich polternd zu Boden. Die Pistole flog aus Dragos Hand. Graham langte danach, aber der Gegner hielt sein Handgelenk gepackt, schleuderte ihn seitlich gegen die Wand und griff nach seiner Bernadelli, die unter dem Schreibtisch in einem Futteral steckte. Er schaffte es, die Waffe zu ziehen, bevor Graham den Arm um seinen Hals gelegt und ihn vom Schreibtisch weggezerrt hatte. Graham sah die Bernadelli im letzten Augenblick, packte Dragos Arm und wuchtete ihn so herum, daß dessen Handrücken gegen die Schreibtischkante krachte. Drago schrie vor Schmerzen auf, ließ aber die Waffe nicht los. Graham schlug noch einmal zu, noch härter. Die Bernadelli glitt aus Dragos Hand und rutschte unter den Schreibtisch, für beide außer Reichweite. Graham hechtete nach der CZ75, doch Drago sprang ihm auf den Rücken und stampfte ihn zu Boden, bevor er die Waffe greifen konnte. Drago trat ihm in die Rippen, hievte ihn vom Boden auf und versetzte ihm zwei Boxhiebe in den Magen, ehe er mit aller Wucht zulangte und Graham mit der Faust ins Gesicht schlug. Graham taumelte zurück und stürzte vor den Aktenschrank. Drago riß die CZ75 an sich, wirbelte herum und hielt die Waffe mit ausgestrecktem Arm auf Graham gerichtet. Doch der Schuß blieb aus. Dragos Augen weiteten sich vor Schreck. Graham kniete neben dem Aktenschrank; in der einen Hand hielt er die Splittergranate, in der anderen den Sicherungsstift.

»Schießen Sie doch«, forderte Graham ihn heraus und winkte mit der Granate.

»Sind Sie wahnsinnig, Graham? Das Ding zerreißt uns beide.«

»Nur wenn ich meinen Daumen vom Hebel löse.« Graham stand auf und warf den Stift auf den Tisch. »Ich zähle jetzt bis fünf. Wenn Sie bis dahin nicht die Waffe fallen gelassen haben, fliegt das Ei in die Luft.«

Drago schluckte. »Sie scheinen in den Tod verliebt zu sein, Mann.«

»Eins ... zwei ... drei ...«

Drago ließ die Pistole fallen.

»Vorsichtig mit dem Fuß zu mir schieben.«

Drago tat, was von ihm verlangt wurde.

Graham hob die Waffe auf. »Ich häng schon in der Zeit hinterher und werde nicht mehr lange fackeln. Entweder Sie geben mir jetzt den Umschlag, oder ich leg Sie um.«

»Schießen Sie ruhig. Den Umschlag kriegen Sie nicht.«

»Und ob. Es wird nur ein Weilchen dauern, bis ich den Safe geknackt habe.«

»Vorausgesetzt, der Umschlag liegt im Safe«, entgegnete Drago, doch in seiner Stimme war kein Spott mehr zu hören.

Graham zielte auf einen Punkt zwischen Dragos Augen. »Darauf wette ich.«

Nur mit Mühe hielt Drago dem starren Blick von Graham stand, in dessen Augen weder Mitleid noch Gnade zu erkennen war, sondern nur schierer Haß. Grahams Entschlossenheit für einen Bluff zu halten, wäre, wie Drago ahnte, sein allerletztes Fehlurteil. Er nickte mit dem Kopf in Richtung Safe. »Er ist da drin.«

»Öffnen Sie mit links, und plazieren Sie die Rechte auf den Kopf. Und wehe, Sie machen eine falsche Bewegung.«

Drago legte seine rechte Hand auf den Kopf, ging vor dem

Safe in die Hocke und drehte das Kombinationsschloß mit der linken Hand. Er öffnete die Tür und langte nach dem Briefumschlag, der an der Rückwand auf einem Stoß von braunen Aktenordnern lag.

»Den Versuch war's wert, Drago. Und jetzt bitte den richtigen Umschlag.«

Drago sah sich verwundert um. »Das ist der Umschlag, der für Leonov bestimmt war, und den wollen Sie doch auch haben, oder nicht?«

Graham wußte, daß er ein großes Risiko einging, aber sein Gespür sagte ihm, daß Drago log; und seine Ahnungen waren nur selten falsch. Er schaute in den Safe und entdeckte eine Nische in der Rückwand, die Platz ließ für eine kleine, in den Felsen eingelassene Tür. Er forderte Drago auf, sie zu öffnen.

»Da ist nichts drin.«

»Aufmachen!«

Drago wählte die Kombination, öffnete die Tür und kramte den Umschlag heraus.

»Stecken Sie ihn in meine Tasche«, sagte Graham.

Drago gehorchte. »Und was passiert jetzt?«

»Wir gehen runter in die Halle. Sie sind der Schutzpatron für unseren Abzug aus diesem Haus.« Graham rückte an den Aktenschrank, nahm das Magazin aus der CZ75 und warf die leere Waffe auf den Schreibtisch. Dann steckte er das Magazin in die UZI und ließ es einrasten, indem er mit dem Bauch für den nötigen Gegendruck sorgte. »So, jetzt können Sie die Wachen rufen. Aber auf englisch.«

Drago musterte Graham mit wütenden Blicken, während er im Kontrollraum anrief und seine Anweisungen durchgab. »Der Weg in die Halle ist frei«, sagte er, nachdem er den Hörer wieder aufgelegt hatte.

»Das hoffe ich für Sie.« Grahams deutete mit einer Handbewegung auf Dragos Magnetkarte. »Stecken Sie das Ding in meine Hosentasche.«

Und wieder zeigte sich Drago folgsam wie ein gutes Kind.

Vom Schaltpult des Schreibtischs aus öffnete Graham die

Tür und preßte Drago den Lauf der UZI in den Rücken. »Hände auf den Kopf!«

Zusammen gingen sie nach draußen. »Wo soll's langgehen? Über die Treppe, oder nehmen wir den Fahrstuhl?« fragte Drago.

»Wir nehmen den Fahrstuhl, denn wenn mir was passiert, sind Sie auch dran. Weglaufen ist nicht möglich.«

Drago heftete seinen Blick auf die Tür, die zum Flur führte. Jetzt mußte er die einzige, ihm verbliebene Chance nutzen. Wenn es Graham gelänge, ihn hinunter ins Foyer zu schaffen, würden sie ihn als Geisel für ihren Rückzug aus Danaë benutzen. Und was hätte er dann zu erwarten? Zwar war er sich der entsicherten Granate nur allzu genau bewußt, und er zweifelte auch nicht an Grahams Drohung, sie, wenn nötig, einzusetzen. Aber immerhin würden ihm, Drago, wertvolle Sekunden bleiben, um in Deckung zu gehen. Mit der UZI mußte er sich zuerst befassen. Er wartete, bis sie die Tür erreicht hatten, dann drehte er sich blitzschnell herum, schlug die Waffe zur Seite und landete einen Fausthieb auf Grahams Schläfe. Die Granate fiel zu Boden. Drago riß die Tür auf und rannte die Stufen hinauf, in Sicherheit. Graham nahm die Granate und warf sie zum Fenster raus. Sie explodierte in der Luft und blies die Scheibe aus dem Rahmen. Glassplitter regneten auf ihn nieder, als er mit dem Gesicht nach unten langgestreckt auf dem Boden lag. Er stand auf und fluchte, daß er sich so leicht hatte überrumpeln lassen. Was zum Teufel war nur los mit ihm? Seine Unaufmerksamkeit hätte ihn fast das Leben gekostet. Er fuhr mit dem Handrücken über die Augenbraue. Dragos Fausthieb hatte ihm eine blutende Platzwunde zugefügt, was ihn noch mehr in Rage brachte. Er öffnete die Tür und kontrollierte, die UZI hin und her schwenkend, den Treppenabsatz. Der war leer. Aber für wie lange? Graham mußte so schnell wie möglich ins Foyer hinunter und zu den anderen gelangen. Er durfte keine Zeit mehr verlieren. Im ganzen Treppenhaus begegnete er keiner einzigen Wache. Unten angekommen, rief er durch die Tür, bevor er sie aufstieß und das Foyer betrat.

Whitlock, der auf einen Angriff von der Tür aus gefaßt war, ließ die Waffe sinken. »Verdammt, wo hast du bloß die ganze Zeit gesteckt?«

»Das ist eine lange Geschichte«, antwortete Graham und mühte sich ein Lächeln in Richtung Kolchinsky ab. »Alles okay mit Ihnen?«

»Hätte schlimmer kommen können«, entgegnete Kolchinsky.

»Wo ist Sabrina?« wollte Graham wissen.

»Sie hockt hinterm Empfangsschalter und behält die Lifttür im Auge«, sagte Kolchinsky und warf einen Blick in den Hof. »Wie kommen wir hier raus? Die Tore sind nur von innen zu öffnen.«

»Vom Kontrollraum aus.« Graham zeigte auf den schwarzen Mercedes, der im Hof neben dem Lieferwagen parkte, mit dem Kolchinsky und Whitlock am Morgen gekommen waren. »Ihr nehmt den Wagen, und ich mach die Tore auf.«

»Wie?« fragte Kolchinsky.

»Für lange Erklärungen bleibt keine Zeit. Gebt mir fünf Minuten, und dann macht, daß ihr wegkommt. Die Tore werden auf sein.«

»Ich komme mit dir«, sagte Sabrina, die hinter dem Tresen zum Vorschein gekommen war und die UZI immer noch auf die Lifttür gerichtet hielt.

»Das schaff ich auch alleine«, antwortete Graham.

»Du brauchst Rückendeckung«, sagte sie und warf ihm einen Blick über die Schulter zu.

»Laß es mich auf meine Art erledigen, ja?« Graham wandte sich an Whitlock. »Ich brauche deine Splittergranate.«

Whitlock erfüllte ihm den Wunsch.

»Ich treffe euch … sagen wir in dreißig Minuten am Café«, sagte Graham.

Kolchinsky schaute auf die Uhr. »Michael, ich finde, was Sabrina sagt …«

Graham hörte den Rest nicht mehr. Er machte leise die Tür hinter sich zu und stieg über die Treppe hinunter ins Kellergeschoß, wo der Kontrollraum lag. Am unteren Treppenabsatz entdeckte er eine Stahltür, über der in einer Glasbox eine Überwachungskamera installiert war. Als er mit dem Pistolenknauf daraufklopfte, wurde seine Vermutung bestätigt: Panzerglas. Er trat neben die Tür und steckte Dragos Magnetkarte in den Schlitz. Die Tür öffnete sich, und ein Kugelhagel trommelte vor die gegenüberliegende Wand. Dann herrschte Stille. Drauflos feuernd hechtete er durch die Türöffnung in den Korridor und landete so hart auf dem Betonboden, daß ihm die Maschinenpistole aus der Hand flog. Einer der Wachposten hatte das Sperrfeuer nicht überlebt; der zweite war in die linke Schulter getroffen worden, hielt aber immer noch eine Heckler & Koch in der rechten Hand. Er richtete die Waffe auf Graham, doch bevor er den Abzug drücken konnte, war Sabrina im Türrahmen aufgetaucht und streckte ihn mit mehreren Schüssen nieder.

Sie hob Grahams UZI auf und reichte sie ihm. »Ich hab dir doch gesagt, daß du Rückendeckung brauchst.«

»Ja, das hast du. Danke.« Er zog die Magnetkarte aus dem Schlitz. Die Tür schloß sich automatisch.

»Was nun?« fragte sie und blickte auf die zweite Stahltür am Ende des Korridors.

»Wir stürmen den Kontrollraum«, antwortete er, ging neben der Tür in Stellung und gab ihr ein Zeichen, dasselbe zu tun.

»Mike, sag mir, was du vorhast!« zischte sie.

Er hielt die Magnetkarte in die Höhe. »Ich öffne die Tür und werf die Granate rein.«

»Aber dadurch geht die ganze Anlage kaputt.«

»Der Sicherungsstift bleibt stecken.« Er grinste wie ein Schuljunge. »Aber das können die, die drin sind, nicht wissen.«

Er schob die Karte in den Schlitz und ließ in dem Augenblick, als die Tür aufglitt, die Granate in den Raum rollen. Ein Wachposten stürzte hinaus in den Korridor. Graham packte ihn beim Arm, schleuderte ihn gegen die Wand und nahm ihm eine Walther P5 ab, die er sich selber in den Gürtel steckte.

»Keiner da«, rief Sabrina und hob die Granate vom Boden auf.

Graham stieß den Mann in den Raum zurück. Sabrina machte die Tür hinter ihnen zu. An der Wand reihte sich ein Fernsehschirm an den anderen; die Schalttafel darunter glich einem aufwendigen Mischpult. Alle Knöpfe und Schalter waren numeriert und dank einer Karte zu identifizieren, die rechts von ihnen an der Wand hing.

»*Fala inglês?*« fragte Sabrina.

»*Sim*«, war die kleinlaute Antwort.

»Er spricht Englisch«, sagte Sabrina zu Graham.

»Das hab ich verstanden.« Graham warf einen Blick auf das Namensschild des Mannes. »Saltezar. Haben Sie jetzt Dienst hier?«

»Ja«, antwortete Saltezar und fixierte die Granate in Sabrinas Hand.

Sie hielt das Ei in die Höhe und tippte mit dem Finger an den Sicherungsstift. Er schnaubte, wütend darüber, so leicht verladen worden zu sein.

»Es wird Zeit«, sagte Graham und wandte sich dann Saltezar zu. »Welche der Schalter öffnen die Tore?«

»Probieren Sie doch selber« knurrte Saltezar.

Graham schlug ihm mit der UZI übers Gesicht, stieß ihn vor die Wand und zwängte den Lauf der Walther zwischen seine blutenden Lippen. »Wie war das?«

»Acht und fünfzehn«, platzte es aus Saltezar heraus.

Sabrina nahm vor dem Schaltpult auf einem der drei Drehstühle Platz und verglich die Nummern mit der Wandtafel. »Acht ist fürs Innentor, fünfzehn für die Einfahrt.«

Mit dem Pistolenknauf verpaßte Graham dem Wachposten einen Schlag hinters Ohr, lehnte ihn an die Wand und setzte sich neben Sabrina.

Sie zeigte auf einen der Monitore. »Sie sind in den Lieferwagen gestiegen. Warum nehmen sie nicht den Mercedes? Die Blechkiste hat Drago doch im Nu eingeholt.«

»Auf die Schnapsidee kann nur Sergei gekommen sein«, kommentierte Graham wütend. »Immerhin sitzt C. W. am Steuer. Wenn's einer nach draußen schafft, dann er.«

»Sie haben das erste Tor passiert«, sagte Sabrina und kippte den entsprechenden Schalter. Das Tor klappte hinter dem Lieferwagen zu.

»Die Jagd beginnt«, sagte er und wies auf den Mercedes hin, der quer über den Rasen dem Lieferwagen hinterherraste.

»Mit Verstärkung«, fügte Sabrina hinzu, als ein zweiter schwarzer Mercedes ins Bild kam.

Graham sah sich den Wagen näher an und schlug mit der geballten Faust aufs Pult. »Das ist Drago, auf dem Beifahrersitz.«

Beide Autos holten schnell auf. Der führende Mercedes scherte hinter dem Lieferwagen aus und versuchte, auf dem Rasen zu überholen, aber Kolchinsky feuerte aus Whitlocks UZI, und Larrios mußte ausweichen, um nicht getroffen zu werden. Der Mercedes fiel zurück. Drago zielte auf die Hinterreifen, womit er schon zuvor vom Hubschrauber aus Erfolg gehabt hatte. Whitlock reagierte, indem er den Wagen hin und her schleudern ließ. Kolchinsky feuerte blindlings nach hinten, und wieder mußte Larrios das Steuer herumreißen. Der Lieferwagen erreichte die letzte Kurve der Auffahrt, und als Whitlock in die Gerade steuerte, sah er in hundert Metern Entfernung das Tor aufgleiten.

»Saltezar, mach das Tor zu! Mach das Tor zu!« Dragos Stimme dröhne aus dem Lautsprecher an der Wand. »Saltezar? Saltezar?«

Graham wartete, bis der Lieferwagen bis auf zehn Meter an das Tor herangefahren war, bevor er den Schalter bediente, der das Tor schloß.

»Zu spät, Saltezar. Mach's wieder auf!« brüllte Drago.

Rechts wie links blieben nur wenige Zentimeter Platz, als der Lieferwagen zwischen den zuklappenden Flügeln hindurchraste und vom Monitor verschwand. Larrios trat auf die Bremse, und der Mercedes schleuderte seitlich vors Tor. Beim zweiten Mercedes blockierten die Bremsen; er rutschte dem ersten mit voller Wucht in die Seite.

»Wir haben's geschafft«, rief Sabrina und warf die Arme in die Luft.

Graham grinste. »Ja. Aber gleich kommt Drago zurück,

und dann will ich nicht mehr hier sein. Ich hab das Gefühl, daß er verdammt sauer auf uns ist.«

»Wie kommst du darauf?« fragte sie, ohne eine Miene zu verziehen.

»Alpha-Bravo-Zulu 643 an Saltezar. Hörst du mich? Over.«

Graham und Sabrina blickten zuerst auf den Lautsprecher und dann auf die Monitoren. Die Stimme ließ sich nicht lokalisieren.

»Alpha-Bravo-Zulu 643 an Saltezar. Hörst du mich? Over«, kam die Wiederholung.

»Antworte«, sagte Sabrina und deutete auf das Mikrophon. »Und vergiß den Akzent nicht.«

»Hier spricht Saltezar. Over.«

»Was ist da unten los? Drago wird euch die Hölle heiß machen.«

»Wir sind überfallen worden«, erklärte Graham, nach Luft schnappend, um seine Stimme zu verstellen. »Ein Mann und eine Frau konnten hier eindringen. Aber jetzt halten wir sie in Schach.«

»Laß mich raus. Ich muß hinter dem Lieferwagen her.«

Sabrina zerrte an Grahams Arm und zeigte auf einen der Bildschirme. Zwei Männer saßen in dem weißen Gazelle-Hubschrauber: der Pilot, der noch einmal die Instrumente durchcheckte, und neben ihm eine Wache, die mit einem russischen RPG-7-Raketenwerfer bewaffnet war. Drago hatte sie zum Töten abkommandiert.

»Laß mich raus!« fauchte der Pilot. »Saltezar, hörst du mich nicht?«

Saltezar war wieder zu Bewußtsein gekommen, als sich der Pilot zum erstenmal über Funk gemeldet hatte, stürzte jetzt auf Graham und Sabrina zu, riß sie nach hinten. Beide kippten von ihren Stühlen. Er drückte zwei Knöpfe auf dem Schaltpult und langte dann nach einer der auf dem Boden liegenden UZIs. Graham zog die Walther aus dem Gürtel und schoß Saltezar zweimal in die Brust. Er war sofort tot. Sabrina nahm die UZI aus der Hand des Toten und setzte sich wieder vor den Bildschirm.

Das Dach über dem Hubschrauber hatte sich geöffnet, und die Plattform, auf der die Maschine stand, wurde hydraulisch nach oben gedrückt.

»Wie im Hauptquartier von Zürich«, sagte Sabrina.

»Daran hab ich auch gedacht. Und in dem System steckte ein Fehler, der fast zur Katastrophe geführt hätte.« Graham sah zwei Kontrolleuchten auf dem Schaltpult aufblinken. »Ich muß wissen, welcher Schalter was in Gang setzt. Die Nummern sind sieben und dreiundzwanzig.«

Sabrina zog die Legende zu Rate. »Sieben ist für das Dach und dreiundzwanzig bedient die Hydraulik. Was hast du vor?«

»Hängt davon ab, ob in dem System hier der gleiche Fehler steckt.«

»Was für ein Fehler?« fragte sie. »Davon weiß ich nichts.«

»Den hat man auch verheimlicht.« Er sah Sabrina an. »Der Dachmechanismus hätte zusätzlich gesichert werden müssen, um zu verhindern, daß ein Schließen möglich ist, während die Hydraulik arbeitet. Diese Sicherung war nicht vorgesehen. Als man einmal aus Versehen den falschen Knopf gedrückt hatte, ging das Dach zu, obwohl die Plattform auf dem Weg nach oben war. Dank der Geistesgegenwart eines Technikers konnte die Hydraulik im letzten Augenblick noch ausgeschaltet werden.«

»Willst du den Hubschrauber etwa zerquetschen?« fragte sie erschrocken.

»Wenn's klappt. Gefällt mir zwar auch nicht, aber der Raketenwerfer ist nicht weniger barbarisch. Du kannst dir bestimmt vorstellen, was eine RPG-7-Granate aus unseren Motordrachen macht, mit denen wir von hier verschwinden wollen.«

Sie nickte widerwillig – er hatte recht.

Per Knopfdruck stoppte er die Hydraulik, als der Hubschrauber die Höhe des Daches erreicht hatte. Dann drückte er den Knopf, der das Dach zum Schließen bringen sollte.

Die Hydraulik setzte aus, aber das Dach bewegte sich nicht.

»Saltezar, was treibst du?« brüllte der Pilot durch den Lautsprecher.

Graham versuchte es noch einmal. Das Dach glitt langsam zu.

»Saltezar, das Dach! Um Himmels willen, mach's wieder auf!« schrie der Pilot.

Der Wachposten ließ den Raketenwerfer fallen, sprang aus dem Hubschrauber und sah sich verzweifelt nach einem Ausweg um. Die Plattform war über zehn Meter gestiegen. Er saß in der Falle. Der Pilot versuchte, den Motor anzuwerfen, aber der Rotor hatte gerade eine Umdrehung gemacht, als die Maschine vom Dach erfaßt wurde. Sabrina wandte den Blick ab, um das, was nun folgte, nicht mit ansehen zu müssen. Der Hubschrauber wurde zerdrückt wie ein Plastikspielzeug im Schraubstock. Das Dach blockierte, und brennende Trümmerteile fielen in den Schacht unter der Plattform. Es gab einen Kurzschluß im Schaltpult, das Sekunden später in Flammen stand.

Sabrina folgte Graham in den Korridor. Sie öffneten die Stahltür, stiegen über die Treppe nach oben und erreichten den Garten, ohne daß sich ihnen jemand in den Weg gestellt hätte. Ihre Sorge, daß die Motordrachen von Drago oder durch die Explosion der Hubschrauberanlage zerstört sein könnten, erwies sich als unbegründet. Sie hoben ab und ließen Grahams durchlöchertes Fluggerät zurück.

Kolchinsky und Whitlock warteten auf sie vor dem Café.

»Alles in Ordnung mit euch?« rief ihnen Whitlock nach der Landung zu.

Sabrina nahm den Helm vom Kopf und schüttelte die Haare aus. Ihr Schmunzeln sagte alles.

Graham legte den Helm ab und musterte Kolchinsky mit düsterem Blick. »Was zum Teufel haben Sie sich dabei gedacht? Den Mercedes stehen zu lassen ... Wohl Angst gehabt, die Spesen nicht ersetzt zu bekommen. Manchmal sind Sie wirklich enorm kleinlich, Sergei.«

»Sind Sie fertig?« erwiderte Kolchinsky gelassen. »Wenn ja, will ich Ihnen was zeigen. Das heißt, wenn es Sie überhaupt interessiert.«

Kolchinsky ging um den Wagen herum und winkte Graham zu sich.

»Geh mit Mike«, sagte Whitlock zu Sabrina.

Kolchinsky wartete auf die beiden, öffnete dann die Heckklappe und stieg in den leeren Laderaum. Er schraubte die Seitenwand ab, die sich als Attrappe erwies, und schob sie aus dem Weg. Dahinter kam eine längliche Kiste zum Vorschein, haargenau die gleiche, die sie in Amsterdam gesehen hatten. Graham schüttelte ungläubig den Kopf und zeigte darauf, ohne ein Wort zu sagen.

Kolchinsky nickte. »Das Original.«

»Jetzt versteh ich gar nichts mehr, Sergei«, sagte Sabrina und fuhr sich mit der Hand durchs Haar.

»Mir geht's genauso«, fügte Graham hinzu.

»Letzte Nacht habe ich die Blende vor die andere Seitenwand montiert, um die Fälschung zu verstecken.«

»Augenblick mal«, unterbrach Graham. »Wie sind Sie an die Fälschung gekommen?«

»Das Metropolitan-Museum hat sie mir geschickt«, antwortete Kolchinsky.

»Und was hängt jetzt im Met?« wollte Sabrina wissen.

»Nichts. Heute ist Montag, das Museum ist geschlossen. Auf dem Flughafen wartet eine Dornier der UNACO, die das Gemälde zurückbringt, damit es morgen früh wieder in der Ausstellung ist.«

»Aber ich versteh' noch nicht ganz, warum Sie die Blende zuerst auf die andere Seite des Lieferwagens montiert haben«, meinte Sabrina.

»Ich ahnte, daß was schiefgehen würde. Ich hatte einfach ein ungutes Gefühl, mehr nicht. Und mir war klar, daß im Ernstfall nur wenig Zeit bleiben würde, die Gemälde zu vertauschen. Gleich nachdem C. W. geflohen war, bin ich also nach hinten, um die Blende von der einen zur anderen Seite zu verschieben. Auf diese Weise kam die Fälschung zum Vorschein. Fast gleichzeitig tauchte Drago auf. Das war verdammt knapp; fünf Sekunden früher, und er hätte mich erwischt.«

Graham blickte zu Boden. »Ich muß mich wohl entschuldigen.«

»Wenn Sie mir den Umschlag geben, sind wir quitt«, sagte

Kolchinsky und zeigte auf Grahams ausgebeulte Brusttasche.

Graham tat ihm den Gefallen.

Whitlock klatschte in die Hände. »So, die Party ist zu Ende. Je schneller wir die Drachen zusammenbauen, desto eher sind wir im Hotel.«

»Und um so eher kannst du in die Badewanne steigen«, fügte Sabrina lächelnd hinzu.

»Das versteht sich von selbst«, bemerkte Whitlock und warf Kolchinsky einen vielsagenden Blick zu.

»Was passiert mit Schrader und Drago?« fragte Sabrina.

»Gegen Drago ist wegen der Heroin-Sache schon die Fahndung eingeleitet worden«, antwortete Kolchinsky. »Er wird auf mindestens zehn Jahre im Bau verschwinden. Der Fall von Schrader ist sehr viel komplizierter. Wir könnten ihn wegen des Raubs der ›Nachtwache‹ verhaften lassen, was jedoch weltweit für Schlagzeilen sorgen würde. Das Rijksmuseum ist von dieser Aussicht nicht besonders begeistert. Der Colonel hat sich schon mit den Vertretern der fünf Länder in Verbindung gesetzt, die der Fälschung aufgesessen sind; und gemeinsam mit Vertretern aus Holland und Brasilien versucht er jetzt, eine Entscheidung zu finden.«

Whitlock sah hinüber auf das Gelände von Danaë. »In Schraders Haut möchte ich jetzt nicht stecken.«

Sabrina folgte Whitlocks Blick. »Drago ist auch nicht zu beneiden, wenn Schrader ihm auf die Schliche gekommen ist.«

»Ja«, meinte Whitlock schmunzelnd. »Womöglich muß Schrader auch noch für Dragos Morde büßen.«

»Das würde mich nicht wundern«, antwortete Sabrina und folgte den anderen, um die Fluggeräte zu zerlegen.

Drago mußte eine Ersatz-Magnetkarte aus dem Wandsafe der Lounge holen, um in sein Büro zu kommen. Ohne sich um das Durcheinander ringsherum zu kümmern, hob er seine Bernadelli vom Boden auf und steckte sie zurück ins Futteral unterm Schreibtisch. Dann ließ er sich in den Drehstuhl fallen, zog die CZ 75 und legte sie vor sich auf den Schreibtisch. Vergebens kramte er in den Taschen nach einer Zigarette. Gerade wollte er die Schublade nach einer Packung durchsuchen, als die Tür aufging und Schrader eintrat. Drago lehnte sich zurück. Er wußte, daß Schrader keine Ausreden akzeptieren würde.

»Vierzehn Männer sind tot. Hangar, Kontrollzentrale und Hubschrauber sind zerstört worden. Auch die Landeplattform ist nicht mehr zu reparieren, und die Hauswände sehen aus, als wären Schießübungen an ihnen vorgenommen worden. Aber um diese Statistik scheinen Sie sich nicht weiter zu scheren.«

Drago beugte sich nach vorn und stemmte die Ellbogen auf die Schreibtischplatte. »Ich kündige fristlos, wenn Sie das hören wollen. Das können Sie auch schriftlich haben.«

Schrader ging ans Fenster. »Sagen Sie, wie lange wußten Sie schon, daß die Grahams gar kein Ehepaar sind und mit dem Russen zusammenarbeiten?«

»In Verdacht hatte ich die beiden schon, als sie im Riviera Club aufgetaucht sind. Aber es fehlten konkrete Beweise. Die Tarnung war nicht zu durchleuchten. Daß der Russe zum Team gehört, war mir erst klar, als die anderen anrückten, um ihn zu befreien.«

»Was ihnen auch gelungen ist. Und gleichzeitig haben sie es geschafft, das Original der ›Nachtwache‹ mitzunehmen.«

»Unmöglich! Die ist doch zurück in Ihre Galerie gebracht worden.«

»Der Ansicht war ich auch, bis ich das Bild ausgepackt habe: Der Punkt auf der Trommel ist rot und nicht schwarz. Die Gemälde müssen im Lieferwagen vertauscht worden sein.«

»Das kann doch nicht …« Drago stockte und nickte schließlich mit dem Kopf. »Natürlich, doppelte Seitenwände.«

Schrader nahm in dem Sessel vor Dragos Schreibtisch Platz. »Aber warum ich hier bin, hat einen ganz anderen Grund. Nachdem ich mich in die Galerie verkrochen hatte, konnte ich ein paar Telefongespräche führen, unter anderem mit einem hohen Polizeibeamten. Heute morgen wurde die

Leiche von Siobhan St. Jacques an den Strand von Botafago gespült.«

»Siobhan ist tot?« sagte Drago und tat entsetzt.

»Sie wurde mit einem einzigen Schuß, und zwar durchs Herz, getötet. Die Kugel ist schon identifiziert worden. Es handelt sich um eine 9-mm-Parabellum; und mit derselben Munition füttern Sie Ihre CZ 75.«

Drago warf einen Blick auf die Pistole. »Sie glauben doch nicht, daß ich was mit der Sache zu tun habe, Mr. Schrader?«

»Ich habe auch ein Ferngespräch nach Kolumbien geführt. Der Russe hatte doch recht, stimmt's?«

»Womit?«

»Mit den Drogen.« Schrader zog eine Walther P5 aus der Jackettasche und nahm die CZ 75 vom Tisch. »Mag sein, daß ich nach all den Jahren verlernt habe, mit Waffen umzugehen; aber selbst ich schieße aus dieser Entfernung wohl kaum daneben. Ich werde Ihre Automatik der Polizei aushändigen, um untersuchen zu lassen, ob aus ihr die Kugel auf Siobhan abgefeuert worden ist. Die Beamten werden in wenigen Minuten aufkreuzen.«

Dragos Mund zuckte nervös beim Versuch zu lächeln, als er langsam nach der Bernadelli langte, die unterm Schreibtisch hing.

Er mußte Schrader am Reden halten. »Von Drogen weiß ich nichts, das schwör ich.«

»Renaldo Garcia war vor zwei Monaten in Rio, wo er als Ihr Gast im Palace Hotel abgestiegen ist. Er erinnert sich gut an Sie, denn, wie er so richtig bemerkte, sind Sie einer von denen, die aus der Menge hervorstechen. Zuerst hatte ich vor, Sie umzulegen. Aber dann ist mir eine bessere Idee gekommen. Gefängnis. Ich frage mich, wie lange Sie wohl aushalten unter all den Verbrechern, die Ihretwegen im Knast schmoren.«

Drago zog die Bernadelli aus dem Futteral und feuerte unterm Schreibtisch hindurch auf Schrader. Die Kugel traf ihn in den Bauch. Er kippte vornüber auf den Teppich und rührte sich nicht. Drago rief Larrios an und forderte ihn auf, mit dem Wagen vor dem Eingang zu warten. Dann steckte er die beiden belastenden Waffen ein und eilte zum Lift.

In Rio de Janeiro war er erledigt; aber es galt noch ein Geschäft zu erledigen, bevor er die Flucht ergreifen würde. Und dazu brauchte er den Briefumschlag – um jeden Preis.

VIERZEHN

Sabrina öffnete die Tür zur Hochzeitssuite. Als sie eintrat, wurde ihr ein harter, zylindrischer Gegenstand gegen den Rücken gepreßt. Sofort riß sie die Arme hoch, um Kolchinsky und Graham zu warnen, die noch im Flur standen.

»Major Smylie hat recht. Sie sind in der Tat zu impulsiv und selbstsicher.«

Sabrina wirbelte herum. »Colonel Philpott!«

Philpott hob seinen Stock in die Höhe. »Wenn ich Drago und das hier eine Pistole gewesen wäre, hätten Sie keine Chance mehr gehabt.«

»Aber Drago ist sicher schon in Verwahrung«, sagte sie und versuchte, der Kritik auszuweichen.

»Er ist geflohen, bevor die Polizei Danaë erreicht hat. Ich behaupte nicht, daß er es gegen euch drei aufnimmt, aber er ist ziemlich am Ende, und das macht ihn unberechenbar.«

»Er wird sich das hier zurückholen wollen.« Kolchinsky zog den Umschlag aus der Tasche und gab ihn Philpott.

Philpott ging auf den nächsten Sessel zu und nahm darin Platz. »Wo ist C. W.?«

»Unter der Dusche«, antwortete Sabrina.

»Unter der Dusche?«

»Ja, Sir. Er wird sofort kommen, wenn er fertig ist.«

»Holen Sie ihn bitte, und zwar sofort!« fauchte Philpott. »Ich muß nach New York zurück, um ein Treffen mit dem Generalsekretär für morgen früh vorzubereiten.«

»Ich rufe ihn, Sir.«

»Ach, und noch eins, Sabrina«, rief Philpott ihr nach. »Bestellen Sie mir eine Kanne Tee. Ich komme um vor Durst.«

»Wann sind Sie in Rio angekommen?« fragte Kolchinsky und setzte sich zu Philpott.

»Vor ein paar Stunden. Ich bin sofort hierhergefahren, hörte aber an der Rezeption, daß Mike und Sabrina ausgegangen sind. Also beschloß ich, hier im Zimmer auf sie zu warten.«

»Wie sind Sie reingekommen?« fragte Graham und öffnete eine Flasche Perrier, die er aus dem Kühlschrank geholt hatte.

»Es gibt doch noch Kreditkarten«, antwortete Philpott lächelnd. »Ich habe nicht immer nur am Schreibtisch gesessen, Mike.«

Graham erwiderte sein Lächeln und reichte Sabrina eine Dose Cola. Sie stand beim Telefon, um Whitlock anzurufen.

»Sergei, was wünschen Sie?«

»Irgendwas, eine Cola vielleicht.«

Graham stelle die Getränke auf den Beistelltisch und setzte sich.

»Was hat sich seit unserem letzten Telefongespräch ereignet?« fragte Philpott Kolchinsky. »Von der örtlichen Polizei habe ich bisher nur ein paar Einzelheiten erfahren.«

Kolchinsky schilderte kurz die Ereignisse von dem Zeitpunkt an, als er und Whitlock Danaë erreicht hatten, bis zum Treffen mit Graham und Sabrina vor dem abgelegenen Café. Graham erzählte anschließend, wie er an den Briefumschlag gekommen war.

»Das Originalgemälde ist also schon auf dem Weg zurück nach New York?«

»Bevor wir hergekommen sind, haben wir es auf dem Galeao-Flughafen in unsere Dornier geschafft«, antwortete Kolchinsky.

Es klopfte an der Tür. Graham ließ Whitlock eintreten.

»Ich hoffe, Sie haben zu Ende duschen können«, meinte Philpott mit kaum verhohlenem Spott.

»Nein, Sir. Ich hatte nicht mal das Wasser angedreht, als Sabrina anrief.«

»Ich bin sicher, Sie werden die nächsten paar Minuten noch durchhalten.« Philpott holte einen Aktenordner aus seinem Koffer und legte ihn auf den Tisch. »Es gibt eine Menge zu berichten, und um nicht alles am Telefon sagen zu müssen, habe ich mich persönlich auf den Weg gemacht. Zuerst sollten wir uns mit Schrader befassen.« Er blickte in die Runde. »Sie haben ihn heute morgen also nicht zu Gesicht zu bekommen?«

Sie schüttelten die Köpfe.

»Das war zu erwarten, Sir. Das Dossier über ihn bestätigt auch, daß er seit seiner Zeit bei der Firma Hecht Gewalttätigkeiten aus dem Weg geht. Aber als gerissener Geschäftsmann hat er von dieser Abneigung natürlich nichts durchblicken lassen.«

»Ich habe das Dossier gelesen, Sabrina, und frage nur deshalb, weil er mit einem Loch im Bauch aufgefunden wurde. In Dragos Büro.«

Whitlock sah Graham an.

»Das war ich nicht«, sagte Graham mit empörtem Blick auf Whitlock.

»Das hat auch niemand behauptet«, unterbrach Philpott, um zwischen den beiden zu schlichten.

»Ist er tot?« fragte Kolchinsky.

»Nein, aber sein Zustand ist kritisch. Er liegt im Miguel Couto-Hospital. Die Polizei nimmt an, daß Drago auf ihn geschossen hat. Falls er das Bewußtsein wiedererlangt, hofft man, Genaueres von ihm zu erfahren.«

»*Falls?*« fragte Sabrina.

»Die Ärzte sind zuversichtlich, daß er sich wieder erholt. Es ist nur eine Frage der Zeit.«

Erneut klopfte es an die Tür. Philpott zu Gefallen lugte Sabrina zuerst durch den Spion, bevor sie dem Zimmerkellner die Tür öffnete und ihm das Tablett abnahm. Graham unterzeichnete den Kassenbon.

»Hat Schrader ein Verfahren zu erwarten?« fragte Whitlock, nachdem Graham und Sabrina Platz genommen hatten.

Philpott schenkte sich eine Tasse Tee ein, gab Milch dazu und rührte um. »Die sieben in diese Sache verwickelten Länder haben beschlossen, daß *niemand* strafrechtlich verfolgt wird. Sie alle wollen den Vorfall unter den Teppich kehren. Andererseits sollen die Verantwortlichen aber nicht ungeschoren davonkommen. Schrader ist von den brasilianischen Behörden zur *persona non grata* erklärt worden und wird, sobald er wieder auf den Beinen ist, des Landes verwiesen. Ihm bleiben dann noch achtundzwanzig Tage Zeit, um seine Sachen zu packen. Dadurch verliert er ein Millionenvermögen, was ihn mit Sicherheit am meisten fuchsen wird. Drago wird wegen der Morde an Siobhan St. Jacques und Casey Morgan unter Anklage gestellt, außerdem wegen versuchten Heroinschmuggels sowie wegen seiner zahlreichen Bestechungs- und Korruptionsaffären, in die auch hohe Regierungsbeamte verwickelt sind. Der Präsident hat mir versichert, daß bei der anstehenden Säuberungsaktion so manche Köpfe rollen werden. Im Falle der Amsterdam-Connection hat sich das dortige Betrugsdezernat Horst Kepplers Firmenbücher vorgeknöpft und bereits genügend Material für eine Anklage zutage fördern können.«

»Hat er seine Bücher tatsächlich frisiert oder wurde ihm ein faules Ei ins Nest gelegt, um einen Schuldspruch gegen ihn erwirken zu können?«

»Sie können mitunter recht zynisch sein, Mike. Natürlich hat er seine Bücher selber frisiert. Hätte ihm das Betrugsdezernat nichts nachweisen können, wären wir mit anderem Belastungsmaterial fündig geworden. Seine beiden Komplizen, de Vere und Oosterhuis sind ebenfalls verhaftet worden. Es sieht so aus, als wären sie am Coup beteiligt gewesen. Gegen den Kunsthändler Terence Hamilton wird nichts unternommen.« Philpott öffnete den Aktenordner und warf ein farbiges Paßfoto auf den Tisch. »Erkennen Sie den?«

Das Gesicht auf dem Foto gehörte einem Mann Ende Zwanzig mit dichtem roten Haar und einem gepflegten roten Bart. Den Schulterstücken der Uniformjacke nach zu urteilen, bekleidete er den Rang eines Majors.

»Offenbar nein«, sagte Philpott, nachdem alle das Bild angeschaut hatten. »Ich gebe Ihnen einen Tip. Rasieren Sie den Bart ab, schneiden und bleichen Sie die Haare und setzen Sie ihm eine Brille mit Metallrand auf die Nase.«

Sabrina nahm das Paßbild an sich und deckte mit dem Finger zuerst den Bart und dann die Haare ab. Sie schüttelte den Kopf und reichte das Foto an Graham weiter.

»Der sieht Drago überhaupt nicht ähnlich«, murmelte Graham und ließ sich das Foto von Whitlock abnehmen.

»Das ist nicht Drago«, sagte Philpott, »sondern Andrzej Wundzik, aus dem mit Hilfe der CIA André Drago wurde.«

»CIA?« Kolchinsky kratzte sich den Kopf. »Jetzt komm ich gar nicht mehr mit, Malcolm.«

»Und wir verstehen schon lange nichts mehr«, sprach Whitlock für die anderen. Philpott blätterte durch den Papierstoß im Ordner, bis er fand, was er suchte. »Es war nicht ganz leicht, der CIA diese Information zu entlocken. Das werden Sie verstehen, wenn ich alles erklärt habe. Zunächst ein paar Hinweise über Wundziks Hintergrund: Er ist der Sproß einer Offiziersfamilie aus Gdansk, war nie gut in der Schule und richtete seine Energie am liebsten auf den Sport. Er war ein ausgezeichneter Kurzstreckenläufer, aber seine Vorliebe galt dem Boxsport. Mit sechzehn war er polnischer Juniorenmeister im Leichtgewicht.«

»Das glaub ich gern«, flüsterte Graham und befingerte seine Platzwunde am linken Auge.

Philpott warf ihm einen strafenden Blick zu, irritiert durch die Unterbrechung. »Er beendete seine Karriere ungeschlagen und trat im Alter von neunzehn Jahren dem SB, also dem Sicherheitsbüro, bei. Seine Ausbildung erhielt er in der Bielany-Akademie; anschließend wurde er zum I-S versetzt, der verhaßtesten aller SB-Abteilungen. Ich bin sicher, Sergei, daß Sie davon schon gehört haben.«

Kolchinsky nickte grimmig. »Sie wird ähnlich geführt wie die 10. SB-Abteilung in den fünfziger Jahren. Mit anderen Worten: unbeschränkte Vollmachten und unmenschliche Verhörmethoden.«

»Er wurde dann nach Gdansk geschickt, um gegen die wachsende Solidarnosz-Bewegung einzuschreiten. Dabei war er so erfolgreich, daß man ihn mit achtundzwanzig Jahren zum Major beförderte. In manchen Kreisen wurde er bereits als zukünftiger SB-Chef gehandelt. Aber er hatte eine große Schwäche – das Geld. Damit hat ihn die CIA, die von dieser Schwäche wußte, ködern können.« Philpott nahm ein neues Blatt zur Hand. »Mit seiner Rekrutierung hatte die CIA ihr Ziel erreicht: vier hohe Offiziere östlicher Geheimdienste für sich zu gewinnen, je einer aus Bulgarien und Polen sowie zwei aus der Sowjetunion. Die vier wurden unter der Bezeichnung ›Quaternary‹ bekannt.

Wundzik war von Anfang an der schwache Punkt. Er warf mit Geld nur so um sich, und die CIA mußte befürchten, daß auf seine mögliche Entlarvung eine gründliche Durchleuchtung aller östlichen Geheimdienste folgen würde. In Gefahr war nicht zuletzt ein besonders wertvoller Doppelagent in den Reihen des KGB. Um also die anderen drei nicht in Gefahr zu bringen, gab die CIA eine Art Steckbrief von Wundzik heraus, um das SB aufzuscheuchen. Kurz bevor er im eigenen Lager aufflog, wurde er von Leuten der CIA über die Ostsee nach Schweden gebracht und von dort aus in die Vereinigten Staaten geflogen, wo man über längere Zeit geheime Informationen aus ihm herausholte. Die drei anderen Mitglieder des ›Quaternary‹ wurden von Langley aus scharf beobachtet; aber nichts passierte. Wundziks vermeintlicher Frontenwechsel hatte funktioniert, aber weil das SB dem Verräter bereits auf den Fersen war, mußte ihm die CIA eine neue Identität verpassen. Er bekam einen tschechoslowakischen Paß, denn Tschechisch war die einzige osteuropäische Sprache, die er außer dem Polnischen beherrschte. Er änderte sein Äußeres und schlüpfte in die Rolle des fiktiven André Drago, bevor ihm ein Freiflug an einen Ort eigener Wahl angeboten wurde. Er entschied sich für Rio.«

»Der Briefumschlag enthält also eine Liste mit den Namen der drei anderen Doppelagenten«, vermutete Sabrina.

»Darauf stehen die Decknamen aller vier Agenten. Es scheint, daß Drago den CIA-Computerfachmann Holden dazu erpreßt hat, das streng geheime Alpha-Programm zu knacken, um die Decknamen der anderen drei ›Quaternary‹-Mitglieder herauszubekommen. Holden brachte die Liste nach Amsterdam, hinterlegte sie in einem Schließfach am

Hauptbahnhof und wurde dann von einer Bombe zerrissen, als er den Aktenkoffer öffnete, in dem er wahrscheinlich seinen Lohn wähnte.«

»Aber warum ist niemand eingeschritten, obwohl die CIA wußte, was Holden vorhatte?« fragte Graham.

»Das wurde erst bekannt, nachdem Holdens Leiche identifiziert war. Drago hatte zu dem Zeitpunkt den Umschlag längst an sich genommen.«

»Warum hat sich Drago eigentlich soviel Mühe gemacht, die Decknamen in Erfahrung zu bringen?« wollte Whitlock wissen.

»Der Chef der CIA tippt darauf, daß Rache als Motiv dahintersteht«, antwortete Philpott. »Drago hat der CIA nie verziehen, aus ihm einen ewig Verfolgten gemacht zu haben. Das SB entläßt ihn aus den eigenen Reihen erst als toten Mann, und Sie wissen ja, wie tüchtig die östlichen Geheimdienste sind, wenn es gilt, Verräter aufzuspüren. Es scheint, als wollte Drago zwei Fliegen mit einer Klappe schlagen: das ›Quaternary‹ auffliegen lassen und genug Geld für einen neuen Start beschaffen.«

Kolchinsky beugte sich nach vorn und massierte nachdenklich den Nasenrücken. »Weiß der KGB, daß Wundzik und Drago ein und dieselbe Person sind?«

»Das ist genau die Frage, die ich auch Langley gestellt habe. Die Antwort war nein. Aber dessen bin ich mir noch nicht so sicher.«

»Sir, wieviel wußte Siobhan?« fragte Sabrina.

»Im Grunde nichts. Ihr wurde nur gesagt, daß Drago während Schraders Party den Umschlag bei sich hat. Sie sollte ihn Drago abnehmen und sofort ihren Kontaktmann aufsuchen.«

»Aber woher wußte die CIA, daß er den Umschlag bei sich hat?« hakte sie nach.

»Leonov hatte ihn aufgefordert, den Umschlag zu dem Treffen mitzubringen.«

»Mir ist das immer noch nicht klar«, sagte sie und verzog das Gesicht. »Wie konnte man nach so kurzer Absprache wissen, daß der KGB Leonov schickt?«

»Weil er es selber mitgeteilt hat.«

»Wollen Sie damit sagen, daß Leonov für die CIA arbeitet? Das ist doch absurd, Malcolm.«

Philpott schob den Umschlag über den Tisch auf Kolchinsky zu. »Öffnen Sie. Zwei der Decknamen werden ›Phönix‹ und ›Dohle‹ sein. Drago war Phönix. Leonov *ist* die Dohle.«

Kolchinsky riß den Umschlag auf, entnahm ihm ein Blatt Computerpapier und faltete es auseinander. Darauf stand zu lesen:

1. Dohle
2. Saphir
3. Hurrikan
4. Phönix

»Nicht zu fassen«, sagte Kolchinsky und ließ das Blatt auf den Tisch fallen. »Seit wann ist der Doppelagent?«

»Langley zufolge seit acht Jahren. Er war der erste, der rekrutiert werden konnte.«

»Wer ist der andere Russe?« fragte Kolchinsky.

»Ich weiß nur, daß er für den GRU arbeitet.«

Kolchinsky warf sich in den Sessel zurück und schlug die Hände vors Gesicht. Schließlich ließ er sie in den Schoß sinken und starrte Philpott an. »Wenn Sie mich auffordern würden, die fünf meiner Meinung nach loyalsten KGB-Agenten aufzulisten, wäre Yuris Name mit Sicherheit dabei. Und wenn ich fünf KGB-Agenten benennen sollte, die den Westen nicht ausstehen können, würde ich mit Yuri anfangen. Ich kann's einfach nicht glauben. Yuri, ein Doppelagent.«

»Das ist ja gerade das Schöne daran«, entgegnete Philpott. »Er ist über jeden Verdacht erhaben.«

»Wofür ist eigentlich Siobhan gebraucht worden, zumal die CIA wußte, daß Leonov den Umschlag bekommt?« fragte Sabrina.

»Als Drago dem KGB bekanntgab, daß er die Decknamen zum Verkauf anbietet, mußte jemand gefunden werden, auf den absolut Verlaß war. Die CIA riet Leonov, den Auftrag selber zu übernehmen. Nicht, daß er dazu überredet werden mußte – schließlich hing sein eigener Hals in der Schlinge. Er bot sich also für den Job an, obwohl er wußte, daß er damit Argwohn, vor allem den seiner Kritiker, erzeugte.« Philpott legte eine Pause ein, um einen Schluck Tee zu sich zu nehmen. »Die CIA mußte diesem Argwohn entgegenwirken und den Eindruck erwecken, selber hinter dem Umschlag her zu sein. Also wurde ein eigener Agent ins Spiel gebracht.«

»Und das war Siobhan«, sagte Sabrina.

Philpott nickte. »Problematisch war nur, daß Siobhans CIA-Verbindung eines der bestgehüteten Geheimnisse von Langley war. Man ließ sie also buchstäblich auffliegen, um Leonov Deckung zu bieten, was auch funktioniert hat.«

»Wußte sie, daß man ihre Tarnung aufgedeckt hatte?« fragte Whitlock.

»Nein.«

»Diese Schweine!« zischte Sabrina.

»Was ist mit der Liste?« fragte Whitlock und tippte mit dem Finger auf das Papier.

»Offiziell haben wir nichts damit zu tun. Aber was inoffiziell damit passiert, überlasse ich Sergei.« Philpott warf Kolchinsky einen Seitenblick zu. »Natürlich weiß die CIA inzwischen, daß wir den Umschlag haben. Machen Sie damit, was Sie für richtig halten.«

Kolchinsky faltete das Blatt zusammen und steckte es in die Tasche.

»Da ist noch etwas.« Philpott schob die Tasse zur Seite. »Letzte Nacht ist Martin Cohen ums Leben gekommen.«

Whitlock stand auf, verließ das Zimmer und zog leise die Tür hinter sich zu.

»Was ist passiert?« wollte Sabrina wissen.

»Er wurde bei einer Schießerei mit Entführern in einem Bauernhaus am Stadtrand von Tripolis tödlich getroffen.«

»Und die Entführer?« fragte Graham.

»Tot.«

»Wie hat Hannah die Nachricht aufgenommen?« fragte Kolchinsky.

»Gefaßt. Ich habe ihre Eltern aus Israel einfliegen lassen, damit sie bei ihr sein können.« Philpott legte den Ordner zurück in die Aktentasche und stand auf. »Sie müssen mich jetzt entschuldigen. Das Flugzeug fliegt sonst ohne mich ab.«

»Ich fahre Sie zum Flughafen«, sagte Kolchinsky.

»Gut. Ich möchte sowieso noch ein paar Punkte mit Ihnen besprechen.«

»Michael, haben Sie die Schlüssel vom Lieferwagen?«

Graham kramte die Schlüssel aus der Tasche und gab sie Kolchinsky.

»Ich sehe Sie beide in New York«, sagte Philpott zu Graham und Sabrina. »Wann geht Ihr Flug?«

»Morgen früh um die gleiche Zeit«, antwortete Sabrina. »Sergei hat schon gebucht.«

»Für die Zehn-Uhr-Maschine nach New York«, bestätigte Kolchinsky.

Philpott wollte gerade eine Bemerkung über Whitlock abgeben, besann sich aber eines Besseren und ging nach draußen. Kolchinsky folgte ihm.

Sabrina durchbrach das plötzlich aufgetretene Schweigen. »So gut kannte ich Marty nicht. Er war immer freundlich zu mir, trotzdem hatte ich das Gefühl, daß er mit meinem Einsatz als Agentin nicht zufrieden war und mich auch lieber wie Hannah im Innendienst gesehen hätte.«

»Stimmt.«

»Hat er dir das gesagt?«

»Nicht mir, sondern C. W. Ich hatte mit Marty genausowenig zu tun wie du.«

»Was hat er zu C. W. gesagt?« fragte sie.

»Er fand, daß der Außendienst Männern vorbehalten bleiben sollte und daß du besser eingesetzt wärst als Trainerin für Scharfschützen im Testzentrum. Er war halt einer mit alten Klischeevorstellungen.«

Es klopfte an die Tür.

Sabrina öffnete.

Der Zimmerkellner lächelte sie höflich an. »Ist Mr. Graham hier?«

»Mike, für dich«, rief sie über die Schulter.

»Ich habe eine Nachricht für Sie von Mr. Whitlock«, sagte der Zimmerkellner zu Graham. »Er erwartet Sie im Foyer.«

»Sagen Sie ihm, daß ich gleich zu ihm komme«, erwiderte Graham.

»Warum hat er nicht einfach vom Foyer aus angerufen?« fragte Sabrina, nachdem der Kellner gegangen war.

»Ihm geht wohl eine Menge durch den Kopf. Wenn er mit mir ausgehen will, sag ich dir vorher Bescheid. Wenn nicht, bin ich im Hotel, falls du mich brauchst.« Er eilte dem Zimmerkellner hinterher und rief ihm zu, den Lift aufzuhalten.

Sabrina schloß die Tür und ging hinaus auf den Balkon.

Wenig später klopfte es wieder an der Tür.

Sie warf verzweifelt die Hände über den Kopf, durchquerte die Lounge und machte auf. Larrios stand vor ihr, eine Bolzenpistole in der Hand. Er schoß ihr in den Hals. Sie taumelte zurück ins Zimmer; vor ihren Augen vermischte sich alles zu einem Kaleidoskop verschwommener Farben. Sie stolperte auf die Couch zu, kam aber nicht so weit, sondern knickte vorher in den Knien ein. Plötzlich erinnerte sie sich an Philpotts Warnung, daß sie zu impulsiv und selbstsicher sei. Dann stürzte sie bewußtlos zu Boden.

Drago trug einen blauen Hut und eine dunkle Sonnenbrille und schob einen Wäschekorb ins Zimmer. Er zog den Ehering von Sabrinas Finger, half Larrios, sie in den Korb zu hieven und mit Handtüchern und Laken zu bedecken. Larrios rollte den Korb den Flur entlang und verschwand im Lastenaufzug.

Drago ging ins Foyer und steuerte auf Graham zu, der sich mit dem Zimmerkellner unterhielt, von dem er die Nachricht hatte. »Ich glaube, Sie suchen mich«, sagte Drago zu Graham und forderte den Hoteldiener mit einer schlenzenden Handbewegung auf, sich zu verdrücken.

»Wo ist Whitlock?« wollte Graham wissen.

»Zuletzt habe ich ihn gesehen, als er über die Avendida Atlantica in Richtung Strand davonzog. Da kam ich auf die Idee, mich unter seinem Namen bei Ihnen zu melden und Sie ins Foyer zu locken.«

»Sie haben Nerven, hier aufzukreuzen, Drago. Ein Anruf, und die halbe Polizei wird kommen, um Sie festzunehmen.«

»Aber dann sehen Sie die reizende Sabrina nie wieder«, entgegnete Drago und überreichte Graham den Ehering.

Graham schleuderte Drago vor die Wand. »Wo ist sie?«

»Sie erregen Aufsehen, Mr. Graham, und das bringt uns nicht weiter.«

Widerwillig ließ Graham von ihm ab.

Drago lächelte dem Hotelmanager zu, der eilig herbeikam. »Tut mir leid. Es war meine Schuld. Mein Schwager hat mir Geld geliehen, und ich habe alles im Jockey Club verspielt. Sie wissen bestimmt, wie man sich beim Pferderennen hinreißen lassen kann.«

»Wenn Sie sich prügeln wollen, tun Sie das bitte draußen. Nicht im Hotel.«

»Schon gut«, beruhigte Drago.

Der Manager sah die beiden argwöhnisch an und ging dann zurück in sein Büro.

»Was für ein Geschäft schlagen Sie vor? Sabrina gegen den Umschlag?«

»Ich sehe, wir verstehen uns, und schlage vor, daß wir uns in zwei Stunden im Riviera Club treffen.« Drago registrierte die Unsicherheit in Grahams Blick. »Der Club ist Montags geschlossen. Aber der Eingang wird offen sein. Ich bin im Kasino. Kommen Sie unbewaffnet und allein. Ich weiß mich zu vergewissern, ob Sie auf meine Forderungen eingegangen sind oder nicht. Versuchen Sie also nicht, mich zu überlisten.«

»Das dürfte nicht sehr schwierig sein, oder?« erwiderte Graham sarkastisch.

Drago zog die Augen zu einem Schlitz zusammen. »Diesmal haben Sie keine Chance.«

Graham drohte Drago mit dem Finger. »Wenn der Frau was passiert, zerreiße ich Sie mit bloßen Händen.«

»Und ich hatte den Eindruck, daß die Zuneigung zwischen Ihnen beiden einseitig ist. Es scheint, ich habe mich geirrt.« Drago warf einen Blick auf die Uhr. »Es ist jetzt zwanzig nach eins. Wir sehen uns um zwanzig nach drei im Riviera Club.«

Graham sah Drago nach, wie er das Hotel verließ, und blickte dann auf den Ring in seiner Hand. Nachdenklich drehte er ihn zwischen den Fingern hin und her, bevor er zum Fahrstuhl ging.

»Trotzdem sollte ich Ihnen lieber Rückendeckung geben.«

»Das haben wir doch alles schon erörtert, Sergei. Keine Waffen, keine Rückendeckung. Wir müssen uns Sabrina zuliebe auf Dragos Spielregeln einlassen.«

Resigniert zuckte Kolchinsky mit den Schultern. »Zuerst spaziert C. W. davon, und dann wird Sabrina entführt. Was passiert wohl als nächstes? Aller schlechten Dinge sind drei. Seien Sie vorsichtig, Michael.«

»Sind Sie abergläubisch?« Graham klopfte Kolchinsky auf die Schulter. »Und machen Sie sich keine Sorgen um C. W. Er kommt zurück.«

»Aber wird er bleiben?«

»Die Frage muß er selber beantworten.« Graham steckte den Umschlag ein. »Sergei, versprechen Sie mir – keine Rückkendeckung.«

»Versprochen«, knurrte Kolchinsky.

»Und ich verspreche, daß ich mich an den Plan halte, auf den wir uns geeinigt haben.«

Graham verließ das Zimmer, nahm den Lift hinunter in die Empfangshalle und winkte ein Taxi vors Hotel. Larrios, der in einem gemieteten Ford Escort wartete, startete den Motor und fädelte sich in den Verkehr ein, um dem Taxi in sicherem Abstand zu folgen.

Das Taxi hielt vor dem Riviera Club an, Graham stieg aus, bezahlte die Fahrt, ging dann auf den Eingang zu und wollte beide Glasflügel aufstoßen. Einer war zugesperrt.Er trat ein, sah sich in der Halle um und blickte schließlich auf die Videokamera über dem Empfangsschalter. Sie war direkt auf ihn gerichtet. Als er die Treppe erreicht hatte, warf er wieder einen Blick auf die Kamera. Sie war seinen Bewegungen gefolgt. Er stieg über die Treppe nach oben und betrat das Kasino. Sabrina saß auf den Stufen auf der anderen Seite des Saales; ihre Hände waren ans Geländer gefesselt. Ein breites Klebeband knebelte ihren Mund. Die Augen weiteten sich, als sie ihn sah. Warnend schüttelte sie den Kopf und forderte ihn gestikreich auf stehenzubleiben. Er ignorierte sie und ging weiter.

»Halt«, rief Drago aus einer Ecke, die vom Eingang aus nicht einzusehen war. Er hielt die CZ75 in der rechten Hand. »Kein Schießeisen dabei? Das überrascht mich. Ich dachte, Sie würden bei Ihrem Auftritt wild um sich ballern.«

»Das hätte ich auch getan, wenn's irgendwie möglich gewesen wäre, eine Waffe am Metalldetektor vor der Tür vorbeizuschleusen.«

»Deshalb habe ich den Club als Treffpunkt gewählt.«

Graham musterte Sabrina. »Alles in Ordnung?«

Sie nickte.

»Kommen wir zur Sache. Sie haben doch den Umschlag dabei?«

»So einfach ist das nicht, Drago.«

»Was soll das heißen?« fragte Drago und trat aus seiner Ecke hervor.

»Sie haben doch nicht im Ernst erwartet, daß ich hier unbewaffnet hereinspaziere und Ihnen den Umschlag überreiche, ohne für Rückendeckung gesorgt zu haben.«

»Fahren Sie fort.«

»Ich habe eine Fotokopie der Liste in meiner Tasche. Whitlock hat das Original.« Graham schaute auf die Uhr. »Es ist jetzt genau drei Uhr zweiundzwanzig. Um Punkt halb vier ruft er in der Telefonzelle gegenüber an, und wenn ich mich nach dem fünften Läuten immer noch nicht gemeldet habe oder wenn nur Sabrina oder nur ich antworten kann, marschiert er geradewegs ins polnische Konsulat, wo er die Liste und Ihre komplette CIA-Akte dem Botschafter persönlich aushändigt. Ich garantiere Ihnen, daß das SB binnen einer Stunde ein Spezialistenteam nach Rio schickt.«

Drago war sichtlich beeindruckt von Grahams Worten. »Wer *sind* Sie?«

»Unwichtig. Es reicht, wenn Sie wissen, daß wir sehr einflußreiche Freunde haben.«

»Wie kann ich sicher sein, daß sich Whitlock an unsere Abmachung hält.«

»Wir konnten auch nicht sicher sein, mit heiler Haut davonzukommen.« Graham warf wieder einen Blick auf die Uhr. »Also was ist?«

»Ich will die Liste sehen.«

Graham warf den Umschlag auf den Roulettetisch und ging, von Drago aufgefordert, ein paar Schritte zurück. Drago kam näher, und als er die Augen auf den Umschlag heftete, nahm Graham die Gelegenheit wahr und riß ihn mit einem Hechtsprung zu Boden. Die Automatik flog ihm aus der Hand. Drago parierte Grahams Schlag und antwortete mit einer blitzschnellen Rechts-links-Kombination. Graham wankte zurück, und Drago setzte mit zwei tückischen Nierenhaken nach, die Graham in die Knie zwangen. Drago langte nach der Automatik und zielte auf Grahams gebeugten Kopf.

»Wundzik!«

Drago erstarrte. Seit fünf Jahren wurde er zum erstenmal wieder mit seinem richtigen Namen angesprochen. Hatte das SB ihn schließlich doch aufgestöbert? Er hatte immer gewußt, daß dies irgendwann einmal der Fall sein würde. Langsam drehte er sich um, darauf gefaßt, einem oder mehreren seiner ehemaligen Kollegen gegenüberzustehen. Statt dessen aber stand Whitlock auf der Treppe, die Browning in beiden Händen haltend und um Armeslänge von sich gestreckt. Drago lachte laut auf und hob die Waffe. Whitlock schoß ihm ins Herz. Die Automatik fiel aus Dragos schlaffer Hand; er geriet ins Wanken und fühlte sich von einem plötzlichen Schwindel überwältigt. Noch bevor sein Körper auf den Teppich schlug, war er tot.

Larrios, der die Szene am Monitor im Kontrollraum mitverfolgt hatte, zog seine Walther P5 aus dem Halfter und sprintete die Treppe hinauf, die zum Kasino führte. Er rannte durch den Flur, aus dem Drago vor wenigen Minuten aufgetaucht war, duckte sich hinter den ersten Roulettetisch und schoß Whitlock in die Brust. Whitlock kippte rücklings vors Geländer und sackte auf dem obersten Treppenabsatz in sich zusammen. Graham rollte über den Teppich, packte Dragos CZ75 und schoß unterm Tisch hindurch auf Larrios. Der ließ die Waffe fallen, taumelte zurück und hielt sich den Bauch. Graham drückte noch viermal auf ihn ab. Die Geschosse schleuderten ihn vor die Wand. Blut rann aus seinem Mundwinkel, als er leblos an der Wand entlang zu Boden rutschte. Graham warf die Automatik von sich, stürzte auf Whitlock zu und drehte ihn vorsichtig auf den Rücken.

Whitlock öffnete die Augen und nahm die Hand von der Brust. Das Hemd war aufgerissen, aber Blut war keins zu sehen. »Zum Glück bin ich nicht zum Duschen gekommen. Sonst hätte ich nämlich die kugelsichere Weste abgelegt.«

»Und ich dachte, dich hätt's erwischt«, sagte Graham und ließ den Kopf des Kollegen los.

»Tut mir leid, daß ich dich enttäuscht habe«, antwortete Whitlock, richtete sich auf und massierte die Druckstelle an der Brust.

Graham riß Sabrina den Klebestreifen vom Mund. »Alles okay?«

»Sobald du mich von den Handschellen befreist. Der Schlüssel ist in Dragos Tasche.«

Graham fand den Schlüssel, doch als er zu Sabrina zurückkehren wollte, entdeckte er das *figa*-Amulett am Boden, das Schrader ihm geschenkt hatte. Die Kette war während des Kampfes abgegangen. Er hob das Amulett auf und warf er auf Dragos Leiche. »Auf dem Weg, den du jetzt vor dir hast, wird dir das Ding vielleicht nützen.«

Nachdem Graham die Handschellen abgenommen hatte, massierte Sabrina ihre Gelenke und schaute zu Whitlock auf, der auf sie zukam. »Dein Auftritt hätte nicht besser getimt sein können.«

Whitlock half ihr beim Aufstehen und führte sie zur Bar. »Ich hab Mike um Sekunden im Hotel verpaßt. Und als Sergei mir erzählte, was passiert ist, bin ich so schnell wie möglich gekommen. Ich weiß, Mike, daß du auf Rückendeckung verzichten wolltest, fand aber, daß Hilfe angebracht sein könnte.«

»Wie bist du bloß darauf gekommen?« erwiderte Graham mit verlegenem Lächeln.

»Mike, was war in dem Umschlag?« fragte Sabrina.

»Nichts. Sergei und ich, wir haben uns den Trick mit dem polnischen Konsulat ausgedacht, um Drago aus der Fassung zu bringen und mir die Möglichkeit zu geben, über ihn herzufallen.« Graham ging hinter die Bar und durchsuchte ein halbes Dutzend Kühlschränke, bis er eine Flasche Perrier gefunden hatte.

»Mir auch eine«, sagte Whitlock.

Graham öffnete eine zweite Flasche, reichte sie Whitlock und ging dann die restlichen Kühlschränke durch auf der Suche nach einer Dose Cola für Sabrina. Er schenkte ihr ein Glas ein.

»Du machst dich gut als Barkeeper, Mike. Willst du nicht den Beruf wechseln?« frotzelte Whitlock.

»Hab ich eigentlich nicht vor«, entgegnete Graham und stützte die Ellbogen auf den Tresen. »Und wie sieht's bei dir aus?«

»Tja, ihr habt sicher gemerkt, daß mir die Frage in letzter Zeit oft durch den Kopf geht. Carmen möchte, daß ich die UNACO verlasse und eine eigene Sicherheitsfirma aufmache. Ich will aber bleiben, und das ist das Problem.« Whitlock nahm einen Schluck aus der Flasche und fixierte sein Abbild im Spiegel der Bar. »Nachdem ich euch hab sitzenlassen, habe ich ein längeres Telefongespräch mit ihr geführt. Wir sind entschlossen, unsere Ehe nicht aufs Spiel zu setzen. Zumindest darüber sind wir uns einig. Mehr haben wir im Moment noch nicht verabredet. Aber ich denke, es bleibt noch eine Menge zu klären.« Er stellte die Flasche hin. »Also, ich finde, wir sollten uns langsam auf die Beine machen.«

Graham kam hinter dem Tresen hervor und blieb vor Sabrina stehen. »Wir sind schon drei Tage in Rio und nicht einmal am Strand gewesen. Wie wär's, wenn wir den Rest des Tages in Ipanema verbringen?«

»Oder an der Copacabana«, schlug sie vor.

»Warum nicht?« antwortete er und wandte sich an Whitlock. »Kommst du mit?«

»Gern. Mir ist im Augenblick nach Gesellschaft zumute. Aber vorher muß ich noch was erledigen.«

»Was?« fragte Sabrina.

»Duschen.«

Graham und Sabrina schmunzelten und folgten Whitlock zum Ausgang.

»Glauben Sie, daß er aufkreuzt?« fragte Graham und schaute aus dem Fenster des Lieferwagens.

»Da bin ich ganz sicher«, antwortet Kolchinsky, bevor er sich die nächste Zigarette ansteckte.

»Was haben Sie ihm am Telefon gesagt?«

Achselzuckend sagte Kolchinsky: »Daß ich die Liste habe, und daß er mich, wie geplant, um acht Uhr vor Dragos Strandhaus treffen soll.«

Graham blickte hinaus auf den Strand von Leme. »Ein anonymer Anruf?«

»Ja. Deshalb bin ich mir sicher, daß er kommt. Er wird neugierig sein.«

»Drago hatte da ein hübsches Plätzchen, nicht wahr?«

Kolchinsky reckte den Hals, um auf das verlassene Haus blicken zu können, das auf einem kleinen Felsvorsprung über dem Strand thronte. »Es scheint einen schönen Ausblick, aber nur wenig Ruhe zu bieten; der Strand ist ja keine fünfzig Meter entfernt.«

»Ein Paradies für Spanner«, meinte Graham grinsend.

»Und so was gehörte ausgerechnet einem Frauenfeind«, bemerkte Kolchinsky und tippte die Asche von der Zigarette.

»Wie's aussieht, kriegen wir Gesellschaft«, sagte Graham, als sich zwei Scheinwerfer durch die Dunkelheit des Anfahrtswegs tasteten.

Kolchinsky warf einen Blick auf die Uhr am Armaturenbrett. »Punkt acht Uhr. Yuri hat sich nicht geändert.«

Der schwarze BMW blieb zwanzig Meter vor dem Lieferwagen stehen. Der Fahrer öffnete die Fronttür und ließ Leonov aussteigen, der sein leichtes Jackett glattstrich und dann bis zur Mitte zwischen beiden Fahrzeugen vorging. Er schirmte die Augen gegen die Scheinwerfer des Lieferwagens ab, um die zwei näher kommenden Gestalten besser sehen zu können. »Sergei?« platzte es verwundert aus ihm heraus. »Was machen Sie denn hier? Wo ist Drago?«

»Drago ist tot. Ich bin hier, um seine unerledigten Geschäfte zu regeln. Übrigens, wie soll ich Sie anreden? Yuri oder *Dohle*?«

Leonov hatte sich vom ersten Schock erholte und grinste: »Was hat die UNACO mit der ganzen Sache zu tun? Ich schätze, Sie sind immer noch in dem Verein.«

»Wieviel haben Sie Drago geboten?« wollte Kolchinsky wissen und ignorierte Leonovs Fragen.

»Eine halbe Million Dollar in ungeschliffenen Diamanten.«

»Wie billig«, bemerkte Kolchinsky verächtlich. »Eins wundert mich noch. Die Liste soll doch zurück an die CIA gehen. Was wollen Sie eigentlich dem KGB abliefern?«

»Eine Liste der Decknamen von vier anderen Doppelagenten, die weniger wichtig sind. Zwei Russen, ein Bulgare und ein Pole. Von der Zusammensetzung her genau wie das ›Quaternary‹.«

»Warum, Yuri? Warum dieser Betrug?«

»Das sollten Sie am allerbesten verstehen, Sergei. Sie haben die diktatorischen, repressiven Methoden Ihrer früheren Regierung ebenso satt gehabt. Erst jetzt und dank der Anstrengungen von Leuten wie uns macht sich eine Veränderung zum Besseren bemerkbar.«

»Der Unterschied ist nur, daß ich meine Meinung offen gesagt habe. Ich habe mich nicht auf Verrat und den Ausverkauf meiner Kollegen zu verlegen brauchen.«

»Und was hat Ihnen diese Offenheit eingebracht? Im Westen sind und bleiben Sie ein östlicher Militärattaché, und im KGB kriegen Sie nie wieder ein Bein auf die Erde.«

»Immerhin kann ich nachts ruhig schlafen. Sie auch?«

»Ich bin nicht gekommen, um mit Ihnen über Schlafstörungen zu fachsimpeln. Ich will die Liste.«

»Die steht nicht zum Verkauf.«

»Ich will die Liste, Sergei, und wenn's sein muß, hol ich sie mir mit Gewalt.« Leonov winkte seinen Fahrer zu sich.

»Major Nikolai Zlotin, einer der höchstdekorierten Offiziere in der Geschichte von Spetsnaz. Ich habe ihn persönlich ausgesucht, damit er mich begleitet.«

»Ich habe von Zlotin gehört und glaube gern, daß er einer der besten ist. So wie mein Fahrer. Sie kennen ihn ja schon. Michael Graham.«

Leonov blickte verstört an Kolchinsky vorbei, erkannte aber nur Grahams Silhouette neben dem Lieferwagen. »Jetzt wird mir einiges klar. Ich dachte, er wäre nach seinem Ausstieg aus Delta der CIA beigetreten. Deshalb habe ich auf Schraders Party so getan, als würde ich ihn nicht kennen. Er ist doch bei der CIA, oder?«

»Bei der UNACO«, korrigierte Kolchinsky.

»Ich kann den Preis auf eine Million erhöhen«, sagte Leonov frei heraus. »Die Steine sind im Auto und gehören Ihnen, Sergei, wenn ich die Liste kriege.«

»Warum sollte die CIA eine Million zahlen für eine Liste von Decknamen, die ihr längst bekannt sind? Dahinter steckt doch mehr.«

Leonov seufzte tief und nickte. »Brad Holden hat es geschafft, drei Sicherheitscodes zu knacken und an die im Alpha-Programm gespeicherten Dossiers ranzukommen. Außer den vier Agenten wissen nur noch fünf weitere Personen, allesamt CIA-Mitglieder, daß diese Dossiers existieren. So geheim ist das ›Quaternary‹ während der letzten sechs Jahre gewesen.«

»Und wie konnte Holden die Sicherheitscodes überwinden?«

»Er war beteiligt an der Entwicklung des Alpha-Programms. Um die Codes zu knacken, brauchte er nur richtig zu kombinieren. Und als er die vier Decknamen kannte, hat er die entsprechenden Dossiers vom Alpha-Programm in eine andere Datei kopiert. Aber keiner weiß, wo diese Datei zu finden ist. Er hat die drei bestehenden Sicherheitscodes wertlos gemacht und die Dossiers hinter einem selbstgestrickten Code versteckt. Drago wollte von Holden den Schlüssel, um ihn dem KGB anzubieten, damit er die Authentizität der Dossiers überprüfen kann. Sie wissen wahrscheinlich, daß der KGB Spezialisten hat, die permanent den Langley-Computer anzapfen. Es ist also nur eine Frage der Zeit, wann sie den einen Sicherheitscode geknackt haben und die Dossiers finden. Die CIA muß vor ihnen darankommen und die Dossiers wieder umkopieren auf eine geschütztere Datei. Sergei, Sie müssen mir die Liste geben.«

Kolchinsky zog den Computerbogen aus der Tasche und reichte ihn Leonov.

Leonov wendete das Blatt von der einen auf die andere Seite und starrte Kolchinsky entsetzt an. »Der Code steht nicht drauf.«

»Entweder hat Holden ihn nicht abgedruckt in der Hoffnung, Drago weiter zur Kasse bitten zu können, oder Drago hat ihn unterschlagen, um seinerseits die CIA weiter zu erpressen. Wie dem auch sei; die Antwort werden wir nie erfahren.« Kolchinsky kehrte zum Lieferwagen zurück.

»Was ist passiert?« fragte Graham.

»Das werden wir nie erfahren, Michael«, murmelte Kolchinsky, der der kläglichen, gebeugten Gestalt von Leonov nachblickte, die sich langsam auf den BMW zubewegte.

Graham verzichtete auf weitere Fragen und ließ den Motor an. Die ersten Regentropfen fielen auf die Windschutzscheibe. Er schaute zu den Wolken hinauf. Alles deutete auf eine nasse Nacht hin – aber auch das war bloß eine Vermutung.

John Grisham

Der neue Roman vom Autor des Weltbestsellers »Die Firma«.
Ein schonungsloser Blick hinter die Kulissen der Justiz, ver-
packt in eine hochexplosive Story.
»Ein äußerst packender Thriller«   NEWSWEEK

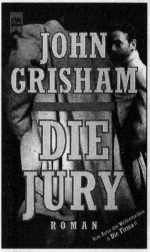

01/8615

Wilhelm Heyne Verlag
München

Robert Ludlum

»Ludlum packt in seine Romane mehr an Spannung als ein
halbes Dutzend anderer Autoren zusammen.«

THE NEW YORK TIMES

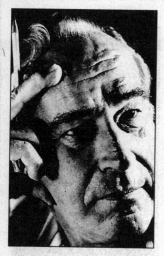

Die Matlock-Affäre 01/5723

Das Osterman-Wochenende
01/5803

Das Kastler-Manuskript
01/5898

Der Rheinmann-Tausch
01/5948

Das Jesus-Papier 01/6044

Das Scarlatti-Erbe 01/6136

Der Gandolfo-Anschlag
01/6180

Der Matarese-Bund 01/6265

Das Parsifal-Mosaik 01/6577

Der Holcroft-Vertrag 01/6744

Die Aquitaine-Verschwörung
01/6941

Die Borowski-Herrschaft
01/7705

Das Genessee-Komplott
01/7876

Der Ikarus-Plan 01/8082

Das Borowski-Ultimatum
01/8431

Der Borowski-Betrug 01/8517

Wilhelm Heyne Verlag
München

Thomas Harris

Beklemmende Charakterstudien von unheimlicher Spannung und erschreckender Abgründigkeit halten den Leser von der ersten bis zur letzten Seite gefangen. Ein neuer Kultautor!

Seine Romane im Heyne-Taschenbuch:

Roter Drache
01/7684

Schwarzer Sonntag
01/7779

Das Schweigen der Lämmer
01/8294

Wilhelm Heyne Verlag
München